BEYOND FIRE

BEYOND FIRE

RUMEYSA SOYDAŞ

BEYOND FIRE

THRILLER

Bibliografische Information der Deutschen Nationalbibliothek:
Die Deutsche Nationalbibliothek verzeichnet diese Publikation in der
deutschen Nationalbibliografie; detaillierte biografische Daten
sind im Internet über dnb.dnb.de abrufbar.

*Die automatisierte Analyse des Werkes, um daraus Informationen insbesondere
über Muster, Trends und Korrelationen gemäß §44b UrhG („Text und Data
Mining") zu gewinnen, ist untersagt.*

© 2024 Rumeysa Soydaş

Lektorat und Korrektorat: Julia Feldbaum
Satz, Umschlaggestaltung, Verlag: BoD • Books on
Demand GmbH, In de Tarpen 42, 22848 Norderstedt
Druck: Libri Plureos GmbH, Friedensallee 273, 22763
Hamburg
ISBN: 978-3-7597-2112-9

PROLOG

Es ist, als würde sein Herz stehen bleiben.

»Nein. Nein, nein, nein! Auf keinen Fall! Das dürfen Sie nicht tun!«, schreit Adrian. Sein Gesicht ist ganz heiß und seine Hände zittern.

»Was wir tun, haben nicht Sie zu entscheiden«, entgegnet Dmitrij, der Leiter des Schwarzen Lagers, mit gelassener, aber strenger Stimme.

»Er ist mein Sohn. Ich werde wohl entscheiden dürfen, was Sie mit ihm machen. Und das lasse ich nicht zu. Das werden Sie unterlassen!« Adrians Stimme hat zwar nicht an Lautstärke verloren, doch das Zittern hat er jetzt besser unter Kontrolle.

»Was schlagen Sie denn als Alternative vor?«, fragt Dmitrij mit hochgezogenen Augenbrauen.

Adrian schaut ihn entgeistert an, sein Gesicht ist jetzt nicht mehr knallrot, sondern weiß wie Papier.

Dmitrij hat den Drang, die Schweißtropfen an Adrians Stirn wegzuwischen. Er kann den Anblick nicht ertragen. Doch das wäre unanständig. Trotzdem kann er das aufkommende Ekelgefühl nicht ignorieren. »Es muss doch eine andere Möglichkeit geben«, meint Adrian nach einer Weile, mit deutlich ruhigerer Stimme. Dafür hat aber wieder das Zittern eingesetzt. Es ist ein Hin und Her. Mal ist seine Stimme laut und fest, mal ist sie leise und wackelig.

»Natürlich gibt es eine andere Möglichkeit. Diese würde in seinem Tod bestehen. Aber ich bin mir sicher, Sie würden nicht wollen, dass Ihr Sohn stirbt, habe ich recht?«

»Um Gottes willen, wie können Sie mich überhaupt so etwas fragen? Ich würde alles tun, um das zu verhindern!«

»Das tun Sie gerade aber nicht. Mit Ihrem Protest stimmen Sie seinem Tod zu«, erwidert Dmitrij kalt. Seine Haltung zeigt keine Veränderung. Er steht immer noch wie eine Säule vor Adrian, stabil und unbeweglich. Als Adrian nichts erwidert und die Stille sich immer länger zieht, ergreift Dmitrij wieder das Wort: »Hören Sie, ich weiß, das gefällt Ihnen nicht, und es muss Ihnen auch nicht gefallen. Aber denken Sie doch auch an Sascha. Er befindet sich in einer äußerst gefährlichen Situation. Und diese hatten Sie erlaubt. Doch wenn wir jetzt nichts unternehmen und die Sache dem Schicksal überlassen …«, er legt eine Pause ein, um tief Luft zu holen, »dann werden wir in ganz großen Schwierigkeiten stecken.«

Nach einigen Minuten, in denen Adrian immer blasser wird, fährt er fort: »Sie haben seine Nachricht gehört. Wir müssen etwas tun. Andernfalls wird unsere Tat aufgedeckt, und damit könnten Sie … nein … Sie würden ganz bestimmt Ihren Sohn verlieren.«

Adrian denkt über das Gesagte nach, wägt alle Möglichkeiten ab. Er muss ihn irgendwie umstimmen, ihm eine bessere Alternative bieten.

»Könnten Sie Roman nicht einfach einsperren? Ich werde mit ihm reden. Ich werde alles dransetzen, dass er …«

»Ich glaube, Sie verstehen das Problem nicht«, unterbricht ihn Dmitrij. »Was würde es uns bringen, ihn einzusperren? Oder zu töten? Klar, Letzteres wäre schnell getan. Aber darum geht es nicht. Wir müssen aus dem Verlust auch einen Gewinn erzielen. Und das ist die perfekte Lösung. Es ist fast schon so, als wäre es von Anfang an so bestimmt gewesen. Die Probleme treffen genau in dem gleichen Zeitpunkt ein, und sie könnten sich gegenseitig lösen. Romans Strafe ist die Kehrseite von Saschas Rettung.«

Dmitrij fasst sich an seinen langen schwarzen Bart, wie immer, wenn er glaubt, jemanden endgültig überzeugt zu haben.

Als Adrian jedoch nichts erwidert und sein Blick weiterhin auf dem Boden heftet, sagt er: »Hören Sie, diese Diskussion ist vollkommen entbehrlich. Denn am Ende des Tages werden wir das durchsetzen, wofür wir uns entscheiden. Und Ihre Meinung wird das nicht ändern. Aber wenn Sie sich uns weiterhin widersetzen, werden nicht nur Ihre Söhne den Tod erfahren, sondern Sie ebenso.«

Diese Vorstellung bereitet ihm keine Angst. Er fürchtet sich nicht vor seinem eigenen Tod. Was er fürchtet, ist den Verlust seiner Söhne. Doch er weiß auch, dass diese Diskussion zu nichts führen wird. Sie werden seine Wünsche nicht berücksichtigen. Mit seinem Widerstand wird er seine Söhne womöglich sogar in größere Gefahr bringen.

»Weiß Sascha davon?«, fragt er leise. Alle Willenskraft ist verflogen. Stattdessen hat sich eine Müdigkeit in seinen Ton eingeschlichen. Eine Müdigkeit und eine Leere.

»Nein. Wir müssen zunächst schauen, ob es überhaupt funktioniert. Wenn wir uns ganz sicher sind, werden wir ihm alles erklären«, erläutert Dmitrij.

»Roman …«, flüstert Adrian vor sich hin. Vor seinen Augen erscheint sein Sohn. Er ist zu eigensinnig. Zu impulsiv. Wie wird er das nur bewältigen? Nein, er darf solche Gedanken nicht zulassen. Sascha wird da sein. Er wird Roman beschützen.

»Ich möchte Sie nicht weiterhin kränken, aber wie schon gesagt, Sie werden uns dabei nicht zurückhalten können. Ihre Einwände sind überflüssig. Sorgen Sie nur dafür, dass Sie während dieser Zeit nicht den Verstand verlieren. Wir brauchen Sie immer noch hier.« Bevor Dmitrij gehen kann, hält Adrian ihn am Arm fest. »Ich habe nur einen Wunsch: Meine Jungs werden wieder heil zurückkommen. Sie werden nicht zulassen, dass ihnen etwas passiert. Oder … ich werde Sie töten.«

Dmitrij bringt die Drohung nicht aus der Ruhe. Er hält seinem Blick stand und schafft es zudem, obwohl er einen halben Kopf kleiner ist, auf ihn hinunterzuschauen. »Sie töten mich und Sie sterben ebenfalls.«

»Das wissen Sie nicht. Zu diesem Zeitpunkt wären Sie nämlich schon tot. Und wer weiß, was danach noch alles passieren kann.«

I

Das Wasser stößt gegen den riesigen Felsen mitten im Meer. Es scheint sich ein Unwetter anzubahnen. Ein Unwetter, das nichts Gutes verspricht.

Er liegt auf dem Felsen, das Opfer, der Leidtragende. Und gleichzeitig der Katalysator dieses Unwetters, der Täter, der Schuldige. Er ist nicht bei Bewusstsein, unwissend um die Zustände in seiner Umgebung. Er schläft, tief und fest. Während sein Geist und seine Seele in anderen Welten schweben, droht die Welt um ihn herum zu zerbrechen. Doch bevor ihn dies in Gefahr bringen kann, wacht er auf.

Durch die gewaltigen Wellen, die an den Felsen stoßen und Tropfen auf seinen Augenlidern hinterlassen, gleitet er in die Realität zurück. Seine Augen öffnen sich ganz langsam, behutsam. Als müssten sie sich auf das Bevorstehende vorbereiten, als ahnten seine Instinkte bereits die Gefahr, die ihn mit dem Erwachen erwartet. Er erkennt seine Umwelt, aber nimmt das ganze Ausmaß erst wahr, als seine Seele und sein Geist sich von der Schläfrigkeit befreien, von der Schwerelosigkeit lösen und sich endlich wieder orientieren. Doch es ist schwierig, die Orientierung zu finden, wenn man nicht einmal die Orientierung in sich selbst gefunden hat.

Sein Blick wandert durch die unbekannte Umgebung, der salzige Geruch durchdringt seine Nase und die massiven Wellen dröhnen gegen seine Ohren. Er hat einen seltsamen metallischen Geschmack im Mund. Die Sinneswahrnehmungen überwältigen ihn.

Und plötzlich, als hätte ihn eine unbekannte, gewaltige Macht in Besitz genommen, steht er auf und betrachtet die Gegend in vollkommener Fassungslosigkeit – mit Verwirrung und Furcht. Und dann ist da noch ein Gefühl. Er fühlt sich … fremd. Nein, er fühlt sich nicht nur fremd. Er ist sich fremd.

Die Gedanken überschlagen sich. *Wer bin ich? Wo bin ich? Was ist das für ein Ort? Wie bin ich hier gelandet? Was zur Hölle mache ich hier? Was ist passiert?*

Über all diese Fragen zerbricht er sich den Kopf, sie lassen ihn in eine unheimliche Tiefe stürzen. Obwohl er sicher auf dem Felsen steht, fühlt er sich, als würde er ertrinken, als würden ihn die Wassermassen in den dunklen Abgrund des Meeres reißen.

Seine Gedanken fühlen sich an wie einzelne Wellen, die seinen Körper zu überschwemmen drohen. *Wie komme ich hier weg? Wo soll ich überhaupt hin? Was soll ich machen? Was ist nur los? Wer bin ich? Wer bin ich nur?*

Seine Atemzüge sind kurz und fieberhaft. Der Himmel ist dunkelgrau, eine beunruhigende, bedrohliche Farbe. Die Wolken ziehen vorbei, und dann ertönt etwas Lautes, Mächtiges, Unheilvolles.

Donner.

Ich muss hier weg. Aber wohin?

Weit weg erkennt er einen Strand und dahinter befindet sich eine massive Felswand. Er hat nicht mehr viel Zeit. Er muss ins Wasser. Doch sein Körper widersetzt sich ihm. Egal, wie oft er versucht, dieses Gefühl zu überwinden und zu springen, es funktioniert nicht. Es ist, als würde sein Körper gegen ihn arbeiten, seine Knochen fühlen sich steif an. Er kann nicht. Bei dem Gedanken, ins Meer springen zu müssen, fangen seine Hände an zu zittern. Sein Herz schlägt schneller und härter gegen seine Brust. Er muss! Er hat keine andere Wahl.

Nachdem wieder ein Donner ertönt ist und dann der Blitz einschlägt, überwindet er die Starre, holt tief Luft, schließt die Augen und springt. Das kalte Wasser versetzt seinen Körper zunächst in einen Schockzustand, sodass er sich an den Felsen klammern muss, um nicht die Kontrolle zu verlieren. Sein Herz schlägt ihm bis zur Kehle. Die eiskalten Wellen donnern gegen seinen Körper, salziges Wasser dringt in seine Ohren, löst in seinen Augen ein Jucken aus. Er versucht, seine Atmung zu regulieren. Es vergehen gefühlt Stunden, bis er sich wieder einigermaßen im Griff hat.

Als er sich an die Kälte gewöhnt hat, schwimmt er an den Strand. Die Wellen erschweren ihm den Weg, lenken ihn in verschiedene

Richtungen und verhindern seine Sicht. Doch nach einer halben Ewigkeit schafft er es bis zum Strand und legt sich atemlos auf den feuchten Sand. Sein ganzer Körper zittert.

Eine Weile ruht er sich aus, versucht, seine Atemzüge zu regulieren und sein Zittern zu stoppen. Als er wieder einigermaßen bei Kräften ist, steht er langsam auf und entdeckt eine Öffnung an der Felswand.

Eine Höhle. *Dort bin ich vor dem Gewitter sicher.*

Er geht darauf zu, obwohl sie ihm unheimlich erscheint und ihm nicht wirklich ein Gefühl von Sicherheit gibt, sondern vielmehr Unbehagen in ihm auslöst. Doch er hat keine andere Wahl. Gedankenverloren tritt er ein. Trotz der Flammenträger an der Wand kann er nicht viel erkennen. Doch als er seinen langen, schmalen Schatten auf dem steinigen Boden sieht, erschrickt er.

Das bin nur ich. Doch was bedeutet das? Ich weiß nicht einmal, wer ich bin.

Er schaut sich weiter um, nimmt zur Sicherheit einen Flammenträger mit und versucht, so leise wie möglich zu laufen. Er wagt nicht einmal, laut zu atmen, aus Angst, irgendetwas oder irgendjemand könnte ihn hören.

Wer weiß, was das für ein Ort ist. Vielleicht ist es das Versteck eines Kannibalen. Dieser Gedanke lässt ihn schaudern.

Nein, ein Kannibale ernährt sich von Menschen. Und wie es scheint, ist hier kein einziger Mensch.

Dann schluckt er schwer. *Doch, ich.*

Der Weg scheint nicht zu enden und langsam fühlt er sich unwohl und bereut seine Entscheidung, in die Höhle gegangen zu sein. Doch als der Donner ertönt und er Regen prasseln hört, fühlt er sich etwas zuversichtlicher. Er nimmt sich vor, in der Höhle zu warten, bis der Regen aufhört. Doch ein Gedanke bringt ihn zum Innehalten.

Und was dann? Wohin soll ich dann? Wo bin ich überhaupt? Im Nirgendwo? Wer bin ich überhaupt? Ein Niemand? Ein Niemand im Nirgendwo?

Es regnet jetzt in Strömen. Eine weitere Möglichkeit kommt

ihm in den Sinn. Er könnte die Höhle verlassen und draußen auf ein Lebenszeichen warten. Schließlich bringt es kaum etwas, sich Schutz zu suchen, wenn man sowieso keinen Lebenssinn hat. Wenn man nicht einmal weiß, wer man selbst ist. Wenn man keine Identität hat. Doch … er kann nicht. Er traut sich nicht. Und eine Stimme in ihm sagt, dass er durchhalten soll. Dass er etwas finden wird. Vielleicht nicht sich selbst, aber etwas, was ihn zu sich selbst führt. Vielleicht gibt es hier etwas, das in ihm eine Erinnerung erwecken könnte. Oder jemand. Vielleicht … ist das alles auch nur ein Traum! Ja, natürlich! Warum ist er nicht früher darauf gekommen? Aber, wenn es nur ein Traum ist, dann könnte er sich auch aufwecken. Also kneift er sich in den Arm und wartet darauf, dass alles vor seinen Augen verschwimmt. Doch es passiert nichts. Seine Sicht ist so klar wie noch nie.

Er schluckt schwer, seine Augen fixieren die Wand. Erst nach ein paar Sekunden erkennt er das Wort an der Wand, und sein Körper fängt an zu vibrieren.

Renn!

Dort steht *Renn!* – groß und rot. Sein Herz schlägt immer schneller. Doch er fühlt sich wie paralysiert. Was bedeutet das? Was lauert hinter dieser Höhle? Das Unheimliche ist nicht, was an der Wand steht, sondern vielmehr, wie es geschrieben ist. Hektisch und karmesinrot. Es hat fast schon die Farbe von … Blut!

Er keucht laut. Er nähert sich der Schrift und riecht daran. Metallisch. Als er über das Wort streicht, ist er sich sicher. Es handelt sich um getrocknetes Blut. Plötzlich wird ihm schwindelig und er muss seine Hand an die Wand stützen, um nicht umzukippen.

Wenn es Blut ist, heißt das, ich bin nicht allein. Sein Herz fängt an, schneller zu schlagen, als könnte es jede Sekunde aus seinem Brustkorb herausspringen.

Der Gedanke, jemand könnte hier sein, löst Angst in ihm aus. Und Hoffnung. Verzweiflung. Erleichterung. Verwirrung. Und Erlösung. Es macht keinen Unterschied, was sich hier verbirgt. Es wird ihn entweder retten oder töten. Und beide Optionen haben die gleiche Bedeutung für ihn. Freiheit. Endlich ein Weg, der ihn aus diesem Labyrinth führt. Ein Weg, der ihn in die Erlösung führt. Sei sie Licht oder Dunkelheit. Leben oder Tod. Es macht keinen Unterschied. Sein einziger Wunsch ist, dass dieses Warten ein Ende nimmt. Denn sonst wird er sich immer mehr verlieren. Sonst wird er sein Leben in diesem feuchten, kalten, dunklen Ort verbringen, bis er sich selbst das Leben nimmt. Vielleicht würde er dann wirklich aufwachen. Und er weiß jetzt schon: Wenn er aufwacht, wird er diesen Albtraum niemals vergessen.

Nach einer halben Ewigkeit, in der er in die Leere starrt, geht er tiefer in die Höhle, die nur in eine Richtung läuft.

Plötzlich knarrt etwas. Bevor sein Gehirn reagieren kann, sind seine Füße schon am Rennen. Erst nachdem er bereits die Orientierung verloren hat, fällt ihm ein, dass das Geräusch aus den Tiefen der Höhle kam, nicht von draußen, was bedeutet … Verdammt! *Ich laufe direkt auf das Geräusch zu! Ich hätte die Höhle verlassen müssen!*

Wütend schlägt er sich mit der Hand auf den Kopf. *Idiot, Idiot, Idiot!*

Doch jetzt kann er nicht mehr zurück, er ist zu weit gelaufen und irgendwo abgebogen. Also geht er den Weg weiter, und plötzlich sieht er ein Licht. Am Ende der Höhle. Es ist klein, aber es ist da. Und nicht zu übersehen in der tiefen Dunkelheit.

Vielleicht ist dort jemand. Vielleicht ist es keine verlassene Insel.

Er geht auf das winzige Licht zu. Immer weiter und weiter. Seine Füße werden immer schneller. Sein Herz rast. Er könnte es schaffen. Er könnte etwas finden. Sein Herz pocht wie wild bei dem Gedanken, dass dieses Labyrinth ein Ende nehmen könnte. Es ist nicht mehr weit. Das Licht wird immer größer und größer und fasst seine komplette Sicht ein. Einmal stolpert er und fällt auf die Knie. Langsam färbt sich der Stoff tiefrot. Es bleibt ein großer Fleck. Doch er lässt sich davon nicht abhalten. Er hat das Gefühl, wenn er nicht sofort das Licht erreicht, wird es erlöschen und ihn in der unheimlichen Dunkelheit zurücklassen. Als er endlich am Ende angelangt ist und die Höhle im wahrsten Sinne des Wortes hinter sich lässt, traut er seinen Augen nicht.

Er steht vor einem riesigen Gebäude, das von einem hohen Zaun umgeben ist. Das Gebäude ist aus weißem Beton und von mittlerer Größe. Der dunkelgraue steinige Boden steht in starkem Kontrast zur hellen, glatten Oberfläche des Gebäudes. Trotz der Schlichtheit, fast schon Nüchternheit des Bauwerks hat es etwas Imposantes, Mächtiges und Einschüchterndes.

Plötzlich hat er das Bedürfnis, zurück in die dunkle Höhle zu flüchten, seine Augen geblendet von dem Gebäude, dessen Helligkeit sich vom tiefblauen Nachthimmel abhebt. Sein Herz schnürt sich bei dem Anblick zusammen. Irgendetwas in ihm schreit, er solle zurück in die Höhle, am besten sogar auf den Felsen, um so weit wie möglich weg von diesem Gebäude zu sein. Doch es würde keinen Sinn machen. Was würde er allein ohne Essen und Trinken, ohne besonderen Schutz tun? In dem Gebäude sind sehr wahrscheinlich Menschen, die ihm helfen können, die ihn versorgen können. Nicht ein einziges Mal hinterfragt er, warum ein einziges Gebäude auf einer einsamen Insel errichtet wurde. Absurd findet er es. Und seltsam. Aber Hinterfragen, nein, das nicht. Er hört auf seinen Verstand, ignoriert sein unangenehmes Gefühl und geht auf das Gebäude zu.

Vor dem Tor erkennt er schon zwei Menschen, womöglich sind es Wächter. Als er vor ihnen steht, tauschen die zwei Männer einen kurzen Blick aus und sehen ihn misstrauisch an.

»Wer sind Sie?«, fragt der rechte Mann. Seine Stimme ist tief und monoton.

Er zögert kurz. Es ist eine einfache, klare Frage, die eine einfache, klare Antwort erwartet. Doch er kann sie nicht beantworten. Was soll er bloß tun? Wenn er ihnen die Wahrheit sagt, werden sie ihn für verrückt halten. Ein Geistesgestörter, der sich verirrt hat und irgendwie auf einer verlassenen Insel gelandet ist. Doch werden sie ihm überhaupt glauben? Wenn nicht, wäre das sogar noch schlimmer. Warum sollten sie jemanden aufnehmen, der sie schon bei der ersten Frage anlügt? Oder aber, er lügt wirklich. Ironischerweise würden sie ihm eine Lüge wohl eher abkaufen als die Wahrheit. Doch er entscheidet sich dagegen. Er wird ihnen die Wahrheit sagen.

»Ich weiß es nicht«, haucht er schließlich.

Eine Weile antworten die Männer nicht, und nachdem sie wieder einen Blick ausgetauscht haben, hebt der rechte Mann die Augenbrauen und sagt auf kühle und klinische Weise: »Wir werden Sie nicht reinlassen, wenn Sie uns keine persönlichen Informationen geben.«

Seine Vermutung hat sich bestätigt. Sie glauben ihm nicht. Er bereut es, nicht gelogen und keine Identität erfunden zu haben. Aber Ehrlichkeit ist immer der richtige Weg. Auch in Notsituationen. Das ist zumindest seine Moral.

»Hören Sie, ich weiß, es hört sich unglaubwürdig an, ja sogar komplett verrückt und absurd, aber ich weiß wirklich nicht, wer ich bin. Ich bin auf diesem Felsen aufgewacht, mitten im Meer, ohne jegliche Erinnerung … und … ich brauche Ihre Hilfe«, sagt er und versucht, so aufrichtig wie möglich zu klingen, was eigentlich kein Problem ist, wenn man die Wahrheit sagt. Aber er scheint die Wahrheit ja selbst nicht zu kennen, weshalb er dadurch versucht, sich selbst von seinen Aussagen zu überzeugen.

Der linke Mann seufzt laut. Seine Stimme ist tief und heiser, als hätte er seit langer Zeit nicht gesprochen. Was er möglicherweise auch nicht getan hat. »Wir werden uns nicht auf dein kleines Spielchen einlassen, Junge. Also entweder, du sagst uns, wer du bist, wie du hierhergekommen bist und was du hier suchst, oder du kannst die Nacht draußen verbringen und dir ein anderes Versteck suchen.«

Warum ist er so schroff zu ihm, während der Rechte doch höflich geblieben war? Er fühlt sich gedemütigt, doch er gibt nicht auf.

»Bitte, ich habe überhaupt keine Erinnerungen, und ich weiß nicht, was ich tun soll. Ich weiß nicht einmal, wie ich heiße. Oder in welchem Land ich mich befinde. Auf welchem Kontinent. Bin ich überhaupt auf der Erde?« Er muss kurz lachen, doch die Männer bleiben weiterhin ernst. Der Ausdruck des linken Mannes verfinstert sich sogar ein wenig mehr.

Er ist in die falsche Richtung gegangen. Er hätte keinen Witz reißen sollen. Dadurch hat er die Lage ins Lächerliche gezogen und sich womöglich noch nervöser und unehrlicher erscheinen lassen.

»Bitte, verlassen Sie diesen Ort«, sagt der rechte Mann.

»Ich kann nicht. Ich weiß nicht, wo ich bin. Ich weiß nicht, wohin ich gehen soll. Vielleicht könnte ich bei Ihnen telefonieren oder … wenigstens für eine Nacht bleiben.« Das ist es. Das muss sie überzeugt haben, denkt er. Doch sie bleiben stur.

»Verlassen Sie diesen Ort«, wiederholt der rechte Mann.

»Aber …«

»Verlassen Sie diesen Ort. Ich werde mich nicht noch einmal wiederholen.« Er sieht ihn weiter an, doch der Rechte blickt immer noch stur geradeaus.

Warum lassen sie ihn nicht rein? Auch wenn sie ihn für einen Verbrecher halten würden, sie könnten ihn sofort umbringen, ohne dass jemand etwas mitbekommt. Schließlich befinden sie sich auf einer Insel, abgeschottet von der restlichen Welt. Er traut sich nicht, mehr zu sagen, aus Angst, der Mann könnte ihn erschießen. Es würde ihn nicht wundern, zumal dieses Haus sehr einem Gefängnis gleicht und der Mann so viel Gefühl und Empathie wie ein Stein zu haben scheint. Der Linke hat durch seine grobe Wortwahl immerhin bewiesen, impulsiver und somit auch emotionaler zu sein. Doch das sagt nichts aus. Er könnte ihn aus Impulsivität oder Wut töten.

Jetzt schaut er den linken Mann an. Vielleicht stecken hinter seiner Impulsivität auch weiche Gefühle? Mitleid. Empathie. Verständnis. Ein Gewissen? Doch sein Gesicht ist rot vor Wut. Wut ist schlecht. Wut führt zu unüberlegten Handlungen.

Er will gerade etwas sagen, dann fällt es ihm ein: *Renn!* Groß und rot. Eine Warnung. Vielleicht hatte die Person, die es geschrieben hat, diesen Ort gemeint. Vielleicht ist die Person vor diesem Ort geflohen. Aber … warum? Der Gedanke schreckt ihn ab, gleichzeitig verstärkt sich sein Drang, das Gebäude zu betreten und dessen Geheimnis zu lüften.

»Hören Sie, warum sollte ich Sie anlügen? Ich meine, was hätte ich davon? Ich möchte einfach nur ein Dach über dem Kopf, etwas zu essen und zu trinken. Ich werde Ihnen keine Probleme bereiten.«

Der Linke scheint die Geduld verloren zu haben. Er betastet sein

Ohr und drückt auf einen Knopf, sodass das Gerät in seinem Ohr rot aufleuchtet. Er fängt an zu sprechen.

»Sir, hier ist ein Junge um die zwanzig, der behauptet, keine Erinnerungen zu haben. Er weiß nicht, wie er heißt und wie er hier gelandet ist. Er bittet uns, ihn aufzunehmen.«

Die Antwort bekommt er nicht mit, doch ein Rascheln aus dem Gerät ist zu hören.

»Nein, Sir. Er hat keinerlei Information. Auskunft haben wir ihm nicht gegeben, Sir. Nein, Sir.«

Nach einer langen Pause, der Gesichtsausdruck des Mannes wird immer finsterer, redet er weiter. »Entschuldigung, Sir? Ich soll … aber Sir … ja, Sir.«

Der Mann drückt wieder auf den Knopf und das rote Licht verschwindet. Er schaut ihn nicht an, stattdessen nimmt er einen Schlüssel aus seiner Hosentasche und schließt das Tor auf.

»Was tust du?«, fragt der Rechte entsetzt.

»Wonach sieht es aus?«, erwidert der Linke sarkastisch, doch seine Stimme bebt vor Wut.

Hat der Mann im Gerät seine Aufnahme etwa zugelassen? Es sieht ganz danach aus. Plötzlich schaudert er, ein komisches Gefühl durchströmt ihn, als würde ihm eiskaltes Wasser über den Körper fließen und seine Glieder erhärten.

»Worauf wartest du, Junge? Geh schon rein«, sagt der linke Wächter genervt. Wahrscheinlich hat er erwartet, dass sein Gegenüber seine Entscheidung unterstützt.

Er kann sein zufriedenes Grinsen nicht unterdrücken. Das Tor wird abgeschlossen, und der rechte Wächter begleitet ihn in das Gebäude. Der linke bleibt am Tor, womöglich um den Eingang nicht unbewacht zu lassen. Innen sind die Wände hellgrau, einzelne Lampen an den Wänden gehen an. Sie illuminieren den Raum mit kaltem, unglaublich grellem Licht, das ihn an ein Krankenhaus erinnert. Gegenüber von ihnen befindet sich ein silberner Aufzug, auf der linken sowie rechten Seite sind jeweils zwei Türen. An den Wänden rechts und links von ihnen jeweils vier.

Doch sie betreten keine der Räume hinter diesen Türen und

benutzen auch nicht den Aufzug. Stattdessen kniet sich der Wächter hin und betätigt etwas am Boden. Er schiebt etwas weg, und auf dem Boden erscheint ein Bildschirm, der eine Tastatur zeigt. Er tippt auf Zahlen und Buchstaben, und als die Ränder des Bildschirms grün aufleuchten, öffnet sich eine kleine Fläche in der Mitte auf dem Boden. Der Mann gibt ihm ein Zeichen, dass er zuerst gehen soll. Unsicher läuft er die Treppe runter und schaut hinter sich. Der Wächter folgt ihm und die Öffnung schließt sich. Plötzlich überkommt ihn ein schreckliches Gefühl. Vielleicht sperrt er ihn ein? Oder er … tötet ihn.

Er bleibt auf der vorletzten Stufe stehen, sodass der Wächter an ihn stößt.

»Voran«, sagt er nur in seiner monotonen Stimme. Doch er kann nicht. Er hat Angst. Er schaut hinter sich. »Was machen Sie mit mir?«, fragt er verzweifelt. Er versucht, seine Stimme zu kontrollieren, doch vergeblich. Sein Körper sowie seine Stimme zittern wie verrückt.

»Ich bringe dich zum Imperator«, antwortet er.

»Imperator? Was meinen Sie?«

»Der Leiter dieses Lagers. Und jetzt geh weiter«, sagt er, und zum ersten Mal hört er sich ungeduldig an.

Er hat keine andere Wahl. Also folgt er dem Befehl und geht voran. Die Treppe führt zu einem schmalen, dunklen Gang, der von einzelnen Lampen an den Wänden beleuchtet wird. Das gleiche kalte, befremdliche Licht.

Was ist das für ein Ort? Ein Gefängnis? Eine Psychiatrie?

Der schmale Gang führt zu einer Abzweigung, doch sie wechseln weder auf die rechte noch auf die linke Seite, sondern gehen auf die Tür direkt gegenüber von ihnen zu. Der Wächter betätigt einen ähnlichen Bildschirm an der Wand neben der Tür, der jedoch im Gegensatz zum anderen sichtbar ist und nicht hinter der Wand versteckt wird. Doch diesmal gibt er keinen Code ein, sondern drückt auf einen Knopf und sagt: »Ich habe den Jungen gebracht, Sir. Ich warte auf Ihre Empfängnis, Sir.«

Die Tür öffnet sich von selbst, indem sie nach links geschoben wird.

Sie betreten einen kleinen Raum. Die Wände sind auf allen Seiten in Hochglanzweiß gefliest. Die spiegelnde Oberfläche, in der das Licht reflektiert wird, erzeugt eine unfassbare Helligkeit. In der Mitte ist ein Schreibtisch aus weißem Marmor platziert, wohinter ein Mann sitzt. Hinter dem Mann befindet sich eine sehr hohe und breite Vitrine, worin Bücher mit hauptsächlich schwarzem Lederumschlag liegen – und ein paar Dekorationsgegenstände.

Der Mann lächelt, als sie den Raum betreten, doch er schaut nicht die Wächter an, sondern ihn. Sein Lächeln erreicht seine Augen nicht und wirkt so starr und unnahbar wie die Lichter an den Wänden.

Ihm läuft es kalt den Rücken hinunter. Dieser Ort, die Wächter, die ganze Situation, alles erscheint ihm wie in einem Traum. Es fühlt sich unheimlich fremd und seltsam an. Er weiß nicht, wer er ist, wacht auf einem Felsen auf, findet einen Ort, der einem Gefängnis gleicht, und jetzt sieht er einen Mann vor sich, der alles andere als normal und vertrauenerweckend wirkt.

Was zum Teufel passiert hier?

Als der Mann am Schreibtisch spricht, ist seine Stimme kalt und stechend. »Willkommen im Weißen Lager.«

II

»Setzen Sie sich«, sagt er, seine Stimme nun etwas wärmer und zugänglicher.

Er tut, was ihm gesagt wird. Er kann seine Augen nicht von dem Mann hinter dem Schreibtisch abwenden. Sein Gesicht fasziniert ihn und schreckt ihn gleichzeitig ab. Er wirkt androgyn, mit unglaublich hohen, hervorstechenden Wangenknochen, dicken Lippen und einem kantigen Kiefer. Aufgrund seiner tiefen Falten schätzt er ihn auf Mitte sechzig. Doch was ihn am meisten abschreckt, ist der Kontrast zwischen seinen platinblonden Haaren und den pechschwarzen Augen. Und dann ist da noch diese unnatürliche karamellfarbene Hautfarbe, die sich ebenfalls von den Augen abhebt. Je länger er den Mann anschaut, desto mehr wird er von seinem Gesicht hypnotisiert, von seinem Lächeln, seinen Augen …

»Also, ich sehe, Sie sind noch jung. Kann ich Sie auf informelle Art ansprechen?«

Es dauert eine Weile, bis er antworten kann, da er immer noch wie hypnotisiert von seinem Anblick ist. Er schüttelt kurz seinen Kopf, um sich zu konzentrieren und ablenkende Gedanken auszusortieren. Als er spricht, kommt ihm seine eigene Stimme fremd vor. »Ja, das ist in Ordnung, Sir.«

»Gut. Mein Name ist Nathanael. Ich bin der Imperator dieses Lagers. Die Wächter haben mir schon erzählt, dass du keine Erinnerungen mehr hast. Deinen Namen weißt du, nehme ich an?«

Bildet er es sich ein oder hat der Mann bisher nicht ein einziges Mal geblinzelt?

»Ich weiß meinen Namen nicht, Sir.«

Der Mann hebt seine Augenbrauen; er ist sichtlich überrascht und skeptisch zugleich, denn gleich danach zieht er die Augenbrauen zusammen.

19

»Und weißt du, wie du hier gelandet bist?«, fragt er. »Ich weiß nur, dass ich auf einem Felsen aufgewacht bin, mitten im Meer. Dann bin ich in eine Höhle geflüchtet, um mich vor dem Gewitter zu schützen. Und von dort aus habe ich dieses Gebäude gefunden.«

Nathanael nickt langsam, er streicht nachdenklich mit der Hand an seinem Kinn entlang, seine Augen sind auf den Schreibtisch gerichtet. Er nutzt diesen Moment, um den Kloß in seinem Hals hinunterzuschlucken.

»Du hast also überhaupt keine Erinnerungen?«, fragt er, und seine Augen heften sich wieder auf ihn.

»Nein, Sir. Ich kann mich an gar nichts erinnern.«

Nathanael atmet tief ein und wieder aus.

Erst jetzt fallen ihm seine langen, dürren Finger auf und die langen Fingernägel. Seine linke Hand umfasst die rechte und sein Daumen streicht über seine umfasste Hand. Aus irgendeinem Grund beruhigt ihn diese Geste. Als würde Nathanael über seine eigene Hand streichen, und er fühlt, wie er sich nach menschlicher Nähe sehnt.

Was ist nur los mit mir?

Erst als er seinen Blick von den Händen des Mannes abwendet, sieht er, wie er ihn wieder anlächelt. Doch diesmal wirkt sein Lächeln nicht kalt. Da steckt etwas anderes dahinter. Er kann es nicht deuten, nur kommt es ihm so vor, als hätte der Mann … seine Gedanken gelesen.

Hastig sieht er irgendwo anders hin. An die Wand, den Schreibtisch, seine Füße, nur nicht in seine Augen, diese schwarzen Augen, so tief wie das Meer, das ihn fast ertränkt hat …

»Möchtest du etwas trinken? Du musst doch Durst haben.«

Er hat eben an das Meer gedacht … und jetzt redet der Mann von Durst.

Und er merkt, dass sein Mund wirklich trocken ist. Er hat Durst. Aber woher wusste er das? Hat er es daran gemerkt, dass er ständig geschluckt hat? Hat er überhaupt ständig geschluckt? Er weiß es nicht. Er war zu sehr damit beschäftigt, dieses merkwürdige Gefühl loszuwerden.

Vor ihm steht bereits ein Glas Wasser.

Zu viel Wasser. Er sieht zu viel Wasser. Das Meer, seine schweißnassen Hände und jetzt das Glas Wasser. So rein. So perfekt. Unantastbar. Er spürt, wie seine Hand nach dem Glas greift, und als er es hebt, ist er überrascht von der Schwere des Glases.

Als das Wasser seine Kehle hinunterfließt, fühlt er sich wie benebelt. Seine Sicht ist jetzt nicht mehr so klar, als würde er durch einen Wasserstrahl schauen, auch die Farben werden kühler, blasser. Das Wasser ist kalt und frisch. Trotzdem fühlt er sich seltsam, so schwerelos, als würden seine Seele und sein Geist emporsteigen und von der Realität hinweggleiten …

»Also, fangen wir noch mal von vorn an. Wie heißt du?«

Ein komischer Fleck tanzt vor seinen Augen, wie ein Lichtstrahl blendet er ihn. Wie heißt er? »Ich weiß es nicht.«

Das Glas fällt auf den Boden, einmal, dann hebt er es auf und es fällt ihm wieder aus der Hand. Warum kann er das verdammte Glas nicht festhalten? Die Scherben auf dem Boden sind verschwunden, doch seinen Händen entrinnt Blut. Er wischt sich seine Hände an seiner Hose ab, welche sich blau färbt. Blau, die Farbe des Wassers.

»Dann einigen wir uns auf einen Namen, damit du wenigstens einen Teil einer Identität hast. Ich schlage *Darren* vor, der Name passt zu dir. Also, Darren. Wie bist du hierhergekommen? Wer hat dich gebracht?« Plötzlich ist er wieder auf dem Felsen, umgeben von Wasser und Wasser und Wasser …

»Ich weiß es nicht.«

Als er seine Hände betrachtet, ist das Blut verschwunden, dafür sind seine Hände nass, als hätte er sie soeben gewaschen, ohne sie zu trocknen. Aber egal wie oft und fest er seine Hände an seiner Hose abtrocknet, das komische wässrige Gefühl verschwindet nicht.

»Hat dich das Schwarze Lager geschickt?«

Er ist wieder in der dunklen Höhle und sieht seinen Schatten. Seinen dunklen, schmalen Schatten. Er keucht laut. Alles um ihn herum ist schwarz und finster.

Renn!

Plötzlich färbt sich der Boden rot. Karmesinrot. Wie ist das passiert? Dann merkt er, dass diese rote Farbe von seiner Hose tropft. Blut. Sein Blut. Verzweifelt versucht er, das rote Wasser wegzuwischen, doch damit färbt er nur seine Hände rot.

»Ich weiß nicht, was das ist.«

Er spürt, wie er immer schwächer wird. Das verdammte Blut hört nicht auf zu fließen. Die tiefrote Farbe bildet einen schmerzlichen Kontrast zur hellblauen kalten Umgebung. Rot und blau. Blut und Wasser.

»Weißt du, wo du bist?«

Die monotone Stimme des Wächters schneidet seine Adern auf. Er schreit laut auf. Doch er fühlt keinen Schmerz, er ist wie betäubt. Jetzt stirbt er. Er ist sich sicher. Kein Schmerz, nur Stille.

»Nein.«

Er stirbt. Er weiß es. Er spürt es. Wie die Welt von ihm gleitet, oder gleitet er von der Welt? Dunkelheit umgibt ihn. Ganz langsam schleicht sie in seine Umwelt, eine einzelne dunkle Wolke, die in seine Füße dringt und in seinem Körper hochwandert, bis sie seine Kehle erreicht und schließlich aus seinem Mund entflieht und seine Sicht mit schwarzem Nebel verschleiert …

Als er aufwacht, dringt Sonnenlicht aus dem Fenster. Erschrocken richtet er sich auf. *Wo bin ich?* Er schaut um sich herum. Er liegt auf einem Bett, sein Körper ist von einer grauen Bettdecke bedeckt. Neben ihm liegt ein Mädchen auf einem identischen Bett mit grauen Bettlaken. Ihr Gesicht ist hell und trägt feine Züge. Es passt nicht in diese monotone, leblose graue Gegend, findet er. Es ist so frisch wie ein Regentropfen, so zart wie eine Blume.

Plötzlich, als hätte sie seinen Blick gespürt, öffnet sie ihre Augen. Sie haben eine wunderschöne apfelgrüne Farbe. Sie verzieht das Gesicht, und er schaut verlegen weg.

»Wer bist du?«, fragt sie. Ihre Stimme ist scharf und stechend, ganz im Gegensatz zu ihrem weichen Antlitz. Jedoch liegt kein Vorwurf in ihrer Stimme, nur pure Neugier. Warum stellt ihm jeder diese Frage?

»Ich … ich bin Darren.« Darren. Wie ist er nur auf diesen Namen gekommen?

Das Mädchen hebt die Augenbrauen. »Darren. Bist du neu hier?«

»Ja, ich bin neu.« Neu, wo auch immer. *Hoffentlich erkennt sie meine Unbeholfenheit nicht.*

»Komisch, eigentlich kommen die Novizen immer im Juli. Und wir haben schon bald Oktober.«

Dann ist also Herbst. Endlich eine Information, womit er etwas anfangen kann. Das genaue Datum zeigt die Uhr auf dem Nachttisch: 23. September.

Was hat sie noch gesagt? Irgendetwas mit Novizen. Sie schaut ihn erwartungsvoll an, anscheinend fordert sie eine Antwort.

»Äh … ja. Ich … bin … später dazugestoßen«, erwidert Darren. Wenn sie zuvor noch verwirrt war, ist sie jetzt komplett durcheinander.

»Was meinst du? Die Eignungsprüfungen finden alle zur gleichen Zeit statt.«

»Eignungsprüfung?«

Sie hebt die Augenbrauen. »Wir müssen alle eine Prüfung bestehen, um vom Weißen Lager aufgenommen zu werden.«

Er muss das Thema wechseln. Sofort. Sonst wird seine Lüge sehr schnell auffliegen.

»Stimmt. Aber hey, genug über mich geredet. Du hast mir deinen Namen noch nicht verraten.«

Er versucht, so ungeniert wie möglich zu klingen, um die wahre Intention hinter seiner Frage zu verbergen.

»Ich bin Gemma.«

Gemma. Der Name hat einen schönen Klang, findet Darren. Gemma. Ja, der Name gefällt ihm und die Trägerin auch. Wie es sich wohl anfühlt, einen Namen zu haben? Er will seine Gedanken schon fast mit ihr teilen, als ihm einfällt, dass er bereits einen Namen hat. Oder besser gesagt einen erfundenen Namen, um nicht wie ein Geistesgestörter dazustehen.

Bevor sie das Gespräch wieder auf ihn lenken kann, ergreift er das Wort. »Und, gehörst du zu den Novizen, Gemma?«

»Natürlich. Sonst würde ich wohl nicht hier schlafen.«

Okay, das bedeutet, alle Personen, die in diesem Raum schlafen, sind Novizen. Und er auch, was auch immer das für ihn bedeuten mag.

Dann fällt ihm etwas ein, was er zu ihrem Namen sagen könnte, um sie weiter abzulenken. »Wusstest du, dass dein Name *Edelstein* bedeutet?«

»Ach echt? Du hast wohl Namenologie studiert?«, fragt sie lächelnd.

»Was?«, sagt Darren, zugegeben etwas dümmlich.

»Das war nur Spaß. Ich fand es nur witzig, dass du sofort wusstest, was mein Name bedeutet«, erklärt sie ihm.

Darren lacht daraufhin. »Verstehe. Ich wusste auch gar nicht, was dein Name bedeutet. Ich habe es von dem Wort *Gem* abgeleitet«, erläutert Darren. Dann fügt er noch hinzu: »Ähm … dein Name, also ich finde, der passt wirklich perfekt zu dir. Also ich meine, deine Eltern haben dir diesen Namen bestimmt wegen deiner Augen gegeben.«

Jetzt sieht sie noch irritierter aus. »Ja, nur schade, dass ich niemals erfahren werde, ob deine Vermutung wirklich stimmt.«

»Wieso nicht?«, fragt er.

Sie schaut ihn an, als wäre er ein Idiot.

Ich habe mich wieder verraten. Ich habe irgendetwas Dummes gesagt, denkt er und schlägt sich in Gedanken mit der Hand auf die Stirn.

»Na … wir sind hier alle Waisen. Du etwa nicht?«

Ich weiß nicht, ob ich eine Waise bin. Ich weiß nicht einmal, wer ich bin. Und was ich hier tue. Und was mit mir los ist …

»Darren?«

Es fühlt sich komisch an, seinen fingierten Namen aus dem Mund einer anderen Person zu hören. Aber gleichzeitig auch wundervoll. Es wäre wohl besser, wenn er sagt, dass er eine Waise ist, da es hier eine Normalität zu sein scheint. Nein, keine Normalität. Eine Voraussetzung.

»Ja, ich bin eine Waise«, sagt er. Lügt er. Sagt er. Wenn man keine Erinnerungen hat, gibt es zumindest einen Vorteil: Man kann nicht lügen. Gemma scheint ihn jetzt als etwas weniger merkwürdig zu empfinden, denn sie nickt und lächelt sogar.

Irgendjemand im Raum stöhnt laut auf. Ein Junge, der gegenüber von Darren schläft. Er richtet sich halb auf und schüttelt seinen Kopf.

»Wie viel Uhr haben wir?«, murmelt er verschlafen. Seine blonden Haare fallen ihm über die Stirn, die hellblauen Augen noch halb verschlossen von der Müdigkeit.

»Kurz nach neun«, antwortet Gemma. Ihre Hände liegen immer noch aufeinander unter ihrem Kopf. Der Junge scheint jetzt erst Darren bemerkt zu haben, denn er fragt auf einmal mit fester Stimme, als wäre seine Müdigkeit verflogen: »Wer bist du denn?«

Gut, dass er sich dazu entschieden hatte zu lügen. Diese Frage wird er heute wahrscheinlich noch hundertmal gestellt bekommen. Wenn er die Wahrheit gesagt hätte, würden die Gespräche möglicherweise zehnmal länger dauern. »Ich bin Darren. Ich bin neu hier. Und auch eine Waise.«

Er würde sich gern eine Ohrfeige geben. Der letzte Satz war nicht nur unnötig, er hat damit auch die Glaubwürdigkeit seiner Aussagen infrage gestellt.

Der Junge scheint das Gleiche zu denken wie Darren. »Okay. Das hätte ich tatsächlich nicht gedacht, dass du eine Waise bist.«

Gemma und der Junge fangen an zu lachen. Aber sie lachen ihn nicht aus, jedenfalls scheint es nicht so. Also lacht Darren mit, und zum ersten Mal fühlt er sich wirklich leicht. Und sorglos. Als würde er mit seinen besten Freunden herumalbern. Nur, dass sie nicht seine besten Freunde sind. Und dass er sehr viele Sorgen hat. Eine davon ist, herauszufinden, wer er ist und was zur Hölle er hier macht. Doch in diesem Moment, vergisst er all das und genießt diesen kurzen Augenblick.

»Das ist echt komisch. Wann bist du gekommen? Und wer hat dich gebracht?«, fragt der Junge.

Ach, wenn du nur wüsstest, denkt Darren.

»Also, ich bin gestern angekommen. Gestern Abend.« Darren hofft verzweifelt, dass der Junge den letzten Teil seiner Frage vergisst. Doch das tut er nicht.

»Und wer hat dich gebracht?«, wiederholt er, und Darren hört die subtile Dringlichkeit in seiner Stimme. Was soll er bloß sagen? Wer könnte ihn gebracht haben? Der merkwürdige Mann mit den platinblonden Haaren und den schwarzen Augen? Die Wächter? Sonst kennt er hier keinen.

»Ich weiß ihre Namen nicht. Es waren zwei Männer«, sagt er schließlich. Der Junge scheint nicht wirklich überzeugt zu sein, doch bevor er eine weitere Frage stellen kann, fragt Darren: »Wie heißt du eigentlich?«

»Ich heiße Luke.« Neben Luke schläft eine weitere Person. Tief und fest. Darren zeigt mit seinem Kopf auf ihn. »Wer ist das?«

»Oh, das ist John. Der schläft immer wie ein Stein«, antwortet Luke mit einem schiefen Grinsen. Darren sieht nur einen braunen Schopf, da John auf dem Bauch schläft, die Arme ausgebreitet.

»Sollten wir ihn wecken?«, fragt Darren.

»Nicht nötig. Heute haben wir frei«, antwortet Gemma. Sie ist bereits aufgestanden und streckt sich. Sie ist mittelgroß und hat einen zierlichen Körperbau, einen langen Nacken, der in schmale Schultern übergeht.

»Wollt ihr nicht frühstücken?«, fragt sie in die Runde.

Luke zuckt mit den Schultern. »Das Büfett hat doch bis zehn Uhr auf.«

»Und wir haben schon fast halb zehn«, erwidert sie.

»Na und? Ich brauche fünf Minuten, um mich fertig zu machen. Höchstens.«

»Wirst du nicht duschen?«

»Nein, wieso sollte ich?«

»Ach, deshalb stinkst du immer.« Luke und Gemma lachen los, woraufhin John stöhnt.

»O nein, wir haben den Stein aufgeweckt«, wispert Gemma grinsend.

»Ist das euer Ernst? Ich will hier schlafen und ihr macht solchen Lärm«, beklagt sich John.

Das bringt Gemma und Luke noch mehr zum Lachen. »Junge, wir haben schon fast zehn. Du hast wohl die Energie eines Greises«, sagt Luke.

»Aber, Luke. John ist doch eine alte Seele, gefangen in einem jungen Körper«, entgegnet Gemma.

Luke schaut Gemma mit leuchtenden Augen an. »Das erklärt, warum er immer so lange braucht, um etwas zu begreifen.«

John gibt einen seltsamen, gequälten Laut von sich und drückt sich das Kissen gegen seine Ohren.

Gemma geht mit einem Schnauben ins Bad.

Darren weiß nicht, was er von der ganzen Situation halten soll. Seine Zimmergenossen wirken alle normal, sie verhalten sich wie gewöhnliche Jugendliche. Doch der Ort, die Wächter, der ältere Mann von gestern haben einen sehr merkwürdigen, verstörenden Eindruck gemacht. Dann fällt ihm wieder das Gespräch ein, das er mit dem seltsamen Mann geführt hat. Wie hieß er noch gleich? Nathanael. Er kann sich nur noch daran erinnern, wie er etwas getrunken hat, doch was danach passiert ist, weiß er nicht. Ist er etwa eingeschlafen, und die Wächter haben ihn in diesen Raum gebracht? Er wünschte, er könnte die Zeit zurückspulen, um das Gespräch noch mal zu erleben, denn er hat ein komisches Gefühl. Als wäre alles nur eine Traumsequenz gewesen; es kommt ihm surreal vor. Seine Erinnerungen enden auch abrupt, es gibt keinen Übergang. Er schüttelt den Kopf, um klarer denken zu können. Die ganze Situation überfordert ihn. Und seine ursprünglichen Fragen finden wieder zu seinen Gedanken zurück.

Ich weiß immer noch nicht, wer ich bin und wie ich hier gelandet bin. Ich kann niemals auf diesem Felsen mitten im Nirgendwo geboren sein, ausgereift, sowohl physisch als auch mental. Das ergibt alles keinen Sinn.

Darren massiert seine Schläfen, die Fragen überrollen ihn. Als er aufschaut, sieht er, wie Luke ihn beobachtet und es auch anscheinend nicht zu verstecken versucht, denn er schaut ihm jetzt sogar direkt in die Augen, sein Blick undurchdringlich, aber er erkennt einen Anflug von Misstrauen. Darren wünschte, er könnte ihm alles erzählen, ohne dass er ihn für verrückt hält. Doch das tut er wahrscheinlich jetzt schon.

Als Gemma vom Bad zurückkommt, ist Darren erleichtert, denn

jetzt kann er sich von Lukes skeptischen Blicken befreien. Er geht ins Bad, das noch etwas dampfig ist, da Gemma zuvor geduscht hat. Das Bad ist klein, mit einer Dusche und zwei Toiletten, einer Jungen- und einer Mädchentoilette.

Darren zieht sich aus und steigt in die Dusche. Als das kühle Wasser ihn durchströmt, fühlt er sich wach und lebendig.

Er betastet seinen Körper, der ihm trotz seiner fehlenden Identität vertraut ist. Schlank und muskulös, mit adrigen Armen und langen Fingern. Es ist ein intimer Moment, der ganz allein ihm gehört, und es macht ihn glücklich, etwas zu haben, das ihm wenigstens einen Teil seiner Identität zurückgibt.

Darren steigt aus der Dusche, trocknet sich ab und betrachtet sich schließlich im Spiegel. Er betastet sein Gesicht. Die hohen Wangenknochen, die schmalen Lippen, den breiten markanten Kiefer, die leichten Sommersprossen, die helle Haut, die dunklen, welligen Haare, die ihm in die Stirn fallen, und die Narbe an seiner linken Schläfe. Es fühlt sich besonders bizarr an, seine Augen zu sehen. Sie sind hellbraun und spiegeln seine Sorgen, seine Gedanken, seine Seele.

Sie drücken auch Furchtlosigkeit aus. Jedoch können sie seine Verletzlichkeit nicht verstecken. Er fühlt sich seinen Augen am verbundensten, als würden sie alles beinhalten, was ihn ausmacht. Seine dunkelsten Geheimnisse, seine Wünsche, seine Sehnsüchte, seine Ängste, seine Träume, die tiefsten Bereiche seiner Seele. Die Augen sind das Fenster zur Seele. In diesem Moment merkt er, dass es stimmt. Seine Augen verraten mehr über ihn als all seine restlichen Körperteile zusammen. Seine Haare, seine Haut sind nur Teile seines Körpers. Aber seine Augen, seine Augen sind der Schlüssel zu seiner Identität. Wie sie jetzt unter dem kühlen Licht leuchten und ihn unerschrocken anstarren … Er fühlt sich schon fast so, als hätte er ein Ich.

Er legt seine Hände auf die Kante des Waschbeckens und betrachtet sein Gesicht ein letztes Mal, bevor er sich einen Bademantel um den Körper wickelt. Er zögert kurz, dann verlässt er das Bad. Er weiß nicht, wieso, aber er fühlt sich unwohl dabei, in einem

Bademantel vor den anderen zu stehen. Es ist lächerlich, schließlich ist er nicht nackt, trotzdem kann er das unangenehme Gefühl nicht ignorieren.

Gemma und Luke mustern ihn von Kopf bis Fuß. Gemmas Blick macht ihm nichts aus, denn sie mustert ihn mit einem interessierten Blick, wie sie ihn auch aus Neugier mit Fragen durchlöchert hat. Lukes Blick dagegen lässt ihn innerlich schaudern. Er beäugt ihn nicht mit neugierigen oder oberflächlichen Blicken. In seinem Blick liegt vielmehr Missbilligung und Misstrauen. Er durchbohrt ihn förmlich mit seinen stechenden blauen Augen. Doch Darren lässt sich von ihm nicht einschüchtern und schaut ihm fest in die Augen, bis Luke schließlich wegschaut. Darren kann nur mit aller Mühe ein triumphierendes Grinsen unterdrücken.

Gemma scheint die nonverbale Konfrontation zwischen ihnen nicht bemerkt zu haben. Sie trägt ein weißes opakes Hemd mit einer Brusttasche, woran ein Metallteil steckt, das mit der Zahl Zwei beschriftet ist. Ihre Hose ist ebenfalls weiß sowie ihre Sportschuhe. An ihrem Arm erkennt Darren ein weißes Armband mit einer digitalen Anzeige der Uhrzeit. Ihre schulterlangen braunen Haare hat sie offen gelassen, wodurch ihre Gesichtszüge noch weicher wirken.

»Deine Anziehsachen liegen hier«, sagt Gemma zu Darren und zeigt auf eine Holzkiste vor seinem Bett, die von der Breite her der Länge seines Bettes entspricht. Seine Kleidung liegt auf der Holzkiste und ist identisch mit den Klamotten, die Gemma trägt. Auch das Armband liegt dort.

Darren bedankt sich bei ihr und zieht sich im Bad an.

Als er das Bad wieder verlassen möchte, hört er Luke und Gemma leise reden. Um besser zu verstehen, worüber sie sich unterhalten, platziert er sein Ohr an der Tür.

»Was zur Hölle macht der hier?«, fragt Luke.

»Ich weiß es nicht. Er hat gemeint, er sei später dazugestoßen.« Eine Weile sagt keiner etwas.

»Ich weiß, ich finde es auch komisch. Außerdem musste er nicht mal einen Eignungstest machen«, sagt Gemma.

»Wirklich? Das ist nicht fair. Warum müssen wir so eine Prüfung bestehen, und er kann aufgenommen werden, ohne sie überhaupt ablegen zu müssen.«

»Genau das habe ich mir auch gedacht. Ich meine, stell dir vor, ich habe mich von meiner besten Freundin trennen müssen, weil sie den Test nicht bestanden hatte.«

Seufzend fügt sie hinzu: »Das ist einfach nur ungerecht.«

Einen Moment später sagt Luke: »Aber jetzt im Ernst, das kann doch nicht sein. Er ist einfach plötzlich aufgetaucht. Vielleicht sagt er auch gar nicht die Wahrheit.«

»Ja, ich dachte mir auch einen kurzen Moment, dass er vielleicht ein Flüchtling oder so ist, aber … Das ist doch unmöglich. Oder? Und ich meine, wieso kommt er hierher?«, fragt Gemma, der Zweifel in ihrer Stimme ist unüberhörbar.

»Ich weiß nicht … Dafür müsste ihm doch der Standort unseres Lagers bekannt sein«, gibt Luke zurück.

»Eben. Das habe ich mir auch gedacht, weshalb ich zum Schluss gekommen bin, dass es nicht sein kann.«

Es vergehen wieder ein paar Sekunden, in denen keiner etwas sagt. Dann ergreift Luke das Wort. »Vielleicht ist er gar kein Novize. Vielleicht hat er sich hier reingeschlichen.«

»Nein, das kann nicht sein. Die Wächter hätten ihn doch aufgehalten.«

»Stimmt auch wieder«, sagt Luke. Dann fügt er hinzu: »Oder sie sind eingeschlafen.«

Das bringt Gemma zum Lachen. Doch diesmal klingt ihr Lachen nicht angenehm, eher bitter. »Auch wenn sie eingeschlafen wären, könnte er wohl unmöglich rein. Das Tor ist doch immer abgeschlossen.«

»Vielleicht hat er den Schlüssel aus der Hosentasche von einem der Wächter genommen und dann das Tor aufgeschlossen.«

»Stimmt, daran habe ich nicht gedacht«, gibt Gemma zu. Eine Weile herrscht erneut Stille. Dann spricht wieder Luke. »Mal schauen, was aus der Sache wird. Ich bezweifle, dass die anderen ihn einfach so akzeptieren werden, geschweige denn integrieren. Schon gar nicht, wenn sie erfahren, dass er ohne Bestehen der Eignungsprüfung aufgenommen wurde.«

Das beunruhigt Darren, obwohl er es sich nicht eingestehen will. Es sollte ihm nichts bedeuten, wieso auch?

Er wird sicherlich bald seine Erinnerungen zurückbekommen und kann diesen Ort dann verlassen. Freunde wird er hier also nicht finden müssen.

»Also, wir sollten ihn aber auch nicht ausschließen. Das wäre falsch. Außerdem würde es einen schlechten Eindruck machen«, sagt Gemma.

Darren weiß nicht, was er von ihrem Einwurf denken soll. Es sollte ihn aufheitern, doch das tut es nicht. Er findet, dass es sich weniger nach Empathie, sondern mehr nach kühler Objektivität angehört hat.

»Ich fände es genauso falsch, einen Lügner zu integrieren und gute Miene zum bösen Spiel zu machen«, erwidert Luke, und seine Stimme klingt gleichgültig.

Hat er ihn nicht vor ein paar Minuten, als Darren selbst noch dabei war, wie einen guten Freund behandelt? Das widerspricht sich doch mit seiner jetzigen Äußerung. Als eine lange Zeit keiner etwas sagt, beschließt Darren, das Bad zu verlassen. Er hat schon genug gehört. Außerdem braucht kein Mensch so lange, um sich anzuziehen.

Als er ihnen gegenübertritt, hebt Luke die Augenbrauen und sagt in einem verächtlichen Ton: »Mann, du brauchst sogar länger als Gemma. Hast du dich etwa noch schön gemacht?« Er stößt ein bitteres Schnauben aus. Er scheint seine Freundlichkeit endgültig abgelegt zu haben, was Darren lieber ist. Er glaubt, dass Luke den wahren Grund hinter seinem langen Aufenthalt im Bad kennt, denn er scheint sich keine Mühe zu geben, den sarkastischen Unterton in seiner Stimme zu verstecken. Gemma dagegen schaut ihn nicht an, sondern starrt gedankenverloren auf den Boden. Doch er bezweifelt, dass sie wirklich in Gedanken verloren ist, es scheint vielmehr, als würde sie seinen Blick meiden wollen. Sollte sie auch. Sie soll sich schlecht fühlen, dass sie hinter seinem Rücken geredet hat.

Obwohl er ungern mit ihnen sprechen will, muss er es wohl doch tun, denn sie sind die Einzigen, die ihm den Weg zum Speisesaal zeigen könnten. Und sein Magen knurrt wie verrückt. Also überwindet er seinen Stolz oder besser gesagt, sein Hunger setzt sich durch, und fragt nach dem Weg.

»Ich gehe jetzt sowieso, dann kannst du einfach mitkommen«, sagt Gemma und schaut ihn an, meidet aber seine Augen.

»Gut. Dann können wir ja los«, sagt Darren in einer neutralen Stimmlage.

Gemma steht auf, und Darren folgt ihr. Sie steigen in den Aufzug ein, den Darren schon gestern gesehen hat, und fahren ein Stockwerk nach oben. Dort ist der Speisesaal, der nach seinem Empfinden überbeleuchtet ist. In der Mitte befinden sich drei lange Tische. Sie umgehen sie und laufen auf das Büfett zu, das sich im hinteren Bereich des Raumes befindet. Das Essen liegt in kleinen, eckigen Metallschalen. Es gibt alles Mögliche: Oliven, Käse, Tomaten, Salami, Marmelade und so weiter. Darren nimmt sich zwei Brotscheiben, Marmelade, Butter und Orangensaft. Sie setzen sich an einen Tisch und fangen an zu essen. Während des Essens reden sie nicht. Er will auch nicht reden. Er will ihre falsche Freundlichkeit nicht hören. Eigentlich würde er sich auch gern woanders hinsetzen, aber da er sonst niemanden kennt, hat er keine andere Wahl. Allein würde er auf keinen Fall sitzen wollen. Es würde zu sehr auffallen.

Als er mit dem Frühstück fertig ist, kommt eine Frau auf ihn zu. Sie ist groß, mit kinnlangen schwarzen Haaren, einem gleichmäßig geschnittenen schwarzen Pony, welcher ihr bis unter die Augenbrauen reicht. Ihr Gesicht hat asiatische Züge; ihre Miene ist streng.

»Guten Morgen, Darren. Wenn du mit deinem Essen fertig bist, folge mir bitte«, sagt sie. Sie hat eine tiefe, monotone Stimme, die ihn an den Wächter von gestern erinnert.

»In Ordnung. Ich bin eigentlich schon fertig«, sagt Darren, obwohl es nicht ganz der Wahrheit entspricht. Er will nur weg von Gemma.

»Gut. Dann bringe ich dich zum Imperator«, sagt sie.

Darren steht daraufhin auf und folgt der Frau. Sie betreten den dunklen Gang, den Darren mit den Wächtern eingeschlagen hatte. Als die Frau in den Bildschirm an der Wand spricht, öffnet sich wieder die Tür automatisch.

Hinter dem Schreibtisch sitzt der Mann mit den platinblonden Haaren und den pechschwarzen Augen. Der Imperator. Er trägt einen weißen Anzug, der in einem komischen Kontrast zu seinen Haaren steht, die dadurch etwas gelblich erscheinen.

»Guten Morgen, Darren. Setz dich«, sagt er in seiner kühlen, freundlichen Stimme. Darren tut, was er sagt.

»Ich nehme an, du hast viele Fragen. Und ich werde sie dir, so gut es geht, beantworten.«

Ja, Darren hat Fragen. Nicht nur über diesen Ort, sondern auch über sich selbst, aber die kann Nathanael schlecht beantworten.

»Also, was genau ist das für ein Ort? Ich weiß nur, dass er das *Weiße Lager* heißt.« Nathanael nickt und holt tief Luft, bevor er anfängt zu sprechen. »Das Weiße Lager ist eine Art Internat für besondere Jugendliche. Wir schenken Waisen eine sichere, erfolgreiche Zukunft. Diese Art von Internat gibt es nicht nur hier in den Vereinigten Staaten. Andere Länder verfügen auch über Schulen für Waisenkinder.«

Die Vereinigten Staaten. Eine weitere Information über seinen Standort.

»Und wie genau sichert ihr den Waisenkindern eine erfolgreiche Zukunft?«, fragt Darren irritiert.

»Wir ermöglichen ihnen, sich wichtige, bemerkenswerte Qualitäten anzueignen. Sie werden in verschiedenen Bereichen ausgebildet. Sie eignen sich zum Beispiel kognitive, mentale sowie physische Fähigkeiten an. Es finden auch Wettbewerbe statt, zwischen unserem Lager und dem der anderen.«

Darren klärt das Gespräch nicht auf, sondern es verwirrt ihn noch mehr. Was hat das alles für einen Sinn? »Warum Waisenkinder?«, fragt er.

»Wie du weißt, haben Waisenkinder nicht wirklich ein Zuhause, und auch an Bezugspersonen fehlt es ihnen. Wir wissen, wie elternlose Kinder in Waisenhäusern behandelt werden, und wir möchten ihnen helfen. Denn eine schwierige Kindheit verspricht keine einfache Zukunft. Und das verstößt gegen unsere Werte. Jeder sollte die Möglichkeit haben, sich frei entfalten zu können. Doch Waisenkindern wird dies vorenthalten. Verstehst du, sie werden unterdrückt, und daraus resultiert, dass sie sich in ihrem Leben nicht behaupten, geschweige denn etwas erreichen können. Und das wollen wir verhindern.«

Darren nickt langsam, doch es kommt ihm trotzdem merkwürdig vor. »Also ist das ein gemeinnütziges Projekt?«, fragt er.

Nathanael lächelt und schüttelt den Kopf. »Es ist nicht nur ein Projekt. Sieh, es ist unsere Berufung. Das ist unsere Art, der Gesellschaft etwas zurückzugeben. Denn wir sind alle dazu verpflichtet, zum Gelingen unserer Welt etwas beizutragen.«

Jetzt ergibt es mehr Sinn, allerdings ist Darren immer noch nicht vollkommen überzeugt.

»Und warum ist es so abgelegen? Ich meine, warum habt ihr euch eine abgeschottete Insel ausgesucht?«

Nathanael lächelt wieder. »Das werde ich dir erklären, wenn du so weit bist.«

Darren hätte gern weiter nachgebohrt, doch Nathanaels Lächeln ist fest und undurchdringlich.

»Okay … also was genau sind diese Wettbewerbe?«, fragt er stattdessen. Er muss diese Möglichkeit ausnutzen, um so viele Fragen wie möglich zu stellen.

»Es finden Wettbewerbe zwischen den verschiedenen Lagern statt, wodurch wir einschätzen können, wie sehr ihr euch verbessert habt und was noch ausbaufähig ist. Die Spiele spornen euch an, sie bringen Motivation und Energie. Und sie entwickeln ein Gemeinschaftsgefühl. Etwas, das in Waisenhäusern fehlt. Zusammenhalt. Solidarität.«

Als Nathanael Darrens zweifelnden Blick sieht, fügt er hinzu: »Es ist ein psychologisches Projekt, verstehst du? Es trägt auch zur psychologischen Forschung bei. Es beantwortet Fragen über Erziehung, das menschliche Wesen, das Individuum in einer Organisation. Du wirst die Folgen noch zu spüren bekommen. Stell es dir wie ein Schachspiel vor. Du fängst als Bauer an. Schwach. Machtlos. Du arbeitest dich hoch, bis du deinen Bauern mit einer mächtigen, einflussreichen, starken Figur eintauschen kannst. Und dies ist unser Ziel. Wir machen aus euch Bauern mächtige Spielfiguren.«

III

Darren schüttelt den Kopf. Das ist alles so absurd. Schachfiguren? Was hat das denn mit diesem Ort zu tun? Er versteht, dass es nur symbolisch gemeint ist, trotzdem findet er es merkwürdig. Andererseits findet er alles merkwürdig. Am meisten sich selbst. Er hat keine andere Wahl, als das alles zu akzeptieren. Was soll er sonst machen? Er weiß nicht, wer er ist, wie er hier gelandet ist, wohin er gehen soll. Er weiß nichts. Als ihm diese Erkenntnis zum ersten Mal wirklich klar wird, bricht er zusammen. Er fällt auf seine Knie und hält sich die Ohren zu, obwohl um ihn herum Stille herrscht. Doch die Stille bedrückt ihn wie Wasser, das ihn ertränkt. Erst als sein Kiefer schmerzt, merkt er, dass er mit den Zähnen knirscht. Doch er kann nicht aufhören. Die heißen Tränen fließen seine Wangen hinunter. Wutschäumend schmeißt er die Nachttischlampe um und brüllt in den Raum: »Lass mich los, lass mich los, lass mich los!«

Doch das Leben lässt ihn nicht los. Denn er kann sich selbst nicht loslassen. »Darren. Du bist nicht Darren. Darren ist eine erfundene Figur. Du bist ein niemand. Du bist auch kein Ich. Du bist auch kein Mir, kein Mein, kein Mich. Du bist nichts«, flüstert er vor sich hin. Immer und immer wieder. »Du bist nichts!«, schreit er, die Tränen haben jetzt aufgehört. Dann fängt das Zittern an. Das Zittern nimmt seinen ganzen Körper ein, bis er auf dem Boden liegt. Seine Hände sind immer noch auf seinen Ohren, die Augen sind fest zugedrückt, seine Knie hat er bis zu seinem Bauch hochgezogen. Es vergeht eine halbe Ewigkeit, in der er unverändert auf dem Boden liegt und zittert, bis eine Hand sich auf seine Schultern legt. Er hört nur eine gedämpfte Stimme.

Die Hände der Person versuchen erst sanft, dann mit mehr Kraft, seine Finger von den Ohren wegzuziehen.

»Hey, Mann, was ist los? Darren, was ist passiert?«, fragt eine männliche Stimme. Es ist Luke. »Darren? Soll ich jemanden rufen?«, fragt er.

Als er schließlich seine Augen öffnet, begegnet er Lukes Blick. Die Farbe ist aus seinem Gesicht gewichen. »Hey, Mann. Was war los? Du hast mir echt Angst gemacht«, sagt er. Inzwischen ist er nicht mehr so blass und auch seine Hände haben an Druck verloren. Darren schaut um sich, als wüsste er nicht, wo er sich befindet. Er ist in dem Schlafzimmer der Novizen, wo er heute Nacht mit Luke, Gemma und John übernachtet hat.

»Darren? Alles in Ordnung? Du siehst echt blass aus. Soll ich dich zum Arzt bringen?«

Darren wird aus seinen Worten nicht schlau. Zum Arzt? Wo ist hier denn ein Arzt? Als er nicht antwortet, schaut Luke ihn schockiert an, als er eins und eins zusammenzählt – und zum falschen Schluss kommt. »O mein Gott. Du hast deine Stimme verloren.«

Darren schaut ihn schief an. »Nein, Luke. Lass mich in Ruhe«, bringt er schließlich krächzend raus.

Luke pustet geräuschvoll durch die Backen. Er schließt kurz die Augen und öffnet sie wieder, als er sagt: »Alter, hast du mich erschreckt. Ich dachte schon wirklich, dass du deine Zunge geschluckt hast oder so.«

Darren muss etwas lachen, bis ihm einfällt, dass er Luke nicht leiden kann. Das bringt ihn wieder zum Schweigen. Luke entgeht das nicht. »Hast du irgendwie Stimmungsschwankungen oder so? Oder noch extremer, eine bipolare Störung? Oder du erleidest gerade eine existenzielle Krise. Hey, dann hätten wir etwas gemeinsam.«

Darren schüttelt den Kopf und lehnt sich gegen sein Bett. Luke setzt sich daneben.

»Jetzt im Ernst … was ist los mit dir?«

Darren beschließt, ihm die Wahrheit zu sagen. Luke hält ihn sowieso für verrückt. Also atmet er tief ein und sagt: »Hör zu, das, was ich euch heute Morgen erzählt habe, das war gelogen.« Luke nickt langsam, er wirkt nicht schockiert. Natürlich nicht, schließlich hatte er ihm diese Lügen auch nicht abgekauft. »Ich weiß, dass es sich jetzt komisch anhören wird, aber … ich weiß nicht, wer ich bin. Ich … ich heiße nicht einmal Darren. Ich weiß nicht, wie ich heiße. Ich habe den Namen erfunden, genauso wie meinen geplanten

Aufenthalt in diesem Internat. Ich bin gestern Nacht erst zu mir gekommen. Ohne Erinnerungen. Ich lag auf einem Felsen mitten im Meer. Und dann habe ich eine Höhle gefunden, die mich hierhergeführt hat.« Luke schaut ihn ungläubig an, seine Augen sind groß und dunkel. Als er den Mund aufmacht, um etwas zu erwidern, fährt Darren fort: »Ich weiß, es ist absurd. Und ich verstehe, wenn du mir nicht glaubst. Aber es ist die Wahrheit. Ich weiß nicht, wer ich und wie ich hier gelandet bin. Ich bin mir auch sicher, dass ich nicht geisteskrank bin oder so. Manchmal hoffe ich immer noch, dass das alles nur ein Traum ist.«

Eine Weile sagt Luke nichts. Dann keucht er laut. »Aber … das ist doch unmöglich. Ich meine, du musst doch wissen, wie du heißt. Und … wie kann es überhaupt sein, dass du auf einem Felsen aufwachst? Ich meine, das ist doch absurd.« Darren nickt, denn er kann es auch nicht glauben.

Dann leuchten Lukes Augen auf. »Hey, vielleicht hattest du einen Unfall mit einem Helikopter oder so und du bist so hart auf diesen Felsen gefallen, dass du eine Gehirnerschütterung davongetragen hast.« Darren ist nicht überzeugt, er bezweifelt, dass man so hart auf einen Felsen fallen kann, dass man eine Gehirnerschütterung bekommt, aber sanft genug, um nicht zu sterben. Zudem hat er auch nicht geblutet.

Als er seine Zweifel äußert, nickt Luke und presst die Lippen zusammen.

»Mann, das ergibt wirklich keinen Sinn. Also: Du bist auf diesem Felsen aufgewacht, dann bist du in diese Höhle gegangen und von dort aus hast du diesen Ort gefunden?« Darren nickt. »Krass. Und die Wächter haben dich einfach reingelassen?«

Das bringt Darren zum Lachen. »Ja, nach einer langen Diskussion. Sie haben mir natürlich nicht geglaubt. Dachten, ich sei gestört.«

»Nimm es nicht persönlich, aber ich hätte dich vermutlich auch für gestört gehalten«, sagt Luke zerknirscht.

»Schon okay. Ich nehme es dir nicht übel. Wahrscheinlich hätte ich mich auch für gestört gehalten, ich meine als Außenstehender.

Nur … ich weiß, dass ich nicht gestört bin. Macht das irgendeinen Sinn?«

Luke legt die Stirn in Falten. »Ich glaube, nichts kann wirklich Sinn machen, das von einer sinnlosen Geschichte stammt.«

Darren grinst.

Luke stößt ein Lachen aus. »Ach ja, ich weiß, dass du heute Morgen Gemma und mich belauscht hast. Ich meine, jetzt mal im Ernst – kein Mensch braucht so lange, um sich umzuziehen.«

Dann lag Darren mit seiner Vermutung richtig. Er hat es an Lukes sarkastischem Tonfall erkannt. Er schaut ihn verlegen an, als er erwidert: »Tut mir leid. Ich hätte euch nicht belauschen sollen.«

Doch Luke schüttelt mit dem Kopf. »Nein, mir tut es leid. Ich hätte nicht hinter deinem Rücken über dich reden sollen. Vor allem jetzt, wo ich weiß, dass du eigentlich selbst keine Ahnung hast.«

Darren und Luke lachen. Vielleicht hat er Luke doch falsch eingeschätzt. Es war auch eine verständliche Reaktion von ihm, Darren zu misstrauen. Wer weiß, wie er an seiner Stelle gehandelt hätte?

Eine Weile herrscht Stille. Dann ergreift Luke das Wort. »Eine Frage … wenn du nicht weißt, wer du bist, wusstest du dann auch nicht, wie du aussiehst?«

Mit dieser Frage hat er nicht gerechnet. Er hat selbst gar nicht darüber nachgedacht. Er konnte nicht darauf kommen, weil er wusste, wie er aussieht. Er versucht, es Luke zu erklären. »Nein, ich wusste, wie ich aussehe. Ich meine, ich fand es schon komisch, mich im Spiegel zu betrachten, aber es war nicht befremdlich. Also, ich war vertraut mit meinem Äußeren.«

Luke nickt und zieht die Augenbrauen zusammen. »Seltsam. Woher wusstest du, wie du aussiehst? Wenn du keine Erinnerungen hast, dann musst du es doch eigentlich vergessen haben, oder?«

»Nein. Ich kann ja auch sprechen. Sprachen habe ich auch nicht verlernt. Ich glaube, dein Äußeres hängt nicht wirklich mit Erinnerungen zusammen. Was ich sagen will, ist: Dein Aussehen und wie sich dein Körper anfühlt, das prägt sich in deinen Kopf ein, denke ich zumindest. Sonst hätte ich überrascht sein müssen, als ich mein Spiegelbild gesehen habe. War ich aber nicht, weil ich bereits wusste, wie ich aussehe. Es war schon fast intuitives Wissen, verstehst du?« Luke antwortet nicht, doch Darren sieht an seiner Mimik, wie sein Gehirn arbeitet und das Gesagte verarbeitet. Schließlich holt er tief Luft, was schon für sich spricht. Er ist überfordert mit der Situation, vermutlich hat er nicht einmal alles verstanden, was Darren ihm nicht übel nimmt. Schließlich kann er das alles immer noch nicht begreifen. Er wünschte, das Licht in der Höhle würde auch endlich einen Weg in sein Gehirn finden und alles aufdecken, die dunkelsten, tiefsten Ecken seines Verstandes beleuchten.

»Hey, soll ich dich mal etwas rumführen? Wir sollten diesen freien Tag nutzen.«

»Ja, das ist eine gute Idee«, stimmt Darren zu.

Sie stehen auf und Luke übernimmt die Führung. Die drei Zimmer neben ihrem Schlafzimmer gehören der *Elite*. Die Zimmer tragen die Namen der Bundesstaaten der USA. Das eine Zimmer heißt *Ohio*, das mittlere *Alabama* und das Zimmer in der Ecke *New Jersey*. Darrens Schlafzimmer hat den Namen *Florida*.

»Die Elite ist die zweite Stufe. Die erste Stufe umfasst die Novizen, die zweite die Elite und die dritte die Master«, erklärt Luke.

»Okay, und wir sind jetzt Novizen?«, fragt Darren.

»Genau. Als Novize musst du zwei oder drei Level erfolgreich absolvieren, um dann zur Elite zu gehören. Und wenn du dann zur Elite gehörst, wirst du auch als Spieler eingesetzt.«

»Spieler? Ich dachte, die letzte Stufe sei Master?«

»Die Master machen auch die letzte Stufe aus. Die Spieler sind sozusagen die Elitemitglieder«, erläutert Luke.

»Okay, und was genau machen die Spieler?«, hakt Darren nach. Dieser Prozess verwirrt ihn.

»Die Spieler treten bei Wettkämpfen gegen die Spieler aus anderen Lagern an.«

»Wie viele Lager gibt es denn noch?«

»Das weiß ich nicht.«

»Und was genau meinst du mit *Level*?«

»Also ich meine nicht wirklich Spiellevel. Level ist bei uns einfach eine andere Bezeichnung für Klasse.«

»Und warum bilden die Spieler keine eigene Stufe, sondern sind Teil der Elite?«

Luke holt tief Luft und nickt langsam, bevor er seine Frage beantwortet. »Gute Frage. Also ich vermute, es liegt daran, dass man nur als Mitglied der Elite ein Spieler werden kann. Wenn du zur Elite gehörst, bist du auch automatisch ein Spieler, aber du wirst nicht immer eingesetzt. Manche werden auch gar nicht eingesetzt. Wenn du Spieler bist, ist es eigentlich eher unwahrscheinlich, Master zu werden, da es sehr schwierig ist, gute Spieler zu finden. Es ist schwierig zu erklären … Also als Master kannst du zum Beispiel nicht mehr zum Elitemitglied und schon gar nicht zum Novizen degradiert werden.« Darren sieht ihn irritiert an, ihm ist der ganze Prozess immer noch nicht klar.

Luke grinst bei seinem Anblick. »Keine Sorge, ich habe es am Anfang auch nicht durchblickt.«

»Wie lange bist du eigentlich schon hier?«

Luke zuckt mit den Schultern und hebt seinen Kopf, als wüsste der Himmel die Antwort.

»Seit ungefähr drei Monaten.«

Drei Monate? Dafür, dass er schon drei Monate hier ist, kennt er sich aber nicht so gut aus, findet Darren.

Luke zeigt auf die zwei Türen neben dem Aufzug, die mit den Titeln *Virginia* und *Washington* beschriftet sind. Hinter ihnen befinden sich die Spielerräume. Und die zwei Türen auf der anderen Seite des Aufzugs – *Arizona* und *Alaska* – sind Räume für mentales Training. Die vier gegenüber der Schlafzimmer sind für physisches Training bestimmt, dort könnten sie boxen, fechten und andere Aktivitäten ausüben. Die Namen dieser Räume sind *Mississippi*, *Montana*, *Oklahoma* und *Pennsylvania*.

Anschließend steigen sie in den Aufzug und überspringen den zweiten Stock, da dieser der Speisesaal ist, den Darren bereits gesehen hat. Der dritte Stock besitzt ein großes Schwimmbecken. Die Wände sind, wie auch in den anderen Stockwerken, aus Beton. Im Schwimmbecken sind zwei Jungs, der eine lehnt sich gegen den Beckenrand, der andere schwimmt.

»Das Schwimmen soll deine Haltung und deine Ausdauer verbessern«, sagt Luke leise. Darren fragt sich, warum er plötzlich
seine Stimme dämpft. Der Junge am Beckenrand beäugt Darren
argwöhnisch, doch er spricht ihn nicht an. Darren ist erleichtert,
er will keiner weiteren Person seine verrückte Geschichte erzählen. Luke winkt dem Jungen kurz zu, doch der reagiert auf seine
Begrüßung nur mit einem Nicken, dann schaut er sofort wieder
zu Darren. Luke schluckt laut. Ihm ist es anscheinend auch unangenehm, denn er schlägt vor, sich wieder ins Schlafzimmer zu begeben. Darren ist damit einverstanden, er kann die misstrauischen
Blicke des Jungen am Beckenrand schlecht vertragen.

Als sie im ersten Stock angekommen sind, kommt die Frau mit
den kinnlangen schwarzen Haaren wieder auf Darren zu.

»Darren, der Imperator richtet dir aus, dass du in den Boxraum
kommen sollst. Einer unserer Schüler wartet dort auf dich und wird
dich trainieren.«

Darren nickt, obwohl er sich bei dem Gedanken daran, eine neue,
fremde Person zu treffen, unwohl fühlt. Er möchte nicht mehr skeptisch beäugt werden und sich rechtfertigen müssen.

Der Frau scheint sein Unbehagen aufgefallen zu sein, denn sie
sagt: »Der besagte Lehrling weiß bereits von deiner Geschichte.«

Das erleichtert ihn etwas, aber er möchte trotzdem lieber bei
Luke bleiben. Warum kann er ihn nicht trainieren? Als er seinen
Gedanken ausspricht, schüttelt die Frau den Kopf. »Das ist nicht
erlaubt. Novizen dürfen keine anderen Novizen trainieren. Das
müssen Lehrlinge machen, die höher eingestuft sind.«

Das macht natürlich Sinn, dagegen kann Darren nichts einwenden.

»Dein Trainer oder deine Trainerin müsste schon im Boxraum
sein, er oder sie wird dich für eine Stunde trainieren.«

Nachdem die Frau weggegangen ist, fragt Darren: »Wer ist sie
eigentlich?«

»Die Frau eben? Das war Audris, eine Botin des Imperators.«

»Ist der Imperator so was wie der Leiter?«, fragt Darren.

»Ja, so könnte man das auch nennen.«

»Und wieso nennt ihr ihn dann nicht einfach Leiter? Warum ausgerechnet *Imperator*?«

»Mann, du hast wirklich viele Fragen. Er hat sich als Imperator vorgestellt, ganz einfach.«

Darren findet es trotzdem seltsam. Imperator ist doch eine andere Bezeichnung für Heerführer.

»Ich gehe jetzt mal wieder ins Schlafzimmer. Du solltest vielleicht auch langsam zum Boxraum. Ich habe dir ja schon gezeigt, wo der ist. Also, viel Spaß!«, sagt Luke trocken.

»Ich glaube, ich putze mir erst mal die Zähne. Nach dem Frühstück wäre das keine so schlechte Idee«, gibt Darren zu, obwohl er es nicht wirklich so meint. Er ist immer noch unsicher wegen des Trainings und drückt sich davor.

»Wie du willst«, sagt Luke.

Als sie das Schlafzimmer betreten, bleibt Luke abrupt stehen, sodass Darren an ihn knallt.

»Ernsthaft? Der schläft immer noch?«, ruft Luke.

John stöhnt laut auf. »Nicht schon wieder! Lasst mich doch einfach in Ruhe.«

Luke schüttelt ungläubig den Kopf. »Ich glaub es einfach nicht. Du weißt schon, dass du jetzt nicht mehr frühstücken kannst?«

»Mir doch egal. Ich brauche kein Frühstück.«

»Wie du willst. Ich dagegen kann ohne Frühstück nicht einmal meine Augen aufhalten.«

Nach dem kurzen Austausch geht Darren ins Bad und zieht sich um. Er bezweifelt, dass er mit seinen Anziehsachen trainieren kann, also zieht er sich ein weißes T-Shirt, eine knielange weiße Hose an, und die Schuhe wechselt er nicht. Hinterher putzt er sich die Zähne gründlich. Wer weiß, wann er sich das letzte Mal die Zähne geputzt hat. Er weiß nicht einmal, wie lange er auf diesem Felsen lag. Er wäscht sich anschließend das Gesicht und steuert auf den Boxraum zu.

Als er die Tür öffnet, fällt ihm auf, dass der Raum relativ klein ist, zumindest kleiner, als er ihn sich vorgestellt hat. Auf dem Boden liegt eine riesige dunkelblaue Matte und von der Decke hängen zwei rote Boxsäcke. An dem einen Boxsack macht sich schon ein Mädchen zu schaffen. Vermutlich ist sie seine Trainerin. Darren räuspert sich, damit das Mädchen ihn bemerkt, doch sie reagiert nicht darauf. Entweder hat sie ihn nicht gehört oder sie ignoriert ihn. Darren hat das Gefühl, dass sie ihn gehört hat, weshalb er verärgert ist. Er räuspert sich jetzt lauter, doch sie zeigt wieder keine Reaktion. Schließlich sagt Darren: »Also bist du meine Trainerin?«

Das Mädchen bringt endlich den Anstand auf, eine Pause einzulegen und ihn anzuschauen. Sie sieht ihm direkt in die Augen.

»Stell dich einfach dorthin und fang an zu boxen«, sagt sie. Ihre Stimme ist kalt und die Art, wie sie spricht, ist abgehackt und hart.

Das wird bestimmt eine spaßige Stunde, denkt Darren. Er sieht schon vor seinen Augen, wie die Zeiger der Uhr nicht voranschreiten wollen. Er stöhnt laut und fängt an. Es vergehen unzählige Minuten, bis sie aufhört und zu ihm rüberkommt. Sie steht neben ihm, die Arme verschränkt, ihr linkes Bein zappelt unaufhörlich. Er schaut sie nicht an, dennoch spürt er ihren durchdringenden Blick. Seine Konzentration nimmt ab, obwohl er eben noch richtig in Fahrt gekommen war. Plötzlich legt sie ihre Fingerspitzen auf seinen Bauch. Darren spannt instinktiv seine Bauchmuskeln an. Es ist eine erstaunlich sanfte Berührung, ihre Fingerspitzen scheinen nur so über seinem Bauch zu schweben. Trotzdem bereitet es ihm eine Gänsehaut und er hält in der Bewegung inne. Er schaut zu ihr hinunter, doch sie erwidert seinen Blick nicht. Stattdessen heften ihre Augen auf der Stelle, auf der sie ihre Finger platziert hat.

»Du musst hier anspannen, sonst bringt die Übung nichts.« Das ist das Einzige, was sie sagt, bevor sie wieder an ihrem Boxsack übt.

Darren gesteht es sich nicht gern ein, aber er kann es nicht abstreiten, dass sie eine einschüchternde Haltung hat, obwohl sie kleiner ist als er und schmaler gebaut. Doch er darf sich davon nicht beirren lassen. Er muss sich einfach nur konzentrieren und das umsetzen, was sie ihm gesagt hat. Was hat sie noch gleich gesagt? Er hat es schon wieder vergessen. Doch er will sie kein weiteres Mal fragen.

Aber es ist nicht nötig, denn sie meint zu ihm: »Erst solltest du den Boxsack mit dem Boxhandschuh auf Augenhöhe hart treffen.

Du stehst auch zu weit vom Boxsack entfernt. Dein Arm sollte beim Auftreffen auf den Sack nicht ganz durchgestreckt sein.« Darren setzt ihre Anweisungen um und merkt sofort, dass er jetzt zu nah am Sack steht.

»Wenn du zu nah dran bist, kannst du deine Kraft beim Schlagen nicht voll entfalten. Versuche, die perfekte Position zu finden.«

Darren atmet tief ein und wieder aus und versucht es mit einer anderen Position. Jetzt funktioniert es schon besser. Doch er spürt immer noch ihren Blick von der Seite und kann sich nicht voll und ganz auf die Aufgabe konzentrieren. Er legt kurz eine Pause ein und betrachtet sie. Sie ist groß, schmal und schlank, aber nicht zierlich wie Gemma, sondern athletisch. Ihre dunkelblonden Haare sind zu einem Pferdeschwanz gebunden. Sie hat eine sehr blasse, transparente Haut, sodass man die Adern an ihrem Brustkorb und ihrem langen Hals sieht. Obwohl ihre graublauen Augen halb geschlossen sind, strahlt ihr restlicher Körper pure Aufmerksamkeit und Energie aus. Es ist keine warme, feurige Energie, wie man es von impulsiven, waghalsigen Charakteren erwarten würde. Vielmehr ist es eine kalte, mentale Energie, nicht vom Herzen, sondern vom Kopf stammend, welche sich in ihrer hohen Stirn widerspiegelt. Sie macht beinahe einen nervösen Eindruck, wie sie ständig mit ihrem linken Bein zappelt. Ihr Gesicht ist wie gezeichnet, mit hohen Wangenknochen, vollen Lippen und geschwungenen Brauen.

Er wendet sich wieder ab, denn sie durchbohrt ihn buchstäblich mit ihrem Blick, als würde sie ihn analysieren. Ohne sie noch einmal anzuschauen, widmet er sich seinen Aufgaben. Den Boxsack mit dem Boxhandschuh auf Augenhöhe hart treffen, das war seine Aufgabe.

Es vergehen einige Minuten, in denen er nur auf den Boxsack schlägt. Irgendwann hört er auf, denn er hat keine Kraft mehr.

»Ich brauche eine Pause«, gesteht er keuchend. Er lehnt sich an die Wand, spürt, wie der Schweiß von seiner Stirn tropft. »Das macht alles keinen Sinn«, hört er sich sagen.

»Warum bist du dann hier?« Ihre Stimme trifft ihn wie beißende Kälte.

»Ich konnte sonst nirgendwo anders hin«, antwortet er, ohne sie anzuschauen.

»Also war es nicht deine Wahl hierherzukommen? Es war nicht deine Entscheidung?«, fragt sie.

»Es war Schicksal. Denke ich.«

»Schicksal ist was für willensschwache Menschen. Wir kreieren unseren eigenen Weg. Wie treffen Entscheidungen.«

Sofort durchströmt ihn kalte Wut, und bei seinem nächsten Satz schaut er ihr direkt in die Augen. Sie haben einen dunklen Grauton angenommen, das Blau ist komplett verschwunden – wie der Himmel, der sich grau färbt, wenn sich ein Gewitter anbahnt.

»Ich habe mich dazu entschieden, mein Schicksal zu akzeptieren. Ich habe mich dazu entschieden zu akzeptieren, wohin mich mein Weg führt.«

»Dann akzeptiere weiter«, sagt sie und verlässt den Raum.

Grau. Stürmisch-Grau. Diesen Ton hatten ihre Augen, als sie ihn angeschaut hat. Herablassend. Verachtend. Warum? Was ging es sie an, weshalb er hier war. Er kann die kalte Wut immer noch spüren. Er weiß nicht, wieso er so verärgert ist. Es sollte ihm doch egal sein, was sie von ihm denkt. Sie ist nur eine arrogante, selbstsüchtige Person, die andere erniedrigt, um sich besser zu fühlen. Manche Menschen drücken andere runter, um sich hochzukatapultieren. Sie ist so eine Person, da ist sich Darren sicher. Und dieser Gedanke beruhigt ihn. Er hat keinen Grund, wütend zu sein, denn er ist ihr überlegen. Und das hat sie gemerkt, weshalb sie ihn entmutigt hat. Aber er fühlt sich jetzt mutiger und stärker als je zuvor. Wenn sie ihn nächstes Mal trainiert, wird er ihr seine Überlegenheit demonstrieren.

»Hey, woran denkst du?«, fragt Luke. Er sitzt auf seinem Bett und liest ein Buch über Fechtkünste.

»Nichts. Nur an das heutige Training.«

»Ach ja, wer war eigentlich dein Trainer?«, fragt er und legt das Buch auf den Nachttisch.

»Ich weiß nicht, wie sie heißt. Sie hat dunkelblonde Haare,

zu einem Pferdeschwanz gebunden und … ist ziemlich unsympathisch.«

»Oh, das war Crystal. Da hast du aber Pech gehabt. Ich kann sie auch nicht leiden.« Dass Luke Crystal ebenfalls nicht mag, gefällt Darren.

»Sie denkt wohl, sie wäre etwas Besseres. Sie hat nichts anderes getan, als mich zu erniedrigen. Aber ich habe mich nicht unterdrücken lassen.« Das entspricht zwar nicht ganz der Wahrheit, zumal Crystal ihm auch geholfen hat, aber Darren möchte somit seine Wut zum Ausdruck bringen.

»Was hat sie denn gesagt?«, fragt Gemma, während sie an einem digitalen Gerät Schach spielt.

»Sie hat mir die ganze Zeit nur gesagt, was ich falsch mache, und mich gefragt, was ich hier eigentlich suche.«

»Das klingt für mich weniger nach Erniedrigung und mehr nach verletztem Ego … auf deiner Seite«, antwortet Gemma und legt fragend den Kopf schief.

Darren traut seinen Ohren nicht. Hat sie sich ernsthaft auf Crystals Seite gestellt? Das kann doch nur daran liegen, dass sie ein Mädchen ist. Wahrscheinlich findet sie, dass Mädchen immer zusammenhalten sollten. Aber was ist mit Gerechtigkeit? Darren hat doch definitiv recht.

»Du hast doch keine Ahnung«, sagt er verachtend. Wenigstens tut sie jetzt nicht mehr so, als wäre sie das süße Mädchen von nebenan, und zeigt ihr wahres Gesicht.

Gemma schaut von ihrem Bildschirm auf. Ihr Blick ist hart.

»Ach ja? Nur weil ich die Sache objektiv betrachte und somit die Fehler in deiner subjektiven Perspektive erkenne?« Gemmas Kontra sorgt dafür, dass seine Wut auf Crystal kurz verfliegt.

»Du warst nicht einmal dabei. Wie willst du es dann beurteilen?«, gibt Darren zurück. Seine Stimme ist jetzt lauter und erfüllt das ganze Zimmer.

Gemma legt das Gerät weg.

»Sie ist deine Trainerin. Was erwartest du denn? Dass sie dich nur lobt und alles, was du tust, positiv bewertet? Der Sinn des Trainings ist, dass du dich verbesserst. Und dafür muss sie dir sagen, wo deine Schwächen liegen und was du nicht richtig machst. Ein Trainer soll nicht dein Ego verwöhnen, sondern dich so behandeln, dass du aufstehst, wenn du fällst, und weitermachst … und an Stärke gewinnst.«

Darren hebt belustigt die Augenbrauen. Doch er ist nicht amüsiert, er ist wütend. »Ich habe auch nicht gesagt, dass sie mein Ego verwöhnen soll. Ich meinte nur, dass sie auch etwas netter sein könnte, etwas respektvoller.«

Gemma stößt ein Lachen aus. Es klingt geringschätzig und verärgert. »Warum soll sie denn netter sein? Soll sie Rücksicht auf deine Gefühle nehmen? Bist du so verwöhnt, dass du nicht einmal eine Stunde Training aushältst, ohne an die Decke zu gehen?«

»Wie bitte? Habe ich kein Recht, mich über ihre Trainingsmethoden zu beschweren, die, wie es aussieht, nicht helfen? Ich schlage nur vor, dass sie daran arbeiten sollte, bevor sie als Trainerin ausgewählt wird.«

»Vielleicht solltest du an deinem Ego arbeiten und ihre Anweisungen nicht als Angriff, sondern als Hilfestellung betrachten. Aber anscheinend machst du alles richtig, weshalb du selbstverständlich keine Hilfe brauchst. Sieh mal einer an, du als Novize bist schon besser als ein Elitemitglied. Respekt!«

»Dreh mir nicht das Wort im Mund herum! Du weißt ganz genau, dass ich es nicht so gemeint habe! Sie war nicht hilfreich, sie war gemein und gehässig. Sie hat mich nicht mal richtig begrüßt. Ich habe sie angesprochen, und sie hat mich ignoriert. Und sie ist gegangen, bevor die Trainingsstunde vorbei war.« Seine Hände sind so fest zu Fäusten geballt, dass der Schmerz ihn etwas von seiner Wut ablenkt.

»Oh, ich habe da so eine Ahnung, warum sie gegangen ist«, erwidert Gemma und nimmt wieder ihr Gerät zu sich. Jetzt hat sie nur noch Augen für den Bildschirm. Gerade als Darren etwas erwidern will, berührt ihn Luke am Arm, und daran merkt er, dass er steht. Er weiß nicht genau, wann er aufgestanden ist. Lukes Geste soll eine besänftigende Wirkung auf ihn haben, aber sie frustriert ihn noch mehr. Als würde Luke damit implizieren, dass er sich nicht unter Kontrolle hat und auf den kühlen Kopf anderer angewiesen ist, im Gegensatz zu Gemma, die ihre Position nicht geändert hat und jetzt wieder ganz gelassen Schach spielt – als wäre nichts passiert, als hätte die Konfrontation überhaupt keinen Effekt auf sie.

Deshalb hat sie gewonnen, denkt Darren. Nichts bringt sie aus der Ruhe.

»Hey, Darren, beruhige dich. Gemma hat recht, vielleicht hat Crystal es auch nur gut gemeint. Ich kann sie zwar auch nicht leiden, aber sie gehört hier wirklich zu den Besten. Und wer weiß, vielleicht kann ich sie genau aus dem Grund nicht leiden«, sagt Luke beschwichtigend. Trotz seiner Wut, die immer noch nicht verraucht ist, nimmt er Lukes besänftigende Versuche an und setzt sich wieder auf sein Bett.

Obwohl er sich eingesteht, dass Gemma recht haben könnte, kann er nicht gegen die verlockende Idee ankämpfen, sie zu provozieren, damit sie die Kontrolle verliert.

»Sie sagt das doch nur, weil sie ein Mädchen ist.« Doch Darren bekommt nicht die gewünschte Reaktion.

Gemma lacht nur kurz auf, ihre Augen heften immer noch auf dem Bildschirm.

Ich hasse sie, denkt Darren, ihre arrogante, herablassende Art, ihr verachtendes Gelächter, alles.

Doch tief im Inneren empfindet er auch so was wie Neid. Er beneidet sie um ihre Gelassenheit, ihre Schlagfertigkeit und ihre Selbstbeherrschung. Damit gewinnt man eine Diskussion, in dem man ruhig und gefasst bleibt und sich nicht von seinen Emotionen leiten lässt.

Darren legt sich aufs Bett und schaut auf die Decke. Alle hier sind immer so gefasst und kühl. Wird ihnen etwa auch Emotionsregulation beigebracht? Wie dem auch sei, er muss ebenfalls so sein. Er muss bedacht sein. Doch er spürt, wie es in ihm brodelt. Er schreit. Doch niemand hört ihn. Er will sich an jemanden gebunden fühlen. Aber gleichzeitig will er allein sein. Er will, dass sie ihn trösten und Verständnis zeigen, gleichzeitig will er stark und unabhängig sein. Er will in die Höhe schweben, gleichzeitig will er in die Tiefe sinken, in die Tiefen des Meeres. Was soll er nur tun? Er kann mit niemandem reden. Niemand versteht ihn, niemand kann auch nur ansatzweise nachvollziehen, was er durchmacht, was er fühlt. Wie denn auch? Es ist für sie eine Selbstverständlichkeit, eine Identität zu besitzen, Erinnerungen, Erfahrungen, die ihren Charakter formen. Er hat nichts davon; er hat nichts, was ihm gehört, ganz allein ihm. Er weiß nicht einmal, wie es sich anfühlt, etwas zu besitzen, sei es ein Kleidungsstück, ein Buch, ein Zuhause. Das Einzige, was ihm Identität gibt, sind seine Emotionen. Seine Gedanken. Seine Wünsche, Träume und Ängste.

Als Darren aufwacht, ist es draußen stockdunkel. Er schaut auf die Uhr auf seinem Nachttisch. Drei Uhr. Er kann nicht mehr schlafen. Denn er hat Angst. Angst davor, den gleichen Albtraum wieder zu haben. In seinem Traum war er umgeben von Wasser. Doch es bringt nichts. Der Albtraum findet auch so zurück zu ihm. Und damit kommt auch die Angst. Wasser. Wasser, das ihm bis zum Mund reicht, bis zu den Ohren steigt, seine Nase verstopft, seine Sicht verdeckt, seinen Körper einnimmt, ihm den Atem verschlägt. Wasser. Wasser, das ihn nach unten presst, in die Tiefe führt, ins Dunkle leitet, das Licht verschluckt. Wasser. Wasser, das seine Gedanken kontrolliert, seine Sinne manipuliert, sein Herz erdrückt, seine Seele erstickt. Wasser. Wasser, das ihn von der Realität abfängt, ihn vom Himmel stürzt, ihn ins Unendliche wandern lässt, ihn gefangen nimmt. Wasser. Wasser, das ihn ertränkt. Er muss hier raus. Sofort. Sein Körper reagiert, bevor sein Verstand es tun kann. Er ist im Flur. Wo soll er hin? Er muss raus. Doch die Tür ist abgeschlossen. Wie kommt er hier nur raus? Er muss einen Weg finden. Er geht wieder ins Schlafzimmer, um vom Fenster aus rauszugehen. Doch erst jetzt fällt ihm auf, dass hinter dem Fenster Gitter angebracht sind. Was soll er nur tun? Er muss ins Wasser. Das Schwimmbecken.

Er geht wieder in den Flur und nimmt den Aufzug. Im dritten Stock steigt er aus. Es ist dunkel und kalt, doch er zieht trotzdem seine Kleidung aus und steigt ins Schwimmbecken.

Er hat nichts an, aber da er allein ist, macht es ihm nichts aus. Das Wasser beruhigt ihn auf eine seltsame Weise. Er sollte eigentlich Angst verspüren. In seinem Traum ist er ertrunken. Aber er fühlt sich so sicher wie noch nie. Er fühlt das Wasser überhaupt nicht, nicht mal, nachdem er ganz abgetaucht ist, bis er auf dem Boden des Schwimmbeckens sitzt. Er fühlt nur den Widerstand. Eine innere Ruhe breitet sich in seinem Körper aus. Zum ersten Mal fühlt er sich wirklich frei. Und er denkt nichts. Er sitzt einfach nur da, umgeben von Wasser, und fühlt sich. Er fühlt seine Existenz. Mehr als das, er fühlt die Existenz dieses Moments. Als würde die Zeit stillstehen. Und er fühlt sich allein. Aber nicht einsam. Denn er ist im Einklang mit sich selbst; seine Seele, sein Geist und sein Körper sind vereint. Er vergisst alles um sich herum, sodass er nicht einmal merkt, dass er wieder Luft holen muss. Er schwimmt hoch und holt tief Luft. Ihm ist kalt, doch er will gleich wieder untertauchen. Das hat er zumindest vor, bis er nach vorn schaut und ihm der Atem wegbleibt.

IV

Am anderen Ende des Beckens erkennt er eine Person. Sie lehnt an der Beckenkante. Obwohl er ihr Gesicht nicht sehen kann, weiß er, dass sie direkt zu ihm schaut. Er spürt es, denn seine Armhaare stellen sich auf. Sein Herz rast wie wild. Die Person steht bewegungslos da und starrt ihn einfach nur an. Es vergehen Minuten, bis sie zu ihm schwimmt. Sein Körper schlägt Alarm, er muss weg, er muss sofort weg. Doch sein Körper gehorcht ihm nicht, und seine Augen können sich von der Person nicht abwenden. Sie sind wie hypnotisiert …

Jetzt erkennt er sein Gesicht. Er wusste es. Er hat es gespürt, dass es sich um *ihn* handelt. Seine platinblonden Haare, seine pechschwarzen Augen, seine karamellfarbene Haut. Er steht jetzt direkt vor ihm. Sein Herz schlägt so laut, die ganze Welt müsste es hören. Der Mann schaut ihn starr an, als würde er ihn nicht wahrnehmen. Seine Haare sind trocken, sein Oberkörper glitzert. Sein Gesicht bleibt ausdruckslos, als er mit seiner kalten Stimme fragt: »Darren. Was tust du hier?« Darrens Zunge fühlt sich wie betäubt an. Und seine Stimme hat er auch verloren. Er kann nichts sagen, er kann ihn nur anschauen. Die schwarze Farbe seiner Augen nimmt seine ganze Sicht ein und erwürgt ihn in der Dunkelheit. Erst nachdem er seine Frage wiederholt, kann Darren wieder einatmen. »Ich … ich habe nur … ich wollte nur … nur raus.«

Nathanaels Gesicht ist immer noch ausdruckslos, als hätte er Darrens Antwort nicht gehört. Doch er hat sie gehört.

»Warum wolltest du raus?«, fragt er. Weder sein Gesicht noch sein Ton haben sich verändert.

»Ich … ich habe mich nicht gut gefühlt.«

»Warum hast du dich nicht gut gefühlt?«

»Weil ich ertrunken bin.« Die Antwort rutscht ihm heraus, ohne dass er es merkt. Nathanaels Blick wird intensiver. »Warum bist du ertrunken?«

Die Frage holt ihn wieder in die Realität zurück. Woher soll er wissen, was in seinem Unterbewusstsein vorgeht, sodass er vom Ertrinken träumt?

»Ich weiß es nicht«, antwortet er atemlos.

»Träume haben immer eine Bedeutung. Sie spiegeln dein Innerstes wider, deine tiefsten Emotionen und Wünsche, die sogar dir verborgen sind. Was, denkst du, könnte der Grund sein, dass du in deinem Traum ertrinkst?«

Als Darren ihm antworten will, fällt ihm auf, dass er gar nicht erwähnt hat, dass er in seinem Traum ertrunken ist. Zumindest glaubt er, dass er nur gesagt hat, dass er ertrunken ist, woher weiß der Imperator dann, dass es im Traum war? Es könnte genauso in der Realität passiert sein.

»Ich kann mich nicht daran erinnern, gesagt zu haben, dass es in meinem Traum war.«

»Also war es in der Realität?«, fragt er.

»Nein, nein. Es war ein Traum. Ich meine, ich bin in meinem Traum ertrunken. Nicht in der Realität.«

»Woher weißt du das?«

Die Frage verwirrt ihn. Was meint er damit? »Woher weiß ich, was?«, hakt Darren nach. Die ganze Konversation fühlt sich an wie das Wasser, das sie umgibt. Schwankend. Unklar. Vage.

»Woher weißt du, dass du in deinem Traum ertrunken bist und nicht in der Realität? Schließlich bist du gerade in einem Schwimmbecken. Es könnte genauso gut hier passiert sein.«

»Ich … ich verstehe nicht. Es war in meinem Traum. Ich bin in meinem Traum ertrunken. Ich weiß es«, antwortet er. Verdammt, er ist sich doch sicher. Er weiß es. Warum sollte er in der Realität ertrunken sein, ohne es zu merken? Allein die Vorstellung ist so widersinnig, dass er lacht.

Doch Nathanael bleibt ernst. »Woher weißt du, dass du nicht jetzt träumst? Woher weißt du, dass ich keine Erscheinung bin? Eine Illusion, produziert von deinem Gehirn, das dich zu täuschen versucht?«

Was zum Teufel will er erreichen? Darren schaut ihn ungläubig an. So absurd, wie die Situation ist, könnte es auch ein Traum sein. Aber es ist kein Traum. Oder doch? Warum sollte es kein Traum sein? Aber … er ist doch bei Bewusstsein. Er kann rational denken und handeln. Auf der anderen Seite war seine Aktion, mitten in der Nacht allein im Schwimmbecken abzutauchen, vermutlich auch nicht die rationalste. Trotzdem – er weiß, dass es kein Traum ist.

»Träume ergeben keinen Sinn und stellen die Realität verzerrt dar. Daher weiß ich, dass ich nicht träume.«

»Wenn ich dir sagen würde, dass du in der Realität ertrunken bist und nicht in deinem Traum, wie du es annimmst, würdest du mir dann glauben?«

»Nein, natürlich nicht. Worauf wollen Sie überhaupt hinaus? Wollen Sie mir etwa sagen, dass ich … wirklich ertrunken bin?«

Bei dem Gedanken hält er unwillkürlich den Atem an. Nein, nein, das kann nicht sein. Das ist unmöglich. Er lebt doch, oder nicht?

»Nein, das wollte ich nicht implizieren. Du siehst Darren, es geht nicht darum, wie sich meine Äußerung auf die jetzige Situation bezieht. Es geht um den Kerngedanken hinter meiner Aussage.«

»Also, wollen Sie damit sagen, dass … dass man eigentlich nicht weiß, ob man träumt?« Nathanael lächelt leicht. »Worüber sind sich Menschen alle einig? Oder lass es mich so formulieren: Woran glauben alle?«

Was meint er? Woran könnte er schon glauben? Er weiß nicht einmal, wer er ist. Er hat nichts, woran er glauben kann. Oder doch. Etwas hat er.

»Wir glauben an alles, was wir wahrnehmen können.«

»Also ist Wahrheit eine kollektive Wahrnehmung?«

»Hm … so würde ich es nicht sagen.«

»Wie würdest du Wahrheit dann definieren? Ist sie ein Gefühl? Eine Intuition? Ist sie absolut oder relativ?«

»Wahrheit ist absolut, denn … sie ist eine objektiv messbare Tatsache.«

»Und was ist, wenn sich deine Ansicht als falsch herausstellen würde? Wenn es so etwas wie Wahrheit gar nicht gibt? Was wäre dann mit uns?«

»Dann wüssten wir gar nichts.«

»Nein.« Nathanael verengt die Augen. »Dann gäbe es nichts zu wissen. Und mit dieser Erkenntnis fängst du erst an zu leben.«

Da ist wieder dieses Licht, das in ihm aufgeht. Wie das Licht in der Höhle, worauf er gewartet hat. Auch in Nathanaels Augen erkennt er einen Lichtfleck.

Darrens Augen hängen an seinen Lippen, an seinen Worten. Er versteht, was er meint, er versteht es zu gut.

»Aber das, was Sie andeuten, könnte dann genauso gut eine Lüge sein. Ich meine, wenn wir nichts wissen, warum sollte ausgerechnet Ihre Aussage stimmen? Wenn es keine objektive Wahrheit gibt, dann ist diese Aussage an sich widersprüchlich. Denn sie setzt voraus, dass es eine objektive Wahrheit gibt.«

Nathanael lächelt und nickt langsam. »Darren, du hast meinen Kerngedanken erfasst. Und darum sollte es auch gehen, richtig? Gut gemacht.«

Darren lächelt ein wenig. Es macht ihn stolz, von Nathanael gelobt zu werden.

Plötzlich verschwindet das Lächeln und der Blick des Imperators bekommt wieder diese Intensität, diese Penetranz.

»Aber, Darren, heißt das denn nicht, dass du auch wirklich fast ertrunken sein könntest?«

Wenn er im Grunde genommen nichts weiß, könnte er natürlich auch wirklich fast ertrunken sein. Aber er weiß, dass es nicht wahr ist. Er ist in seinem Traum ertrunken.

»Nein, nein, ich weiß, dass ich nicht ertrunken bin. Es war nur ein Albtraum.«

Nathanael presst die Lippen zusammen, er sieht enttäuscht aus, und Darren würde seine Antwort am liebsten zurücknehmen. Doch das kann er nicht. »Dann habe ich dich wohl doch nicht überzeugt. Schade, wirklich schade. Aber vielleicht kannst du mich von deinen Ansichten überzeugen. Also, woher weißt du, dass du in deinem Traum ertrunken bist?«

Darren weiß nicht, was er darauf erwidern soll. Er kann es nicht erklären, er weiß es einfach. Aber dieses Argument wird Nathanael nicht überzeugen. Bevor er antworten kann, spricht Nathanael: »Gut, ich helfe dir. Tauch ab. Und bleib so lange unten, bis du das Gefühl hast, dass du ertrinkst.«

Darren schaut ihn verunsichert an, doch schließlich tut er, was er sagt. Er taucht ab, bis er wieder auf dem Boden sitzt. Es vergehen einige Sekunden, bis er das Gefühl hat, dass er ertrinkt. Er braucht Luft. Sofort. Doch als er hochkommen will, legt Nathanael seine Hände auf Darrens Schultern und drückt ihn hinunter. Nein, nein, er muss hoch, er braucht Luft. Warum drückt er ihn runter? War es eine Falle? Darren versucht, mit all seiner Kraft hochzuschwimmen, doch er schafft es nicht. So stirbt er also. Er ertrinkt. Aber komischerweise verspürt er keine Angst. Das Gefühl ist ihm nämlich nicht neu. Er kennt das Gefühl zu ertrinken. Plötzlich, als hätte ihn ein Blitz getroffen, wird es ihm klar. Er kennt das Gefühl, denn er ist fast ertrunken. Heute. Um Mitternacht. Er ist nicht in seinem Traum ertrunken. Er ist wirklich ertrunken, es ist wirklich passiert. Diese Erkenntnis erschreckt ihn, und er kommt wieder an die Oberfläche. Er holt so tief Luft, dass seine Lunge zu zerplatzen droht. Er kann es nicht glauben. Er kann nicht glauben, dass er fast ertrunken ist, ohne es zu wissen. Wie kann das nur sein? Wie konnte er sich nicht daran erinnern? Ist das auch mit seinen restlichen Erinnerungen passiert? Hat er sie einfach vergessen? Das kann nicht sein, so viele Erinnerungen kann er nicht vergessen haben.

Er schaut wieder Nathanael in die Augen. Dessen Blick ist ausdruckslos, aber er scheint zu erkennen, dass Darren ihm glaubt. Dass er weiß, dass er wirklich fast ertrunken ist. Und mit diesem letzten, eindringlichen Blick schwimmt er rückwärts von ihm weg und in die Dunkelheit hinüber.

Als Darren in seinem Bett liegt und die Decke anstarrt, akzeptiert er, dass er bis zum Morgen keinen Schlaf mehr finden wird. Er kann sein Gehirn nicht abschalten. Die Ereignisse spielen sich in seinem Kopf in Endlosschleife ab. Nathanaels platinblonden Haare. Seine pechschwarzen Augen, die ihn durchbohren. Das endlose Wasser um ihn herum. Die Gedanken jagen ihm Angst ein, und Darren richtet sich auf, seine Knie zieht er zu seinem Bauch und legt die Arme über sie. Plötzlich hört er ein Rascheln in der Nähe von Lukes Bett. Er kann in der Dunkelheit nicht feststellen, ob es Luke oder John ist, der sich bewegt, aber als er ein Stöhnen hört, ist er sich sicher, dass es sich um Luke handelt. Er setzt sich auf und schüttelt den Kopf. Nachdem er auf die Uhr geschaut hat, steht er auf und will gerade ins Bad, als er plötzlich Darren anstarrt.

»Darren? Was machst du?«, fragt er und kommt näher.

»Ich konnte nicht schlafen«, antwortet er kaum hörbar. Einen Moment sagen sie nichts, dann setzt sich Luke auf seine Bettkante.

»Hey, ich weiß wirklich nicht, was du gerade durchmachst. Ich meine, ich versuche, es zu verstehen, aber es ist schwierig. Aber wenn du Hilfe brauchst oder einen Ratschlag, kannst du auf mich zählen.«

Darren weiß nicht, was er erwidern soll, also lässt er die Stille für sich sprechen. Daraufhin geht Luke ins Bad und lässt Darren in der Dunkelheit sitzen. Er will nicht an die Ereignisse denken, aber sie tauchen trotzdem immer wieder auf. Was ist, wenn das alles nur ein Traum gewesen ist? Sein Gespräch mit Nathanael mitten in der Nacht im Schwimmbecken. Es ist so absurd, aber auf der anderen Seite ist alles hier völlig absurd. Also könnte es auch genauso gut real gewesen sein. Er wünschte, er würde nicht existieren. Sich einfach in Rauch auflösen. Oder in Asche zerfallen. Oder einschlafen und nie wieder aufwachen. Oder einfach nur kein Bewusstsein mehr haben. Er will einfach nicht mehr sein.

Es vergehen Augenblicke, bevor er sich wieder hinlegt, die Augen schließt und darauf hofft, dass der Schlaf ihm endlich die Arme öffnet.

Am Morgen stehen alle um acht Uhr auf, denn heute haben sie Training. Alle zusammen. Darren weiß nicht genau, ob er heute auch mit seinen Zimmergenossen trainieren soll, doch die Frage klärt sich schnell, als ein groß gewachsener Mann mit dunklem Soldatenschnitt und einer eckigen schwarzen Brille zu ihm kommt.

»Darren, ich soll dir ausrichten, dass du heute wieder mit deiner gestrigen Trainerin, Crystal, übst. Gleich nach dem Frühstück erwartet sie dich im Boxraum«, sagt der Mann.

Darren nickt, doch innerlich ist er alles andere als zufrieden. Er will nicht wieder mit Crystal trainieren. Nachdem der Mann gegangen ist, schaut Darren Luke an, der seinen gequälten Blick mit aufeinandergepressten Lippen erwidert.

»Wer war dieser Mann?«, fragt Darren daraufhin, um sich von seinen kommenden Trainingsstunden abzulenken.

»Das war Anian. Er ist ein Bote des Imperators«, antwortet Gemma und beißt in ihr Salamibrot.

»Anian? Ich dachte, das wäre die Frau«, sagt Darren.

»Die Frau heißt Audris«, sagt Gemma, und als sie Darrens verwirrten Blick bemerkt, fügt sie hinzu: »Es hat mich am Anfang auch irritiert. Sie sind Geschwister.«

Das erklärt nicht wirklich die Ähnlichkeit ihrer Namen, denkt Darren. Vielleicht wollte sie auch einfach nur eine Information mit ihm teilen und nicht die Ähnlichkeit ihrer Namen erklären.

»Also, wie oft muss ich jetzt eigentlich noch diese Boxstunden nehmen?«, fragt Darren.

»So oft, bis du fit bist. Wir nehmen auch immer noch Boxstunden. Obwohl es auch langsam in den Hintergrund rückt«, antwortet Luke, und Gemma bestätigt seine Aussage mit einem Nicken.

Obwohl Darren nur eine Scheibe Brot mit Marmelade gegessen hat, ist er satt.

»Du solltest mehr essen. Damit du bei deinen Trainingsstunden genug Kraft hast«, empfiehlt ihm Gemma.

»Ich habe keinen Appetit«, erklärt Darren.

Als er einen Schluck Orangensaft trinkt und sich dabei umsieht, verschluckt er sich fast. Der Junge steht am Büfett, ein Tablett in der Hand, und obwohl Darren nur sein Profil sieht, erkennt er ihn. Die braunen Haare, die ihm in Wellen auf die Stirn fallen, die gerade Nase, der große, athletische Körperbau. Plötzlich taucht eine fremde, zugleich seltsam vertraute Szene vor seinen Augen auf: Er ficht mit einem Jungen. Als dieser seine Maske entfernt, sieht er die braunen Augen, die hohen Wangenknochen, die edlen

Gesichtszüge. Der Junge sagt mit seiner vertrauten Stimme: »Gut gemacht. Irgendwann wirst du noch besser sein als ich.« Dann ertönt ein leises, tiefes Lachen, und die Szene verschwindet vor seinen Augen. Sie löst sich nicht einmal in Luft auf oder verschwimmt, nein, sie ist ganz abrupt zu Ende.

Darren kriegt keine Luft mehr, er fängt an zu husten, ein Brotstückchen klemmt in seiner Luftröhre, doch er kann die Augen nicht von dem Jungen abwenden. Er kennt ihn, *er* ist der Junge in dieser Szene. Er ist der Junge in seiner Erinnerung.

V

Er hat sich an etwas erinnert. Irgendwelche Stimmen sagen etwas, doch er nimmt sie nicht wahr. Er kann nur diesen Jungen anschauen, der jetzt sein ganzes Gesicht zeigt. Was hat das zu bedeuten? Kennt er ihn? Oder besser gesagt, kannte er ihn? Als der Junge jetzt auch ihn anschaut, ist sein Blick entgeistert. Seine Augen sind weit aufgerissen, seine Pupillen sind riesig, und seine Haut ist aschfahl. Er hat ihn erkannt. Ganz sicher. Aber woher?

Sie sehen sich fassungslos an. *Ich bin also nicht verrückt.* Nein, er kennt mich auch, denkt Darren.

»Darren, was zur Hölle ist los?«, fragt Gemma, die ihren Kopf in seine Richtung lehnt, damit er sie anschaut. Es kostet ihn unendlich viel Kraft, den Blick von dem Jungen abzuwenden und stattdessen in Gemmas grüne Augen zu schauen.

»Darren! Ich habe dir eine Frage gestellt!«, ruft Gemma.

Darren kann immer noch nicht klar denken. Die Szene spielt sich in Endlosschleife vor seinen Augen ab. Die geschmeidigen Bewegungen des Jungen. Die Art, wie er die Maske abzieht, und seine seidigen Haare, die ihm in Wellen auf seine Stirn fallen. Die Augen, die auf ihn hinunterblicken. Die tiefe, klare Stimme.

Wer bist du?

»Darren! Was ist los?«, wiederholt Gemma nachdrücklich.

Darren atmet tief ein, er fühlt eine Hand auf seinem Rücken, und als er hochguckt, erkennt er, dass Luke an seiner Seite steht. »Ich … ich habe nur … ich habe mich nur verschluckt«, sagt er, doch er sieht an ihren Blicken, dass sie nicht überzeugt sind.

»Wir wissen, dass du dich verschluckt hast. Aber weshalb? Irgendetwas hat dich aus der Bahn geworfen«, erwidert Gemma. Ihr penetranter Blick verrät, dass sie nicht lockerlassen wird, bis sie eine glaubwürdige Antwort bekommt.

»Ich habe jemanden gesehen. Ich dachte, ich kenne ihn«, erklärt

Darren. Er weiß nicht, ob er lügt. Kennt er diesen Jungen wirklich? Oder bildet er es sich bloß ein? Es wäre gar nicht so abwegig. Schließlich ist er heute Nacht auch fast ertrunken, ohne sich darüber bewusst zu sein. Aber der Junge hat ihn auch ungläubig angeschaut, als hätte er ihn erkannt. Oder vielleicht hat auch er Darren nur mit einer anderen Person verwechselt. Doch da ist noch diese Szene, die sich jetzt wieder abspielt. Er weiß, dass sie eine Erinnerung ist. Es fühlt sich echt an, klar und plastisch. Es ist eine Erinnerung.

»Darren! Ich habe dich was gefragt! Dachtest du, dass du ihn kennst oder kennst du ihn wirklich?«, fragt Gemma ungeduldig.

»Ich … ich weiß es nicht«, bringt Darren heraus. Er schlägt sich unzählige Male auf die Stirn. *Ich weiß gar nichts. Gar nichts weiß ich.*

»Wer war es denn?«, fragt jetzt Luke. Er hat sich neben ihn gesetzt und schaut ihn ebenfalls beunruhigt an.

Darren sucht wieder nach dem Jungen und findet ihn neben Crystal. Darren zeigt mit dem Kopf in ihre Richtung. »Da, bei Crystal.«

Luke und Gemma tauschen einen Blick und sehen ihn ungläubig an. »Cillian? Du redest von Cillian?«, fragt Luke.

Darren nickt.

»Du kannst Cillian niemals kennen«, fügt Gemma betont zuversichtlich hinzu. »Er war schon früher als wir hier. Er gehört zu den Spielern.«

»Dann habe ich mich wohl geirrt. Ich habe doch gesagt, ich *dachte*, ich kenne ihn«, gibt Darren zurück, obwohl er sich jetzt vollkommen sicher ist, dass er ihn kennt.

Gemma und Luke schauen ihn immer noch skeptisch an.

»Was ist los? Ich sagte doch, ich kenne ihn nicht. Ich habe ihn wohl verwechselt oder so.«

»Mit wem könntest du ihn verwechselt haben? Du hast doch gar keine Erinnerungen«, sagt Gemma.

Da hat sie recht, es war nicht unbedingt schlau, das zu behaupten. Dann fällt ihm ein, dass er Gemma von seinem Zustand noch gar nicht informiert hatte. Woher weiß sie davon? Höchstwahrscheinlich hat Luke sie aufgeklärt.

Gemma stöhnt laut. »Hast du dich an etwas erinnert?«

Darren schaut ihr erschrocken in die Augen. Damit hat er nicht gerechnet. Soll er die Wahrheit sagen?

»Ich … ja, ich habe mich an etwas erinnert. Es war Cillian. Wir haben … geredet. Wir haben geredet. Aber es spielt doch keine Rolle, oder? Ihr sagt, ich kann ihn nicht kennen.«

»Ja … kannst du auch nicht«, sagt Gemma, diesmal etwas weniger zuversichtlich.

Sie schaut ihn weiterhin skeptisch an. Warum glaubt sie ihm denn nicht? Sie hat doch selbst behauptet, er könne Cillian nicht kennen. Jetzt sieht sie ihn nicht mehr an, sondern isst weiter, doch an ihrem intensiven Blick erkennt er, dass sie immer noch grübelt. Darren schaut jetzt wieder zu Cillian und Crystal. Cillian berührt gerade ihre Schulter, es ist eine zarte Geste, zumindest sieht es so aus, da er sie bloß mit seinen Fingerkuppen berührt. Er fühlt sich unwohl dabei, sie zu beobachten, also schaut er stattdessen auf seinen leeren Teller. Nach einer Weile muss er wieder hochschauen und sieht, wie Crystal etwas in Cillians Ohr flüstert, dabei berührt er sie am Kinn und zieht sie sanft näher zu sich heran. Darren hat das Gefühl, er würde einen intimen Moment stören, obwohl sie seinen Blick nicht bemerken. Trotzdem kann er seine Augen nicht abwenden.

»Cillian und Crystal, sind sie … ein Paar?«, fragt Darren nach. Die Frage beantwortet sich von selbst, als Cillian sich zu Crystal beugt und seine Lippen auf ihre legt. Es ist ein unfassbar sanfter Kuss. Doch Darren entgeht nicht, wie sie dabei lächeln, als der Kuss intensiver wird.

Es fühlt sich merkwürdig an. Er kann sich Crystal nicht in einer Beziehung vorstellen, er kann sich überhaupt nicht vorstellen, dass sie sich verlieben könnte. Sie ist zu rational, zu kalkuliert. Andererseits kennt er sie auch nur von den Trainingsstunden. Vielleicht ist sie gefühlvoller, als sie scheint.

»Ich glaube, wir sollten langsam gehen, oder? Ich bin fertig«, sagt Luke und schaut Gemma erwartungsvoll an.

Sie nickt und sieht zu Darren. »Kommst du mit?«

Darren schüttelt den Kopf. Er hat zwar keinen Hunger, trotzdem möchte er etwas länger hier sitzen. Die Szene spielt sich wieder vor seinen Augen ab. Die Umgebung, in der er sich befindet, ist unklar, verschwommen, nur Cillians Gesicht ist scharf und klar. Sein Blick so stechend wie ein Messer, seine Stimme so sanft wie Seide, seine Bewegungen so geschmeidig wie Wasser. Luke, Gemma und John, der die ganze Zeit über nicht geredet hat, stehen auf und nehmen ihre Tabletts mit. Darren sieht Crystal und Cillian dabei zu, wie sie ihre Tabletts ebenfalls wegbringen. Crystals Augen treffen Darrens und sie schaut ihn mit einem gleichgültigen, kühlen Blick an. Doch er hält ihrem Blick stand. Er wird wieder mit ihr trainieren müssen, er darf sich von ihr nicht verunsichern lassen. Also steht Darren auf, legt sein Tablett weg und geht in den Boxraum. Doch Crystal ist noch nicht da. Er zieht sich die Boxhandschuhe an und fängt an zu boxen. Er denkt an Crystals Anweisungen und setzt sie mit Erfolg um. Es fühlt sich gut an, befriedigend, als würde er seinen ganzen Frust rauslassen.

»Du hast dich verbessert.« Darren schaut verwundert hinter sich.

Crystal lehnt an der Tür, ihre Beine sind überkreuzt und ihre grauen Augen fixieren ihn. Sie schaut ihn von oben bis unten an und bleibt an seinen Augen hängen. Darren unterdrückt das Bedürfnis, den Kloß in seinem Hals zu schlucken. Er kann sich nicht daran erinnern, dass sie gekommen war. Er hätte das Öffnen der Tür doch hören müssen?

»Dann können wir mit der nächsten Aufgabe weitermachen«, sagt sie und kommt zu ihm. »Jetzt, wo du eine Gerade schlagen kannst, können wir mit dem Haken weitermachen. Dafür musst du deinen Arm in einem neunzig Grad Winkel beugen und deine Handinnenflächen müssen zu dir zeigen.«

Darren setzt das Gesagte um und schlägt in den Sack.

»Genau. Du kannst jetzt immer abwechselnd die Gerade oder den Haken schlagen.«

Eine Weile übt Darren, während Crystal ihn im Schneidersitz beobachtet. Heute kann er sich besser konzentrieren, da sie ihn nicht wirklich verunsichert. Als er schließlich eine kurze Pause einlegen muss, um zu trinken, nutzt er die Gelegenheit und Crystals Zugänglichkeit, um ihr ein paar Fragen zu stellen.

»Was bedeuten eigentlich die Zahlen auf dem Anstecker an euren Hemden?«

»Die Zahlen haben keine so große Bedeutung. Die Novizen bekommen gerade Zahlen, die Elitemitglieder bekommen ungerade Zahlen und die Master bekommen die Zahl null. Somit weiß jeder, in welche Gruppe man gehört.«

Darren nickt, aber das System findet er trotzdem ein wenig komisch.

»Und wie lange bist du schon hier?«, fragt er nach.

»Seit zwei Jahren. Ich bin vorletztes Jahr im Juli gekommen«, antwortet Crystal und studiert dabei Darrens Gesicht.

»Und wie lange wirst du noch hierbleiben?«

»Das ist noch unklar«, antwortet sie knapp.

Unklar? Und es macht ihr nichts aus, dass sie nicht weiß, wie lange sie noch in diesem gefängnisartigen Internat bleiben wird? Es könnten Monate sein, Jahre, Jahrzehnte.

»So lange wird es aber nicht sein«, fügt sie hinzu, als hätte sie seine Gedanken gelesen. So aufmerksam, wie sie ist, hat sie aber wohl nur seinen Gesichtsausdruck richtig interpretiert.

»Und wie lange werde ich hierbleiben? Ist das auch unklar?«

Crystal nickt. »Je nachdem, wie es sich entwickelt, schätze ich.«

Eine Weile sagen sie nichts, Crystal unterbricht schließlich die Stille. »Und du kannst dich wirklich an gar nichts erinnern?« Die Frage überrascht Darren und beantworten will er sie auch nicht wirklich. Also nickt er nur und schaut auf seine Hände.

Crystal wirkt nachdenklich; ihre Mimik ist undurchschaubar.

»Was hattest du an, als du aufgewacht bist? Ich meine, als du zum ersten Mal aufgewacht bist«, fragt sie.

Warum will sie das wissen? Warum stellt sie so komische Fragen?

»Ich hatte ein graues T-Shirt an und eine graue Hose, glaube ich. Was spielt das für eine Rolle?« Darren beobachtet sie genau, versucht, ihre Mimik zu lesen, doch ihr Blick ist ausdruckslos.

»Einfach so. Ich versuche, mir ein Bild von der Situation zu machen«, antwortet sie. Darren weiß nicht, ob er ihr glauben soll. Es könnte durchaus möglich sein, dass sie sich die Situation bloß vorstellen will, aber trotzdem hat er ein seltsames Gefühl. Was könnte sie noch mit der Information anfangen? Worauf lässt seine Kleidung schließen? Vielleicht, woher er kommt oder wie lange er auf diesem Felsen lag?

»Ich wusste gar nicht, dass du eine visuelle Person bist. Ich dachte vielmehr, dass du analytisch denkst«, sagt Darren.

»Wir haben alle mehrere Facetten. Und um eine Situation analysieren zu können, muss man sie sich erst einmal bildlich vorstellen«, erwidert sie nüchtern.

»Das stimmt natürlich, nur glaube ich nicht, dass du dir die Situation bloß vorstellen wolltest«, gibt Darren zurück. Er will die Wahrheit aus ihrem Mund hören.

»Was spielt das denn für eine Rolle?« Ihr Blick ist immer noch ausdruckslos, doch ihre Augen haben wieder diesen dunklen, stürmischen Grauton.

»Für mich spielt es eine Rolle, ob du mich anlügst oder die Wahrheit sagst«, erwidert Darren.

»Gut. Und für mich spielt es eine Rolle, was du anhattest, als du zum ersten Mal aufgewacht bist.«

Was will sie damit sagen?

»Und? Ich habe deine Frage beantwortet, du aber meine nicht«, sagt Darren genervt.

»Ich habe deine Frage beantwortet. Du willst mir nur nicht glauben.«

Darren stöhnt laut und presst seine Lippen zusammen. »Ich habe dir auch die Wahrheit gesagt, als du mir eine Frage gestellt hast.«

Crystal zögert keine Sekunde, bevor sie antwortet. »Ach ja, wer sagt das? Du? Die einzige Person, die weiß, ob sie gelogen oder die Wahrheit gesagt hat?«

Darauf kann Darren nichts entgegnen. Sie hat natürlich recht. Ihm zu glauben wäre schwachsinnig, was spricht also dagegen, dass er nicht auch lügen könnte? Gar nichts. Aber sie weiß, dass er die Wahrheit sagt, sie versucht nur, ein Argument zu finden, um die

Diskussion endgültig zu beenden. Darren bereut es, dass er eine Auseinandersetzung initiiert hat, denn von jetzt an wird sie wahrscheinlich nicht mehr so offen und mitteilsam sein. Er hätte einfach den Mund halten sollen.

Crystal steht auf und sagt: »Du solltest jetzt weitertrainieren. Die Pause reicht aus.« Darren befolgt ihren Anweisungen und fängt wieder an zu boxen. Währenddessen zeigt Crystal ihm weitere Tricks am Boxsack, welche Darren mit Erfolg ausführt. Gerade als sie ihm eine besondere Technik zeigt, fällt Darren ein, was er noch wissen wollte. Ohne nachzudenken, fragt er sie: »Was ist das Schwarze Lager?«

Crystal bleibt mitten in einer Bewegung stehen und schaut ihn von der Seite an. Es ist nur eine Millisekunde, doch ihm entgeht nicht, wie ihre Augenbrauen sich unverzüglich zusammenziehen.

»So nennen wir das Lager, gegen das wir bei den Wettbewerben spielen«, antwortet sie neutral – unmöglich zu erkennen, was in ihrem Kopf vorgeht. Nach einer Weile fragt sie: »Wie kommst du überhaupt auf das Schwarze Lager? Wo hast du das gehört?«

Darren denkt lange über ihre Frage nach, doch er kommt zu keinem Schluss. »Ich weiß es nicht. Ich kann mich nicht daran erinnern, dass jemand es schon einmal erwähnt hat. Aber es ist mir einfach eingefallen.«

Sie schaut ihn verdutzt an, und er kann es ihr nicht übel nehmen.

»Das ergibt keinen Sinn. Wahrscheinlich hast du es irgendwo in einer Konversation aufgefangen. War es so?«

»Nein, eigentlich nicht. Ich weiß, dass es sich komisch anhört, aber andererseits ist doch meine ganze Lebensgeschichte komisch, also, was macht es für einen Unterschied?«

Crystal nickt. »Das stimmt schon, aber es macht einen Unterschied, was dir jetzt passiert und was passiert ist, als du nicht bei Bewusstsein warst.«

»Wie meinst du das?«, fragt Darren verwirrt.

»Na ja, wer weiß, wie du in diesen Zustand gekommen bist? Es steckt bestimmt etwas dahinter, aber da du es nicht weißt, findest du die Situation seltsam, was auch normal ist. Aber es ist etwas anderes, wenn jetzt etwas Komisches passiert, zumal du alles mitbekommst, verstehst du? Wenn Puzzleteile fehlen, ist es verständlich, dass du das Bild nicht verstehst, da es nicht vervollständigt ist. Aber wenn keine Puzzleteile fehlen und du das Bild trotzdem nicht verstehst, stimmt irgendetwas mit dem Bild nicht. Habe ich mich verständlich genug ausgedrückt?«

Darren nickt langsam und hängt an ihren Lippen, an ihren Worten. Die Art, wie sie sich artikuliert, fasziniert ihn. Das Bild, welches sie vor seinen Augen kreiert hat, hat ihn aufgeklärt. Unwillkürlich lächelt er sie an. Sie erwidert sogar sein Lächeln mit einer Aufrichtigkeit und Natürlichkeit, die in ihm eine Wärme auslöst. Doch das Gefühl vergeht so schnell, wie es gekommen ist. Er hat ihren gestrigen Konflikt immer noch nicht vergessen und will ihn auch nicht so schnell vergessen. Er darf sich nicht auf ihre Wärme einlassen, damit er nicht verwirrt wird, wenn sie ihm wieder die kalte Schulter zeigt.

Als würde sie seine Gedanken bestätigen wollen, sagt sie: »Lass uns weitermachen. Ich habe ganz vergessen, dass du mich unterbrochen hast, während ich dir etwas Wichtiges zeigen wollte. Fünfzig Liegestütze!«

Darren schaut schockiert hoch. Das meint sie doch nicht ernst, oder? Ihr Blick ist hart und standfest. »War nur ein Witz«, fügt sie leichthin hinzu und grinst schief.

Das bringt Darren zum Lachen und er atmet erleichtert aus.

Die nächste halbe Stunde zeigt sie ihm weitere Techniken und er setzt sie um. Dann gehen sie zusammen zum Essenssaal. Da Luke und Gemma noch nicht gekommen sind, muss Darren heute allein essen. Doch Crystal bietet ihm an, sich zu ihr zu setzen. Darren willigt ein.

Das Essen ist noch sehr warm, weshalb beide etwas warten. Nach einer Weile gesellt sich auch Cillian zu ihnen. Er setzt sich neben Crystal und wendet sich dann an Darren.

»Du bist der Neue, richtig? Darren?«

Darren nickt und fragt nach seinem Namen, obwohl er ihn bereits weiß.

»Ich heiße Cillian.«

Darren überlegt sich, ob er ihm die Frage, die ihm durch den Kopf geht, stellen soll. Er muss eine spontane Reaktion aus ihm locken, um besser einschätzen zu können, ob er lügt. Doch würde er seine Frage erwarten?

»Du kommst mir irgendwie bekannt vor. Kann es sein, dass ich dir schon einmal begegnet bin? Ich meine, nicht hier«, sagt Darren vorsichtig und beobachtet ihn.

Doch im Gesicht des anderen erkennt er keinen Bluff, keine Nervosität. Er lächelt ihn an und neigt seinen Kopf. »Hm, komisch. Du kommst mir nicht bekannt vor. Ich bin mir ziemlich sicher, dass ich dich zum ersten Mal sehe. Vielleicht kennst du jemanden, der mir ähnlich sieht. Anders könnte ich mir deine Vermutung nicht erklären«, antwortet er und zuckt mit den Schultern.

Er sagt die Wahrheit. Er kennt ihn tatsächlich nicht – natürlich nicht, wie denn auch? Wo hätten sie sich kennenlernen können? Wahrscheinlich spielt Darrens Verstand wieder mit ihm, täuscht ihn, kontrolliert ihn. Ich will nicht mehr im Schatten meines Verstandes sein, denkt er betrübt.

»Du hast wahrscheinlich recht. Gehörst du auch zur Elite?«, fragt Darren, doch bevor Cillian antworten kann, sagt er: »Ja, natürlich. Du bist die Neun, eine ungerade Zahl.« Cillian nickt und Crystal lächelt schief.

»Du hast es nicht vergessen, was ich dir gesagt habe. Wo ist eigentlich deine Nummer?«, fragt sie und zieht die Augenbrauen zusammen.

»Ich weiß es nicht. Ich habe noch keine bekommen«, erklärt Darren, wobei ihm auffällt, dass es merkwürdig ist. Warum hat er noch keine Nummer erhalten? Wollen sie vielleicht prüfen, ob er gut genug ist? Und wenn nicht, wird er dann rausgeworfen? Der Gedanke löst in ihm ein unbehagliches Gefühl aus. Wenn er rausgeworfen wird, wohin soll er dann gehen? Was soll er machen? Wie soll er überleben? Allein, schutzlos, mit einem erfundenen Namen und einer fehlenden Identität.

»Was ist los?«, fragt Crystal und fixiert ihn mit ihren graublauen Augen.

»Nichts. Ich habe mich nur gefragt, warum es Nummern sind und nicht Buchstaben, oder Farben. Ist eigentlich eine dumme Frage. Ich meine, wenn es Buchstaben wären, hätte ich mich vermutlich auch gefragt, warum es keine Nummern sind.«

Crystal nickt, doch ihr Blick ist immer noch stechend wie Messer.

»Ich denke, sie haben versucht, so etwas wie ein System zu erschaffen. Ich meine, die Einrichtung ist sehr kühl, neutral und minimalistisch. Es gibt immer einen strikten Stundenplan, den man einhalten muss. Und Zahlen würden zu so einem rationalen System besser passen als Farben, findest du nicht?«, sagt Crystal.

»Ja, aber dieser Gedanke wäre doch in sich widersprüchlich«, wirft Cillian ein. »Wenn es ihnen nur um die vernünftigen und pragmatischen Dinge geht, würden sie gar nicht daran denken, ob es nun Zahlen, Buchstaben oder Farben sind, die uns repräsentieren sollen. Da wäre nur die Funktion wichtig, der Nutzen.«

Crystal zieht die Augenbrauen zusammen und schaut ihn an. »Ja, das stimmt. Aber die Form folgt doch der Funktion. Wenn die Funktion etwas Nützliches ist, sollte sich die Form der Funktion anpassen, also sollte die Form die Intention der Funktion widerspiegeln«, erwidert Crystal.

»Aber die Form ist für Menschen, die logisch und praktisch denken, nicht von Bedeutung. Es würde für sie keinen Unterschied machen, ob es nun Zahlen oder Farben sind. Aber für kreative Köpfe wäre es wichtig, denn ihnen ist die ästhetische Seite mindestens genauso wichtig wie die praktische, wenn nicht sogar noch wichtiger.«

Bevor Crystal etwas entgegnen kann, sagt Darren: »Es macht keinen Sinn, sich darüber den Kopf zu zerbrechen. Ich finde, es gibt wichtigere Fragen, über die man nachdenken kann, zum Beispiel, welchen Sinn dieses System hat.«

Crystal und Cillian tauschen einen Blick und schauen dann wieder zu Darren.

»Was meinst du damit?«, fragt Cillian. Er lehnt sich etwas weiter nach vorn, seine Arme legt er auf den Tisch.

»Ich meine, warum tun wir das alles? Warum müssen wir boxen

können und fechten und Schach und all das. Was bringt es uns? Oder besser: Bringt es uns etwas oder ihnen?«, fragt Darren, und während er diese Fragen stellt, merkt er, dass er das ganze System kritisiert, was ihn vielleicht in Gefahr bringen könnte.

»Wen meinst du mit *ihnen*?«, fragt Crystal leise.

»Der Imperator, seine Boten und all diese Leute.«

Crystal und Cillian wechseln einen weiteren Blick, bevor sie antworten.

»Hat es dir der Imperator nicht erklärt?«, fragt Crystal.

»Doch, das hat er. Aber ich verstehe immer noch nicht, was es für einen Sinn hat. Sie wollen Waisen helfen? Wieso? Ich meine, was wollen sie damit erreichen?«, fragt Darren.

»Der Imperator war selbst ein Waisenkind. Er weiß, wie es ist, niemanden zu haben, allein zu sein. Deine Kindheit entscheidet, wie du deine Zukunft aufbaust. Viele Waisenkinder haben in Waisenhäusern keine gute Kindheit, weshalb sie auch keine erfolgreiche Zukunft haben. Menschen mit Beeinträchtigung haben auch eigene Schulen, warum sollten Waisen keine haben?«, will Crystal wissen.

Er hört kein Selbstmitleid in ihrer Stimme, nur pure Vernunft und Sachlichkeit. Darren versteht ihren Standpunkt, aber es leuchtet ihm immer noch nicht wirklich ein. Er hat noch nicht den Punkt erreicht, wo er vollkommene Klarheit und Einsicht verspürt.

»Warum gibt es dann Eignungsprüfungen? Wenn es ein Internat für Waisenkinder ist, das sie beschützen und ihnen eine erfolgreiche Zukunft sichern soll, wieso gibt es dann Eignungsprüfungen?«

Crystal schaut ihn eine Weile schweigend an. Dann zieht sie die Augenbrauen zusammen und öffnet den Mund, doch Cillian ergreift in dem Moment das Wort.

»Weißt du, Darren, ich verstehe deine Neugier. Aber manchmal kann einen Neugier auch an Orte führen, aus denen man keinen Ausweg findet. Und dann stehst du da, mitten im Nirgendwo, ohne jegliche Orientierung. Gerade du musst doch wissen, wovon ich spreche. Du weißt schließlich, wie es ist, aufzuwachen und nicht die geringste Ahnung zu haben, was passiert«, sagt Cillian. Er schaut ihm unverfroren in die Augen.

Darren sieht ihn an. Seine hellbraunen Augen haben einen dunklen Ton angenommen.

»Habe ich recht?« Cillians Mund formt sich zu einem schiefen Grinsen, sodass an seiner linken Wange ein Grübchen erscheint. Cillian atmet tief ein und wieder aus, seine Brust hebt und senkt sich langsam, er zieht eine Augenbraue hoch und schaut dabei nicht einmal weg.

»Darren, Luke ruft dich«, sagt Crystal.

Als er seine Augen von Cillians abwendet, blendet ihn die Umgebung, als hätte er Stunden in der Dunkelheit verbracht und würde jetzt von der Helligkeit überwältigt. »Ich habe keinen Appetit mehr«, sagt Darren. Er steht auf und verlässt den Essenssaal.

VI

Manchmal kann einen Neugier auch an Orte führen, aus denen man keinen Ausweg findet. Darren bekommt diesen Satz nicht aus seinem Kopf. Was hat Cillian damit gemeint? Dass er nicht viel hinterfragen soll? Dass es manchmal besser ist, etwas zu akzeptieren und nicht länger darüber nachzudenken? Was passiert, wenn er zu viele Fragen stellt? Wird er sich in Gefahr bringen? Wird er rausgeworfen werden? Andererseits … Dürfte er diesen Ort selbst verlassen? Natürlich dürfte er das, warum nicht? Er gehört nicht wirklich hierher. Er ist wie ein Flüchtling, nicht wie ein Gefangener. Also warum sollten ihn Cillians Äußerungen ängstigen? Er braucht keine Angst zu haben. Doch diese Gedanken jagen seine Furcht nicht weg. Aus irgendeinem Grund ängstigt er sich immer noch, er weiß zwar nicht wirklich, wovor, aber er verspürt dieses Gefühl. Und diese Angst kommt von seiner Unwissenheit und Hilflosigkeit. Er kennt diesen Ort nicht wirklich, diese Menschen, er kennt nicht einmal sich selbst. Er kann niemandem vertrauen. Auch wenn er von vielen Menschen umgeben ist, ist er dennoch allein.

»Hey, Darren, musst du nicht zum Training?«, fragt Luke. Er zieht gerade seinen Fechtanzug aus, um in seine Alltagskleidung zu schlüpfen.

»Weiß ich nicht. Ich dachte, ich bin für heute fertig«, antwortet Darren. Auch wenn er jetzt wieder Training hätte, wäre er vermutlich nicht hingegangen. Sein Kopf ist zu voll, seine Gedanken hören nicht auf zu fließen, wie ein Wasserfall drohen sie, ihn zu ertränken.

»Warum warst du mit Crystal und Cillian an einem Tisch?«, fragt Luke nach einer Weile.

»Ich habe heute wieder mit Crystal trainiert. Da ihr noch nicht im Essenssaal wart, hat mir Crystal angeboten, mich zu ihr zu setzen, da Cillian auch noch nicht da war«, sagt Darren. Er richtet sich auf, um Lukes Blick zu sehen, doch er nickt nur und zieht sich das weiße Oberteil über.

»Worüber habt ihr geredet?« Lukes Stimme klingt etwas dumpf, da sein Kopf noch im T-Shirt steckt.

»Nichts Besonderes. Belanglose Dinge«, sagt Darren, obwohl es natürlich nicht der Wahrheit entspricht. Aber würde er Luke die Wahrheit sagen, wüsste er, wie er über das System denkt.

»Und was ist mit Crystal? Ich dachte, du magst sie nicht«, fragt Luke.

Darren ist jetzt verärgert darüber, Crystal sofort schlechtgeredet zu haben. Er hat mal wieder vorschnell gehandelt. Ab sofort wird er nicht mehr seine Meinung über andere kundgeben.

»Unsere Beziehung hat sich etwas gebessert. Aber ich bin immer noch der Meinung, dass wir nicht wirklich kompatibel sind. Ich glaube nicht, dass es noch besser werden könnte.«

Luke nickt und setzt sich auf seine Bettkante. »Wie steht es mit Cillian? Hast du ihm etwas gesagt bezüglich … du weißt schon?«

Darren weiß nicht, ob er ihm die Wahrheit sagen soll. Andererseits wäre das Thema auch endlich abgeschlossen, wenn er es täte.

»Ja, habe ich. Aber wir sind zum Schluss gekommen, dass ich ihn wohl verwechselt habe. Es hat sich geklärt.« Den letzten Satz betont Darren, um das Thema zu beenden. Luke scheint den Nachdruck gespürt zu haben. Er nickt nur und legt sich auf sein Bett. Darren beobachtet ihn eine Weile, lauscht seinen Atemzügen, dann legt er sich ebenfalls hin und schläft sofort ein.

Als Darren aufwacht, ist es draußen schon fast dunkel. Er richtet sich auf und sieht, wie Luke und Gemma auf dem Bett sitzen und Schach spielen.

»Habt ihr schon zu Abend gegessen?«, fragt er. Gemma schüttelt den Kopf.

»In einer halben Stunde«, sagt sie.

»Ach, Darren. Du sollst nach dem Abendessen zum Imperator«, sagt Luke.

»Wieso? Und woher weißt du das?«, fragt Darren irritiert.

»Anian ist gekommen, als du noch geschlafen hast. Er wird dich um halb acht hier abholen und dich zu ihm bringen.«

Wieso möchte der Imperator ihn sehen? Wird er ihn vielleicht rauswerfen? Haben Crystal und Cillian ihm von seinem Misstrauen erzählt und ihn gewarnt? Nein, warum sollten sie das tun? Vielleicht, um aufzusteigen? Er will Nathanael auch nicht wieder begegnen … nach den Vorkommnissen im Schwimmbecken. Er weiß immer noch nicht, ob das real war oder nur Einbildung. Und was schlimmer wäre, weiß er auch nicht. Er wünschte, er könnte es Luke erzählen, aber er hat vor seiner Reaktion Angst. Ob er ihm glauben würde? Wahrscheinlich schon, da seine Lebensgeschichte ja verrückt genug ist und Luke sie ihm trotzdem geglaubt hat. Aber er kann es ihm nicht erzählen. Aus irgendeinem Grund ist es ihm peinlich. Vielleicht wegen der Vorstellung, dass Nathanael ihn um Mitternacht im Becken besucht hat, als Darren allein und nackt war? Es war eine unheimliche Situation und Darren will Luke nicht verstören. Er ist so ziemlich der einzige Freund, den er hier hat. Vielleicht nicht unbedingt der einzige Freund, aber der einzige, dem er irgendwie vertraut. Trotzdem tut er es nicht. Es fühlt sich einfach komisch an und er weiß, sobald er den Mund aufmacht, wird er es bereuen.

»Was hast du eigentlich gestern Nacht gemacht?«, fragt Gemma plötzlich. Sie schaut nicht einmal von dem Spiel auf.

Sie meint doch nicht wirklich das, was er denkt? »Was genau meinst du?«, fragt Darren und versucht, seine Stimme so stabil wie möglich klingen zu lassen.

»Du warst sehr lange weg. Ich bin sogar dazwischen eingeschlafen und als ich wieder aufgewacht bin, warst du immer noch nicht da.« Jetzt schaut sie ihm direkt in die Augen.

Luke spielt weiter, doch an seinen Armmuskeln erkennt Darren, dass sein Körper angespannt ist.

»Ich bin wahrscheinlich schlafgewandelt, denn ich kann mich nicht daran erinnern, dass ich weg war«, antwortet Darren kühl. Er kann es nicht glauben, dass sie es mitbekommen hat, aber auf der anderen Seite ist er auch glücklich. Jetzt weiß er wenigstens, dass die Geschehnisse real waren und keine Einbildung. Obwohl es die Situation natürlich nicht weniger absurd macht.

»Nächstes Mal, wenn du schlafwandelst, folge ich dir am besten, damit du nicht noch irgendetwas Gefährliches machst und dich verletzt«, sagt sie.

Es ist kein Vorschlag, es ist eine Entscheidung, die sie getroffen hat, ohne Rücksicht auf ihn zu nehmen. Doch er weiß, dass sie es nicht macht, weil sie sich Sorgen um seine Sicherheit macht. Nein, sie will die Wahrheit aus ihm herauslocken. Doch Darren wird nicht zulassen, dass sie ihr Ziel erreicht.

»Ja, das wäre eine gute Idee. Es ist wirklich süß, dass du dich um meine Sicherheit sorgst. Aber dass du anscheinend oft in der Nacht aufwachst, macht mir ebenfalls Sorgen. Ich schlage vor, du nimmst eine Schlaftablette«, gibt Darren zurück. Während er geredet hat, hat Gemma wieder dem Spiel ihre Aufmerksamkeit gewidmet, doch jetzt schaut sie Darren mit einem harten Blick an.

»Wir können uns langsam für das Abendessen fertig machen«, sagt Luke.

Darren hat das Gefühl, dass er es hauptsächlich sagt, um die angespannte Stimmung aufzulockern. Gemma stimmt ihm zu und steht daraufhin auf, um ins Bad zu gehen. Luke schaut zu Darren, nachdem Gemma verschwunden ist.

»Was habt ihr zwei eigentlich für ein Problem?«, fragt er. Es liegt kein Vorwurf in seiner Stimme, nur Interesse und aufrichtige Sorge.

»Gar keines. Wie verstehen uns nur nicht so gut«, antwortet Darren schulterzuckend.

»Das sehe ich. Meine Frage ist auch, *weshalb* ihr euch nicht gut versteht«, erwidert Luke. Nachdem Darren nicht antwortet, ergreift Luke wieder das Wort. »Ist es immer noch die Diskussion über Crystal?«

Nein, eigentlich liegt es noch weiter zurück, denkt Darren. Doch weiter darüber reden will er nicht. Also schweigt er nur.

»Weißt du, Gemma hat dir deinen Platz hier anfangs nicht gegönnt, weil sie dachte, dass du keine Eignungsprüfung bestehen musstest. Als du dann Crystal kritisiert hast, wurde sie umso wütender. Und das hat sie zum Ausdruck gebracht, weil sie ehrlich ist. Sie sagt ihre Meinung und schert sich nicht darüber, was andere davon denken. Aber mittlerweile weiß sie von deiner wahren Situation. Deswegen bin ich davon ausgegangen, dass ihr euch vertragen habt«, erläutert Luke, doch Darren kann ihn nicht ernst nehmen. Der Grund, wieso er sie nicht leiden kann, ist, weil sie eben *nicht* ehrlich ist. Weil sie hinter seinem Rücken über ihn redet, und das widerspricht genau dem, was Luke gesagt hat. Er hätte es Luke sagen können, da er über seine Lauschaktion Bescheid weiß, aber trotzdem fühlt er sich bei diesem Gedanken nicht wohl.

»Wollen wir langsam los?«, fragt Darren, während er aufsteht und sich streckt.

»Sollten wir nicht auf Gemma warten?«, gibt Luke zurück.

»Du kannst auf sie warten. Ich gehe schon mal«, sagt Darren und schaut nicht noch einmal zurück, als er das Zimmer verlässt.

In der Mensa setzt sich Darren in die Ecke eines Tisches, um so viel Abstand wie möglich zwischen sich und den anderen zu haben. Er möchte mit niemandem reden, er möchte auch keine Gesellschaft. Doch als er anfängt zu essen, kommt Crystal und setzt sich zu ihm an den Tisch.

Die beiden reden eine Weile nicht, schließlich fragt Darren: »Warum hast du dich zu mir gesetzt?«

Crystal kaut zu Ende, bevor sie antwortet. »Weil Cillian noch nicht da ist. Warum sitzt du allein?«, fragt sie zurück.

»Weil ich allein sein will«, antwortet Darren, bevor er merkt, dass er damit indirekt impliziert hat, dass er ihre Gesellschaft nicht möchte, obwohl das nicht der Wahrheit entspricht.

Crystal hebt die Augenbrauen; sie scheint ihm nicht zu glauben. »Das passt ja dann ganz gut«, erwidert sie und bleibt sitzen. Er glaubt, einen sarkastischen Unterton gehört zu haben.

»Was passt gut?«, fragt Darren verwirrt.

»Dass du allein sein möchtest, denn somit musst du dir Luke und Gemmas Streitigkeiten nicht anhören.«

»Was für Streitigkeiten?«, fragt Darren nach.

Crystal zuckt mit den Schultern. »Irgendetwas, das mit dir zu tun hat.«

Mit ihm? Könnten sie womöglich über den Konflikt zwischen Gemma und ihm reden? Wahrscheinlich, etwas anderes fällt ihm nicht ein. Sollte er sich zu ihnen setzen und den Konflikt aus dem Weg schaffen? Nein, Gemma soll sich entschuldigen, schließlich ist sie diejenige, die ihn ständig zuerst angreift. Doch andererseits … sagt sie auch nur ihre Meinung und sie kann nichts dafür, wenn sie seine Ansichten nicht teilt. Wenn er darüber nachdenkt, gibt es keinen Grund für diesen Konflikt. Vielleicht sollte er sich entschuldigen. Oder einfach neutral mit ihr umgehen. Freundlich.

Als Darren seine Entscheidung in die Tat umsetzen möchte, fragt Crystal: »Wieso bist du eigentlich hier?«

Darren weiß nicht, wie er auf diese Frage reagieren soll, die ihm schon so oft gestellt wurde. Crystal muss doch seine Geschichte kennen. »Das weißt du doch. Ich habe keine Erinnerungen, schon vergessen?«, antwortet er.

»Nicht so viel, wie du vergessen hast … anscheinend.« Bei dem letzten Wort hebt sie ihre Augenbrauen.

»Was meinst du damit?«, fragt er irritiert. Glaubt sie ihm etwa nicht?

»Hast du wirklich überhaupt keine Erinnerungen?«, hakt sie nach.

Doch, eine Erinnerung hat er. Cillian. Aber das kann er ihr nicht sagen. Sie hatte ihm nicht geglaubt, als er es erwähnt hatte. Es fühlt sich nicht richtig an, noch mal davon zu reden. Vor allem, weil sie nicht gerade auf seiner Seite zu sein scheint. Auf seiner Seite … was bedeutet das überhaupt? Wer ist auf seiner Seite?

»Da du so lange nachdenkst, schließe ich daraus, dass du tatsächlich Erinnerungen hast«, sagt sie.

»Nein. Nein, ich habe keine Erinnerungen«, erwidert Darren genervt. Crystal hat sich nicht hierhin gesetzt, weil sich Luke und Gemma streiten oder weil Cillian nicht da ist. Nein, sie wollte ihn aushorchen.

»Und warum hast du dann so lange nachgedacht? Als das Wort

Erinnerung gefallen ist, hast du plötzlich weggeguckt, und dein Blick wurde starr, weil du an eine Erinnerung gedacht hast, stimmt's?«

Es ist keine Frage, sie sucht nicht nach seiner Bestätigung, sie weiß genau, dass ihre Äußerung stimmt.

»Worauf willst du hinaus? Was willst du erreichen?«, fragt Darren, ohne auf ihre Aussage einzugehen.

Crystal sagt nichts, sie sitzt nur da und schaut ihn an. Ihre großen graublauen Augen fixieren ihn. Sie schauen sich gefühlt eine Ewigkeit an und Darren fühlt sein Herz immer schneller gegen seine Brust schlagen. Doch Crystal bleibt gelassen. Sie blinzelt nicht ein einziges Mal.

»Ich möchte nur eine Antwort auf meine Frage«, meint sie schließlich.

»Das möchte ich auch. Nur habe ich, im Gegensatz zu dir, viel mehr Fragen, auf die ich keine einzige Antwort bekomme«, gibt er zurück.

Crystal sagt dazu nichts und schaut ihn weiterhin an.

»Na, ist dir deine Schlagfertigkeit etwa ausgegangen?«, fragt Darren amüsiert und hebt die Augenbrauen.

Crystal kann dazu nichts erwidern, da Audris auftaucht, die Botin des Imperators. Er schaut Crystal nicht noch mal an, bevor er aufsteht und sich auf den Weg zum Imperator macht.

Als er den Raum betritt, legt der blonde Mann gerade ein schwarzes ledergebundenes Buch auf den Tisch. Er faltet seine Hände auf seinem Schoß und lächelt Darren an.

»Wie geht es dir, Darren?«, fragt er mit seiner weichen, gleichzeitig kalten Stimme.

»Ganz gut«, antwortet Darren kurz angebunden.

Der Imperator inspiziert sein Gesicht, als würde er versuchen zu erkennen, ob er die Wahrheit sagt oder ihn anlügt. Nachdem er sein Gesicht studiert hat, lächelt er wieder.

»Wie laufen deine Trainingsstunden?«, fragt er.

»Auch gut. Ich komme voran«, antwortet Darren und schaut unbeabsichtigt auf den Boden.

Er nickt wieder, bevor er ihn fragt: »Wie kommst du mit deiner

Trainerin zurecht?« Darren weiß nicht, was er dazu sagen soll. Er weiß selbst nicht wirklich, wie er mit Crystal zurechtkommt. Manchmal ist sie ganz freundlich zu ihm und manchmal greift sie ihn ohne Grund an. Vielleicht wäre es besser, ihm einfach die Wahrheit zu sagen. Es kann ja nicht schaden. »Es ist kompliziert, ein Auf und Ab. Manchmal verstehen wir uns gut, aber es gibt auch Momente, in denen wir uns unnötig streiten.«

»Verstehe. Ja, das ist normal. Aber wenn es dir zu viel wird, kann ich dir auch einen anderen Trainer beschaffen«, sagt er.

Darren denkt über seinen Vorschlag nach. Nach dem letzten Gespräch mit Crystal hätte er liebend gern einen neuen Trainer. Aber irgendetwas in ihm protestiert gegen diese Idee. Er weiß nicht, wieso er dieses Gefühl hat, aber er will sich nicht darauf verlassen.

»Ich hätte nichts gegen einen neuen Trainer. Dann würde ich vielleicht auch andere Kampftechniken lernen und neue Perspektiven bekommen«, willigt Darren ein.

Der Imperator nickt lächelnd. »Gut. Dann wirst du ab dem morgigen Tag einen neuen Trainer haben. Und wie verstehst du dich mit deinen Mitbewohnern?«

Darauf könnte Darren genau dieselbe Antwort geben. »Ich verstehe mich mit Luke sehr gut, mit Gemma ist es wie mit Crystal«, gibt er nach einer langen Pause zurück.

»Verstehe. Wenn du dich hocharbeitest und zur Elite gehörst, wirst du mit einigen anderen Elitemitgliedern zusammenwohnen. Aber bis dahin wird es noch lange dauern, nehme ich an. Es sei denn, du wirst zum Überflieger. Dagegen hätte ich natürlich nichts. Ich mag besonders die Schüler, die schnell lernen. Bei manchen dauert es ein halbes Jahr, bis sie zur Elite aufsteigen und bei anderen nicht mehr als zwei Monate.«

Darren weiß nicht wirklich, was er darauf erwidern soll. Doch der Imperator schaut ihn an, als würde er auf eine Antwort oder Anmerkung warten.

»Interessant. Was muss man denn noch alles meistern, um ein Elitemitglied zu werden?«, fragt er nach.

Der Imperator antwortet unverzüglich, als hätte er mit dieser

Frage gerechnet oder auf sie gewartet. »Es gibt insgesamt zwei Stationen, die man meistern muss, um zur Elite zu gehören. Die erste ist die körperliche Fähigkeit. Dazu gehören Boxen, Fechten, Schwimmen, alles, was deine Ausdauer und deine Muskulatur weiter ausbaut. Die zweite Station ist die mentale Fähigkeit. Du lernst, wie man Schach oder Karten spielt, komplexe Aufgaben löst und solche Dinge. Die dritte Station ist die psychische Fähigkeit. Kurz gesagt: Du wirst abgehärtet. Wenn du von den ersten beiden Stationen eine Kategorie meisterst, sagen wir auf der körperlichen Ebene das Boxen, gehörst du zur Elite. Die dritte Station ist erst für die Master-Qualifikation wichtig.« Zwei Stationen muss er also meistern. Wie können das manche in weniger als zwei Monaten schaffen? Und was meinte er damit, dass er abgehärtet werden würde? Werden sie seine Psyche foltern? Darren muss bei dem Gedanken schlucken.

»Keine Sorge, mit Abhärten ist nichts gravierend Schmerzliches gemeint«, beschwichtigt ihn der Imperator.

Wieder einmal wundert Darren, woher er wusste, dass er genau das gedacht hatte. Gedanken lesen kann er doch nicht, also wie ist es möglich, dass er ihn so gut einschätzen kann? Hat er geniale Menschenkenntnisse oder ist Darren einfach ein offenes Buch? Beides gefällt ihm nicht besonders, aber Letzteres noch weniger, da er somit für jeden durchschaubar wäre und daher auch leicht kontrollierbar. Er wäre eine Schachfigur, die hin- und hergeschoben wird, ohne sich darüber bewusst zu sein.

»Wie lange dauert die gesamte … Ausbildung?«, fragt Darren unsicher. Er weiß nicht, wie er es noch nennen kann.

»Es kommt natürlich auf deine Fähigkeiten an, aber es wird definitiv ein paar Jahre in Anspruch nehmen«, antwortet er.

»Und gilt das auch für mich?«, fragt Darren.

»Wieso sollte es nicht für dich gelten?« Die Frage hat den Imperator sichtlich irritiert, eine Reaktion, die Darren zum ersten Mal bei ihm sieht.

»Ich weiß nicht … ich bin doch nur zufällig hier gelandet. Ich meine, vielleicht bin ich gar nicht geeignet hierfür.« Der Imperator hebt die Augenbrauen, lehnt sich nach vorn, sodass er sich mit seinen Unterarmen auf dem Tisch abstützt.

»Darren, es gibt keine Zufälle. Alles, was passiert, geschieht aus einem Grund. Du verstehst es vielleicht noch nicht. Aber die Gründe der seltsamsten, schlimmsten, unpassendsten Ereignisse erfährst du erst, wenn du dazu in der Lage bist. Es gibt für alles eine Erklärung und so auch für deine Situation. Und um dies herauszufinden, musst du uns über die Fortschritte deines Zustands aufklären. Wenn du auch nur eine Ahnung hast, komm zu mir. Denn ohne deine Informationen kann ich deinen Zustand nicht verstehen, geschweige denn eine Lösung dafür finden«, erklärt der Imperator. Darren nickt unbewusst. Sollte er ihm von seiner Erinnerung mit Cillian erzählen? Vielleicht könnte er ihm dann weiterhelfen. Eine Lösung für seinen mentalen Zustand finden. Eigentlich sollte er nicht einmal darüber nachdenken. Eigentlich hätte er sofort, ohne zu zögern, zu ihm gehen und ihm von seiner Erinnerung erzählen sollen. Er weiß nicht, wieso er es so lange für sich behalten hat, verschwiegen hat, als wäre es ein Geheimnis. Ist es ein Geheimnis? Wieso sollte es ein Geheimnis sein?

»Darren? Alles in Ordnung?«, fragt er nach. Seine Augen starren ihn so fest an, verschlucken ihn wie ein schwarzes Loch.

»Weißt du, manchmal weiß der Mensch nicht, wieso er so handelt, wie er handelt. Aber es gibt für alles eine Erklärung. Du musst in deinen tiefsten, verborgenen Orten forschen. Du musst dein Gegenüber genauso gut kennen wie dich selbst. Kennst du dein Gegenüber nicht, kannst du auch deine Handlungen nicht verstehen, denn deine Handlungen hängen immer von deinem Gegenüber ab. Wenn du also dein Gegenüber kennst, verstehst du deine Handlungen und du kennst dich selbst. Umgekehrt ist es genau dasselbe. Du kennst dein Gegenüber, aber dich selbst nicht, somit kannst du eure Interaktion nicht lenken. Aber sagen wir, dein Gegenüber kennt sowohl sich selbst als auch dich. Damit kann er das Gespräch in die Richtung steuern, die ihn zu seinem Ziel führt. Und das darfst du nicht zulassen, Darren. Du musst den Kern deines Gegenübers kennen, du darfst dich nicht von ihm täuschen lassen.«

Darren ist wie gefesselt von seinen Worten.

Nathanael lächelt ihn an. »Ich habe dir das erklärt, weil ich vermutet habe, dass dich etwas beschäftigt. Du scheinst in einem Dilemma zu stecken. Ich weiß natürlich nicht, ob es wirklich stimmt, aber wenn es stimmt, dann rate ich dir dazu, genau zu analysieren, wieso du in dieser Zwangslage steckst. Liegt es daran, dass du deine eigenen Handlungen oder die deines Gegenübers nicht verstehst? Triff keine Entscheidungen, solange du sowohl dich selbst als auch dein Gegenüber durchschaut hast. Dann kannst du auch keine Fehler machen«, erläutert Nathanael.

Er hat recht. Darren steckt in einem Dilemma, er weiß nicht, ob er ihm von seiner Erinnerung erzählen soll. Warum zögert er? Er versucht, es herauszufinden, doch es gibt nur ein Problem, das der Grund sein könnte. Er vertraut ihm nicht. Aber nach all dem, was Nathanael ihm erzählt und geraten hat, nach all seiner Hilfe, sollte er ihm doch vertrauen können.

»Stell es dir so vor: Wenn du Schach spielst, ist die erste Lektion, die du lernst, geduldig und vorsichtig zu sein. Du musst dir Zeit nehmen und alles überdenken. Bevor du einen Schritt machst, musst du alle Optionen deines Gegners im Kopf durchgehen. Nicht nur das, all deine Schritte müssen dich näher zu deinem Ziel bringen. Keinen Schritt darfst du verschwenden. Denn ein fehlerhafter Schritt bringt zwei Verluste mit sich. Du vergeudest die Chance auf einen effektiven Schritt und gibst deinem Gegner die Chance, deinen Fehler für sich zu nutzen. Jeder Schritt muss also seinen Zweck haben, du musst von allem profitieren können. Wenn du das verstehst, kannst du nicht verlieren. Und falls du doch verlierst, weißt du, dass dein Gegner ebenfalls dieses Prinzip verstanden hat und danach spielt«, erklärt Nathanael.

Das bedeutet, Darren muss sich noch mal genau überlegen, ob er ihm von der Erinnerung erzählen soll. Das wird er tun. Alle Folgen seiner Entscheidung wird er im Kopf durchgehen. Das ist die sicherste Lösung. »In Ordnung. Ich werde noch mal in Ruhe darüber nachdenken«, antwortet Darren.

Nathanael nickt bestätigend. Eine Weile sagt keiner etwas, Darren beunruhigt die seltsame Stille, da Nathanael ihn immer noch anstarrt. Als er wieder anfängt zu sprechen, entspannen sich Darrens Muskeln. Ihm ist nicht aufgefallen, dass er seine Muskeln angespannt hatte.

»Das ist eine gute Idee. In der Ruhe liegt die Kraft, wie man schön sagt.«

Darren muss plötzlich an etwas anderes denken. An einen anderen Moment. An eine andere Zeit. Auf einmal ist er umgeben von Wasser. Kaltem, dichtem Wasser. Und eine Silhouette, die plötzlich in seinem Blickfeld auftaucht und auf ihn zukommt.

Darren schaut erschrocken in Nathanaels Augen. Seine Augen sind so schwarz wie die Silhouette. Nathanael lächelt in an. Doch sein Lächeln erreicht seine Augen nicht. Dann sagt er: »Du weißt, wo du die Ruhe findest.«

VII

Es ist seltsam. Er liebt Wasser, trotzdem trägt seine größte Angst ebenfalls das Wasser mit sich. Er findet die Ruhe, wenn er unter Wasser ist, gleichzeitig hat er am meisten Angst davor zu ertrinken. Die Stille um ihn herum empfängt ihn wie eine warme Umarmung. Ist es das Wasser, das ihn beruhigt oder die Stille, die ihn umgibt? Es spielt keine Rolle. Er muss eine Entscheidung treffen. Doch er tendiert dazu, auf sein Bauchgefühl zu hören, das ihm davon abrät, von der Erinnerung zu erzählen. Nach dem Gespräch mit dem Imperator hatte er ein besseres Gefühl. Wenn der Mann böse Absichten hätte, würde er ihm nicht entgegenkommen, er würde ihm nicht helfen und ihm Zeit geben. Vielleicht ist es doch klug, wenn er ihm von der Erinnerung erzählt. Morgen wird er mit ihm reden.

Als Darren wieder an die Oberfläche kommt, steht Gemma vor ihm – außerhalb des Beckens. Sie hebt die Augenbrauen und schaut ihn erwartungsvoll an.

»Was ist los?«, fragt Darren, etwas verunsichert. Gemma zuckt mit den Achseln. »Nichts. Ich habe dich nur nicht hier erwartet um diese Uhrzeit. Ich dachte, du wärst beim Imperator«, antwortet sie.

»War ich auch. Und jetzt bin ich hier«, erklärt er. Sie nickt und steigt ins Schwimmbecken. »Was ist?«, fragt sie.

Darren merkt, dass er sie lange angeschaut hat, ohne etwas zu sagen. Er spürt, wie er rot anläuft. »Gar nichts«, sagt er schließlich.

Eine Weile sagen sie nichts. Gemma schwimmt bis zum anderen Ende des Beckens und wieder zurück zu Darren, bevor sie sagt: »Hey, Darren, ich will nicht, dass es zwischen uns so angespannt ist. Ich weiß, ich war anfangs ein bisschen … taktlos. Und schroff. Aber ich bin definitiv kein Mensch, der streitsüchtig ist. Im Gegenteil, ich versuche, Konfrontation aus dem Weg zu gehen. Ich dachte nur, dass du aufgenommen wurdest, ohne die Eignungsprüfung bestehen zu müssen und na ja … das hat mich verärgert. Und wenn mich etwas aufregt, verstecke ich es auch nicht. Luke hat sich auch schon daran gewöhnt, weshalb er es nicht persönlich nimmt, wenn ich etwas Bissiges sage. Ich wollte nur, dass du das weißt.«

Darren lächelt sie spontan an. Er schätzt ihre Ehrlichkeit, und es macht ihn glücklich, dass sie auf ihn zugekommen ist.

»Es tut mir auch leid. Mein Verhalten kann man nicht unbedingt als reif bezeichnen. Ich habe wohl etwas überreagiert. Aber ich bin froh, dass wir es jetzt geklärt haben. Ich wollte eigentlich heute auch mit dir darüber reden«, gibt Darren zu. Gemma lacht und schaut ihn mit einem zufriedenen Gesichtsausdruck an.

»Manchmal muss man sich über die Differenzen klar werden und darüber reden«, sagt sie nachdenklich, mehr zu sich selbst als zu ihm.

»Das stimmt. Ich glaube, man sollte generell mehr miteinander reden. Kommunikation ist die Lösung für alles«, fügt Darren hinzu.

Gemma bestätigt ihn durch ein Nicken. Darren fühlt sich zum ersten Mal seit seinem privaten Moment im Schwimmbecken nach dem Albtraum wohl und unbekümmert. Das Wasser, welches seinen Körper sanft umschmeichelt, die Stille um ihn herum, die dunkle Nacht, der helle Vollmond, der durch das Fenster scheint und das Wasser schimmern lässt, wecken in ihm eine tiefe Ruhe und Frieden. Das Licht des Mondes umhüllt Gemmas Umrisse in einem silbernen Schein. Darren schließt seine Augen und genießt den Moment.

»Bist du zum ersten Mal hier? Im Schwimmbecken, meine ich?«, fragt Gemma nach einer Weile. Darren schüttelt gedankenverloren den Kopf. Er spürt ihren Blick von der Seite, schaut sie aber nicht an. Gemmas Bewegungen sorgen dafür, dass das Wasser hin und her schwappt. »Worüber hast du mit dem Imperator gesprochen?«, fragt sie.

Darren erwidert diesmal ihren Blick. Ihre hellgrünen Augen leuchten im Mondlicht noch heller.

»Er hat mir das System erklärt und wollte wissen, wie es mir geht und ob ich mit allen klarkomme«, antwortet er. Bevor Gemma eine weitere Frage stellen kann, sagt Darren:

»Wie lange bist du eigentlich schon hier? Und wie bist du hierhergekommen?«

Gemma nimmt sich etwas Zeit, bevor sie seine Frage beantwortet. »Ich bin seit ungefähr drei Monaten hier«, antwortet sie schließlich. Darren merkt, dass sie seine zweite Frage nicht beantwortet hat, ob es unbeabsichtigt war, weiß er nicht. Vielleicht wollte sie diese Frage umgehen.

»Und wie bist du hierhergekommen?«, wiederholt er und schaut ihr fest in die Augen. Gemma atmet tief ein und wieder aus, spitzt die Lippen zu, dreht sich zu ihm und sagt schließlich: »Ich weiß es nicht. Ich wurde vom Waisenhaus abgeholt, ein paar Wochen, nachdem ich die Prüfung gemacht hatte. Wie genau ich hier gelandet bin, weiß ich nicht.«

Die Antwort macht Darren stutzig. Warum weiß sie nicht, wie sie hier gelandet ist? Lügt sie ihn vielleicht an? Aber wieso sollte sie das tun? Was hätte sie davon? Vielleicht, damit er keinen Ausweg aus diesem Internat kennt und somit keine Möglichkeit hat zu flüchten. Kann das sein? Aber warum sollte es sie interessieren, ob er hierbleibt oder flieht? Er weiß es nicht. Doch wenn sie die Wahrheit sagt? Wenn sie wirklich nicht weiß, wie sie hierhergekommen ist? Was würde das über dieses Internat aussagen? Soll der Standort geheim bleiben? Aber weshalb? Er wünschte, er könnte all diese Fragen Nathanael stellen, doch er hat das Gefühl, dass er ihm keine Antworten geben wird. Außerdem könnten die Fragen Darrens Unsicherheit und Misstrauen gegenüber diesem Internat preisgeben. Das darf er nicht riskieren, sonst wird er Nathanael überhaupt keine Fragen mehr stellen können. Aber er muss irgendwie herausfinden, ob der Standort wirklich im Verborgenen liegt.

Er wendet sich wieder an Gemma: »Wie meinst du das, du weißt nicht, wie du hier gelandet bist?«

Gemma scheint eben in Gedanken verloren gewesen zu sein, da sie kurz ihren Kopf schüttelt, bevor sie ihn fragend anschaut. Darren wiederholt seine Frage. Gemma nickt daraufhin und sagt: »Na ja, das Einzige, woran ich mich erinnern kann, ist, wie ich in ein schwarzes großes Auto gestiegen bin. Während der Fahrt muss ich wohl eingeschlafen sein, denn die nächste Erinnerung spielt sich in diesem Internat ab. Ich bin auf einer Liege aufgewacht und neben mir saß Doktor Martin. Er hat meine Gesundheit getestet, mir Blut abgenommen und sich irgendwelche Informationen aufgeschrieben.« Doktor Martin? Von ihm hört Darren zum ersten Mal. Aber es ergibt irgendwo Sinn, dass sie hier einen Arzt haben, zumal dieser Ort so abgelegen und isoliert ist. Wie könnten sie die Schüler sonst behandeln, wenn sie krank sind?

»Also … du hast sonst gar keine Erinnerungen?«, hakt er nach. Die ganze Sache verwirrt ihn. Es kann doch nicht sein, dass sie die ganze Fahrt über geschlafen hat.

»Genau, das ist das Einzige, woran ich mich erinnere«, sagt Gemma.

Nach einer Pause, in der sie vor sich hin grübelt, fragt sie mit zusammengezogenen Augenbrauen: »Wieso fragst du?« Diesmal ist sie diejenige, die ihn irritiert anguckt.

Darren zuckt mit den Schultern. »Einfach so. Und wieso bin ich diesem Doktor Martin noch nie begegnet?«

Gemma hebt die Augenbrauen. »Weiß ich nicht. Er ist oft in seinem Arbeitszimmer oder im Labor. Ich sehe ihn auch sehr selten. Eigentlich nur, wenn es einen ärztlichen Notfall gibt.« Wieder eine schwammige, vage Antwort.

Es gibt keinen Grund, warum sie lügen sollte, also sagt sie womöglich die Wahrheit. Sie haben im Internat einen Arzt, dem sie fast nie begegnen. Was macht er denn den ganzen Tag? Warum ist er nur in seinem Arbeitszimmer oder im Labor?

Er muss wohl eine Tätigkeit ausüben, die ihn dazu zwingt, die meiste Zeit hinter verschlossenen Türen zu verbringen. Forscht er? Macht er irgendwelche Experimente? Andererseits sieht er auch Nathanael nur, wenn seine Boten ihn zu ihm führen. Er kommt nicht einmal selbst zu ihm, um ihm etwas mitzuteilen. Merkwürdig, dass er noch nie darüber nachgedacht hat. Bisher sind immer Anian oder Audris gekommen, um ihm eine Nachricht von Nathanael zu übermitteln. Dann fällt ihm eine weitere Merkwürdigkeit ein.

»Warum nennt ihr Nathanael eigentlich immer Imperator?«,

fragt er. Er hatte diese Frage zwar bereits Luke gestellt, doch dieser konnte sie ihm nicht beantworten. Vielleicht hat er bei Gemma mehr Glück.

Allerdings schaut sie ihn mit einem Gesichtsausdruck an, der eine Mischung aus Verwirrung und Überraschung zeigt. »Nathanael? Das ist sein Name?«, fragt sie ihn ernst und zieht die Augenbrauen zusammen.

Jetzt ist Darren verwirrt. »Ja … natürlich. Wusstest du seinen Namen nicht?«

Gemma schüttelt ganz schnell und fest den Kopf. »Du meinst … er hat euch noch nie seinen Namen gesagt?«, fragt er.

»Was heißt, er hat uns noch nie seinen Namen gesagt?« Gemma macht mit ihren Fingern Gänsefüßchen in der Luft, als sie ihn zitiert. »Wir haben ihn nicht einmal zu Gesicht bekommen«, erwidert sie, als wäre es eine offensichtliche Tatsache.

Darren traut seinen Ohren nicht. Das ist doch unmöglich. Absurd. Verrückt. Warum haben sie noch nie den Leiter dieses Internats zu Gesicht bekommen? Warum Darren und alle anderen nicht? Sein Kopf fühlt sich überfüllt und gleichzeitig leer an. Tausende von Fragen und nicht eine einzige Antwort.

»Aber wieso habt ihr ihn noch nie gesehen?«, fragt er nach. Darren kann das Gefühl, das er empfindet, nicht in Worte fassen. Er ist hier der Neuankömmling, trotzdem weiß er deutlich mehr. Das ist doch lächerlich. Wieso hat er, obwohl er seit gerade einmal einer Woche hier ist, bereits den Imperator, die offensichtlich wichtigste Instanz dieses Internats, gesehen, während Gemma, die seit drei Monaten hier ist, nicht einmal seinen Namen kennt? Das ergibt keinen Sinn.

»Ich weiß es nicht. Schätze, das macht den Imperator eben zum Imperator. Er bleibt ein Mysterium für uns und das zeichnet seine Macht aus«, antwortet Gemma.

Doch wenn sein Mysterium seine Macht auszeichnet, würde es doch im Umkehrschluss bedeuten, dass er keine Macht über ihn, Darren, hat. Warum sollte der Imperator das riskieren? Vielleicht denkt er, er könnte einen hilflosen, verwirrten Fremden sowieso leichter kontrollieren, weshalb er sich vor ihm nicht zu verstecken braucht. Kann das sein? Wenn dem so ist, fühlt sich Darren etwas erniedrigt, obwohl er natürlich nichts für seine Hilflosigkeit kann.

»Ein Mysterium …«, flüstert Darren gedankenverloren vor sich hin.

»Hast du etwas gesagt?«, fragt Gemma, doch Darren bekommt es nur mit einem Ohr mit. Plötzlich wünscht er sich, er würde wieder auf dem Felsen stehen und eine große Welle ihn ins Wasser reißen. Er würde ertrinken, sterben, ohne jegliche Erinnerungen, ohne eine Identität. Er hat das Bedürfnis, dieses Internat so schnell wie möglich zu verlassen, er weiß nicht genau, was ihn zu diesem Gedanken getrieben hat. Er fühlt sich nicht wie in einem Gefängnis, nein, vielmehr wie in einem … Labyrinth. Er weiß, es gibt einen Ausweg, doch er hat keine Ahnung, wo er ist und wie weit er bis dorthin braucht. Würde es sich überhaupt lohnen, den Ausweg zu suchen? Vielleicht ist es in Wahrheit ein Gefängnis, getarnt als Labyrinth, damit man versucht, den Ausweg zu finden, der nicht existiert und somit seine Kraft verliert und eine einfache Beute für den Gegner ist. Nein, es gibt für alles einen Ausweg. Auch bei einem Gefängnis gibt es einen Weg hinaus. Die Frage ist weniger, ob es einen Ausweg gibt und mehr, was dieser genau ist. Ist er eine Erkenntnis, eine Information oder ein wirklicher, plastischer Pfad? Darren atmet tief ein und wieder aus. Er wünschte, er könnte für einen Moment sein Gehirn ausschalten, das ihn mit wirren Gedanken und Theorien nur so ertränkt. Reiß dich zusammen, denkt Darren. Man kann nur im klaren Wasser das Sonnenlicht sehen.

»Ich gehe jetzt. Also, falls du mitkommen möchtest, warte ich auf dich«, schlägt Gemma vor.

Sollte er mitgehen? Vielleicht würde er dann abgelenkt werden und könnte somit seinen Gedanken entfliehen. Doch wenn er hierbliebe, würde er vielleicht eine endgültige Befreiung aus diesem Wirrwarr ziehen. *Du kannst nicht einmal solch eine banale Entscheidung treffen.*

Gemma ist bereits aus dem Schwimmbecken ausgestiegen und schaut mit hochgezogenen Augenbrauen und einem amüsierten

Ausdruck zu ihm runter. »Gut, ich komme mit«, sagt Darren schließlich spontan. Er steigt aus dem Schwimmbecken und sie gehen zusammen auf die Umkleidekabinen zu.

Darren duscht, trocknet sich ab und zieht sich um, in gefühlt einem Atemzug. Er wartet vor der Mädchen-Umkleidekabine. Gemma braucht nicht viel länger als er. Als sie aus der Umkleidekabine kommt, lächelt sie ihn an. Ihre nassen Haare und ihr noch feuchtes Gesicht lassen sie frisch und klar wirken, was durch ihre grünen Augen noch mehr unterstützt wird. Darren erwidert ihr Lächeln, ohne dass er sich darüber bewusst ist.

Eine Weile laufen sie nebeneinander her, ohne zu reden. Darren würde Gemma gern weitere Fragen über das Internat stellen und sich ihre Erfahrungen anhören, aber er traut sich nicht, wieder das gleiche Thema anzufangen, zumal sie wahrscheinlich nicht sehr begeistert davon wäre.

Als sie das Schlafzimmer betreten, schaut Luke zu ihnen.

»Wo wart ihr so lange?«, fragt er. Sein Gesicht ist ausdruckslos, doch in seinem Ton schwingt leises Misstrauen.

»Schwimmen«, antwortet Gemma kurz und legt sich aufs Bett. Luke sagt dazu nichts.

»Und wie war dein Gespräch mit dem Imperator?«, fragt Luke. Darren wiederholt das, was er auch Gemma erzählt hat.

»Also … du hast ihn gesehen? Persönlich?«, hakt er nach.

Darren nickt.

»Wie sieht er aus?«

Bei dieser Frage hört ihm auch Gemma neugierig zu.

Darren zuckt mit den Achseln, bevor er antwortet. »Blonde Haare, ein hellbrauner Teint, dunkle Augen. Nicht besonders kräftig, eher schmächtig.«

Luke schaut in die Ferne, womöglich macht er gerade ein Bild von ihm in seinen Gedanken.

»Interessant. Wieso ist es dir erlaubt, ihn zu sehen?«, fragt er nach.

Darren schüttelt den Kopf. »Weiß ich nicht. Ich war auch überrascht, als ich erfahren habe, dass ihr ihn noch nie gesehen habt.«

Luke zieht die Augenbrauen zusammen und schaut ihn mit einem skeptischen Blick an. Er weiß nicht, ob die Skepsis an ihn gerichtet ist oder an die Sache an sich. Ohne etwas zu sagen, zieht sich Darren im Badezimmer seinen Schlafanzug an. Er legt sich auf sein Bett. Es dauert sehr lange, bis er endlich einschläft.

Am Morgen frühstückt Darren mit Luke und Gemma. John, mit dem Darren seit seiner Ankunft kein einziges Wort gewechselt hat, sitzt bei ihnen, beteiligt sich jedoch nicht am Gespräch. Diesmal beteiligt sich Darren auch nicht, er hört auch nicht wirklich zu, worüber Luke und Gemma reden. Er fühlt sich erschöpft, obwohl er die Nacht durchgeschlafen hat.

Nachdem er sein Brot gegessen hat, steht er auf, bringt sein Tablett weg und macht sich auf den Weg zum Boxraum. Als er bereits vor der Tür steht, erhält er auf seinem digitalen Armband eine Nachricht in leuchtend blauer Druckschrift.

Heute hast du im Fechtraum Training. Dieser befindet sich links vom Boxraum.

Die Nachricht hat keinen Absender. Womöglich hat einer der Boten sie ihm geschickt. Wenn er im Fechtraum Training hat, muss er erst einmal seinen Fechtanzug holen. Darren seufzt laut. Hätte er die Nachricht doch etwas früher bekommen. Ohne weiter Zeit zu verlieren, geht Darren zurück in sein Zimmer und sucht seinen weißen Fechtanzug, welcher sich in der viereckigen Kiste vor seinem Bett befindet. Da keiner im Zimmer ist, zieht sich Darren nicht im Badezimmer um. Der Anzug ist ihm etwas eng, ob das so beabsichtigt ist, weiß er nicht. Anschließend verlässt er das Schlafzimmer und macht sich auf den Weg zum Fechtraum.

Als er die Tür öffnet, wird ihm plötzlich kalt. Die Wände sind aus grauem Beton und wirken kühl und rau. Es gibt keine Deckenlampe, nur grelle Leuchten auf zwei gegenüberliegenden Wandseiten.

Darren sieht nur einen braunen Schopf vor sich. Die Person hat ihm zwar den Rücken zugedreht, doch Darren weiß genau, um wen es sich bei seinem neuen Trainer handelt.

VIII

Cillian dreht sich zu Darren und schaut ihn mit einem schiefen Lächeln an.

»Hallo, Darren. Ich bin dein neuer Trainer. Du kannst dir schon mal einen Säbel holen. Du findest ihn im Schrank«, sagt er, immer noch lächelnd.

Darren nickt und geht auf den grauen Metallschrank zu. Im Inneren des Schrankes befinden sich verschiedene Arten von Schwertern. Sie haben alle verschiedene Längen, einige sind biegsamer, doch die Klingen werden zur Spitze hin schmaler.

Darren nimmt sich einen Säbel und schließt den Schrank.

»Gut. Ich werde dir zuerst einige Bewegungen zeigen, die du dann nachmachst, okay?« Darren nickt, es klingt nach einer angenehmen Trainingsstunde.

»Zuerst musst du lernen, wie du dich hinstellst. Deine Füße müssen im rechten Winkel zueinander stehen.« Cillian zeigt ihm die Stellung und bedeutet ihm mit einem Nicken, die gleiche Stellung einzunehmen.

Darren tut, was er sagt.

Daraufhin fährt Cillian fort: »Gut. Deine Fußspitzen müssen unterhalb der Knie sein und der Abstand zwischen deinen Fersen muss ungefähr zwei Fußlängen betragen. Und die Knie musst du etwas beugen.« Darren folgt seinen Anweisungen.

»Okay. Und jetzt zu den Armen. Dein Unterarm und dein Oberarm, der den Säbel hält, haben unterschiedliche Stellungen. Deinen Oberarm winkelst du leicht vom Körper ab, während dein Unterarm parallel zum Boden steht.« Darren setzt das Gesagte um, woraufhin Cillian ihn mit einem kurzen Nicken bestätigt.

»Gut. Das ist die Ausgangsposition, verstanden? Und jetzt zeige ich dir ein paar Beinaktionen. Erst schaust du nur zu, okay?«

Darren nickt und distanziert sich etwas von Cillian, damit er mehr Platz hat.

Cillian setzt sein vorderes Bein vor und streckt gleichzeitig das hintere. Diese Aktion nennt er den *Ausfall*. Daraufhin macht er einen Schritt vorwärts, woraufhin der Ausfall folgt. Diese Aktion heißt *Patinando*. Darren unterbricht kurz seine Vorführung mit einer Frage: »Ist es wichtig zu wissen, wie die Aktionen heißen? Ich meine, eigentlich muss man doch nur die Bewegungen können.«

Cillian lächelt auf seine Frage, gibt ihm trotzdem eine ernste Antwort. »Wenn du so weit bist, dass du alle Aktionen kennst und perfekt ausführen kannst, werde ich die Bezeichnungen aufsagen und du musst so schnell wie möglich die jeweilige Aktion ausführen. So kann ich gut einschätzen, ob du fit bist.«

Cillian schaut ihn einen Augenblick an, bevor er hinzufügt: »Jeder hat eine andere Lehrtechnik.« Darren findet die Idee dahinter sehr gut, es ist eine gute Lernmethode. Mit einem Nicken deutet er ihm an, dass er fortfahren kann.

Cillian zeigt ihm als Nächstes den *Raddoppio*. Diese Aktion beginnt mit dem Ausfall, daraufhin zieht er das hintere Bein heran zum erneuten Ausfall, um den Angriff zu verlängern. Dann führt er die *Balestra* vor, in dem er zuerst springt und daraufhin den Ausfall macht.

Cillian zeigt ihm alle Beinaktionen noch einige Male, bis Darren sie selbst ausführt. Er braucht nicht lange, bis er alle meistert. Cillian würdigt seine Leistung mit einem erstaunten Blick.

»Entweder du lernst besonders schnell oder du hast es im Blut«, kommentiert Cillian und schaut ihn beeindruckt an.

Darren kann ein Lächeln nicht unterdrücken.

»Da du schon so gut bist, können wir eine Pause einlegen«, schlägt Cillian vor.

Sie setzen sich auf den Boden und Cillian reicht Darren eine transparente Plastikflasche mit Wasser. Darren nimmt sie dankbar entgegen; das Wasser ist kalt und erfrischend.

»Also, wenn du so weitermachst und in den anderen Bereichen überzeugst, bist du in weniger als zwei Monaten Mitglied der Elite«, sagt Cillian und nimmt einen Schluck Wasser aus der Flasche.

Darren denkt an das, was der Imperator ihm vor Kurzem gesagt hat: *Ich mag besonders die Schüler, die schnell lernen.*

»Das hört sich nicht schlecht an«, gibt Darren zu. Er würde gern Teil der Elite sein, auch wenn er noch nicht ganz verstanden hat, was es genau bedeutet, aber es hört sich auf jeden Fall gut an. Vielleicht hat er dann mehr Rechte, vor allem hätte er gern mehr Informationen.

»Bei mir hat es zwei Monate gedauert, bis ich Mitglied der Elite war«, sagt Cillian.

»Bist du denn ein Spieler?«, fragt Darren.

Cillian nimmt noch einen Schluck, bevor er ihm die Frage beantwortet. »Ja, das bin ich.«

»Und … Crystal?«, will Darren wissen.

»Sie ist auch eine Spielerin«, antwortet er.

Eine Weile sagt keiner etwas, bis Cillian wieder das Wort ergreift.

»Du meintest doch, ich käme dir bekannt vor. Hast du denn eine Erklärung dafür gefunden? Ich meine, es ist schon irgendwie merkwürdig, dass du keine einzige Erinnerung hast, aber mich anscheinend wiedererkennst.«

Darren hatte gehofft, Cillian würde dieses Thema nicht aufgreifen. Er will nicht darüber reden, es macht ihn nur verrückt. Aber er muss ihm eine Antwort geben; er hat eine Antwort verdient.

»Als ich dich zum ersten Mal gesehen habe, hat sich eine Szene in meinem Kopf abgespielt. Ich glaube, es war eine … Erinnerung. Und du warst in dieser Szene«, antwortet Darren etwas zögerlich.

Cillian zieht die Augenbrauen zusammen, er sieht nicht verwirrt aus, sondern eher so, als würde er wirklich darüber nachdenken.

»Das verstehe ich nicht. Wir sind uns doch zum ersten Mal begegnet. Ich meine, ich weiß, dass ich dir zum ersten Mal begegnet bin. Bist du dir sicher, dass ich es war?«, fragt er und schaut ihn mit einem ernsten Ausdruck an.

Darren nickt bloß. Daraufhin grübelt Cillian wieder; er lehnt seinen Kopf an die Wand und schaut nach oben, als würde die Lösung an der Decke stehen. Seine Augen fixieren einen Punkt. Die Hälfte seines Gesichts ist im Schatten, wodurch die andere Hälfte den

Eindruck macht, als würde sie leuchten. Darren ist einen kurzen Moment gebannt von seinem Aussehen. Seine braunen Haare fallen ihm elegant auf die Stirn und seine blasse Haut ist vollkommen frei von Makeln und Flecken. Darren ist nicht neidisch, nur verwundert. Alles an Cillian ist ihm vertraut.

Plötzlich bewegen sich Cillians Augäpfel in Darrens Richtung. Durch den Schatten sieht es aus, als würde sich nur ein Augapfel bewegen. Cillians Pupillen durchbohren Darrens Augen.

Darren atmet scharf ein; für einen kurzen Augenblick ist er erschrocken. Nachdem Cillian schief grinst, beruhigt sich Darren etwas.

»Ich schätze, manche Dinge werden niemals einen Sinn machen«, sagt er.

Was meint er damit? Es steckt hinter allem eine Begründung. Nichts geschieht aus Zufall, alles hat eine Ursache. Also gibt es auch eine Erklärung für seine Erinnerung. »Das sehe ich anders. Ich glaube, dass alles aus einem Grund passiert. Welche Bedeutung diese Erinnerung hat, weiß ich vielleicht noch nicht, aber was ich weiß, ist, *dass* sie eine Bedeutung hat.«

Cillian schaut ihn erst aus dem Augenwinkel an, dann dreht er den Kopf zu ihm und sieht ihn direkt an.

»Solange du die Bedeutung nicht herausgefunden hast, kannst du nicht wissen, dass sie eine Bedeutung hat. Ähnlich wie bei Schrödingers Katze. Solange du nicht in die Kiste schaust, kannst du nicht wissen, ob die Katze lebendig oder tot ist. Die Frage klärt sich erst, nachdem du eine Beobachtung durchgeführt hast«, erläutert Cillian.

Darren muss plötzlich an Crystal denken. Ihr Redestil ähnelt dem von Cillian. Wahrscheinlich hat sie sich auf ihn abgefärbt oder umgekehrt. Seine Analogie beeindruckt ihn, nichtsdestotrotz ist er nicht überzeugt. »Wenn du einen Schatten an der Wand siehst, weißt du doch, dass sich da etwas befindet, du weißt zwar nicht genau, was es ist, aber du weißt, *dass* dort etwas ist. Nur etwas, das in dreidimensionaler Form existiert, kann einen Schatten werfen«, argumentiert Darren.

Cillian nickt langsam und legt seine Stirn in Falten. Doch er scheint nicht überzeugt zu sein, da er seine Augen zusammenkneift. »Das ist nicht das Gleiche. Wenn du einen Schatten an der Wand siehst, würde sich erst gar nicht die Frage ergeben, ob sich etwas dort befindet. Somit gäbe es nur die Frage, *worum* es sich handelt. Ohne Schatten an der Wand würdest du dich nur aus der Intuition heraus fragen, ob es da etwas gibt, da es keine sinnlichen Eindrücke gäbe, die dein Gehirn nutzen könnte, um diese Frage überhaupt zu stellen«, entgegnet Cillian.

Da muss er ihm recht geben, doch das liegt hauptsächlich daran, dass Darren ein falsches Beispiel genommen hat. Cillians Erklärung ist zwar logisch, doch Darrens Meinung hat sie nicht geändert.

»Aber manchmal gibt es auch Dinge, die man einfach weiß, ohne einen Beweis dafür zu haben. So ist es doch auch mit dem Glauben. Eine Stimme in uns sagt, dass es mehr gibt, als es scheint«, erklärt Darren.

Cillian schaut ihn nachdenklich an und nickt. »Das stimmt schon. Aber das trifft nicht bei allen Leuten zu. Ich würde mich niemals in etwas reinsteigern oder an etwas festhalten, das keinen festen Grund hat. Es ist genauso leichtsinnig, wie von einer Klippe zu springen in dem Glauben, dass man weich landen wird. Ich glaube etwas nicht, solange ich es nicht gesehen habe.«

»Aber wenn du etwas sehen würdest, könntest du sowieso nicht mehr daran glauben. Du hättest einen Beweis für deinen Glauben, und somit wäre es kein Glauben mehr, sondern Wissen. Sobald du überhaupt anfängst, nach einem Beweis für deinen Glauben zu suchen, kannst du gar nicht glauben«, gibt Darren zurück. Dagegen kann er nichts einwenden; es macht vollkommen Sinn. Das scheint auch Cillian zu realisieren, denn er lehnt seinen Kopf wieder an die Wand und zieht die Augenbrauen zusammen.

»Du hast recht. Dann könnte ich wohl nie an etwas glauben, da ich immer Beweise brauche. Ich finde, man kann es mit dem Beispiel mit der Wand vergleichen. Wieso glaubst du, dass sich etwas dort verbirgt, wenn du keine Anzeichen dafür hast. Ein Schatten an der Wand wäre ein Anzeichen, aber ein Gefühl allein hätte keine Bedeutung«, meint Cillian.

Darren ist nicht überzeugt von dieser Aussage; er weiß nicht, wie er seine Gedanken in Worte fassen soll, doch er fängt trotzdem an zu reden. »Aber genau wie der Schatten muss dein Gefühl doch auch eine Quelle haben, eine Ursache. Dein Gefühl kommt von deiner Intuition, die Zugang zu ungesagten, unausgesprochenen, nicht greifbaren Dingen hat, sie hat Zugriff auf höhere Energien, wodurch man etwas erkennt, das man durch die fünf Sinne allein nicht erkennen könnte. Dafür ist die Intuition da und man sollte sie nicht ignorieren und zu rationalisieren versuchen. Sonst verliert sie ihren Einfluss. Und wenn man das Gefühl hat, etwas könnte sich verbergen, dann sollte man diesem Gefühl vertrauen.«

Cillian öffnet den Mund, um etwas zu erwidern, entscheidet sich dann aber um. Er steht auf und sagt: »Wir sollten langsam weitermachen. Es war eine lange Pause. Lang, aber effektiv.«

Darren steht ebenfalls auf und hebt seinen Säbel. Die nächste halbe Stunde verbringt er damit, die bereits gelernten Bewegungen zu wiederholen und zu verinnerlichen. Cillian sagt die Bezeichnungen der Beinaktionen auf, und Darren muss sie sofort ausführen. Am Ende des Trainings kann er alle Aktionen unverzüglich und fehlerlos umsetzen. Cillian klatscht mit den Händen.

»Ich bin beeindruckt. Du bist wirklich sehr gut. Ich denke, es wird nicht lange dauern, bis du gegen jemanden kämpfen kannst«, sagt er und lächelt ihn an.

Darren ist sehr glücklich und würde am liebsten weitermachen.

»Ich sehe dich dann morgen um die gleiche Uhrzeit wieder hier«, sagt Cillian und verlässt den Raum.

Das kalte Wasser fließt über Darrens Körper und gibt ihm ein Gefühl von Reinheit und Frieden. Wie kann es seine größte Angst sein zu ertrinken, wenn ihm Wasser so ein positives Gefühl bereitet? Ist das nicht paradox? Als wäre das Wasser seine Geliebte und er würde sich am meisten davor fürchten, dass sie ihn verraten könnte. Dass sie seine Liebe ausnutzen könnte, um ihn ins Verderben zu stürzen.

Darren lehnt seine rechte Hand an die nasse, kalte Wand und beugt seinen Kopf, sodass das fließende Wasser von seiner Nase und seinem Kinn auf den Boden tropft. Seine Augen sind auf den Boden der Dusche gerichtet, der immer mehr mit Wasser gefüllt wird. Plötzlich verwandelt sich der glatte weiße Grund in einen steinigen schwarzen Felsen. Er ist wieder auf dem Felsen, umzingelt von unendlichem Wasser. Es kommt ihm wie eine Ewigkeit vor, als er auf diesem Felsen stand. Es ist so viel passiert in nur ein paar Tagen, er kennt alles um sich herum, aber immer noch nicht sich selbst. Er weiß über die Leute in seiner Umgebung mehr als über sich. Wird er jemals erfahren, wer er ist? Oder wird er sterben, bevor er es herausfinden wird? Er wünschte, er könnte in die Zukunft blicken oder in die Vergangenheit, um endlich herauszufinden, was mit ihm los ist. Nein, das kann er nicht. Er muss sich auf die Gegenwart konzentrieren, er muss herausfinden, was es mit diesem Internat auf sich hat. Er hat unzählige Fragen.

Darren steigt aus der Dusche und trocknet sich mit einem Lappen ab, womit er auch seine Haare abtrocknet, und zieht daraufhin seinen Schlafanzug an. Als er sich im Spiegel betrachtet, fragt er sich, was er wohl alles erlebt hat in seinem Leben. Wer ist die Person, die er im Spiegel sieht, die ihn mit unerschrockenen Augen anguckt? Was hat die Person alles durchgemacht, was hat sie zu der Person gemacht, die er heute ist? Wie alt ist diese Person? Nicht viel älter als zwanzig, aber auch nicht jünger als achtzehn. Wer weiß, vielleicht täuscht sein Aussehen ihn auch nur. Vielleicht ist er in Wirklichkeit schon dreißig oder nur vierzehn. Nein, das kann nicht sein. Er fühlt sich zu reif, um vierzehn zu sein, und seine Gedanken sind nicht entwickelt genug, dass er dreißig sein könnte. Er hat außerdem zu wenige Falten, um weit über zwanzig zu sein. Er kann im Spiegel nur ganz leicht angedeutete Falten an seiner Stirn sowie zwischen seinen Augenbrauen erkennen. Nach einer Weile fühlt er sich beim Anblick seines Spiegelbildes komisch, weshalb er das Badezimmer verlässt. Er ist überrascht, dass er Anian, den großen dunkelhaarigen Boten des Imperators, vorfindet.

»Darren, ich habe auf dich gewartet, um dich zu Doktor Martin zu begleiten«, sagt er in seiner monotonen Stimme.

Darren ist verwirrt von Anians plötzlicher Anwesenheit sowie vom Gesagten. Er nickt trotz seiner Verständnislosigkeit und folgt ihm. Das Zimmer von Doktor Martin befindet sich ebenfalls im Keller, direkt neben dem Büro des Imperators. Anian drückt auf einen Knopf neben der Tür und sagt: »Doktor, ich habe Ihnen den Jungen gebracht.«

Die Tür geht wie auch beim Imperator automatisch auf, und Darren betritt den Raum ohne Anian. Der Raum ähnelt sehr dem Büro des Imperators. Die Wand ist weiß, glatt und transparent, in der Ecke befindet sich eine Liege aus schwarzem Leder. Doktor Martin sitzt auf einem schwarzen Lederstuhl an einem Glastisch. Er schaut von seinen Unterlagen auf und lächelt ihn an, dabei hebt er gleichzeitig seine Augenbrauen.

»Setz dich doch auf die Liege«, sagt er.

Darren tut, was er sagt. Der Arzt hat zwar eine runde schwarze Brille, doch er schaut stets unter der Brille hindurch. Er kratzt mit seiner rechten Hand seinen kahlen Kopf und schaut um sich herum, als hätte er vergessen, was er tun wollte. Dann scheint es ihm wieder eingefallen zu sein und er holt einen kleinen spiegelnden Rollwagen, in dem sich unzählige ärztliche Utensilien befinden. Er nimmt eine Spritze raus sowie ein weißes Tuch, worauf er eine transparente Flüssigkeit gibt.

»So, jetzt streck doch mal deinen Arm aus«, sagt er.

Doktor Martin wischt ihm mit dem Tuch seine Ellenbogenbeuge.

»Ich werde dir jetzt ein bisschen Blut abnehmen. Ich hoffe, du hast keine Angst vor Spritzen«, sagt er und schaut ihn mit seinen großen wässrig-blauen Augen an.

Darren erkennt dunkle Ringe unter seinen Augen. Er schüttelt den Kopf.

Daraufhin atmet Doktor Martin erleichtert aus. »Na, da haben wir aber Glück gehabt«, kommentiert er. Bis jetzt macht der Arzt eigentlich einen sympathischen Eindruck, stellt Darren fest. Auch wenn er eine latente Zerstreutheit ausstrahlt.

Doktor Martin sticht ihm ohne Vorwarnung in den Arm. Wahrscheinlich hat er sich nicht verpflichtet gefühlt, ihn zu warnen, da er ihm versichert hat, keine Angst zu haben.

»Wofür brauchen Sie denn mein Blut?«, fragt Darren.

Der Arzt sagt nichts, bis Darren glaubt, dass er ihm gar nicht antworten wird.

»Das Blut eines Menschen sagt viel über seinen Körper und seine Gesundheit aus. Für deine Unterlagen brauche ich deine Blutgruppe und weitere Informationen zum Gesundheitszustand«, antwortet er schließlich.

Unterlagen? Seit wann haben sie Unterlagen? Und was steht in diesen Unterlagen? Sie wissen doch nichts über ihn. Sie kennen weder seinen Namen noch sein Geburtsdatum oder seinen Geburtsort. Gar nichts. Darren spricht seine Verständnislosigkeit laut aus. »Ich verstehe nicht ganz. Wieso besitzen Sie Unterlagen von mir?«

Der Arzt entfernt die Spritze von seinem Arm und klebt ein Pflaster auf die betroffene Stelle. Dann nimmt er einen Behälter mit einer transparenten Flüssigkeit.

»Jetzt dreh doch bitte deinen Kopf«, befiehlt der Arzt. Nachdem Darren es getan hat, spritzt der Arzt eine Flüssigkeit hinter seinen Nacken. Da der Arzt jetzt hinter ihm ist, kann er nicht beobachten, was er macht. Er hört nur, metallisches Klirren. Er scheint etwas an seinem Nacken zu machen, doch er spürt nichts. Nach einer Weile kann Darren seine Neugier nicht mehr zurückhalten und fragt nach, was er macht.

»Das willst du nicht wissen«, antwortet der Doktor nur, doch Darren meint, in seiner Stimme eine unterschwellige Unsicherheit zu hören. Unsicherheit … oder vielleicht Unbehagen? Nervosität? Angst? Darren würde gern noch einmal fragen, doch er traut sich nicht. Der Arzt würde wahrscheinlich sowieso eine vage Antwort geben oder überhaupt keine. Aber er hat doch das Recht zu erfahren, was er an seinem Körper macht. Es ist schließlich sein Körper, er steckt in ihm, nicht der gottverfluchte Arzt! Doch diesmal gewinnt seine Unsicherheit über seine Neugier.

»So, jetzt leg dich bitte kurz hin.«

Darren folgt seiner Anweisung. Doktor Martin klebt ein paar Stecker an seine Schläfen und setzt sich dann hinter einen Monitor.

Er murmelt etwas vor sich hin, doch Darren kann es nicht entziffern. Es dauert noch gefühlt Stunden, bis Doktor Martin seine Arbeit endlich verrichtet hat.

»Gut. Das war's!«, sagt er kurz und schaut ihn mit hochgezogenen Augenbrauen an, ein Zeichen, dass er entlassen ist.

Darren nickt nur und schluckt schwer, bevor er den Raum verlässt. Und als er draußen steht, atmet er laut aus. Neben ihm steht Anian.

»Ich bringe dich wieder zu deinem Zimmer«, sagt er und läuft voraus.

Darren folgt ihm den Gang entlang und die Treppe hoch. Schließlich betritt er ohne Anians Begleitung das Zimmer. Gemma, Luke und John schauen ihn alle genau im gleichen Moment an. Alle mit dem gleichen Gesichtsausdruck. Ein Schrecken spiegelt sich in ihren Gesichtern wider. Gemma ist die Erste, die spricht.

»Was hat er getan?« Darren setzt sich auf sein Bett, bevor er eine Antwort gibt.

»Er hat mir Blut abgenommen.«

Gemma zieht die Augenbrauen hoch, Luke zieht sie zusammen und John schaut ihn immer noch mit dem gleichen erschrockenen Ausdruck an.

»Und? Was noch?«, fragt Gemma weiter.

Darren atmet tief ein und wieder aus. Warum sind sie so neugierig? Was wollen sie von ihm hören? »Worauf willst du hinaus? Du hast doch etwas Bestimmtes im Kopf«, sagt Darren; er kann den genervten Ton in seiner Stimme nicht verstecken. Gemma und Luke schauen sich konspirativ an, nur John blickt Darren immer noch bestürzt in die Augen, als hätte er einen Geist gesehen.

»Hat er etwas an deinem Nacken gemacht?«, fragt er plötzlich. Es ist das erste Mal, dass er mit ihm spricht.

Diesmal ist Darren derjenige, der ihn erschrocken anguckt.

»Ja, das hat er. Woher weißt du das?«, fragt er irritiert und nervös zugleich. Was verschweigen sie ihm? Wissen sie vielleicht die Antwort auf Darrens Frage? Wissen sie, was der Arzt gemacht hat? Plötzlich steht Gemma auf und geht auf Darren zu. Sie zieht seinen Kopf zu Seite.

»Hey, was machst du?«, ruft Darren entsetzt. Was ist nur los mit denen? Warum verhalten sie sich so komisch?

»Da. Er hat es auch«, sagt Gemma mit einer neutralen, fast schon apathischen Stimme.

»Was habe ich?«, fragt Darren. Was hat sie an seinem Nacken gesehen? Als sie nicht antworten, geht Darren ins Badezimmer. Er studiert sein Gesicht im Spiegel. Außer der Blässe sieht er wie immer aus. Anschließend fasst er seinen Nacken an. Zuerst fühlt sich die Haut normal an, doch dann trifft er auf eine Unebenheit. Er zieht instinktiv seine Hand weg; Unbehagen macht sich in ihm breit. Doch er muss sehen, was es damit auf sich hat. Er muss wissen, wovon Gemma geredet hat und wovor alle drei so Angst haben. Also nimmt er sich den Rundspiegel und hält ihn hinter seinen Kopf, um zu erkennen, was an seinem Nacken ist. Und da erkennt er es. Es ist ein winziger Riss. Nein, es *war* ein Riss, jetzt sieht es aus wie eine Narbe. Als hätte man seine Haut zugenäht. Die Antwort ist jetzt kristallklar. Der Arzt hat etwas unter seine Haut gesteckt.

IX

Plötzlich ist Darren eiskalt. Als würde er in einem Wald, bedeckt mit Schnee und Frost, stehen, nackt und ungeschützt. Erst als er seine Hand hebt, um wieder diese wunde Stelle an seinem Nacken zu berühren, merkt er, dass sie zittert. Was hat das zu bedeuten? Was hat dieser Kerl in seinen Körper gesteckt? Und wieso hat er es ihm nicht verraten? Wieso hat er ein Geheimnis daraus gemacht?

Ohne Zeit zu verschwenden, verlässt Darren das Badezimmer, um Gemma, Luke und John mit seinen Gedanken zu konfrontieren.

»Was hat das zu bedeuten?«, fragt er sofort. Gemma und Luke schauen sich wieder mit diesem gleichen unergründlichen Blick an.

»Weißt du, was er in deine Haut gesteckt hat?«, fragt John, ohne auf seine Frage einzugehen.

Darren schüttelt den Kopf. Daraufhin seufzt John. »Wie kannst du das *nicht* wissen? Hat er dich etwa eingeschläfert?«, fragt Gemma.

»Nein, aber ich habe es nicht gesehen. Er stand hinter mir«, antwortet Darren.

Luke nickt, er scheint es verstanden zu haben. »Natürlich. Das war doch klar, dass er nicht gesehen hat, was er gemacht hat«, sagt Luke.

Gemmas Blick ist immer noch auf den Boden gerichtet, sie scheint weiterzugrübeln. Schließlich schüttelt sie den Kopf. »Ich verstehe das nicht«, sagt sie mehr zu sich selbst.

Darren runzelt die Stirn. »Was verstehst du nicht?«, fragt er nach. »Wir haben alle die Narbe«, erklärt Gemma und macht Gänsefüßchen in die Luft, »aber keiner weiß, wie sie entstanden ist. Ich meine, wir wissen nicht, was Doktor Martin gemacht hat. Und als wir erfahren haben, dass du sie auch hast, dachten wir, dass du vielleicht mitbekommen hast, was er reingesteckt hat.«

»Haben wirklich alle diese Narbe?«, fragt Darren. Gemma nickt als Antwort.

»Und wie kann es sein, dass ihr alle keine Ahnung habt, was dahintersteckt?«

Diesmal gibt Luke ihm eine Antwort. »Wir haben es gar nicht mitbekommen. Wir sind erst aufgewacht, als wir die Narbe schon hatten.«

Was meint er damit? Doch dann erinnert er sich daran, was Gemma letztens gesagt hat. Dass sie nicht wisse, wie sie hier gelandet sei. Dass sie den ganzen Weg über geschlafen habe und erst aufgewacht sei, als sie auf Doktor Martins Liege lag. Das ist merkwürdig. Was könnte Doktor Martin getan haben, dass er geheim halten muss? Darren wird aus all dem nicht schlau.

»Aber …«, setzt Gemma an. Sie spricht nicht weiter, stattdessen schaut sie Darren verunsichert an.

»Was aber?«, fragt er nach. Er muss wissen, was sie zu sagen hat. Vielleicht wissen sie etwas, was er nicht weiß. Sie sind schließlich schon viel länger hier als er.

Gemma atmet tief ein, bevor sie spricht: »Wir hatten einige Theorien und nur eine davon fanden wir plausibel.«

Darren zieht gespannt die Augenbrauen hoch.

»Wir denken … oder wir vermuten, dass es ein Chip sein könnte«, sagt sie schließlich. Ein Chip? Ist das möglich? Die Narbe ist sehr kurz, ein Chip könnte durchaus durch den Schnitt passen.

»Aber … wofür soll der Chip nützlich sein?«, will Darren wissen.

Diesmal antwortet Luke. »Vielleicht, um uns zu orten.«

Um uns zu orten.

Das ist absurd, aber aus irgendeinem Grund stimmt Darren der Vermutung zu. Er weiß zwar nicht, wofür man sie aufspüren muss, da sie hier so gut wie eingesperrt sind, dennoch macht es Sinn.

»Ihr meint … dieser Chip ist dafür da, um uns zu finden, wenn wir … fliehen?«, fragt Darren.

Sie brauchen nicht zu antworten, ihre Gesichtsausdrücke, verzweifelt und ängstlich, sprechen für sich. Darren richtet seinen Blick auf den Boden. Obwohl sie sich nicht sicher sein können, hat Darren das Gefühl, dass sie richtig liegen, denn er kann die Angst, die sich in ihm ausbreitet, nicht leugnen.

»Na ja, es muss ja nicht heißen, dass es wirklich ein Chip ist. Es ist nur unsere Theorie. Mit den anderen haben wir nicht darüber geredet«, meint John.

»Meinst du, mit den Elitemitgliedern?«, fragt Darren nach.

John nickt und fügt hinzu: »Und mit den Mastern natürlich.« Daraufhin schaut ihn Darren verdutzt an. »Wieso natürlich?«, will er wissen. Ist es denn selbstverständlich, dass er mit ihnen nicht redet?

»Na ja, die Master bekommen wir eigentlich kaum zu sehen. Nie, um genau zu sein. Ich glaube, ihre Zimmer sind auch im unteren Geschoss«, antwortet John.

Wenn die Zimmer im unteren Geschoss wären, würde das bedeuten, dass sie im selben Bereich wie Nathanaels Büro sind. Hat das einen bestimmten Sinn, dass sie in der Nähe des Imperators liegen? Oder gab es in den oberen Geschossen einfach nicht genug Platz? Bei seinem nächsten Gespräch mit dem Imperator würde er ihm all seine Fragen stellen, egal ob er sie hören möchte oder nicht. Er muss endlich klar denken können, und das kann er nur, wenn er über die Lage aufgeklärt ist.

»Ich habe das Gefühl, mein Gehirn platzt gleich wegen all der Fragen, die sich in meinem Kopf gesammelt haben«, sagt Darren. Er ist sich nicht sicher, ob es das Richtige war, das seinen Zimmergenossen zu beichten, doch er musste irgendjemandem seine Sorgen erzählen, sonst würde er noch daran zerbrechen.

»Glaub mir, wir haben auch einige Fragen, aber wir bekommen keine Antworten, wir haben keinen Zugang zum Imperator, der alle Informationen besitzt. Du hast ihn wenigstens schon gesehen. Wir haben ihn noch nie zu Gesicht bekommen«, erklärt Luke. Seine Augen strahlen solch eine Trauer und Verzweiflung aus, dass Darren sich plötzlich leer fühlt. Er hat sich überhaupt nicht in ihre Lage hineinversetzt. Sie wissen anscheinend auch nicht mehr als er selbst, obwohl sie schon seit Monaten hier sind. Wie einsam müssen sie sich fühlen – ohne Eltern, ohne eine Zuflucht? Darrens Zustand ist von Ungewissheit geprägt, bei ihm besteht die Möglichkeit, dass er Eltern hat, eine Familie, doch sie haben niemanden, sie sind mutterseelenallein.

»Habt ihr denn eine Idee, wie wir herausfinden könnten, was das hier ist? Ich habe so viele Fragen und ich will auch Antworten bekommen. Nächstes Mal, wenn ich ein Gespräch mit dem Imperator habe, werde ich ihm meine Fragen stellen«, sagt Darren. Gemma zieht die Augenbrauen zusammen und fragt, ob er das nicht schon getan hätte.

»Bisher habe ich mich nicht wirklich getraut, alle meine Fragen zu stellen. Der Imperator hat auf mich immer einen etwas … abweisenden Eindruck gemacht«, antwortet er gedankenverloren. Vor seinen Augen erscheinen pechschwarze unergründliche Augen, die ihn anziehen wie ein Magnetfeld und verschlucken wie ein schwarzes Loch. Hat er diese Wirkung nur auf ihn? Würden die anderen dasselbe empfinden, wenn sie ihm begegneten?

Nach einer gefühlten Ewigkeit spricht Gemma: »Manchmal kommt es mir vor, als … hätte ich gar kein Leben vor diesem Internat gehabt.« Alle schauen Gemma verständnislos an. Als sie die Blicke sieht, erklärt sie weiter: »Ich meine, es fühlt sich an, als wäre es vor dem Internat ein anderes Ich gewesen, als wäre es ein anderer Mensch gewesen.«

John starrt in die Ferne und Luke nickt ihr zu.

»Ich weiß, was du meinst. Bei mir ist es genauso. Als hätte ich den Bezug zu meinem früheren Leben verloren. Wenn ich an mich vor dem Internat denke, dann fühlt es sich an, als würde ich eine fremde Person beobachten.«

»Genau so. Es ist ein merkwürdiges Gefühl. So … befremdlich. Deshalb versuche ich, so wenig wie möglich an mein früheres Leben zu denken«, sagt Gemma.

Daraufhin springt John ein: »Ja. Am Anfang war es nicht so, da habe ich gern an meine damalige Zeit gedacht, aber jetzt fühlt es sich seltsam an, als wäre es kein Teil mehr von mir.«

Gemma und Luke stimmen ihm mit einem Nicken zu. Darren würde es gern verstehen, wie es sich anfühlt, Erinnerungen zu haben, auch wenn sie sich absonderlich anfühlen. Wenigstens hätte er etwas, an dem er festhalten könnte. Nach einer halben Ewigkeit sagt Gemma: »An manche Dinge kann ich mich auch nicht mehr wirklich erinnern. Manche Erinnerungen sind einfach … unklar.«

»Als wären sie mit der Zeit in Vergessenheit geraten worden«, erläutert Luke und Gemma stimmt zu. Darren fragt sich, ob es normal ist, dass Erinnerungen irgendwann an Klarheit verlieren.

John gähnt laut und legt sich schlafen. Luke tut es ihm nach, während Gemma und Darren weiterhin auf ihren Betten sitzen.

»Wirst du ihn wirklich fragen?«, fragt Gemma.

Darren weiß, was sie meint, und nickt als Antwort.

Gemma wünscht ihm viel Glück. Daraufhin legt sie sich ebenfalls schlafen und schaltet ihr Nachtlicht aus, sodass es um ihn herum komplett dunkel ist. Darren sitzt noch eine Weile auf seinem Bett, seine Beine hat er an seine Brust gezogen und den Kopf auf seine Knie gelegt. Sein Bett wird vom Mondlicht beleuchtet und lässt ihn Schatten erkennen. Seine Füße fangen an zu frieren, weshalb er sie aneinanderreibt. Er fühlt sich wie ein kleines Kind, obwohl er sich nicht an die Zeiten erinnern kann, in denen er eines gewesen war. Er sehnt sich nach seinen Eltern, obwohl er nicht weiß, ob er welche hat, geschweige denn, wer sie sind. Vielleicht waren sie keine guten Eltern. Vielleicht haben seine Eltern ihn nicht geliebt. Oder er hat sie nicht geliebt. Er weiß es nicht und er wird es wahrscheinlich auch niemals wissen, weshalb es keinen Sinn macht, noch weiter daran zu denken. Er bleibt noch einige Minuten in der gleichen Position, dann legt er sich auch schlafen.

Als er seine Augen schließt, wird um ihn herum schwarz. Seine Augen starren in die dunkle Ferne. Er scheint allein zu sein, denn er hört keinen Laut, außer einem leisen Tröpfeln. Ihm ist kalt, doch nicht so sehr, dass er zittert. Seine Kleidung wird von der Dunkelheit verschluckt. Während er sich weiterhin die leere Gegend anguckt, dreht er sich um. Dort erkennt er sie. Die anderen. Luke, Gemma, John, Nathanael, Doktor Martin, Anian, Audris, die Wächter. Und Crystal. Doch irgendetwas stimmt nicht. Einer fehlt. Er weiß nicht, wer genau, doch er ist sich sicher, dass einer nicht dabei ist. Sie haben alle weiße Kleidung an, der Boden unter ihnen reflektiert sie, als wäre er nass.

Darren läuft in ihre Richtung, doch plötzlich knallt er an etwas. Er versucht, sie zu erreichen, aber etwas trennt ihn von den anderen. Als er seine Hand darauflegt, merkt er, dass er sich um eine Glaswand handelt. Er sieht seine eigene Reflexion an dem Glas. Die anderen scheinen ihn erst jetzt bemerkt zu haben, denn sie schauen nun alle zu ihm. Sie haben alle einen kalten, teilweise wütenden Gesichtsausdruck. Nur Nathanael nicht. Er lächelt ihn schief an. Allerdings erreicht das Lächeln nicht seine Augen, welche ihn seelenlos anstarren.

Plötzlich gerät er in Rage und schlägt mit seinen Fäusten gegen die Glaswand und schreit sie alle an. Doch sie beachten ihn nicht mehr, Gemma fängt sogar an zu lachen. Nur Crystal schaut kurz mit zusammengezogenen Augenbrauen auf den Boden. Darren sieht jetzt nur noch zu ihr und schreit ihr zu, sie solle ihn hineinlassen. Doch sie betrachtet weiterhin den Boden und verschwindet dann irgendwann in der Menge. Darrens Hände fangen an zu bluten, obwohl die Glaswand immer noch stabil ist.

Er schaut jetzt zu Nathanael, dessen Gesicht zur Hälfte im Schatten liegt. Er kann bloß erkennen, wie seine Hände ineinander verschlungen sind und er seinen Kopf geneigt hält, um seine Hände zu betrachten. Doch sein Körper ist regungslos. Darren ist wie hypnotisiert von ihm und starrt nur noch auf seine Hände. Genau in dem Augenblick, in dem Darren wieder von seinen Händen hochblickt, dreht sich Nathanaels Gesicht zu ihm.

X

Darren wacht schweißgebadet auf, seine Atemzüge sind schnell und fieberhaft und seine Hände zittern. Und er weiß jetzt schon, dass er sich nicht aufsetzen kann. Sein ganzer Körper ist gelähmt. Er kann kein einziges Glied bewegen. Es fühlt sich an, als würde er sich in einem Eissarg befinden. Er kann seinen Herzschlag hören, wie er gegen seine Brust hämmert – schnell und unkontrolliert. Darren schließt wieder seine Augen, um zur Ruhe zu kommen und seine Atmung zu regulieren. Er atmet tief ein und wieder aus. Das macht er gefühlt stundenlang, bis sein Herzschlag sich wieder normalisiert hat und seine Glieder sich entspannt haben. Und gleich danach erscheint wieder Nathanael vor seinen Augen. Er hatte sein Gesicht zu ihm gedreht.

Wenn er wieder daran denkt, fängt er an zu beben. Es fühlte sich an, als hätte er in ein schwarzes Loch gestarrt. Sein Gesicht war komplett schwarz, doch sein restlicher Körper war im Licht. Und er hat auf seine verschlungenen Hände gestarrt, als würde er dort etwas ablesen. Darren weiß nicht, was er von dem Traum halten soll. Ist er ein Signal für ihn? Aber wenn dem so wäre, was genau wollte der Traum ihm dann sagen? Was genau soll er daraus schließen? Dass er nicht zu ihnen gehört? Die Glaswand hat ihn von den anderen getrennt. Sie haben ihm die kalte Schulter gezeigt, obwohl er doch nichts getan hat. Einer hat gefehlt. Und jetzt weiß er auch, wer es war. Cillian. Er war nicht bei den anderen. Wieso nicht? Haben sie ihn vielleicht auch ausgegrenzt? Das kann er sich nicht vorstellen. Cillian hat auf ihn nicht den Eindruck gemacht, ausgeschlossen zu werden. Warum war er also nicht dabei? Er war auf Darrens Seite. Das ergibt Sinn. Nur weil er nicht bei den anderen war, heißt es nicht, dass er nicht zu ihnen gehört. Er wollte vermutlich keine Partei ergreifen oder er fand es nicht gut, dass die anderen ihn ausgegrenzt haben, weshalb er selbst sich von der Gruppe distanziert hat. Dann würde es aber heißen, dass er eine Partei ergriffen hat, in dem er sich auf Darrens Seite gestellt hat. Doch Darren hat ihn auch auf seiner Seite nicht gesehen. Aber das muss nicht heißen, dass er nicht auf seiner Seite war. Es kann gut möglich sein, dass Darren ihn nicht gesehen hat, weil er zu sehr auf die anderen fixiert war. Wieso macht er sich überhaupt so viele Gedanken wegen eines Traumes? Wahrscheinlich hat es keine Signifikanz und er zerbricht sich umsonst den Kopf. Mit diesem Gedanken schließt er die Augen, um wieder zu schlafen, da es erst drei Uhr ist. Doch er kann nicht schlafen. Sobald er die Augen schließt, bekommt er Angst. Angst, wieder einen Albtraum zu bekommen. Nein, er wird jetzt nicht mehr schlafen können. Dafür ist er innerlich zu unruhig. Also steht er auf und geht ins Bad, um eine kalte Dusche zu nehmen. Das Wasser erfrischt ihn; es fühlt sich gut an, den Schweiß vom Körper zu waschen. Er legt den Kopf in den Nacken und lässt das Wasser auf sein Gesicht prasseln. Und zum ersten Mal denkt er an gar nichts. Sein Kopf ist vollkommen leer. Doch er weiß, dass es nur für einen Moment so ist. Seine Gedanken haben sich nur in Schubladen gesteckt, sobald er fertig ist, werden sie wieder seinen Kopf übermannen. Daran darf er jetzt nicht denken. Er muss nur diesen raren Augenblick genießen, in dem er frei von Sorgen, Befürchtungen und Ängsten ist.

Er bleibt gefühlte Stunden unter der Dusche; in der gleichen Position. Irgendwann dreht er den Wasserhahn zu, steigt aus der Dusche und trocknet sich ab. Dann zieht er sich wieder seinen Schlafanzug über. Er fühlt sich, als hätte man ihm eine schwere Last von seinen Schultern genommen, als könnte er endlich wieder richtig tief einatmen. Erleichtert geht er ins Zimmer und setzt sich aufs Bett; unschlüssig, was er als Nächstes tun soll, jetzt, wo er wach ist. Also setzt er sich in die Richtung, in der das Fenster ist, um wenigstens den schönen Ausblick zu genießen. Der Mond hüllt das Zimmer in weißes Licht. Es ist ein kaltes, aber gleichzeitig beruhigendes, wohliges Licht. Es sind unzählige Sterne am Himmel. Durch die Stille hindurch kann Darren das Universum hören. Die Tiefe, die Größe, die Unendlichkeit des Universums. Unter seiner Gewalt fühlt er sich klein und bedeutungslos; ein Gefühl, das ihm gefällt. Nicht weil er sich gern klein fühlt, sondern weil es ihm versichert, dass seine Probleme und Sorgen belanglos sind. Was auch immer passieren wird, wird passieren. Alles steht geschrieben. Er darf nicht zu viel grübeln, sich nicht zu viele Sorgen machen. Was passieren wird, weiß niemand. Es steht in den Sternen. Es macht keinen Sinn, Angst vor dem morgigen Tag zu haben, es macht keinen Sinn, überhaupt vor irgendetwas Angst zu haben. Denn wer weiß, ob er den Morgen überhaupt sehen wird. Wer weiß, wie lange er leben wird. Es könnte sein, dass er am nächsten Tag stirbt, und seine letzten Stunden verbringt er damit, über die nächsten Tage zu grübeln, die er nicht erleben wird. Er muss in der Gegenwart leben, er darf weder an eine Vergangenheit denken, die er nicht hat, noch an eine Zukunft, die ungewiss ist.

Jetzt, wo er keine Angst mehr verspürt, könnte er noch ein wenig schlafen. Doch er ist kein bisschen müde. Er wird nicht einschlafen können und sich nur hin und her wälzen. Ohne weiter nachzudenken, steht er auf und verlässt das Zimmer. Seine Füße tragen ihn in den Fechtraum. Dort nimmt er einen Säbel und fängt an zu trainieren. Er übt noch mal alles, was Cillian ihn gelehrt hat. Er weiß nicht, wieso er das tut – mitten in der Nacht fechten –, doch er macht weiter. Als er außer Atem ist und sich erschöpft auf den kühlen Boden setzt, schaut er auf die Uhr, die an der gegenüberliegenden Wand hängt. Er ist schon seit einer Stunde am Trainieren! Die Zeit ist an ihm vorbeigeflogen wie ein Windstoß. Und er ist schon wieder verschwitzt, sodass er eine Dusche nehmen müsste, doch das hat er bereits vor einer Stunde gemacht. Er wird hier einfach ein paar weitere Minuten sitzen, bis sein Schweiß getrocknet ist.

Plötzlich erscheint ihm wieder Nathanaels dunkles Gesicht vor Augen. Sein Gesicht, das im Schatten liegt und ihn wie ein schwarzes Loch verschluckt. Darren drückt seine Augen so fest zu, dass er bunte Muster sieht. Als er sie wieder öffnet, ist die Erscheinung verschwunden. Wieso verfolgt ihn der Traum? Wieso kann er ihn nicht einfach vergessen? Er wünschte, er wäre gelassener, nicht so nachdenklich und misstrauisch. Die anderen sind nicht so, sie sind immer ruhig und rational, stellen nicht alles infrage. Vielleicht haben sie sich diese Fähigkeiten auch nur angeeignet. Vielleicht waren sie am Anfang genauso konfus wie er. Doch er kann es sich nicht vorstellen. Vor allem nicht bei Crystal. Nein, Crystal hat sich das nicht angeeignet, sie war schon immer so. Aber all die Aufgaben, die er hier bewältigen muss, werden ihn stärker und härter machen; das ist auch einer der Gründe für diese Ausbildung.

Aber das kann doch nicht der einzige Grund sein, dass die Ausbildung so hart ist. Warum werden sie so abgehärtet? Wofür? Für die Außenwelt? Der Imperator hat ihm das alles zwar bereits erklärt, trotzdem sieht er immer noch keinen Sinn darin, ein Internat speziell für Waisenkinder zu errichten. Es muss doch eine tiefere Bedeutung haben, eine, die vielleicht auch auf historischen Ereignissen basiert. Egal wie intensiv er darüber nachdenkt und irgendwelche Schlüsse zu ziehen versucht, er weiß, dass er keine Antworten bekommen wird, solange er nicht mit dem Imperator darüber redet. Und da dieser ihm vermutlich nur sehr vage Antworten geben wird, wird er wohl den tieferen Grund, wenn es denn wirklich einen gibt, niemals erfahren. Doch damit müsste er eigentlich leben können. Schließlich weiß er nicht einmal, wer er selbst ist und wie er hier gelandet ist. Dann sollte der Sinn dieses Internats kein Grund zur Sorge sein. Er hat doch dringendere Fragen zu lösen. Fragen, die sich um ihn selbst drehen, um seine Identität. Es gibt nichts, wonach er sich mehr sehnt als nach sich selbst. Er fühlt sich, als wäre er in einem Loch und könne nicht hinaus, egal, was er tut. Er schreit um Hilfe, doch niemand hört ihn. Er schaut in den Himmel, doch er sieht nur schwarz. Kein Licht, kein Zeichen von Leben. Keine Hoffnung. Wie ein Gefängnis. Nur, dass er nichts getan hat, um diese Strafe zu verdienen. Nichts, dass ihn schuldig spricht.

Doch woher kann er das wissen? Vielleicht hat er sich in der Vergangenheit einer Tat schuldig gemacht. Aber das würde er wissen. Er kennt zwar seine Vergangenheit nicht, doch er weiß, wer er im Kern ist. Er hat keine bösen Gedanken oder Intentionen. Er würde keine Straftat begehen, weil er nicht böse ist.

Nein, das stimmt nicht ganz. Jeder hat eine lichte und eine dunkle

Seite. Genauso wie auch nur durch das Licht der Sonne erst Schatten entstehen kann. Beide Pole hängen voneinander ab. Das bedeutet, auch er hat eine Schattenseite. Der Unterschied zwischen einem guten und einem bösen Menschen ist, welcher Seite sie sich widmen, welche Seite sie fördern. Und er weiß von sich, dass er sich nicht seiner bösen, habgierigen, egoistischen Seite widmen würde. Es ist merkwürdig – obwohl er keine Erinnerungen hat, keine Vergangenheit, keine Spuren seines früheren Ichs, weiß er trotzdem, wer er ist. Nicht im Sinne von praktischem, sachlichem Wissen, sondern von spirituellem, abstraktem Wissen. Er weiß nicht, wie er heißt, wie alt er ist, woher er kommt, aber das sind doch nur weltliche, vergängliche Informationen. Wenn er stirbt, wird er diese Informationen nicht mitnehmen, er wird nur das mitnehmen, was an seine Seele gebunden ist, oder besser gesagt, was seine Seele ausmacht. Und seine Seele macht weder sein Alter noch sein Name aus, vielmehr sein Charakter, seine Träume, seine Gefühle, seine Wünsche, seine Ängste. Denn all das kann einem nicht weggenommen werden, da es seine Seele ist, und die Seele ist immateriell, nicht fassbar, außerweltlich und ewig. Solange er lebt, solange er atmet, solange er existiert, hat er eine Seele.

Ein Klicken außerhalb des Zimmers bringt Darren zurück in die Realität. Als er auf die Uhr guckt, steht er sofort auf, da es schon fast fünf Uhr morgens ist. Ohne sich darüber bewusst zu sein, hat er fast zwei Stunden in diesem Raum verbracht. Er muss sofort zurück, bevor die anderen seine Abwesenheit bemerken.

Darren verlässt den Fechtraum und betritt das Schlafzimmer. Alle liegen noch seelenruhig in ihren Betten. Sie atmen tief und langsam ein und aus, ein Zeichen dafür, dass sie schlafen. Auch Darren legt sich ins Bett und versucht zu ruhen.

Als er wieder die Augen öffnet, ist es sieben Uhr morgens. Er hat tatsächlich zwei Stunden geschlafen. Und er fühlt sich schon viel besser, der Albtraum erscheint ihm auch nicht mehr so unheimlich. Das ist wohl die Macht des Morgens. Man kann viel klarer und rationaler denken und wird nicht von seinen Emotionen überwältigt.

Da Darren keine Müdigkeit verspürt, steht er auf, wäscht sich das Gesicht und zieht sich um. Als er aus dem Bad kommt, hört er gerade, wie Gemma laut gähnt und sich streckt. Sie dreht ihren Kopf zu ihm. »Du bist ja schon wach. Ist heute irgendein besonderer Tag oder so?«, fragt sie leicht irritiert.

Darren schüttelt den Kopf. »Nein. Ich war einfach nicht mehr müde.«

Daraufhin hebt Gemma die Augenbrauen und entgegnet: »Ich verstehe Morgenmenschen einfach nicht.« Darren lacht und auch Gemma lächelt ein wenig.

»Warum seid ihr denn jetzt schon so gut drauf, so früh am Morgen?«, kommt es von Luke, der anscheinend auch wach war.

»Ach, wir reden nur von Darrens übermotivierter Natur«, gibt Gemma zurück, wobei Darren ihr einen angriffslustigen, zugleich amüsierten Blick zuwirft.

»Das stimmt doch gar nicht. Ich habe mich bloß heute einfach ausgeschlafen gefühlt.« Daraufhin erwähnt Darren, dass er schon frühstücken geht. Als er in den Aufzug steigt, gesellt sich Cillian lächelnd zu ihm.

»Und, gut geschlafen? Ich hoffe doch, denn du hast gleich wieder Fechtstunden«, sagt er.

»Ja, ich habe ganz gut geschlafen«, lügt Darren und schaut ihm dabei direkt in die Augen.

»Ach ja, bevor ich vergesse, es dir zu sagen. Heute gibt dir Crystal Fechtstunden.« Darren dreht blitzschnell seinen Kopf zu Cillian. »Was? Wieso? Ich dachte, du trainierst mich ab jetzt«, sagt Darren entsetzt.

»Das tue ich auch weiterhin. Aber heute habe ich etwas zu erledigen, deshalb wird Crystal für mich einspringen«, antwortet er.

Dass Crystal nur das heutige Training übernimmt und Cillian immer noch sein Trainer bleibt, beruhigt ihn ein wenig. Trotzdem freut er sich nicht auf die heutigen Fechtstunden.

Als sie oben ankommen, steigen sie aus und nehmen sich ein Tablett. In der Mensa befinden sich außer ihnen noch zehn weitere Leute. Darren braucht nicht lange, bis er sich an einen Tisch setzt. Cillian folgt ihm und lässt sich ihm gegenüber nieder.

»Kennst du hier eigentlich schon alle?«, fragt Cillian, während er Butter auf sein Brot schmiert.

Darren schüttelt den Kopf. Er hat zwar schon einige andere Schüler gesehen, aber noch kein Wort mit ihnen gewechselt.

»Ich kann dich auch ein paar anderen vorstellen, wenn du möchtest«, schlägt Cillian vor. Darren weiß nicht wirklich, was er von dem Angebot halten soll. Wieso sollte es Cillian interessieren, wen er kennt und wen nicht? Warum versucht er, ihn mit anderen bekannt zu machen? Die Antwort ist ganz einfach: weil er freundlich ist. Ja, welchen Grund hätte es noch haben können? Er kann doch keinen Nutzen daraus ziehen, wenn Darren weitere Freunde hat. Es wäre vielmehr ein Nachteil für ihn.

»Dagegen hätte ich nichts«, antwortet Darren schließlich.

Cillian lächelt ihn an, sein Blick schweift dann ab, jemand hinter Darren scheint seine Aufmerksamkeit bekommen zu haben. Er weiß schon, um wen es sich handelt, bevor sie in Darrens Sichtfeld auftaucht.

Crystal legt ihr Tablett auf den Tisch und setzt sich neben Cillian.

»Guten Morgen«, sagt sie.

Darren erwidert ihre Begrüßung mit einem kurzen Nicken. Cillian gibt ihr einen Kuss auf die Wange und legt seinen Arm um ihre Schultern. Darren fühlt sich plötzlich unwohl, er kommt sich vor wie das fünfte Rad am Wagen und bereut es, nicht mit Luke und Gemma zusammen zum Frühstück gegangen zu sein.

Doch Cillian schaut wieder zu Darren und schenkt ihm ein Lächeln.

»Ich werde dich dann nach unserem Training mal anderen vorstellen«, sagt er.

Crystal mustert Cillian daraufhin irritiert, doch dieser antwortet ihr nicht. Sie lehnt sich zurück und schenkt Darren einen prüfenden Blick. Er erwidert diesen nur mit hochgezogenen Augenbrauen.

»Die Novizen kennst du bereits alle. Luke, Gemma und John. Dann gibt es noch die restlichen Elitemitglieder und die Master. Die Master spielen aber für dich keine Rolle, da wir sie ziemlich selten zu Gesicht bekommen. Aber es würde nicht schaden, wenn du ein paar der anderen Elitemitglieder kennenlernst«, schlägt Cillian vor.

Darren nickt ihm zu und isst weiter. Cillian hat recht. Außerdem könnte von ihm nichts Schlechtes kommen. Darren hat das Gefühl, dass er Cillian vertrauen kann. Woher dieses Gefühl und diese Sicherheit plötzlich kommt, weiß er nicht. Als er hochschaut, entdeckt er Crystals Blick, der auf ihm haftet. Sie schaut auch nicht weg, als Darren sie dabei erwischt. Ganz im Gegenteil, sie schaut ihm jetzt direkt in die Augen. Darren fällt auf, dass ihre Iris am Rand dunkler ist und bis zur Pupille hin heller wird. Trotz des unangenehmen Gefühls hält er ihrem Blick stand. Er spürt ein komisches Kitzeln in seinen Händen. Er weiß nicht, wie lange sie sich einfach nur anschauen, ohne etwas zu sagen. Erst als Cillian wieder das Wort ergreift, löst sich Crystal von seinem Blick. Darren freut sich insgeheim über seinen Triumph. Sie war diejenige, die zuerst weggeschaut hat.

»Gut. Ich gehe dann schon mal. Ich wünsche euch beiden viel Spaß.« Dabei zwinkert Cillian ihm zu. Bevor er mit seinem Tablett verschwindet, gibt er Crystal einen Kuss. Sobald Cillian weg ist, herrscht dicke Luft. Darren spürt, wie sich seine Muskeln anspannen.

»Also. Wollen wir dann auch langsam los?«, schlägt Crystal nach einigen Minuten, in denen beide schweigen, vor, ohne ihm dabei in die Augen zu schauen. Wahrscheinlich ist ihr die Situation unangenehm. Darren behält diesen Gedanken für sich und nickt ihr nur zu. Sie stehen auf, bringen ihre Tabletts weg und betreten den Aufzug. Währenddessen wechseln sie kein Wort, sondern starren einfach nur an die Wand. Bevor sie mit dem Training anfangen, wechselt Darren zu seinem Fechtanzug und lässt sich dabei viel Zeit. Je weniger er mit Crystal zusammen ist, desto besser. Doch irgendwann muss er los, egal ob er es will oder nicht. Widerwillig betritt er den Fechtraum. Crystal steht schon mit ihrem Säbel bereit und schaut ihn auffordernd an.

»Cillian hat mir schon erzählt, dass du sehr gut bist. Dann zeig mir doch mal, was du alles kannst.« Sie klingt nicht gehässig oder gemein, womit Darren gerechnet hätte. Ganz im Gegenteil, ihre

Stimme hat einen warmen Unterton. Darren nimmt die erforderte Position an und zeigt ihr alle Bewegungen, die er bisher gelernt hat. Crystal nickt langsam und sagt schließlich, dass er sehr gut sei, seine Bewegungen sehr fließend und geschmeidig. Anschließend bringt sie ihm einige neue Bewegungen bei, die Darren schnell auch beherrscht. Crystal sagt ihm wieder, dass er sehr gut sei, wobei sie diesmal dabei ihre Augenbrauen zusammenzieht.

Sie machen nach einer halben Stunde schon eine Pause. Crystal meint, dass er die Technik schon gut beherrsche, weshalb er nicht so viel Training brauche.

»Und, wie gefällt es dir bisher hier?«, fragt sie.

Darren weiß nicht wirklich, was er darauf antworten soll. Hauptsächlich, weil er nicht weiß, wie es ihm hier gefällt. Also entscheidet er sich für eine neutrale Antwort. »Ich kann es noch nicht wirklich beurteilen.«

Crystal nickt dazu nur und trinkt aus ihrer Flasche. Ihre Finger sind sehr lang und schlank.

»Wirst du jetzt eigentlich hierbleiben? Ich meine, weil du nicht weißt, wer du bist und alles, hast du doch keinen anderen Ausweg, oder?«, fragt sie nach.

Darüber hat Darren nicht wirklich nachgedacht. Was mit ihm in Zukunft geschehen könnte. Ehrlich gesagt will er auch gar nicht darüber nachdenken. Aber Crystal möchte trotzdem eine Antwort hören.

»Ich denke schon. Ich meine, solange ich nicht weiß, wer ich bin und an wen ich mich wenden kann, muss ich hierbleiben.«

»Und du weißt immer noch gar nichts?«, hakt sie nach.

Darren schüttelt den Kopf. Sie ist wirklich hartnäckig, was seine Identität angeht.

»Hast du nicht Doktor Martin gefragt? Vielleicht kann er dir weiterhelfen«, schlägt sie vor.

»Wie sollte er mir denn weiterhelfen?«, erwidert Darren irritiert.

Crystal zuckt mit den Schultern und entgegnet:

»Er ist doch Arzt. Vielleicht kann er durch irgendwelche Mittel Erinnerungen in dir hervorrufen.«

Darren ist sich nicht sicher, ob das überhaupt möglich ist. Wenn er all seine Erinnerungen verloren hat, müsste es eigentlich auch ein Gegenmittel geben, um wenigstens ein Teil seiner Erinnerungen wieder zurückzubringen. Er will sich aber keine Hoffnungen machen, falls es am Ende doch nicht funktioniert. Um nicht weiter darüber nachdenken zu müssen, wechselt Darren das Thema.

»Wann mache ich eigentlich mal wieder etwas Neues?«

Crystal zuckt mit den Achseln. »Kommt auf deine Fortschritte an. Aber so, wie ich es beurteile, könntest du bald mit etwas Neuem anfangen. Das Fechten liegt dir.«

Darren bringt ihr Kompliment in Verlegenheit, was ihm gar nicht gefällt. Sie hat nur gesagt, dass ihm das Fechten liegen würde, es ist nichts Besonderes. Trotzdem weiß er nicht, wie er darauf reagieren soll. Doch zu seinem Glück schenkt ihm Crystal in dem Moment keine Beachtung, ihr Blick ist an die Decke gerichtet. Vielleicht ist sie auch einfach nur taktvoll. Doch wenn er an die vielen Momente denkt, in denen sie alles andere als verständnisvoll und diskret war, trifft wohl doch Ersteres zu.

»Warum, denkst du, passiert dir das?«, fragt Crystal plötzlich.

Warum ihm das passiert? Warum er all seine Erinnerungen verloren hat? Ihm ist noch nie der Gedanke gekommen, dass das alles einen Grund haben könnte. Eine Begründung, ja. Aber keinen Grund. Was könnte der Grund sein? Und könnte er überhaupt auf den Grund kommen, wenn er die Begründung nicht kennt? Gibt es da denn einen Unterschied? Eine Begründung gibt es immer. Der Ablauf der Dinge. Das ist die Begründung. Irgendetwas muss geschehen sein, das ihn in diese Lage gebracht hat. Aber dass das alles einen langfristigen, höheren Sinn hat, einen Grund, muss nicht sein, oder? Passiert nicht alles aus einem Grund? Darren schüttelt unwillkürlich den Kopf.

»Ich weiß es nicht. Ich fühle mich, als wäre ich in einem schwarzen Loch. Hat es einen Grund, dass ich in diesem schwarzen Loch bin? Vielleicht schon, vielleicht auch nicht. Ich schätze, ich werde es niemals wissen. Ich kann nur vermuten«, sagt Darren.

»Wir können alle nur vermuten«, entgegnet Crystal, »oder glaubst du, dass wir jemals zu wahrem Wissen gelangen können?«

Darren lehnt seinen Kopf an die Wand und antwortet, ohne nachzudenken.

»Wahres Wissen … Was ist überhaupt wahres Wissen? Wer bestimmt, was wahr ist und was nicht? Wir? Irgendwelche Gelehrten? Philosophen? Unsere Vorfahren? Und auch wenn eine Person oder eine Personengruppe bestimmt, was das wahre Wissen ist, woher wissen wir, ob sie auch die Wahrheit sagen? Oder ob wir ihnen vertrauen können?«

Eine Weile schweigen sie, bevor Crystal das Wort ergreift. »Wenn wir, wie du sagst, sowieso nichts wissen, warum ist es dir dann so wichtig zu wissen, wer du bist und wie du in diese Lage kommen konntest? Wenn du im Endeffekt genauso wenig wüsstest wie zuvor?«

Darren stutzt bei ihrer Frage. Sie hat recht. Wenn es stimmen würde, was Darren glaubt, dann müsste es ihm doch egal sein, was mit ihm passiert ist. Das ist es aber nicht. Doch was heißt das dann? Dass sie doch über Wissen verfügen oder dass es ihm egal sein sollte? Er weiß nicht, was er denken soll. Darren spürt von der Seite Crystals Blick. Sie schaut ihn an. Als er in ihre Augen blickt, erkennt er ein seltsames Funkeln.

»Ich sage dir, wieso. Weil wir zu viel Wert auf die Realität legen, die, soweit wir wissen, vielleicht nicht einmal existiert. Es könnte genauso gut eine Einbildung sein, es könnte unser Gehirn sein, das uns täuscht. Woher wissen wir, dass es die Realität ist? Woher wissen wir überhaupt, dass es eine Realität gibt? Es könnte alles nur ein Traum sein. Oder ein Organismus, in dem wir nur wie Atome herumschwirren. Es könnte alles sein. Wir wissen es nicht und wir werden es niemals wissen«, sagt sie.

Wir werden es niemals wissen.

Da ist sich Darren nicht sicher. Er hat das Gefühl, dass es eine Wahrheit gibt und dass sie diese auch irgendwann erfahren werden. Wann genau, weiß er nicht. Wenn es die Unwissenheit gibt, muss es auch Wissen geben.

»Das glaube ich nicht. Es gibt eine Wahrheit, wir können sie vielleicht nicht immer mit all unseren Sinnen wahrnehmen, aber wir können sie fühlen. In jeder einzelnen Zelle.«

Ein Ausdruck tiefer Kontemplation fliegt über ihr Gesicht. »Es ist also wie eine Art … Spiegel.« Darren runzelt die Stirn. »Wie meinst du das?«

»Das, was du siehst, was du fühlst, was real erscheint, ist dein Spiegelbild, deine Reflexion. Du siehst dich, du weißt, wie du aussiehst, aber trotzdem wirst du dich niemals selbst ohne irgendwelche Mittel betrachten können, du kannst dich nur durch einen Spiegel sehen oder durch andere reflektierenden Mittel. Das bedeutet auch, dass du die Wahrheit, die du verkörperst, niemals sehen wirst. Du siehst nur ihre Reflexion, ihre Kopie, aber niemals das Original. Niemals das Reale, das Echte«, erklärt Crystal. Darren erkennt wieder das Funkeln in ihren Augen, den gläsernen Schein. Und wieder einmal ist er beeindruckt von ihrer Eloquenz, ihrem klaren Denken.

»Ein Spiegel …«, setzt er an. Seine Gedanken schwirren in seinem Kopf … wie ein Fluss. »Und wenn wir sterben? Glaubst du, wir werden die Wahrheit erfahren?«

»Wenn die Seele den Körper verlässt, würde sie sich nach meiner Metapher selbst von außen betrachten können. Also würde man die Wahrheit sehen.«

»Ich denke schon, nur … wenn du deinen Körper verlässt, siehst du nur die Hülle, die du zurückgelassen hast, nicht aber dich. Somit würdest du nur ein Bruchstück der Wahrheit sehen, wenn überhaupt.«

»Aber das würde heißen, dass du niemals die Wahrheit sehen wirst. Denn um deine Seele zu sehen, müsstest du dich wieder von ihr trennen. Und du würdest nur ein weiteres Bruchstück der Wahrheit sehen, und es würde immer so weiter gehen bis …«

»Bis gar nichts mehr übrig bleiben würde. Und das würde heißen, dass es gar keine Wahrheit gibt«, endet Darren.

Crystal sagt dazu nichts, was bedeutet, dass sie genau darauf hinauswollte.

»Glaubst du das also? Dass es keine Wahrheit gibt?«, fragt Crystal.

»Nein, eigentlich nicht. Ich meine, wenn es keine Wahrheit gäbe, dann könnte ich das auch gar nicht wissen, oder? Also wenn wir mal ganz logisch sein wollen. Wenn es keine Wahrheit gäbe, hätte ich auch meine eigene Gewissheit nicht, ich könnte sie mir nur einbilden.«

»Und wenn es keine Wahrheit gäbe, dann könnte es auch keine … Unwahrheit geben, oder eine Lüge, was auch immer das Gegenteil von Wahrheit ist. Das bedeutet, entweder gäbe es alles oder nichts«, sagt Crystal. Darren fängt an zu lachen. Crystal schaut ihn verwirrt an, aber er erkennt, wie ihre Mundwinkel zucken.

»Wieso lachst du?«, fragt sie jetzt grinsend.

»Warum reden wir über so etwas?« Darren lacht jetzt lauter.

Crystal stimmt seinem Lachen ein.

»Ich weiß nicht. Vielleicht sind wir einfach nur müde. Oder es wäre besser, wenn wir weiterüben«, sagt sie schließlich. Daraufhin stehen beide auf und Crystal holt zwei Säbel. Sie händigt Darren einen aus. Als Darren seine Hand ausstreckt, um den Säbel entgegenzunehmen, berühren sich ihre Hände kurz. Darrens Muskeln spannen sich instinktiv an. Crystal zieht ihre Hand blitzschnell weg.

»So, du kannst doch jetzt einmal gegen mich kämpfen«, schlägt sie vor, wobei sie dabei auf den Boden guckt.

Aus irgendeinem Grund ist Darren genervt. Er ignoriert seine plötzliche Gefühlswandlung, stellt sich in die richtige Position und wartet.

»Bei einem Kampf mit einem Säbel kommt es eigentlich nur darauf an, den Gegner im Bauchbereich zu treffen. Also, wer mehr Treffer erzielt, gewinnt. Ganz einfach«, erklärt sie in schnellem Tempo. »Also auf drei fangen wir an.« Sie zählt, und dann geht alles ganz schnell. Crystal sticht ihm bei einem Augenschlag auf die Brust.

»Ein Punkt für mich«, sagt sie. »Du musst noch schneller auf mich zugehen. Und deinen Säbel schon auf Höhe meiner Brust halten.«

Darren nickt. Er braucht noch einige weitere Versuche, bis er endlich Crystal auf Bauchhöhe erwischt, bevor sie es tun kann. Sie trainieren weiter, und Darren kann nur wenige Gewinne erzielen, da Crystal unglaublich flink ist. Ihre Bewegungen sind zudem geschmeidig und haben einen ganz besonderen Charme und eine unbeschreibliche Anmut, sodass er sich umso mehr auf die Aufgabe konzentrieren muss.

»Keine Sorge, ich mache das schon viel länger als du. Es ist ganz normal, dass du mich nicht besiegen kannst. Das Gegenteil wäre ehrlich gesagt etwas beunruhigend«, sagt sie gelassen.

»Sind wir für heute fertig?«, fragt Darren, woraufhin Crystal ihm zunickt. Darren verlässt den Fechtraum, ohne sich zu verabschieden, und stößt dabei auf einen Jungen.

»Entschuldige«, sagt der verlegen.

»Nein, nein, mir tut es leid. Ich habe schließlich auf den Boden geguckt«, entgegnet Darren. Er schaut dem Jungen ins Gesicht. Er sieht jung aus, doch seine tiefschwarzen Augen strahlen eine Art Weisheit aus, als würde sich hinter diesem Äußeren eine alte Seele verbergen.

»Du musst Darren sein«, sagt er mit einem Lächeln. Seine Stimme ist leise und sanft und er spricht besonders langsam.

Darren nickt. Mittlerweile weiß hier anscheinend jeder, wer er ist, ohne, dass er sich vorstellen muss.

»Wie heißt du?«, fragt Darren.

»Mein Name ist Viorell.« *Viorell.* Diesen Namen hört Darren zum ersten Mal. Er klingt sehr schön. Darren erkennt die Ziffer Fünf auf dessen Brusttasche.

»Du musst ein Elitemitglied sein, oder?« Viorell bestätigt die Frage mit einem Nicken. »Wie geht es dir, Darren?«

Darren überrascht die Frage. Nach alldem, was Viorell womöglich über ihn gehört hat, fragt er ihn nach seinem Wohlbefinden?

»Den Umständen entsprechend«, antwortet Darren trocken. Viorell fixiert ihn. Komisch, wo Nathanaels schwarze Augen eine beklemmende Wirkung auf Darren haben, lösen Viorells schwarze Augen ein beruhigendes Gefühl in ihm aus.

»Viele trauen sich nicht, dich anzusprechen, weil sie sich nicht sicher sind, ob sie dir vertrauen können. Aber ich habe das Gefühl, dass in dir nichts Gefährliches steckt«, sagt er.

Gut zu wissen, dass mir niemand vertraut, denkt Darren, ein wirklich großartiges Gefühl.

»Ach ja, wieso vertrauen sie mir denn nicht? Ich meine, was könnte ich denn schon Gefährliches vorhaben?« Darren macht dabei Anführungszeichen in die Luft.

»Ich kann verstehen, dass dieser Gedanke dich belastet, Darren. Aber weißt du, von uns hat noch keiner den Imperator gesehen und trotzdem hat der Imperator dir das Privileg gegeben, ihn persönlich zu treffen und sogar mit ihm zu reden. Die meisten finden das sehr verdächtig«, erläutert Viorell, ohne dabei den Blickkontakt abzubrechen.

»Gut, ich habe also das Privileg, den Imperator zu sehen? Dafür habt ihr alle das Privileg zu wissen, wer ihr seid, woher ihr kommt und was zur Hölle hier passiert. Ich finde, das ist mindestens ein fairer Ausgleich«, sagt Darren und fügt dann noch ganz beiläufig hinzu: »Nein, eigentlich ist es sogar eher unfair für mich.« Dabei versucht er, seine Stimme unter Kontrolle zu halten.

An Viorells Mimik ändert sich nichts. Er sieht ihn immer noch so verständnisvoll an wie zuvor.

»Ich verstehe dich, Darren. Ich kann natürlich nicht nachfühlen, was du durchmachst, aber glaub mir, ich versuche es. Das alles, was du gesagt hast, stimmt vollkommen. Aber es ist für viele sehr schwierig, diese Situation zu beurteilen.«

Darren schaut ihn mit schief gelegtem Kopf an. Am liebsten würde er jetzt irgendetwas zerstören oder an die Wand werfen.

»Du und deine Freunde, ihr werdet niemals verstehen, was ich durchmache. Und es ist mir egal, ob deine Freunde sich nicht trauen, mich anzusprechen, weil sie mir nicht vertrauen. Ich will sowieso nichts mit euch zu tun haben, also wäre es mir sogar mehr als recht, ihr würdet mich einfach in Ruhe lassen.«

Bevor Viorell etwas erwidern kann, geht Darren an ihm vorbei und stürmt in sein Schlafzimmer.

XI

Als Darren die Augen schließt, leuchtet ihm das Wort entgegen.

Renn!

Blutrot. Groß. Eine Warnung, zweifellos. Aber eine Warnung wovor? Wo könnte eine potenzielle Gefahr lauern? Wieso denkt er, dass die Gefahr von anderen ausgeht, während sie denken, dass er die Gefahr ist? Könnte das sein? Könnte er wirklich eine Gefahr darstellen? Aber für wen? Und wieso? Was verbirgt sich hinter seinem Unterbewusstsein? In welcher dunklen Ecke sind seine Erinnerungen versteckt? Wenn sie überhaupt irgendwo versteckt sind und sich nicht schon ganz in Luft aufgelöst haben. Darren hebt verzweifelt die Hände.

»Gott, hilf mir. Ich habe keinen außer dir. Ich habe nicht einmal mich selbst.« Darren zeichnet mit der einen Hand die Linien auf seiner anderen Hand nach. Er fixiert seine Hand, als würde dort die Antwort stehen. Vielleicht sollte er einfach aufgeben. Er wird niemals eine Antwort finden. Schon gar nicht hier. Es war ein Fehler hierherzukommen. Er hätte am Strand oder auf dem Felsen bleiben und auf den Tod warten sollen. Vielleicht sollte er abhauen. Er hat noch die Möglichkeit. Wäre es dann flüchten oder fliehen? Würde der Imperator irgendwelche Sicherheitsleute hinter ihm herschicken? Oder würde er ihn gehen lassen? Ihn seinem Schicksal überlassen? Er hat das Gefühl, dass Ersteres zutreffen würde. Er fühlt sich nicht wie ein Gast, eher wie ein Gefangener …

»Darren? Was ist los?« Lukes Stimme zerrt ihn aus seinen Gedanken.

Erst als er die Augen öffnet, merkt er, dass er mitten im Zimmer steht. Er dreht sich um und blickt in Lukes fragende Augen.

»Alles in Ordnung?«, fragt dieser jetzt.

Als Darren nickt, sieht er sichtlich erleichtert aus, schaut ihn aber weiterhin skeptisch an.

»Ich hatte eben nur Fechttraining und bin etwas erschöpft, das ist alles«, sagt Darren. Luke nickt daraufhin nur und setzt sich aufs Bett. »Wie, glaubst du, wird es jetzt weitergehen mit dir?«, fragt er plötzlich.

Aus irgendeinem Grund fühlt sich Darren angegriffen. Wahrscheinlich liegt es nur an seiner miesen Laune, dass er alles falsch auffasst. Aber die Art, wie er es gesagt hat, hatte etwas Offensives. *Wie wird es jetzt weitergehen mit dir?*

Als würde es ihn nicht interessieren – oder als würde er sich aus seiner Sache ausschließen wollen. Darren sollte es nicht stören. Schließlich ist Luke nicht sein Freund. Keiner hier ist sein Freund. Trotzdem fühlt er sich verraten. Er kann es nicht leugnen. Und das bedeutet, dass er Luke irgendwie vertraut oder ihn vielleicht sogar als Freund gesehen hat. Immer diese trügerischen Gefühle. Er muss kälter werden. Distanzierter.

Mit dieser neuen Einstellung im Hinterkopf zuckt Darren nur mit den Achseln. Das hat Luke nicht zu interessieren. Er will ihn sowieso bloß loswerden, genau wie alle anderen auch. Wie Viorell und Gemma und John und Cillian und Crystal.

»Darren, alles okay?«, fragt Luke.

Darren spürt, wie die Wut in ihm aufsteigt und ihn zu kontrollieren droht, doch er unterdrückt sie. »Alles bestens, Luke. Warum machst du dir solche Sorgen um mich?«, gibt er in gelassener Stimme zurück.

Luke senkt seinen Blick etwas. Er ist verlegen. Darren verkneift sich ein Lächeln.

»Ich dachte, ich frage einfach mal nach. Das letzte Mal, als ich dich so gesehen habe, bist du zusammengebrochen.«

Bei der Erwähnung seines Zusammenbruchs zuckt Darren unwillkürlich zurück. Wieso ist er bloß so schwach gewesen? Er ist zusammengebrochen. Vor Lukes Augen. Solch eine Schwäche wird er nicht noch einmal zulassen. Er muss jetzt über allem stehen.

»Gut. Danke für deine Fürsorge«, antwortet Darren nonchalant.

Luke reagiert nicht darauf.

Eine Weile sind beide still, dann ergreift Luke erneut das Wort.

»Ich weiß nicht, was dein Problem ist, Darren, aber eins solltest du wissen: Ich bin es nicht.«

Darren muss unwillkürlich lachen, doch nachdem er Lukes ernsten Gesichtsausdruck sieht, wird er still. »Was meinst du?«, fragt er.

Luke holt tief Luft und schaut auf den Boden. »Du bekommst von Doktor Martin etwas in deinen Nacken gesteckt, du hast viele Gespräche mit dem Imperator und scheinst immer noch nicht mehr zu wissen. Und trotz allem misstraust du *mir*?«

Darren schaut ihn ungläubig an. Doch er weiß nicht, was er erwidern soll. Irgendwo hat er recht. Aber er kennt doch auch Luke nicht. Er kennt hier niemanden wirklich. Warum sollte er ihm also vertrauen? Doch er ist hier ein Schüler. Wie er auch. Sie sind praktisch auf dem gleichen Level. Er müsste ihm und den restlichen Schülern eher vertrauen können als Nathanael und seinen Angestellten.

»Was würdest du an meiner Stelle tun, Luke? Stell dir vor, du hast überhaupt keine Erinnerungen. Du weißt gar nichts. Und landest an einem Ort, der scheint, als wäre er eine Mischung aus Schule und Gefängnis. Du triffst auf fremde Menschen, dir wird gesagt, dass du dazugehörst, ohne zu wissen, wozu du gehörst. Wem würdest du denn vertrauen? Oder würdest du überhaupt jemandem vertrauen?«

Luke zieht die Augenbrauen zusammen, senkt seinen Blick zu Boden und verstummt. Als er anfängt zu sprechen, schaut er wieder Darren an. »Ich weiß es nicht. Ich schätze, ich würde … ich würde vielleicht keinem vertrauen. Oder zumindest nur ganz wenigen.«

»Jetzt verstehst du vielleicht, warum ich so denke. Also, nimm es nicht persönlich«, rät ihm Darren lächelnd.

»Das ist manchmal nicht so einfach«, gibt Luke zu, doch auch er lächelt etwas.

»Ich weiß«, sagt Darren. Er kennt das nur zu gut. Er tendiert auch dazu, vieles persönlich zu nehmen.

Die Stimmung ist jetzt etwas lockerer. »Wolltest du nicht mit dem Imperator sprechen?«, fragt Luke.

Das hätte Darren fast vergessen. Bei all dem Wirrwarr in seinem

Kopf hat er seinen wichtigsten Gedanken vergessen. »Ja. Aber …
ich weiß gar nicht, ob ich überhaupt mit ihm reden kann. Also …
bis jetzt hat der Imperator mich zu einem Gespräch gerufen. Ob ich
auch von mir aus einfach mit ihm reden kann, weiß ich gar nicht«,
meint Darren.

»Hm, das kann schon sein, dass du seine Einwilligung brauchst.
Aber du kannst es ja versuchen«, empfiehlt Luke ihm.

»Gut, dann muss ich aber zunächst einen seiner Boten finden.
Weißt du, wo die sich aufhalten?«

Luke zuckt mit den Schultern.

»Genial. Dann muss ich wohl erst einmal auf die Suche gehen.«
Darren steht auf.

Nachdem er im Fechtraum, im Boxraum, im Speisesaal und in
der Schwimmhalle gesucht hat – ohne Glück –, geht er auf einen der
Räume zu, die er noch nie betreten hat. Ohne anzuklopfen, öffnet er
das Zimmer Washington. Es ist dunkler als die anderen Räume, in
denen Darren bereits war. Dort findet er schließlich Audris. Doch
sie ist nicht allein. Sie steht vor einem Tisch, auf dem ein schmales,
längliches silbernes Gerät steht. Über dem Gerät strahlt eine digitale
Anzeige. Sie redet mit einem Jungen, den Darren zum ersten Mal
sieht. Sie drehen beide sofort den Kopf in Darrens Richtung. Audris'
Gesichtsausdruck ist verärgert und zeigt, dass sie definitiv nicht erfreut über Darrens plötzliches Auftreten ist. Der Junge schaut ihn
mit zusammengezogenen Augenbrauen an und spitzt die Lippen
zu. Seinen ohnehin schon markanten Kiefer spannt er an, sodass
er messerscharf wirkt. Er macht einen mürrischen Eindruck, doch
das könnte auch seine grundsätzliche Haltung sein. Zudem hat er
strenge Gesichtszüge mit dunkelbraunen zu Schlitzen verengten
Augen. Seine linke Augenbraue ist durch eine Narbe geteilt, und
an seiner rechten Augenbraue erkennt Darren ein kleines silbernes
Piercing. Auch an der Unterlippe hat er einen silbernen Ring.

»Es tut mir leid, dass ich so reingeplatzt bin. Ich wollte mit Ihnen
sprechen«, sagt Darren, kann dabei jedoch nicht den Blick von dem
Jungen abwenden, der mit jedem Wort, das Darren von sich gibt,
die Augenbrauen noch enger zusammenzieht. Als Darren fertig

gesprochen hat, hebt der Junge das Kinn und spannt seinen Kiefer in rhythmischen Abständen an.

»Nächstes Mal klopfst du bitte, Darren«, warnt ihn Audris, doch ihre Stimme ist ruhig und nicht aufgebracht.

Darren nickt eifrig, um seine Entschuldigung nochmals zu verstärken. Erst jetzt bemerkt Darren das Gerät, das der Junge an sein Becken presst. Von der Seite sieht es aus wie eine Virtual-Reality-Brille. Als der Junge das Gerät an Audris übergibt, ist sich Darren sicher, dass es sich tatsächlich darum handelt. Was hat er wohl damit gemacht?

»Komm dann morgen noch mal um die gleiche Uhrzeit, ja? Du weißt doch, was dich nächste Woche erwartet«, sagt sie leise zu dem Jungen. Dieser erwidert nichts und schaut sie auch nicht noch einmal an, bevor er den Raum verlässt. Stattdessen gibt er Darren einen langen, durchdringenden Blick voller Misstrauen.

Nachdem der Junge den Raum verlassen hat, atmet Darren tief ein und wieder aus.

»Gibt es ein Problem?«, fragt Audris und schaltet die Anzeige vor ihr aus, bevor Darren noch einen Blick darauf werfen kann.

Mist, denkt Darren, ich habe gar nicht sehen können, was auf der Anzeige stand.

»Nein. Ich hätte bloß gern den Imperator gesprochen«, sagt Darren, während Audris auf irgendwelche Unterlagen auf dem Tisch guckt. Sie schaut nicht auf, als sie ihn nach dem Grund fragt.

»Ich habe ihm etwas zu erzählen … etwas, das ihn über meinen Zustand aufklären könnte. Zumindest ein wenig.«

Audris hebt den Kopf von ihren Unterlagen. »Ach ja? Meinst du eine Erinnerung?«, hakt sie nach und macht sich gleichzeitig an ihrer digitalen Uhr zu schaffen.

Darren nickt etwas zögerlich.

»Gut. Dann bringe ich dich zu ihm.«

Sie nimmt die Unterlagen vom Tisch, legt sie in eine Mappe und gibt Darren ein Zeichen, ihr zu folgen. Audris schließt erst das Zimmer ab, bevor sie sich auf den Weg zum Imperator machen. Sie gehen die übliche Treppe runter, und Audris benachrichtigt den Imperator über den Bildschirm.

Die Tür öffnet sich nach ein paar Minuten. Nathanael sitzt an seinem Schreibtisch und lächelt Darren an, als er ihn erblickt. »Du kannst gehen, Audris«, sagt Nathanael.

Audris sieht leicht zerstreut aus, doch Nathanael schaut ihr fest in die Augen, sodass sie dann doch etwas eingeschüchtert den Raum verlässt, wobei sie Darren zuerst einen argwöhnischen Blick zugeworfen hat.

»Setz dich.« Nathanael betrachtet ihn weiterhin mit einem Lächeln.

Darren lässt sich auf den Stuhl gegenüber von Nathanael nieder. »Du wolltest mich sprechen.«

Er räuspert sich, bevor er das Wort ergreift. »Ja … ich … also …« Er räuspert sich ein weiteres Mal. Wie soll er bloß anfangen? Nathanael schaut ihn immer noch lächelnd an. »Also, ich hatte eine Erinnerung.«

Nathanael hebt die Augenbrauen, doch er scheint nicht wirklich überrascht zu sein von der Neuigkeit. »Eine Erinnerung. Das ist gut. Das bedeutet, dass der Schleier vor deinen Augen langsam verblasst. Sag mir, Darren, was genau hat sich in der Erinnerung abgespielt?«

Darren schluckt den Kloß in seinem Hals hinunter; er weiß nicht, wieso ihm plötzlich so warm ist. Er atmet tief ein und aus und blickt auf den Boden.

»Ich … ich habe gefochten, in einem Raum, an den ich mich nicht mehr ganz erinnern kann, aber … ich war nicht allein.«

Nathanael streicht mit dem Daumen über seine Finger und schaut ihm fest in die Augen.

»Verstehe. Du warst also nicht allein? Kannst du mir die Person beschreiben, die in deiner Erinnerung bei dir war?«

Darren fühlt, wie sein Herz immer schneller gegen seine Brust schlägt. Er hätte damit rechnen müssen. Er hat auch damit gerechnet. Trotzdem ist er nervös und angespannt. Und von Unsicherheit geplagt. Soll er ihm sagen, dass es sich bei der Person um Cillian gehandelt hat? Wieso denn nicht? Schließlich würde es seiner Lage definitiv weiterhelfen. Doch aus irgendeinem Grund fühlt er sich nicht gut dabei. Als würde er damit Cillian verraten. Cillian, der Einzige, der von Anfang an Verständnis für ihn gezeigt und ihm nie Misstrauen ausgesprochen hat. Nein, das kann er Cillian nicht antun. Was immer die Erinnerung bedeutet, es kann für Cillian nichts Gutes sein. Er muss so vage wie möglich bleiben. Darren zieht absichtlich die Augenbrauen zusammen und schüttelt den Kopf, als würde er intensiv nachdenken.

»Ich … ich kann mich nicht mehr wirklich an die Einzelheiten erinnern«, sagt er und schaut Nathanael direkt in die Augen, ohne mit der Wimper zu zucken.

Nathanael nickt ganz langsam und bedächtig. Er schaut Darren jetzt nicht mehr in die Augen, sondern auf einen Punkt neben ihm. Seine Brust hebt und senkt sich langsam.

»Beschreibe mir alles, was du gesehen hast, Darren. So präzise wie möglich. Nur so kann ich dir helfen«, bedeutet er ihm schließlich nach einer langen Pause.

Darren schluckt schwer und nickt daraufhin.

»Also, die Person hatte mir den Rücken zugedreht, weshalb ich ihr Gesicht nicht gesehen habe. Aber es war auf jeden Fall ein Junge. Recht groß, mit braunen Haaren und einem athletischen Bau.«

Nathanaels Augen lösen sich nun nicht mehr von Darrens, und sein Blick ist so penetrant, dass Darrens Hände anfangen zu schwitzen.

»Alles in Ordnung, Darren? Du siehst nicht gut aus. Möchtest du etwas trinken?«, fragt er ihn besorgt.

Darren fasst mit seinen Fingerkuppen an seine Stirn und spürt den Schweiß. Seine Hände fangen an zu zittern, sodass er sie unter dem Tisch verstecken muss. Er sollte sich wirklich zusammen-reißen.

»Alles gut. Nein danke. Ich habe keinen Durst.«

Nathanael hebt die Hände und lächelt ihn an. »Wie du willst.« Anschließend führt er sein Glas zu seinen Lippen und trinkt einen Schluck Wasser.

Darrens Mund wird ganz trocken. Vielleicht wäre es keine

schlechte Idee, etwas zu trinken. Nathanael schaut ihn immer noch lächelnd an.

Nein, ich werde nichts trinken, ermahnt sich Darren, denn genau das will er doch.

Stattdessen atmet er tief ein und sagt: »Das war's. Daran kann ich mich erinnern. Nicht mehr, nicht weniger.«

Nathanael verengt seine Augen und spitzt die Lippen zu. »Wenn dem so ist, kannst du jetzt gehen«, entgegnet er nur und lächelt ihn an. »Danke für deine wertvolle Information. Es hat sich gelohnt, dass Audris dich zu mir gebracht hat.« Nathanael steht auf und öffnet ihm die Tür.

Doch Darren bleibt noch auf seinem Stuhl sitzen. Er hat den Sarkasmus in Nathanaels Stimme nicht überhört. Eigentlich ist er nicht einmal gekommen, um ihm von dieser Erinnerung zu erzählen, sondern um ihn auszufragen. Doch stattdessen wurde wieder einmal Darren ausgefragt. Und nächstes Mal wird Audris ihn nicht einfach zum Imperator bringen. Nein, das darf er nicht zulassen. Er muss ihm mehr erzählen, sonst wird er mit Nathanael nicht noch einmal sprechen können.

»Nein, da war noch mehr«, sagt er, ohne weiter darüber nachzudenken. Er kann Nathanaels Gesichtsausdruck nicht sehen, da er hinter ihm steht. Doch er ist sich sicher, dass er befriedigt lächelt. Als er nach hinten schaut, ist Nathanaels Gesichtsausdruck jedoch steinhart.

Er geht wieder zurück zu seinem Schreibtisch, wobei er sich dieses Mal an die Kante setzt und zu ihm hinunterschaut.

»Was war da noch?«, fragt er.

Jetzt gibt es kein Zurück mehr. Er muss es ihm erzählen. »Es war Cillian.« Darren hat die Augen geschlossen, und als er sie öffnet, ist Nathanaels Gesicht immer noch kühl und abweisend. Er erkennt nur ein kurzes Zucken an seinem Mundwinkel.

Dann kneift der Imperator die Augen zusammen. »Cillian, also? Bist du dir ganz sicher?« Darren nickt, ohne zu zögern. Eine lange Zeit sind beide still. Er schaut währenddessen nur auf den Boden. Er kann Nathanael nicht in die Augen sehen. Was hat er nur getan? Er hat Cillian verraten. Vielleicht aber auch nicht. Er weiß doch nicht, ob es wirklich etwas Gutes oder Schlechtes für den anderen bedeutet. Er hat nur sich selbst damit geholfen, und das ist wichtiger. Er muss an sich selbst denken. Das ist seine Priorität. Warum macht er sich so viele Gedanken? Es geht doch nicht um Leben und Tod.

»Alles klar, Darren. Danke für deine Ehrlichkeit. Ich habe schon gemerkt, dass du am Anfang nicht ganz so offen warst, wie ich es von dir erwartet habe. Zumal es hier auch um deine Gesundheit und deine Sicherheit geht. Aber ich wollte dich auch nicht unter Druck setzen«, spricht er ihm Mut zu.

Darren sagt dazu nichts und starrt weiterhin auf den Boden.

»Gut, du kannst jetzt gehen«, sagt Nathanael, doch er bleibt weiter sitzen.

»Es sei denn, du hast mir noch etwas zu berichten?«

Darren blickt auf seine verschlungenen Hände und sagt: »Ich hätte da noch ein paar Fragen an Sie.« Er schaut wieder hoch und sieht Nathanaels irritierten Blick.

»Ach ja? Was willst du denn wissen?« Nathanael sitzt immer noch halb auf dem Tisch, was Darren stört. Er würde gern ein ernstes Gespräch mit ihm führen, doch der Mann wirkt, als würde er Darren loswerden wollen. Was womöglich auch der Wahrheit entspricht.

»Könnten Sie sich bitte auf den Stuhl setzen«, sagt Darren, ohne den Blickkontakt abzubrechen.

Nathanael hebt die Augenbrauen. »Wie bitte?« Er scheint sichtlich irritiert zu sein.

Darren schnaubt absichtlich laut. »Ich möchte mit Ihnen ein ernstes Gespräch führen, und das kann ich nicht, wenn Sie den Eindruck machen, als würden Sie mich wegscheuchen wollen.«

Nathanaels Mundwinkel zucken leicht. »Da hast du vermutlich recht. Ich schätze, nachdem du so ehrlich zu mir warst, verdienst du auch ein paar Antworten auf deine Fragen«, erwidert er und setzt sich auf seinen Stuhl.

»Was hat Doktor Martin in meinen Nacken gesteckt?«, fragt Darren fordernd. Er muss jetzt einfach auf den Punkt kommen und nicht darum herum reden. Es wird ihm langsam alles zu viel.

Nathanael lächelt Darren an; er lässt sich von seiner direkten Frage nicht verunsichern.

»Das würdest du nicht verstehen. Schließlich ist er der Arzt, nicht du. Aber ich kann dir versichern, dass du dir keine Sorgen machen musst, er weiß, was …«

»Was hat er in meinen Nacken gesteckt?«, unterbricht ihn Darren mit erhobener Stimme. Er weiß, er hat sich jetzt nicht mehr unter Kontrolle. Und das ist ihm auch egal.

»Darren«, setzt Nathanael an, und er hört einen leisen Anflug an Bedrohung in der Stimme, »pass auf. Muss ich dich daran erinnern, wie wir zueinander stehen? Du weißt, dass ich dich gerettet habe. Du sitzt nur hier, weil ich es erlaubt habe. Also nimm dich in Acht. Ich kann dich auch sofort rauswerfen, wenn ich das möchte. Vergiss nicht, du bist hier nur ein unwillkommener Gast. Und unwillkommene Gäste kann man auch des Platzes verweisen, nicht wahr?«

Darrens Mut flaut etwas ab, verfliegt aber nicht ganz. »Es geht um meinen Körper. Ich will wissen, was hier los ist. Ich weiß, dass ich hier unerwünscht bin, aber deswegen muss ich mir noch lange nicht irgendwelche Misshandlungen gefallen lassen und schon gar nicht, wenn ich nicht einmal eine Ahnung diesbezüglich habe. Ich bin auch nicht eines ihrer Waisenkinder, die sie doch so sehr beschützen wollen. Was auch immer Doktor Martin und Sie mit mir vorhaben … Ich werde es nicht einfach so hinnehmen.« Nathanael lächelt Darren weiterhin an, was ihn noch wütender macht. Dieser Mann soll endlich seine Maske abziehen.

»Mir gefällt dein Kampfgeist, Darren. Doch du richtest ihn gegen die falsche Person. Deinem Mut und deinem Scharfsinn steht dein Temperament im Weg. Du solltest lernen, es zu zügeln, damit du auch von deinen analytischen Fähigkeiten Gebrauch machen kannst.«

»Es geht hier nicht darum, was ich an mir verbessern könnte. Hören Sie auf, das Thema zu wechseln. Ich will wissen, was hier passiert. Warum machen Sie aus allem ein Mysterium? Ist das auch ein Teil Ihres Spiels? Wollen Sie damit die kognitiven Fähigkeiten Ihrer Schüler herausfordern?«

Nathanaels Lächeln ist jetzt verschwunden und sein Gesicht hat wieder den eisernen Ausdruck angenommen.

»Bist du dir sicher, dass wir hier das Mysterium sind? Oder bist es nicht vielmehr du?«, fragt er schließlich.

Wir. Du. Darren sieht wieder die Glaswand von seinem Traum vor sich. Die Glaswand, die ihn vom Rest getrennt hat. Er gehört nicht zu ihnen, er ist ein unwillkommener Gast, wie es Nathanael formuliert hat. Er ist unerwünscht. Egal, wie lange er hierbleibt, er wird nie ein Teil des Wir sein, es wird immer *Darren und die anderen* heißen. Irgendwann eventuell sogar *Darren gegen die anderen*. Dennoch muss Darren lächeln. »Sie haben recht. Ich bin das Mysterium. Ich bin der Parasit, der von euch, dem Wirt entfernt werden muss. Ich bin der Unruhestifter, der Feind. Ich bin das Schwarz zu eurem Weiß. Ich bin das Feuer zu eurem Wasser. Doch wie das Feuer eine Gefahr für das Wasser darstellt, bedeutet auch das Wasser eine Gefahr für das Feuer.«

In Nathanaels Gesicht zuckt kein Muskel. Doch irgendetwas an seiner Mimik strahlt Angst aus. An der Bewegung seines Adamsapfels erkennt Darren, dass er schwer schluckt.

Nach einer langen Pause ergreift er das Wort. Seine Stimme ist ruhig und es ist kein Hauch von Wut oder Gefahr zu hören. »Darren, weißt du, wieso in den Vereinigten Staaten nur Staatsangehörige wählen dürfen?«

Was hat das mit dem Thema zu tun? Warum bringt er auf einmal das Wahlrecht ins Spiel? Darren versucht, seine Wut zu kontrollieren, und ballt seine Hände zu Fäusten. Er zuckt mit den Schultern.

»Die Bürger, die keine amerikanische Staatsangehörigkeit besitzen, sind auch nicht Teil des Volkes. Das liegt daran, dass sie, wann immer sie wollen, das Land verlassen dürfen. Sie leben zwar in dem Land, sind aber nur der Staatsgewalt ihres Heimatlandes unterworfen. Und wieso sollte ein Bürger, der, wann immer er will, das Land verlassen kann, das Recht haben, die Menschen zu wählen, die praktisch über alles im Land entscheiden? Ist das nicht ungerecht? Sie genießen alle Rechte, die auch die Staatsangehörigen haben, können sich aber der Pflichten entziehen. Da ist doch ein Ungleichgewicht«, erklärt er ruhig.

Darren schaut ihn nicht an.

»Und genau das Gleiche versuchst du zu erreichen. Du kommst hierher, genießt das Essen, schläfst in einem weichen Bett – und das alles, ohne zu zahlen. Ohne ein Recht zu haben, hier zu sein«, sagt er und fährt nach einer Weile, in der er vergeblich auf eine Reaktion von Darren wartet, fort: »Und dann erwartest du noch von mir – dem Imperator dieses Lagers, der dir das alles überhaupt ermöglicht hat –, dich von allen Pflichten zu befreien. Hört sich das für dich nach Gerechtigkeit an?«

Darren antwortet eine lange Zeit nicht. Er weiß auch nicht, was er dazu sagen soll. Er kann immer noch keine Parallele zwischen seiner Situation und der beschriebenen ziehen.

»Dein Schweigen interpretiere ich als ein Nein.«

Darren schluckt schwer und zappelt mit seinem rechten Bein auf und ab. »Ich habe es schon verstanden. Sie wollen mir keine Antwort geben, was mich, um ehrlich zu sein, auch nicht im Geringsten überrascht. Ich finde es nur schade, dass sie so ein langes Beispiel wählen müssen, anstatt mir klipp und klar zu sagen, dass sie mich nicht aufklären wollen. Mir tut es für die Atemzüge leid, die Sie verschwendet haben, obwohl Sie es viel schneller hätten lösen können.« Darren steht auf, doch bevor er den Raum verlässt, dreht er sich noch einmal um und sagt: »Ach ja, und was die Erinnerung angeht, habe ich gelogen. Es war nicht Cillian; ich habe die Person nicht gesehen. Ich dachte nur, wenn Sie denken, dass ich Ihnen die Wahrheit gesagt habe, sagen Sie mir zur Abwechslung auch mal die Wahrheit. Doch da habe ich mich getäuscht.« Damit verlässt er den Raum, ohne noch einmal zurückzublicken.

XII

War es richtig? Hätte er das sagen sollen? Er hat wieder mal impulsiv gehandelt, sich von seiner Wut lenken lassen. Doch hätte er länger darüber nachgedacht, hätte er es trotzdem getan; da ist er sich sicher. Er wollte ihn einmal unvorbereitet erwischen. Und das hat er getan. Er hat zwar seinen Gesichtsausdruck nicht gesehen, doch er ist sich sicher, dass Nathanael nicht damit gerechnet hatte. Wieso auch? Darren hatte ihm eigentlich auch die Wahrheit gesagt. Cillian war der Junge in seiner Erinnerung. Und das hat er Nathanael gesagt. Und er hat es geglaubt. Ob er ihm auch jetzt glaubt, dass er gelogen hat? Dass es nicht Cillian war? Er weiß es nicht, er weiß es einfach nicht. Was Nathanael jetzt wohl mit Cillian machen wird? Vermutlich nichts Schlimmes. Oder doch? Darren spürt eine Schwere in seinem Herzen. Er kann das alles nicht einschätzen. Doch er weiß, Cillian könnte die Antwort auf alles sein. Ob das hier tatsächlich ein Internat ist oder ein Gefängnis? Ob sie die Schüler beschützen oder verletzen?

»Darren?« Gemma steht mit ihrem Tablett vor ihm.

Darren lächelt sie an. »Darf ich mich zu dir setzen?«, fragt sie vorsichtig.

Darren nickt. Wieso fragt sie das? Sie saßen doch bisher auch fast immer zusammen. Vielleicht hat sie auch einfach seinen nachdenklichen Zustand bemerkt und wollte sichergehen, ob er auch ihre Gesellschaft will.

»Du warst mal wieder vertieft in Gedanken. Ich wollte dich eigentlich nicht stören, aber dann dachte ich mir, vielleicht bist du gar nicht am Nachdenken. Vielleicht ist das einfach dein grundsätzlicher Gesichtsausdruck. Steht dir aber. Der dunkle, grüblerische Darren. Nein, noch besser: Darren, der Dunkle.«

Darren lächelt süffisant und fängt an zu essen. Nach einer Weile setzt sich Viorell zu ihnen. Darren fühlt sich bei seiner Präsenz etwas unwohl, da er ihn noch nicht so gut kennt und er auch nicht gerade den besten Eindruck bei ihm hinterlassen hat.

»Darren, ich habe dich schon im Speisesaal gesucht. Dir macht es doch nichts aus, wenn ich hier sitze, oder?«, fragt er lächelnd.

Darren schüttelt etwas zögerlich den Kopf.

Gemma sendet ihm einen konspirativen Blick. »Ich habe auch nichts dagegen, dass du bei uns sitzt, Vio. Nicht, dass es dich interessiert, natürlich«, sagt Gemma sarkastisch.

Viorell errötet so sehr, dass sie lachen muss. »Es tut mir leid, Gem. Ich dachte, du würdest …«

»Kein Drama, Vio. Ich wollte nur ein bisschen Spaß haben, das kennst du doch von mir.« Daraufhin lachen beide, und Darren schließt sich ihnen an.

»Die Spitznamen fliegen ja nur so rum. Ihr kennt euch also ziemlich gut, was?«, fragt Darren. Ein bisschen lockere Konversation kann wohl nicht schaden. Und es lenkt ihn auch von seinen lästigen Gedanken ab.

»Ich habe Gemma Fechtunterricht gegeben«, erklärt Viorell.

»Ich hatte Glück, dass ich Vio hatte und nicht Crystal oder gar Pyvris. Gott, das sind die schlimmsten.«

Bei der Erwähnung von Crystal bekommt Darren ein seltsames Gefühl in der Brust.

»Crystal ist in Ordnung«, kontert er, ohne nachzudenken. Er weiß nicht, wieso er sie plötzlich verteidigt, wo er doch ein angespanntes Verhältnis zu ihr hat.

»Wenn du meinst«, erwidert Gemma bloß und isst weiter.

»Du hast noch jemanden erwähnt. Pyvris?«, fragt Darren nach.

Gemma nickt. »Pyvris, genau. Ich weiß nicht, ob du ihn schon kennst. Er ist Koreaner. Dunkle Haare, mittelgroß, Piercings. Sagt dir das etwas?«

Darren weiß sofort, von wem sie redet. Er hat ihn schon gesehen. Der Junge mit Audris, der ihn so komisch angeguckt hat. Diesen misstrauischen, feindseligen Blick wird er nicht so schnell vergessen. »Ja, ich bin ihm schon begegnet. Doch wir haben nicht miteinander gesprochen.«

»Sei froh darüber. Er ist wirklich schrecklich«, versichert ihm Gemma.

»Woher weißt du das? Hattest du ihn irgendwo?«

Gemma schüttelt den Kopf. »Nein, aber Luke. Und was er so von ihm erzählt, klingt nicht so erfreulich.«

Darren glaubt ihr aufs Wort. So, wie er ihn angeschaut hat, kann er nur unsympathisch sein. Doch er würde gern mit ihm reden. Irgendetwas an ihm beeindruckt ihn. Diese rebellische, einschüchternde Haltung. Er ist jemand, den man nicht vergisst.

»Ich habe auch schon gehört, dass du ziemlich gut sein sollst. Beim Fechten, meine ich«, sagt Viorell.

Darren bestätigt seine Worte lachend. »Ja, ich soll ganz gut sein.«

Viorells Lächeln vertieft sich, dabei wandert sein Blick an seinem Gesicht auf und ab.

»Weißt du eigentlich schon, dass nächste Woche das Spiel stattfindet?«, fragt Gemma.

Darren ist verwirrt. »Das *Spiel*? Welches Spiel?«

»Es finden zwei Spiele im Monat gegen ein anderes Internat statt. Früher waren es vier Spiele im Monat, aber es gab eine Regeländerung, kurz bevor ich und die anderen Novizen eingetroffen sind. Natürlich nehmen nur die Spieler teil, sprich die Elitemitglieder. Wir sind noch Novizen und dürfen deswegen nicht mitmachen.«

»Und was genau sind das für Spiele?«

»Unterschiedlich. Manchmal ist es ein Schachspiel oder ein Fechtkampf, ein anderes Mal auch eine Jagd im Wald. Manchmal spielen sie auch nur virtuell.«

Das erklärt die Virtual-Reality-Brille, die Pyvris in der Hand gehalten hatte. Damit üben sie wahrscheinlich für die Spiele.

»Aber wie ist es dann mit dem Schachspiel? Da spielen doch nur zwei Personen, das heißt, von den Spielern spielt dann am Ende nur einer gegen einen anderen vom gegnerischen Team – und der Rest schaut zu?«, will Darren wissen.

»Da blicke ich selbst noch nicht ganz durch«, gibt Gemma zu.

Darren findet das Konzept merkwürdig. »Und wer entscheidet, welche Art von Spiel es sein wird?«

»Immer das Gewinnerteam. Also wenn unser Internat gewinnt, entscheiden wir auch, welches Spiel wir als Nächstes spielen werden. Allerdings darf dasselbe Spiel nicht zweimal hintereinander ausgewählt werden. «

Das findet Darren schwachsinnig. Wenn der Gewinner das nächste Spiel entscheidet, wird er natürlich das wählen, worin er am besten ist, und dann wird er wahrscheinlich auch das nächste Mal gewinnen und es würde immer so weitergehen. Ein Teufelskreis, aus dem der Verlierer nicht rauskommt.

»Du scheinst nicht so angetan von dem ganzen Konzept zu sein«, bemerkt Viorell.

Darren zuckt nur mit den Achseln. »Ja, ich weiß nicht wirklich, was ich davon halten soll.«

»Wenn es stimmt, dass du so gut bist, wirst du bestimmt bald zum Spieler aufsteigen«, meint Gemma grinsend.

Wenn ich bis dahin noch hier bin, denkt Darren trübsinnig.

Als er von seinem Essen aufschaut, sieht er Cillian am Tisch gegenüber sitzen. Er bekommt ein mulmiges Gefühl, da er Nathanael von ihm erzählt hat. Wie wird Cillian wohl reagieren, wenn er davon erfährt? Wird er ihm die kalte Schulter zeigen? Wird er ihn angreifen? Oder wird er Verständnis zeigen? Cillian schaut ihn nicht an, sondern blickt auf seinen Teller. Er muss mit jemandem darüber reden. Er muss jemandem davon erzählen. Aber wem? Luke? Nein, Luke wird ihn vermutlich bestätigen. Gemma wahrscheinlich auch. Da wäre noch jemand. Doch ihr davon zu erzählen, wäre vielleicht nicht die beste Idee. Cillian ist schließlich nicht irgendjemand für sie. Er ist ihr Freund. Oder einfach mit Cillian selbst reden? Nein, das traut sich Darren nicht. Aber wenn Darren mit Crystal darüber redet und ihr zeigt, dass er ein schlechtes Gewissen hat, dann wird sie es vermutlich sowieso Cillian erzählen.

»Ich gehe dann mal wieder ins Zimmer«, sagt Darren und bringt sein Tablett zurück. Wenn Cillian schon im Speisesaal ist, müsste Crystal auch bald auftauchen. Vielleicht wird er sie auffangen können. Er stellt sich vor den Aufzug, und als er den Knopf drücken will, geht die Tür auf. Direkt vor ihm erscheint Crystal. Ohne zu zögern, ergreift er ihren Arm und zieht sie zurück in den Aufzug und drückt den Knopf, der die Tür schließen lässt.

»Was soll das?«, fragt sie empört und befreit ihren Arm von seinem Griff.

»Ich muss mit dir reden«, flüstert Darren, obwohl sie allein sind.

Crystal zieht die Augenbrauen zusammen. »Warum hast du es denn so eilig?« Darren schaut sie eine Weile nur an; er hat irgendwie den Faden verloren.

»So eilig kannst du es nicht haben, wenn du dir so viel Zeit nimmst, um mir zu antworten«, bemerkt sie.

»Tut mir leid … ich habe gerade … also, ich muss mit dir über etwas Wichtiges sprechen. Ich habe heute mit dem Imperator geredet.«

Crystal blinzelt bei der Erwähnung. Darren fällt auf, dass ihre Wimpern sehr lang, hell und geschwungen sind.

»Und warum musst du mit mir darüber reden?«, fragt sie ihn verdutzt.

Darren blickt auf seine Hände. »Weil ich ihm von der Erinnerung erzählt habe. Die Erinnerung mit Cillian.«

Crystals ohnehin sehr helles Gesicht ist jetzt aschfahl. Sie öffnet den Mund und schließt ihn dann wieder. »Du meintest doch, dass du keine Erinnerungen hattest?«

Darren hebt die Augenbrauen auf ihren Kommentar. »Du weißt ganz genau, dass ich eine Erinnerung hatte. Du wusstest, dass ich gelogen habe.«

Crystal senkt daraufhin den Blick, wodurch ihre Wimpern Schatten unter ihre Augen werfen.

Es ist ein seltsam schöner Anblick und Darren wünschte, sie würde länger die Augen gesenkt halten. Doch nicht viel später schaut sie wieder zu ihm hoch. Obwohl sie nicht sehr nah neben ihm steht, spürt er die Hitze, die ihr Körper ausstrahlt. Eine Weile schauen sie sich nur an, dann senken beide den Blick, wobei er ihre Unaufmerksamkeit nutzt, um noch mal einen Blick auf sie zu werfen. Ihre Wangen sind gerötet und ihre Lippen sind leicht geöffnet. Darren kann seine Augen nicht von ihr abwenden; er spürt, wie Hitze in ihm aufsteigt und sein Herz schneller gegen seine Brust schlägt. Crystal hebt ihre Hand, um sich damit durch ihren Pferdeschwanz zu fahren. Als sie weiter spricht, lässt sie ihren Blick immer noch gesenkt.

»Und was soll ich mit dieser Erinnerung anfangen?«

Darrens Herzschlag ist jetzt wieder etwas langsamer, doch ihm ist immer noch warm.

»Die Erinnerung handelt von Cillian. Und das habe ich dem Imperator auch gesagt.« Jetzt schaut sie ihm wieder in die Augen, der Blauton in ihnen ist komplett verschwunden, was Darren beunruhigt.

»Du hast ihm von Cillian erzählt? Dass er in deiner Erinnerung war?« Ihre Stimme ist gedämpft, aber voller Entsetzen.

»Ich weiß, ich weiß, es war ein Fehler. Ich habe ihm am Ende auch gesagt, dass ich gelogen hätte. Dass es nicht Cillian sei und ich die Person nicht erkannt hätte.«

Crystal schüttelt den Kopf und presst die Lippen zusammen. »Du hättest Cillian gar nicht erwähnen dürfen. Wieso hast du das getan?«

»Das wollte ich auch nicht. Aber ich musste es, sonst hätte mich der Imperator nächstes Mal nicht mehr sprechen wollen. Er war enttäuscht, dass ich aus so einem unnötigen Grund zu ihm gekommen war; das nächste Mal hätte er mir meinen Grund zu einem Gespräch gar nicht erst abgekauft, verstehst du? Aber dann habe ich ein schlechtes Gewissen bekommen, weil ich Cillian wirklich gern habe, und habe dann versucht, die Situation noch zu retten.«

Crystal stöhnt laut auf. »Und hat er dir deine Lüge wenigstens abgenommen?«

Darren zuckt mit den Achseln. »Weiß ich nicht.« Vielleicht hätte er es ihr doch nicht erzählen sollen.

»Eigentlich hast du schon das Richtige getan. Ich meine, für dich. Du kannst nicht weiterkommen, wenn du alles für dich behältst. Nur weiß ich nicht, ob es für Cillian etwas Gutes bedeutet«, sagt sie.

Ihre Reaktion beruhigt Darren etwas. Er hat nicht ganz falsch gehandelt. Für ihn war es auch das Richtige. »Eben das macht mir

Sorgen. Ich wollte eigentlich mit Cillian darüber reden, aber ich wusste nicht, wie er reagieren würde. Am besten wäre es, du sagst Cillian, dass er zu Nathanael sagen soll, ich hätte die Person nicht erkannt, damit er wirklich aus dieser Sache rauskommt und ich auch nicht als Lügner dastehe.«

Crystal nickt daraufhin. Sie sieht jetzt etwas erleichtert aus, aber wie sie auf ihrer Lippe herumkaut, zeigt, dass sie doch noch ein wenig nervös ist. Darren streicht ihr kurz über den Arm. Nachdem er merkt, wie sich ihr Körper anspannt, lässt er seine Hand wieder sinken.

»Mach dir keine Sorgen um Cillian. Ich denke nicht, dass er in Gefahr schwebt«, versichert er ihr.

Schließlich meint sie, dass sie noch etwas erledigen müsse, und lässt Darren allein zurück.

Darren fühlt sich gut, nachdem er Crystal von seinen Sorgen erzählt hat. Auf der anderen Seite fühlt er sich wieder so … schwach. Schwach, dass er nicht selbst damit zurechtgekommen ist und sich an jemanden wenden musste. Eigentlich hätte er ihr nicht davon erzählen sollen und ebendiese Last tragen müssen, um auch stärker zu werden. Aber trägt er nicht genug Last? Er kann es sich auch erlauben, Hilfe zu suchen, oder nicht? Oder bringt es ihn mehr in Gefahr? Plötzlich bekommt er ein komisches Gefühl. Nein, er hat das Richtige getan. Das Gespräch hinterlässt eine Wärme in ihm, die ihn überrascht. Crystal wäre die letzte Person, die in ihm ein schönes Gefühl auslösen würde; sie ist eigentlich kalt und distanziert. Doch er kann nicht leugnen, dass ihre Nähe ihm guttut. Allerdings … sollte sie das nicht. Crystal ist charakterlich nicht sauber; das weiß er einfach.

Es vergehen fast drei Wochen, als er zum ersten Mal eine neue Aufgabe erteilt bekommt. Auf dem Weg zu seinem Zimmer bekommt er auf seinem digitalen Armband eine Nachricht von Anian.

Darren, bitte begib dich in einer Viertelstunde in den Raum Alaska. Dort wirst du eine neue Übung bekommen.

Was er wohl mit ihm vorhat? Eine neue Übung? Im Raum Alaska.

Was wurde noch mal in dem Raum praktiziert? Kein körperliches Training, da ist sich Darren sicher. Vielleicht mentale Übungen? Das ist möglich. Die Räume für mentales Training fingen beide mit A an, das weiß er noch. Alaska und … Arizona! Dann wird er endlich etwas Neues lernen, nicht immer nur Fechten und Boxen. Vielleicht wird ihm das helfen, an andere Dinge zu denken und sich ablenken zu lassen.

Nach der Viertelstunde, in der Darren schleunigst eine kurze, kalte Dusche nimmt, begibt er sich in den Raum Alaska. Der Raum ist etwas schwächer beleuchtet; es erinnert ihn an das Zimmer, wo er Pyvris zum ersten Mal begegnet ist. Mitten im Raum befindet sich ein viereckiger Tisch, worauf eine Nachttischlampe steht. Eine Person sitzt bereits dort. Obwohl sie kurze Haare hat, erkennt er an dem schmalen Rücken, dass es sich um ein Mädchen handelt. Das Mädchen dreht ihr Gesicht zu Darren und schenkt ihm ein schiefes Lächeln, sodass ein Grübchen an ihrer Wange zum Vorschein kommt. Darren setzt sich ihr mit einer Leichtigkeit gegenüber, die er seit seinem ersten Tag hier nicht gespürt hat.

»Hallo, Darren. Wie geht es dir?«, fragt sie mit einem Lächeln, das fast schüchtern wirkt.

»Gut, danke. Wie ist dein Name?«

»Ich heiße Noa und werde mit dir heute eine mentale Übung durchführen«, antwortet sie.

Ihre Stimme hat eine beruhigende Wirkung auf Darren, generell hat sie eine sehr angenehme Art. Es ist das erste Mal, dass er sie sieht, obwohl sie ihm hätte auffallen müssen. Durch die kurzen braunen Haare, die kurzen Fransen, die ihr über die Stirn fallen, die grünen mandelförmigen Augen hinter der großen Brille mit der transparenten Fassung hat sie auf jeden Fall ein hervorstechendes Auftreten – trotz ihrer Schüchternheit.

Sie durchsucht ein paar Blätter vor sich und spitzt dabei die Lippen. »Also, das ist ein Test, bei dem es auch auf Zeit ankommt. Natürlich sollten deine Ergebnisse größtenteils korrekt sein, aber du bekommst quasi Extrapunkte, wenn du schnell bist«, erklärt sie. Darren nickt. Er ist schon gespannt, worum es sich bei dem Test handelt. Sie händigt ihm sechs Blätter aus und stellt eine Stoppuhr neben ihn, sodass er einen Blick darauf hat, wie viel Zeit er bereits gebraucht hat.

»Gut, willst du anfangen?«, fragt sie. Darren nickt entschlossen und dreht das erste Blatt um.

Bei der ersten Aufgabe sind mehrere Wörter aufgelistet, und man muss das Wort durchstreichen, das nicht zur Wortgruppe passt. Darren benötigt für die Aufgabe nicht lange. Es sind nicht einmal zwei Minuten vergangen, als er die erste Aufgabe schon fertig hat.

Bei der nächsten Aufgabe sind mehrere Bilder abgebildet und die Aufgabe besteht darin, ein Wort zu finden, das die Gemeinsamkeit zwischen den Bildern kennzeichnet. Schließlich löst er alle, obwohl er bei einer Bildergruppe etwas länger Zeit braucht.

Die nächste Aufgabe erfordert logisches Denken. Es ist ein Matrizen-Test: eine unvollständige Reihe. Und es gibt fünf Antwortmöglichkeiten, wovon eine die Reihe vollendet. Für die Aufgabe braucht Darren etwas länger Zeit als bei den anderen zweien. Trotzdem benötigt er nicht zu lange, sodass er die ersten drei Aufgaben in knapp zehn Minuten gelöst hat.

Bei der nächsten Aufgabe handelt es sich um ein Puzzle, das man aus drei auszuwählenden Puzzleteilen rekonstruieren soll. Erst als Darren ungefähr bei der Hälfte angekommen ist, fällt ihm auf, dass der Test wie ein IQ-Test aufgebaut ist.

Die Aufgaben … Sie sind klassische Übungen, die den Intelligenzquotienten messen. Doch wieso führen sie einen IQ-Test mit ihm durch? Was hat das für einen Sinn? Wofür brauchen sie es überhaupt? Darren wird später darüber nachdenken müssen, jetzt muss er sich auf die Aufgabe konzentrieren.

Als er auch diesen Teil beendet hat, springt er direkt zum vorletzten Blatt.

»Für diese Aufgabe hast du genau neunzig Sekunden Zeit. Wenn die Zeit vorbei ist, wird der Test abgebrochen«, sagt Noa.

»Alles klar.« Neunzig Sekunden, also. Bei der Aufgabe muss man einfache Ziffern mit abstrakten Symbolen verbinden. Der Zahl eins zum Beispiel muss Darren einen Kreis zuordnen. Der Zahl Zwei muss er einen Pfeil zuordnen. Insgesamt geht die Zahlenreihe bis zur Zahl Neun. Darren hat fast alle Symbole zugeordnet, als die Zeit vorbei ist.

»Die Zeit ist um. Du kannst jetzt mit der letzten Aufgabe weitermachen«, sagt Noa. Die letzte Aufgabe beinhaltet Zahlen und Buchstaben, wobei man die Zahlen in aufsteigender und die Buchstaben in alphabetischer Reihenfolge auflisten soll. Als Darren auch diese Aufgabe beendet hat, sind insgesamt fast zwanzig Minuten vergangen.

»Am Ende führe ich noch eine letzte Aufgabe mit dir durch«, meint Noa, während sie die Stoppuhr anhält.

»Ich werde eine Zahlenreihe aufsagen, die du aufschreiben sollst, und ich werde immer eine Zahl hinzufügen. Du musst die Zahlenreihe so genau wie möglich abrufen und aufschreiben, alles klar? Also erst sage ich zum Beispiel sieben, die Zahl schreibst du dir auf. Dann füge ich eine Zahl hinzu, also sieben, fünf, und es kommt pro Runde immer eine weitere Zahl on top«, erklärt sie.

Am Ende liest Noa die Zahlenreihen noch mal vor, sodass Darren überprüfen kann, wie viele Zahlenreihen er komplett richtig hat. Von acht Zahlenreihen hat er sieben komplett richtig, und die letzte hat er bis zur Hälfte geschafft.

Noa nickt respektvoll mit dem Kopf und schreibt sich die Ergebnisse auf ein Blatt. »Gut, wir sind fertig. Du kannst jetzt gehen«, sagt sie ihm, doch Darren ist noch nicht ganz zufrieden mit der unaufgeklärten Situation.

»Für was genau sollte dieser Test jetzt sein?«, fragt er nach. Noa schaut ihn mit einem unsicheren Blick an. »Das weiß ich selbst nicht wirklich. Mein Auftrag ist nur, den Test mit dir durchzuführen. Wofür er am Ende genutzt wird, ist mir nicht bekannt«, sagt sie und steht dann auf, ein Zeichen, dass sie keine weiteren Fragen beantworten wird.

»Wie lange bist du schon hier?«, fragt Darren weiter nach. Es ist ihm egal, dass sie nicht bereit ist, weitere Fragen zu beantworten. Noa atmet tief ein und wieder aus, die Situation überfordert sie sichtlich.

»Seit fast eineinhalb Jahren. Wieso?« Darren zuckt mit den Achseln. Warum soll er Antworten auf ihre Fragen geben, wenn sie nur ungern selbst einfache und gerechtfertigte Fragen von ihm beantwortet?

»Und hast du davor nie so einen Test gemacht?«, hakt er nach. Noa schaut auf den Boden, als würde dort die Antwort stehen. »Hör zu, ich verstehe, dass du viele Fragen hast und das ist auch gerechtfertigt, aber … Wir haben alle keine Antworten auf unsere Fragen bekommen. Und irgendwann haben wir einfach aufgehört, Fragen zu stellen, und das musst du auch langsam lernen. Du bist neugierig, doch das wird dich hier nicht weiterbringen. Du musst einfach akzeptieren, dass unsere Fragen nicht alle beantwortet werden. Und frage mich bitte nichts mehr, denn, wie schon gesagt, ich weiß nicht viel mehr als du.«

»Dass du viel mehr als ich weißt, habe ich nie behauptet. Nur dass du mehr weißt als ich, und das hast du bis jetzt auch nicht geleugnet. Es ist eine einfache Frage und ich bin mir sicher, dass du auch die Antwort dazu kennst.« Darren schaut ihr fest in die Augen, und er meint, so etwas wie Mitgefühl darin zu erkennen.

»Du hast recht, aber ich weiß einfach noch nicht, wie weit ich dich aufklären kann. Du bist hier neu, und wir haben überhaupt keine Informationen oder Daten von dir. Das erschwert es uns umso mehr, dich zu beurteilen und dir voll zu vertrauen. Es ist ein Risiko für uns. Und ich weiß, dass ich mich nicht in ein gutes Licht rücken werde, wenn ich dir alles erkläre und all deine Fragen beantworte. Es ist auch riskant für mich, verstehst du«, entgegnet sie und lässt dabei den Augenkontakt keine Sekunde abbrechen.

Darren kann ihre Hemmung schon nachvollziehen, trotzdem macht es ihn wütend. Nicht sie direkt, aber ihre Einstellung und ihr Misstrauen ihm gegenüber. Er muss den Blick senken, um nicht komplett die Kontrolle zu verlieren.

Noa setzt sich wieder auf ihren Platz und beugt ihren Kopf, damit sie ihm in die Augen sehen kann, doch Darren lässt den Blick gesenkt.

»Ich meine, Darren, nimm das jetzt nicht persönlich, aber so viel wir wissen, könntest du alles Mögliche sein. Ein Flüchtling, ein Bandit, ja vielleicht sogar ein Mörder. Du hast schließlich keine Erinnerungen; du kannst uns nicht vom Gegenteil überzeugen. Und jemand steckt definitiv hinter dem hier. Nur jemand, der etwas gegen dich hat, hat dir das angetan. Entweder ist es verdient oder nicht, aber für uns ist eines klar: Mit deiner Aufnahme haben wir einen Feind in unserem Rücken. Ein Feind, der jetzt auch hinter uns her ist. Sei es der Übeltäter, der dir das angetan hat, oder vielleicht sogar du selbst. Wir wissen es nicht, und deshalb müssen wir vorsichtig sein mit den Informationen, die wir dir geben.«

Darren ballt seine Hände zu Fäusten und lässt seinen Blick immer noch auf dem Tisch ruhen. Sie vertrauen ihm also nicht. Keiner vertraut ihm. Das wusste er bereits, aber es ist trotzdem ein Schock für ihn. Was soll er bloß tun? An wen soll er sich jetzt noch wenden? Wenn ihm doch keiner vertraut.

»Wieso sperrt ihr mich dann nicht ein? Wieso tut ihr so, als wäre ich einer von euch?«, fragt Darren und schaut sie jetzt wieder an.

Noa antwortet eine lange Zeit nicht; anscheinend findet sie keine plausible Erklärung für seine Frage.

»Du hast uns bisher doch gar nichts getan. Du hast dich ganz normal verhalten. Wir würden hier keinen einsperren. Und schon gar nicht ohne Grund«, meint sie schließlich.

»Bist du dir da ganz sicher?«, erwidert Darren. Er ist sich nicht sicher, ob er seine Frage ernst meint oder ob er sie nicht einfach provozieren will. Noa scheint langsam die Geduld zu verlieren, denn sie steht wieder abrupt auf und schaut ihn mit hochgezogenen Augenbrauen an.

»Natürlich würden wir hier niemanden so mir nichts, dir nichts einsperren. Du hast doch auch gar keine Beweise dafür, oder hast du irgendwelche Gefangenen gesehen?«

»Nein, aber nur weil ich keine gesehen habe, beweist es nicht automatisch, dass es keine gibt. Ich habe schließlich keinen Gegenbeweis, der meine Theorie widerlegen würde.« Eine Weile sind beide still und schauen sich nur an.

»Darren, hör zu, ich …«, setzt Noa an, doch Darren unterbricht

sie, indem er mit den Händen fest auf den Tisch schlägt, ruckartig aufsteht und sich über den Tisch zu ihr beugt, sodass Noa
zusammenzuckt.

»Vertraust du den Menschen hier, Noa? Was weißt du überhaupt
über sie? Oder über diesen Ort? Diese Menschen haben alle Daten
von dir, während du immer noch mit leeren Händen dastehst und
sie trotz all dem auch noch verteidigst. Was haben sie dir gegeben,
dass du so hinter ihnen stehst? Dass du ihnen so blind vertraust?
Haben sie dir nicht deine Zukunft geraubt? Verstehst du denn nicht?
Du bist eine Gefangene! *Du! Bist! Hier! Eingesperrt!*«, schreit Darren
voller Wut, und direkt danach fliegt dir Tür auf.

»Was ist hier los?«, fragt Anian und schaut dabei hauptsächlich
Darren an. Seine Stimme ist kontrolliert, doch Darren überhört den
unterschwelligen Zorn nicht und übersieht auch nicht, wie Anian
den Kiefer anspannt.

Ohne zu antworten, verlässt Noa den Raum.

XIII

»Was ist hier los?«, wiederholt Anian.

Darren erwidert seinen Blick mit einer Kühle und Ruhe, die er von sich selbst nicht kennt. »Gar nichts«, antwortet er gelassen.

»Gar nichts? Ich habe Schreie von draußen gehört.«

Darren zuckt mit den Schultern. »Dann müssen die Schreie wohl ihren Ursprung irgendwo anders haben.«

Anians Nasenlöcher fangen an zu beben, und seine Augen strahlen eine ungemeine Rage aus, die kurz vor dem Ausbruch zu stehen scheint.

»Die Schreie kamen aus *diesem* Raum. Wenn du mir jetzt nicht sofort erklärst, was hier los war, dann …«

»Dann *was*? Bringst du mich zu Nathanael, damit er die Antworten irgendwie aus mir herausmanipulieren kann? Oder sperrst du mich ein? Eins weiß ich: Umbringen kannst du mich nicht, denn sonst kann ich ja deine Fragen nicht mehr beantworten.«

Darren weiß nicht, woher er plötzlich diesen Mut hat, so mit dem Boten von Nathanael zu sprechen, der ihm davon ohne Frage berichten wird. Doch er hat so eine beruhigende Gleichgültigkeit, Passivität und Abgestumpftheit in sich, dass er auf nichts mehr Wert legt. Nicht mal auf sein Leben. Sollen sie mit ihm doch machen, was sie wollen. Er hat nichts zu verlieren. Wenn sie ihn dafür umbringen, was er nicht glaubt, dann stirbt er eben. Das Leben hat sowieso keinen Sinn für ihn. Er weiß nichts über sich selbst, über diesen Ort … Und es scheint, als würde es auch dabei bleiben. Auch wenn sie plötzlich anfangen, ihm all seine Fragen zu beantworten, er wird niemals wissen, ob sie ihm auch wirklich die Wahrheit sagen oder ihm nicht Lügen über Lügen auftischen. Dann kann er es sich auch erlauben, ihnen direkt zu sagen, was er von all dem denkt.

»Achte auf deinen Ton«, entgegnet Anian. »Du darfst nicht so mit mir reden.«

Darren schnaubt daraufhin. »Wieso? Sie respektieren mich doch auch nicht.«

Anian ignoriert diesen Kommentar und geht wieder zum eigentlichen Thema über.

»Hör zu, Darren. Dein Leben liegt in unserer Hand, und auf dein Leben solltest du mehr Wert legen, indem du uns Respekt erweist.« Anian hat sich jetzt wieder unter Kontrolle, sein Blick hat an Penetranz verloren, trotzdem ist er hartnäckig.

»Sehr paradox, dass Sie mich darauf hinweisen, mehr Wert auf mein Leben zu legen, wenn Ihnen mein Leben doch vollkommen egal ist«, kontert Darren und spürt wieder Wut in sich aufsteigen, doch es ist keine feurige, emotionale Wut, die darauf bedacht ist, alles und jeden um ihn herum zu zerstören. Nein, es ist kalte Wut, beißend kalt, kontrolliert und darauf aus, den Gegner mit Kalkül und Analyse genau an den Schwachpunkten zu treffen.

»Dein Leben ist uns nicht egal. Ich weiß nicht, woraus du dies geschlossen hast. Aber anscheinend kannst du dein Umfeld noch nicht analysieren, ohne deine Emotionen und Empfindungen dabei aus dem Spiel zu lassen. Du solltest lernen, alles etwas objektiver zu betrachten. Ich bringe dich jetzt zum Imperator«, sagt er schlussendlich und hält die Tür offen. Anian schaut ihn abwartend an.

Darren steht weiterhin da und schaut ihm in die Augen.

»Darren, ich bitte dich jetzt, mit mir zu kommen«, wiederholt er.

Was wird er wohl mit ihm machen, wenn er sich einfach weigert? Wird er ihn am Arm packen und ihn gegen seinen Willen zu Nathanael bringen? Er könnte es testen. Er könnte testen, wie weit er gehen würde, um seinen Willen zu beugen. Aber er hätte immer noch die Chance, mehr zu erfahren. Wenn er bei Nathanael ist, hätte er die Möglichkeit, wieder Fragen zu stellen. Aber was würde es ihm bringen?

Er kommt nicht weiter. Er kommt einfach nicht weiter. Er bleibt auf der gleichen Stelle stehen. Und egal, was er tut und sagt, er wird auf dieser Stelle bleiben. Es ist, als wäre er in einem Labyrinth. Und seine Füße sind mit dem Boden verschmolzen, sodass er gar nicht erst versuchen kann, den Weg aus dem Labyrinth zu suchen. Ihm wurde die Möglichkeit genommen.

Er spürt, wie die Zeit davonrennt, dass er bald ein Gefangener dieses Labyrinths sein wird, doch er kann nicht raus, ihm wurden alle Möglichkeiten genommen. Es ist eine ausweglose Situation, und er muss zusehen, wie die Chancen der Freiheit immer mehr abnehmen – und er kann nichts dagegen tun. Er ist machtlos.

Plötzlich schießt Darren eine Idee in den Kopf. Sie besteht in einem Plan, der ihn nicht nur aus dieser Situation retten, sondern ihm gleichzeitig einige Fragen beantworten könnte. Er muss es nur wagen.

»Darren? Kommst du jetzt bitte?«

Er verweilt auf der Stelle.

»Darren? Ich werde andere Maßnahmen ergreifen müssen, wenn du nicht jetzt sofort kommst.«

»Ich kann nicht … ich fühle mich nicht wohl. Kann ich bitte zu Doktor Martin? Mir geht es gerade wirklich … schlecht«, lügt er und lehnt sich an den Tisch.

Als Anian nicht antwortet, setzt sich Darren auf den Stuhl, um seine Aussage zu unterstützen. Anian scheint die Situation sichtlich an seine Grenzen zu treiben, denn er fasst sich an die Stirn und schaut Darren irritiert an.

»Gut, dann bringe ich dich zum Arzt, wenn es nicht anders geht«, sagt er schließlich. Darren steht auf und folgt ihm die bekannte Treppe hinunter. Anian überlässt ihn dem Arzt, der sich gerade an einem Reagenzglas mit einer hellblauen Flüssigkeit zu schaffen macht. Als er Darren sieht, steckt er das Reagenzglas sofort in eine Schublade und schaut Darren abwartend mit einem etwas affektierten Lächeln an.

»Na, Darren? Was ist los? Hast du etwas Falsches gegessen?«, fragt er in seinem üblichen schnellen Tempo. Darren beäugt ihn skeptisch und versucht, nicht auf seine Hand hinter dem Schreibtisch zu blicken, die ganz klar die Schublade, in der das Reagenzglas steckt, hält.

»Mir … geht es nicht so gut. Ich weiß nicht wirklich, woran es liegt«, antwortet er langsam, um seiner Schwäche Ausdruck zu verleihen.

»Gut, dann leg dich doch auf die Liege und ich messe deinen Blutdruck.«

Darren tut, was er sagt. Es stellt sich heraus, dass sein Blutdruck etwas erhöht ist. Dann misst er auch seinen Puls, der jedoch in Ordnung ist.

»Alles gut. Vielleicht kommt es noch von der Aufregung vor dem Test«, sagt er.

»Woher wissen Sie, dass ich eben einen Test hatte?«, fragt Darren nach.

Doktor Martin blinzelt kurz hinter seiner runden schwarzen Brille, bevor er antwortet.

»Na, ich kriege doch auch mit, was hier so passiert, vor allem bei Neuankömmlingen. Nur weil ich hier unten meine Zeit verbringe, heißt es noch lange nicht, dass ich ganz isoliert bin und nichts mitbekomme.«

Sein ursprüngliches Ziel, Doktor Martins Zimmer nach Unterlagen von ihm selbst zu durchsuchen, schiebt er zur Seite. Denn Darrens Gedanken sind noch bei dem Reagenzglas. Aus irgendeinem Grund hat er den Drang herauszufinden, worum es sich bei dieser Substanz handelt. Doch wie kann er an das Reagenzglas drankommen? Doktor Martin wird es ihm sicher nicht ohne Weiteres aushändigen.

»Haben Sie hier vielleicht eine Toilette?«, fragt Darren.

Doktor Martin nickt ihm zu und zeigt ihm die Tür neben der Liege. Darren bedankt sich und schließt die Tür zu. Er setzt sich auf den Toilettendeckel und stützt seinen Kopf in die Hände. Er muss wissen, was es mit dieser Substanz auf sich hat. Sie ist etwas Geheimes, sonst hätte Doktor Martin sie nicht so hastig versteckt. Er kommt nur an das Reagenzglas ran, wenn er Doktor Martin aus dem Zimmer lockt. Doch wie? Der Mann ist so hartnäckig und misstrauisch, der wird ihn niemals allein im Zimmer lassen. Wenn er ihn nicht rausbekommt, muss er ihn hier irgendwie loswerden. Er könnte ihn einsperren! Im Badezimmer, hier im Klo! Wo er sich gerade befindet. Dann muss er ihn irgendwie herlocken. Und er weiß auch schon, wie.

Darren schreit laut auf, dass er schon direkt Doktor Martins Reaktion hört.

»Darren, alles okay? Was ist passiert?«, fragt er. Darren stöhnt noch mal laut auf.

»Hab … einen Krampf … kann mich nicht bewegen.«

Doktor Martin klopft jetzt an der Tür. »Darren, öffne bitte die Tür, damit ich dir helfen kann. Hallo?« Seine Stimme klingt hektisch.

Darren steht auf und legt seine Hand auf die Klinke. Wenn er sie hinunterdrückt, wird er hinter der Tür stehen. Dann muss er direkt die Tür schließen und einen Stuhl nehmen. Er muss es jetzt tun. Also drückt er die Klinke runter und Doktor Martin kommt hektisch ins Zimmer, seinen Rücken zu ihm gedreht. Darren geht blitzartig aus dem Zimmer, schließt die Tür und hält sie mit beiden Händen fest.

»Darren! Was soll das? Mach sofort die Tür auf!«, ruft Doktor Martin und drückt ständig auf die Klinke, doch Darren ist stärker und hält die Tür zu. Mit dem Fuß schiebt er den Stuhl zu sich und unter die Klinke, sodass Doktor Martin jetzt auf keinen Fall mehr rauskann. Ohne zu zögern, öffnet Darren die Schublade und nimmt das Reagenzglas mit der blauen Flüssigkeit. Jetzt muss er nur noch herausfinden, worum es sich bei der Flüssigkeit handelt.

Doktor Martin ruft aus dem Zimmer, doch Darren blendet das komplett aus. Er nimmt den Rollwagen mit den zahlreichen kleinen Schubladen, die mit dem Buchstaben *S* und einer Zahl beschriftet sind. Er zieht die einzelnen Schubladen raus, in denen sich immer eine Substanz in mehreren Reagenzgläsern befindet. Nachdem er die Hälfte durchgesehen hat, findet er endlich eine blaue Substanz. Er nimmt ein Reagenzglas heraus und vergleicht sie mit dem aus der Schublade. Genau der gleiche Farbton! Die Schublade ist mit *S18* beschriftet. Darren geht sofort zur Vitrine, wo er schon vorher ein Heft mit der Aufschrift *S23* erblickt hatte. Dann muss sich auch *S18* dort befinden. Er geht gefühlt alles durch – Bücher, Zeichnungen – und entdeckt dann ganz oben in der Ecke ein Heft mit der Aufschrift *S18*. Schnell schlägt er das Heft auf und das Erste, was er liest, ist *Veritas Serum*. Daneben steht in Klammern *Wahrheitssubstanz*. Mehr braucht er eigentlich nicht zu wissen. Was diese Substanz bewirkt, ist eindeutig. Er legt das Heft dorthin zurück, wo es war. Auch das Reagenzglas legt er wieder in die Schublade, und direkt in dem Moment, betritt Anian das Zimmer.

»Was tust du hier? Wo ist Doktor Martin?«, fragt er.

Stand er etwa die ganze Zeit vor dem Raum?

»Ich … ich hatte eine Aufgabe«, sagt Darren mit sicherer Stimme, obwohl er innerlich unglaublich nervös ist.

»Was denn für eine Aufgabe? Doktor Martin einzusperren?«, fragt er ironisch.

»Nein. Ich musste jemanden austricksen. Als Teil der kognitiven Prüfung. Sie wissen doch, ich hatte eben einen Test …«

»Schluss mit den Lügen! Ich nehme an, Doktor Martin ist hinter dieser Tür?«

Darren nickt zugegeben etwas verlegen. Er nimmt den Stuhl weg, und Doktor Martin macht sofort die Tür auf.

Sein Gesicht ist knallrot vor Wut. »Wie kannst du es wagen, mich in meinem eigenen Zimmer einzusperren? Das ist doch unmöglich. Dieser Junge gehört selbst eingesperrt!« Den letzten Satz sagt er eher zu Anian.

»Ich kümmere mich um ihn. Du kommst jetzt mit mir. Mal schauen, ob deine Geschichte auch der Wahrheit entspricht.« Warum verwendest du dafür nicht direkt das Wahrheitsserum?, hätte Darren ihm gern ins Gesicht geschrien.

Anian zerrt ihn aus dem Zimmer und steigt die Treppe hoch. Ohne an der Tür der Elite zu klopfen, betritt er das Zimmer. Dort sind nur Noa, Crystal und Pyvris, obwohl es insgesamt sechs Betten gibt.

Darren fragt sich, wer noch alles in diesem Zimmer schläft. Cillian wahrscheinlich, wenn Crystal auch hier schläft. Jetzt sieht auch Crystal ihn kurz an und dann wieder weg.

»Noa, du hast doch eben mit Darren den kognitiven Test durchgeführt«, sagt Anian. Verdammt! Jetzt wird seine Lüge definitiv aufgedeckt werden.

Noa ist sehr verwirrt von der ganzen Lage und schaut von Anian zu Darren und wieder zurück. Dann richtet sie ihre Brille und nickt etwas sicherer.

»Hast du ihm eine spezielle Aufgabe gegeben?«, fragt er.

Noa ist jetzt komplett durcheinander und schüttelt schließlich etwas zögernd den Kopf. Es war klar gewesen, dass sie die Wahrheit sagt. Wieso soll sie auch lügen?

»Was genau meinen Sie denn mit einer *speziellen Aufgabe*?«, fragt sie.

»Darren meinte, du hättest ihn beauftragt, jemanden auszutricksen, als Teil der kognitiven Prüfung. Stimmt das?«

»Ich habe nicht gesagt, dass Noa mich dazu beauftragt hat …«, fängt Darren an, wird jedoch unterbrochen.

»Du hast gesagt, du wurdest beauftragt … als Teil des kognitiven Tests. Wer hätte es anders sein können?«

Bevor Darren antworten kann, sagt Crystal plötzlich: »Ich war es. Ich habe ihn beauftragt.«

Darren schaut sie schockiert an. Doch Crystal blickt nur zu Anian.

»Ach ja? Und wieso?«, fragt er.

Crystals Antwort kommt, ohne ein Zögern: »Weil ich sein Vertrauen an unserem System testen wollte. Er hat in letzter Zeit vieles hinterfragt. Wieso wir dies oder das tun. Und ich wollte ihm eine Aufgabe geben, die überhaupt keinen Sinn macht, und damit sein Vertrauen an unserer Kompetenz testen. Wenn er die Aufgabe tatsächlich durchführt, dann vertraut er uns. Wenn nicht, dann tut er es nicht, und meine Vermutung hätte sich bestätigt.«

Darren kann seinen Ohren nicht trauen. Sie hat gerade irgendeine Geschichte erfunden, die sich aber trotzdem plausibel anhört. Und nicht nur das, sie hat ihn damit beschützt, aus welchem Grund auch immer.

Anian hebt die Augenbrauen und bricht den Augenkontakt nicht ab.

»Und wer hat dir den Auftrag gegeben, solch eine Aufgabe mit ihm durchzuführen?«, hakt er nach.

»Niemand. Es war meine eigene Idee, weil ich einfach sein Vertrauen testen wollte, wie ich bereits gesagt habe.«

»Er hat nicht irgendjemanden eingesperrt. Er hat Doktor Martin eingesperrt«, erwidert Anian.

»Damit habe ich jetzt nicht gerechnet. Ich habe ihm nicht gesagt, wen er austricksen soll, denn ich bin davon ausgegangen, dass er weiß, dass es einer von den Schülern sein soll. Das ist dann wohl seiner eigenen Dummheit zuzurechnen.«

Dass Crystal ihn als dumm bezeichnet, stört ihn zwar, doch vermutlich hat sie das nur gesagt, damit es überzeugender ist.

»Wer hat dir die Befugnis gegeben, solche Spielchen durchzuführen?«, schreit Anian.

Darren hat das Gefühl, dass er jetzt eingreifen sollte, bevor es eskaliert und Crystal als Schuldige dasteht.

»Hören Sie, Crystal hat es nur gut gemeint. Sie hat sich einfach nicht sicher gefühlt, seit ich hier bin. Und deshalb wollte sie mich wahrscheinlich einfach prüfen.« Anian schaut jetzt zu Darren und nicht lange danach wieder zu Crystal. Er scheint nicht überzeugt von seiner Erklärung zu sein.

»Alles klar. Nächstes Mal wirst du nicht von allein irgendjemandem Aufträge erteilen, verstanden? Und du, Darren, wirst dich hier gegen niemanden wenden.«

Darren und Crystal nicken beide, und damit verlässt Anian den Raum. Darren atmet tief aus; er war noch nie so erleichtert. Er schaut Crystal an, die sich auf ihr Bett gesetzt hat.

»Wieso hast du das getan?«, fragt er sie.

»Ich glaube, ich sollte eher dich fragen, warum du das getan hast?«, entgegnet sie.

»Was habe ich denn getan?«

»Doktor Martin eingesperrt?!«

Ach, das meint sie. Das ist wohl auch eine berechtigte Frage. Darren weiß nicht, ob er ihr die Wahrheit sagen soll. Sie hat eigentlich bewiesen, dass sie sein Vertrauen verdient hat, da sie für ihn gelogen hat, obwohl sie nicht mal hätte etwas sagen müssen. Sie hat die Wahrheit verdient. Doch er wird es nicht vor den anderen sagen.

»Du kannst doch in mein Zimmer kommen. Da erzähle ich dir alles«, schlägt er vor.

»Was soll das denn jetzt?«, giftet ihn Pyvris an.

Es ist das erste Mal, dass er mit ihm redet. Seine Stimme ist tief und rau, was Darren auch erwartet hat. Zumindest war ihm klar, dass er keine Piepsstimme haben würde.

»Was meinst du?«, fragt Darren irritiert.

Pyvris verschränkt die Arme vor seiner Brust und hebt den Kopf. »Wieso du einen auf geheimnistuerisch machst? Du kommst hier rein, bringst all den Ärger, und dann erklärst du uns nicht einmal, worum es hier geht?«

»Soweit ich mich erinnern kann, war Crystal die Einzige, die für mich eingesprungen ist, ohne dass ich sie danach fragen musste. Und was habt ihr gemacht? Gar nichts. Ihr hättet mich beide vermutlich sogar ausgeliefert, wenn ihr den Mut dazu hättet. Also wieso sollte ich euch dann aufklären?«

Pyvris spannt den Kiefer an und meint mit eiskalter Stimme: »Wieso hätten wir denn für dich einspringen sollen? Womit hast du es verdient?«

Darren ist trotz der angespannten Umstände ruhig und kontrolliert. Soll er ihn doch angreifen, das ist ihm im Moment egal.

»Ich habe eine Verteidigung nicht verdient, genauso wenig wie ihr die Wahrheit verdient habt.« Darren schaut dabei die ganze Zeit nur Pyvris an, obwohl er auch Noa einbezieht. Doch er weiß, dass er sie ungerecht behandelt. Sie hätte für ihn nicht lügen müssen, und das hat sie auch nicht getan. Eigentlich hat sie sogar eine Entschuldigung verdient für seinen Ausraster.

Als Pyvris etwas entgegnen will, legt Noa behutsam die Hand auf seine Brust und sagt seinen Namen in einem besänftigenden Ton. Er schaut zu ihr runter, Kiefer immer noch angespannt. Zu Darrens Überraschung lässt er dann nach.

Darren wendet sich wieder an Crystal. »Also, Crystal?«

Sie wirft noch kurz einen entschuldigenden Blick auf Pyvris und steht dann auf.

Als sie in seinem Zimmer sind, treffen sie auch Gemma und

Luke. Beide schauen ihn verwirrt an, womöglich, weil Crystal an seiner Seite ist.

»Crystal ist gekommen, weil ich ihr etwas erzählen muss – und euch auch«, erklärt er, bevor sie anfangen, irgendwelche unnötigen Fragen zu stellen, die nur Zeit kosten.

Sie setzen sich auf sein Bett, und alle drei schauen Darren mit erwartungsvollem Blick an.

»Ich war eben bei Doktor Martin, weil es mir schlecht ging. Und als ich reinkam, habe ich gesehen, wie er ein Reagenzglas mit einer blauen Flüssigkeit schnell in eine Schublade gesteckt hat. Er sah irgendwie nervös aus, deshalb habe ich vermutet, dass das Reagenzglas etwas Gefährliches oder Geheimes beinhaltet. Nachdem er mich dann untersucht hat, habe ich gesagt, dass ich auf die Toilette muss, und habe dort den Plan gefasst, ihn im Bad einzusperren, damit ich an das Reagenzglas komme. So hätte er es mir nicht einfach gegeben. Auf jeden Fall handelt es sich bei der Flüssigkeit um einen Wahrheitstrank.«

Luke und Gemma schauen ihn mit großen Augen an, während Crystal nachdenklich auf den Boden blickt.

»Wahrheitstrank? Wofür braucht er denn einen Wahrheitstrank?«, fragt Gemma entsetzt.

Darren zuckt mit den Schultern. Eine Weile sagt keiner etwas, bis Crystal sich räuspert.

»Hast du mir nicht letztens von deinem Gespräch mit dem Imperator erzählt?«, fragt sie und schaut ihn das erste Mal an, seit sie im Raum ist.

»Ja, aber was hat das denn damit zu tun?«

»Na ja, du hast ihm von Cillian erzählt, also von deiner Erinnerung, und falls sie ihn dazu befragen wollen …«

Luke und Gemma tauschen einen Blick aus.

»Warte mal, jetzt blicke ich gar nicht mehr durch. Ich dachte, die Erinnerung sei nicht echt«, sagt Luke.

»Doch. Die Erinnerung ist echt. Und ich habe dem Imperator davon erzählt. Ich will auch gar nicht länger darauf eingehen.«

»Und wie steht das jetzt genau mit dem Reagenzglas in

Zusammenhang?«, fragt Gemma und schaut ungeduldig von Darren zu Crystal.

»Ich vermute, dass sie das Serum vielleicht nutzen wollen, um von Cillian die Wahrheit zu erfahren, ob er nun mit Darren in Verbindung steht«, erklärt Crystal.

Das macht auf jeden Fall Sinn, trotzdem wäre er vielleicht sogar nach langem Überlegen immer noch nicht auf diese Idee gekommen.

»Also allein schon die Tatsache, dass sie einen Wahrheitstrank herstellen, ist etwas … eigenartig. Ich meine, wofür brauchen sie so was?«, bemerkt Gemma.

»Allerdings«, stimmt auch Luke ein. »Obwohl, wir wissen doch gar nicht, ob sie ihn überhaupt an uns ausprobieren.«

Darren, Gemma und Crystal schauen ihn mit hochgezogenen Augenbrauen an. Luke hebt defensiv die Hände. »Ich meine ja nur.«

»Und was machen wir jetzt?«, fragt Gemma nach ein paar Minuten, in denen niemand etwas äußert.

Crystal denkt intensiv nach, ihre Augenbrauen sind zusammengezogen, ihre Augen ruhen auf ihrer Digitaluhr. Darren betrachtet ihre schmalen langen Finger, wie sie über ihr Knie streichen.

»Ich schätze, da gibt es nicht viel, was wir machen können. Wir können schlecht zu ihnen gehen und den Trank verlangen oder sie danach fragen«, meint Crystal.

Sie nicken ihr alle zu. Sie hat recht. Sie können nicht viel machen.

Darren fällt plötzlich etwas Bedeutendes ein, an das er zuvor gar nicht gedacht hat. »Bei den Nebenwirkungen stand Halluzinationen und Erinnerungsverlust. So werden wir nicht erfahren, ob sie den Wahrheitstrank Cillian tatsächlich gegeben haben, weil er es vergessen wird.«

»Dann müssen wir …«, fängt Crystal an, ihr Blick ruht immer noch auf ihrer Armbanduhr.

»Was ist los?«, fragt Darren.

»Gibst du mir mal bitte ein Blatt?«, fragt sie.

Darren schaut sie fragend an.

»Ich muss es euch zeichnend erklären«, sagt sie auf seine stumme

Frage. Dann muss sie wohl einen genialen Plan haben, wenn sie ihn zeichnen muss.

Luke holt ein Blatt und einen Stift aus einer Schublade und gibt ihr beides. Doch anstatt etwas zu zeichnen, schreibt Crystal: *Sagt jetzt kein Wort, und lest nur, was ich schreibe, okay?*

Darren, Luke und Gemma schauen sich mit verwirrten Blicken an, nicken dann jedoch.

Crystal schreibt weiter: *Ich will jetzt nicht laut sagen, was ich denke, denn ich habe eben einen Anflug von Misstrauen bekommen. Wahrscheinlich stimmt das, was ich vermute, auch nicht, aber sicher ist sicher.*

Darren schaut sie abwartend an, Crystal erwidert seinen Blick. Ihre Augen haben wieder ihren Blauton verloren, sind jetzt stahlgrau und blicken ihn mit einer Intensität und Ernsthaftigkeit an, dass Darren wie hypnotisiert ist. Dann wendet sie ihre Augen wieder auf das Blatt, um weiterzuschreiben.

Seht ihr diese Löcher an den Armbändern? Mir ist eben etwas in den Sinn gekommen. Vielleicht haben diese Uhren noch eine weitere Funktion. Vielleicht können sie unsere Gespräche aufnehmen.

Alle drei schauen vom Blatt auf und schenken Crystal einen bestürzten Blick.

Gemma schüttelt hastig den Kopf. Sie nimmt den Stift aus Crystals Hand und schreibt, dass sie das nicht glaubt.

Wieso denn nicht? Wenn sie schon einen Wahrheitstrank herstellen, dann ist das doch nicht unwahrscheinlich, schreibt Crystal.

Darren weiß nicht, wem er glauben soll. Würde es nicht zu weit gehen, wenn sie all ihre Gespräche aufzeichnen? Welchen Sinn würde das erfüllen? Sie sollen hier doch nur trainiert werden. Doch auf der anderen Seite könnte er alles von ihnen erwarten. Schließlich haben sie ihn bisher nicht wirklich aufgeklärt, und soweit er erfahren hat, wissen die anderen sogar noch weniger als er. Sie haben schließlich den Imperator noch nie gesehen. Sie hatten nie die Chance, ihre Fragen zu stellen. Darren nimmt jetzt den Stift. *Ich denke, wir sollten zur Sicherheit Crystal glauben. Wir haben doch nichts zu verlieren.*

Luke und Crystal bestätigen seinen Text mit einem Nicken. Gemma kaut auf ihrer Unterlippe, bis sie dann auch nickt. Crystal nimmt wieder den Stift zur Hand.

Gut, ich habe einen Plan. Aber er ist sehr riskant.

XIV

Nachdem Crystal den Plan erläutert hat, schauen sich alle nervös an. Gemma findet die Idee zu gewagt, doch niemand hat eine bessere. Sie beschließen, dass Crystal den beschriebenen Zettel mit in ihr Zimmer nimmt und ihn dort versteckt.

Sie geht dann aus dem Raum, doch Darren hält sie am Arm und schließt die Tür hinter sich.

»Crystal. Ich wollte mich nur bei dir bedanken. Ich weiß nicht, wieso du das alles für mich tust, aber ich schätze es sehr«, sagt Darren.

Crystal senkt ihren Blick und fährt sich dann durch ihren Pferdeschwanz.

»Ich vertraue dir, Darren. Ich weiß auch nicht wirklich, wieso, aber … ich vertraue dir«, sagt sie und schaut wieder zu ihm hoch.

Diesen Satz hat Darren vermutlich noch nie gehört. Es breitet sich eine angenehme Wärme in ihm aus, die seinen ganzen Körper durchströmt. Eine Weile schauen sie sich nur in die Augen, und Darren erkennt ein Funkeln darin. Er hat es schon mal gesehen, als sie über etwas geredet hatten, er weiß nicht mehr genau, was das Thema war, aber Crystal hatte auch da dieses Glitzern in den Augen. Sie wirken dadurch heller und bläulicher und durch die geweiteten Pupillen sind sie auch nicht stechend.

»Danke. Da bist du so ziemlich die Einzige«, erwidert Darren, nachdem er gemerkt hat, dass er nichts gesagt hat.

Crystal schüttelt den Kopf. »Das denke ich nicht. Luke und Gemma vertrauen dir doch auch, oder?«

Darren ist sich da nicht so sicher. Zumindest bei Gemma hat er manchmal seine Zweifel, was ihre Aufrichtigkeit belangt.

»Ich weiß nicht. Kann sein«, sagt er nur und schaut auf den Boden. Eine Zeit lang sind beide still. Als die Stille dann unangenehm wird, räuspert sich Darren und wünscht ihr eine gute

Nacht. Sie schaut ihm wieder in die Augen und erwidert seine Geste mit einem kurzen Lächeln. Darren fasst sich an den Nacken und wartet, bis sie verschwunden ist. Dann geht er wieder zurück in sein Schlafzimmer. Gemma liegt schon in ihrem Bett, die Decke hochgezogen, doch ihre Augen sind offen und schauen ihn an.

»Hat sie dir noch etwas zum Plan gesagt?«, fragt sie.

Darren schüttelt den Kopf und erklärt, dass er sich bei ihr bedankt hat für ihre Hilfe. Gemma sagt darauf nichts und schließt die Augen. Luke kommt frisch geduscht aus dem Badezimmer, und in dem Moment erscheint auch John. Sie hatten alle zuvor beschlossen, den Plan nicht mit ihm zu teilen. Darren zieht sich im Badezimmer um und geht dann auch ins Bett.

Am nächsten Morgen bekommt Darren wieder eine Prüfung von Noa ausgehändigt, für die er insgesamt eineinhalb Stunden Zeit hat. Bei der Prüfung handelt es sich diesmal um logisches Verständnis, das durch Rätsel und Wahrnehmungsfragen getestet wird. Nachdem Darren die Prüfung beendet hat, will er gehen, doch Noa hält ihm am Arm fest, wobei sie immer noch sitzen bleibt.

»Warte bitte kurz. Ich wollte dich wegen gestern was fragen.«

Darren hat eigentlich keine Lust, darüber zu reden, aber irgendwo ist er ihr schon eine Erklärung schuldig. Er hätte sie schließlich fast mit in seinen Ärger hineingezogen, wenn nicht Crystal eingegriffen hätte.

»Was genau war das gestern? Erst schreist du mich an, dann erzählst du etwas über mich, was nicht nur unwahr ist, sondern mich auch noch in Gefahr bringen könnte.« Obwohl sie in die Offensive geht, ist ihre Stimme sehr ruhig, und ihr Gesicht zeigt kein Anzeichen von Wut und Ärger.

»Es tut mir wirklich leid. Es war falsch von mir, dich mit hineinzuziehen. Das wird nicht noch mal vorkommen«, antwortet Darren mit aufrichtiger Reue.

Doch Noa lässt nicht so einfach locker. »Ich nehme deine Entschuldigung an.«

Darren lächelt erleichtert.

»Wenn …«

Mist. Jetzt will sie wahrscheinlich erfahren, warum er gelogen hat.

»Wenn du mir erzählst, wieso du Doktor Martin eingesperrt hast. Und ich will die Wahrheit hören. Ich weiß, dass Crystal es dir nicht befohlen hat. Das würde sie einfach nicht tun. Also raus mit der Sprache.«

Er hatte recht. Natürlich hatte er recht. Was hätte sie sonst von ihm verlangen sollen? Aber er darf ihr nicht die Wahrheit sagen. Er weiß noch nicht, ob er ihr vertrauen kann. Und da fällt Darren noch etwas ein. Wenn das, was Crystal über die Armbanduhren vermutet, stimmt, darf er ihr auf keinen Fall die Wahrheit sagen, selbst wenn er ihr vertrauen würde. Falls sie ihn tatsächlich hören, könnte er so vielleicht sogar Crystals Ruf wieder herstellen, indem er die Schuld auf sich nimmt. Doch dann würde Crystal als Lügnerin dastehen, was auch nicht vorteilhaft wäre. Es macht keinen Unterschied. Noa weiß, dass die Geschichte, die Crystal erzählt hat, gelogen ist. Er braucht jetzt eine glaubwürdigere Lüge. Doch dann fällt ihm ein, dass er ihr auch einfach von seinem ursprünglichen Plan erzählen kann.

»Ich habe ihn eingesperrt, weil ich mir meine Akte anschauen wollte. Ich wusste, dass er sie mir nicht einfach so geben würde, aber ich musste erfahren, was sie über mich wissen. Und Crystal ist, glaube ich, nur für mich eingesprungen, weil sie bei mir etwas guthatte.«

Noa schaut ihn ungläubig an.

»Ach, ich weiß auch nicht. Es war dumm von mir, das steht außer Frage. Sie können doch nur so viel wissen, wie ich ihnen über mich preisgebe. Nur hatte ich das Gefühl, dass sie vielleicht mehr wissen. Das ist natürlich kompletter Schwachsinn. Es war falsch von mir, und das wird auch nie wieder vorkommen. Eigentlich hatte ich auch vor, mich direkt danach bei Doktor Martin zu entschuldigen, aber das hätte nichts gebracht. Außerdem hat mich Anian direkt aus dem Raum gezerrt.«

Noa sagt dazu einen Augenblick nichts und schaut nur auf ihre Unterlagen.

Darren merkt, wie sein Bein unaufhörlich zappelt, doch er kann es nicht still halten. Er hofft einfach, dass Noa ihm glaubt.

»Wenn es so ist, dann lasse ich dich jetzt gehen«, sagt sie schließlich mit einem Lächeln.

Darren fühlt sich nicht schlecht, dass er ihr nicht die komplette Wahrheit gesagt hat. Schließlich kennt er sie auch erst seit ein paar Tagen – seit gestern, um genau zu sein.

»Okay, dann … bis morgen«, sagt Darren leise und geht aus dem Raum.

In der Mensa sucht er sich mit Crystal, Gemma und Luke zusammen einen Platz. Sie setzen sich irgendwohin, wo sie nicht ganz zentral sind und somit weniger Aufmerksamkeit erregen. Bei dem Gespräch ordnet Crystal sie an, ihre Armbanduhren an ihrem Rücken hin und her zu reiben, damit die Stoffgeräusche das Gesagte dämpfen.

»Also, wir ziehen es heute durch? Seid ihr euch sicher? Ist es nicht zu riskant, wenn wir es direkt nach dem Vorfall von gestern machen?«, fragt Gemma.

Darren überhört nicht das leichte Zittern in ihrer Stimme. Sie hat am meisten Angst, obwohl sie versucht, so stark wie möglich zu wirken.

»Wir müssen es heute durchführen. Wir wissen nicht, wann sie Cillian befragen, es könnte jeden Moment stattfinden, und wir müssen herausfinden, ob sie ihm tatsächlich das Wahrheitsserum überreichen«, sagt Crystal. Sie wirkt sehr ruhig und konzentriert, als wäre es nicht das erste Mal, dass sie so etwas Riskantes und Verbotenes tut.

Darren kann es sich nicht vorstellen, aber er kennt sie eigentlich auch gar nicht so gut, wenn er es sich genau überlegt. Er ist sich sicher, dass sie sehr viele Facetten hat, die sie ihm nicht gezeigt hat, und vielleicht auch einige, die er nie an ihr sehen wird. Er wünschte sich, sie würde ihm mehr anvertrauen, sich ihm öffnen. Er weiß nicht, wieso er diesen Wunsch plötzlich verspürt. Doch wenn er denkt, dass er sie endlich durchschaut hat, macht sie etwas Unerwartetes, das seine komplette Theorie zugrunde richtet. Vielleicht wird er ein Zimmer mit ihr teilen und sie so besser kennenlernen … wenn er irgendwann zur Elite gehört.

»Darren? Was sagst du dazu?«, fragt Luke plötzlich.

»Ja, ich denke, wir sollten es heute durchziehen«, antwortet er, ohne zu zögern. Crystal und Luke tauschen einen komischen Blick aus.

»Das haben wir doch schon längst geklärt. Wir meinten gerade, wie es wäre, wenn ich runterginge?«, sagt Crystal.

Da erst merkt Darren, dass er die letzten Minuten gar nicht zugehört hat.

»Du meinst, in Anians Zimmer?«, fragt Darren noch mal zur Sicherheit nach.

Crystal nickt langsam, als wäre er schwer von Begriff.

»Ich weiß nicht, ob das eine gute Idee ist. Schließlich kenne ich mich im unteren Geschoss besser aus. Vielleicht sollte doch ich gehen.«

»Ich war einmal unten, und ehrlich gesagt gibt es dort nicht viel, womit man sich auskennen muss. Ich war nur bei Doktor Martin und du warst bei ihm und beim Imperator. Sein Zimmer ist direkt gegenüber, wenn man den Flur entlangläuft. So kompliziert ist es nicht«, behauptet Crystal.

Sie klingt leicht gereizt, womöglich weil er ihre Fähigkeiten infrage gestellt hat. Darren kann es ihr nicht übel nehmen, sie ist schließlich viel länger hier als er. Doch er will die Aufgabe in die Hand nehmen, zumal sich durch seine Aktion von gestern auch alles erst entwickelt hat. Darren bringt seine Begründung an und erntet Gemmas Zustimmung. Luke und Crystal sind immer noch nicht ganz überzeugt.

»Was ist denn das Problem? Wieso kann ich es nicht machen?«, fragt Darren verärgert. Crystal bringt ihre Bedenken zur Sprache, als Luke weiterhin schweigt.

»Darren, ich denke nicht, dass es eine gute Idee wäre, dich runtergehen zu lassen. Fass das bitte nicht falsch auf, denn ich möchte nur, dass wir den Plan erfolgreich durchziehen, aber du reagierst manchmal sehr … impulsiv und unüberlegt. Ich denke, du wirst mir hier zustimmen. Es wäre besser, wenn Luke oder ich es machen, wir handeln eher umsichtig, was in so einer Situation auch enorm wichtig ist.«

Darren kann es nicht fassen. Er schaut Crystal direkt in die Augen, und sie erwidert seinen Blick mit einer Standfestigkeit und Ruhe, was Darren nur wütender macht. Er spürt diesen feurigen Zorn in sich und will sie gerade angreifen, doch dann überlegt er es sich anders. Wenn er sie jetzt anschreit, würde er damit ihre Aussagen nur bestätigen. Dass er impulsiv und unüberlegt handelt und keine Kontrolle über sich hat. Nein, das darf er nicht zulassen, er wird ihr diese Genugtuung nicht geben.

Also antwortet er mit ruhiger Stimme: »Ich mag vielleicht impulsiver sein, doch ich bin auch um einiges mutiger als ihr. Ich denke nicht, dass ihr euch getraut hättet, Doktor Martin einzusperren, um zu erfahren, was in dem Reagenzglas steckt. Zu viel überlegen ist nicht immer von Vorteil, man verliert dadurch auch Zeit und kann somit eher die Kontrolle verlieren, als wenn man direkt handelt. Und gestern bin ich auch gut aus der Nummer rausgekommen.«

Crystals Augen wandern sein Gesicht entlang, bis sie wieder an seinen Augen hängen bleiben. »Du bist gestern nur aus der Nummer rausgekommen, weil ich für dich eingesprungen bin. Hast du das etwa schon vergessen?«

Ihm entgeht die unterdrückte Verletzlichkeit hinter ihrer kühlen Stimme nicht.

»Nein, ich habe es nicht vergessen, Crystal. Aber ich bin mir sicher, dass ich mich auch ohne deine Hilfe aus der Sache hätte rausreden können. Weißt du, ich bin nicht so unfähig, wie du denkst.« Er weiß, sein Verhalten ihr gegenüber ist nicht ganz gerecht – er bezweifelt, dass er von allein eine Ausrede gefunden hätte –, trotzdem findet er es auch nicht fair von ihr, ihn so bloßzustellen. Vor allem, wenn es nicht stimmt. Er kann durchaus sehr überlegt handeln und hat sich auch oft gut im Griff.

Crystal zieht die Augenbrauen zusammen und bricht den Augenkontakt nicht eine Sekunde ab. »Ich habe nie gesagt, dass du unfähig bist.«

»Du musst nicht alles sagen. Ich kann auch zwischen den Zeilen lesen«, kontert Darren mit harter, aber kontrollierter Stimme.

»Ja, zwischen den Zeilen lesen ist eine Sache. Zu dem richtigen Schluss kommen, eine andere.«

Langsam wird Darren ungeduldig, am liebsten würde er einfach aufstehen und gehen und den Plan komplett ihnen überlassen. Anscheinend trauen sie ihm sowieso nichts zu, wofür brauchen sie ihn dann? Um ihm Anweisungen zu geben und dann doch noch zu degradieren? Doch er muss den Plan trotzdem mit ihnen durchziehen, denn er ist zu neugierig, um davon abzulassen.

»Ich gehe runter und damit ist die Diskussion beendet«, bestimmt Darren auf einmal.

»Die Diskussion ist nicht beendet, nur weil du es so willst. Ich bin immer noch dagegen und Luke auch, stimmt's?«

Luke senkt den Blick und sagt dazu nichts. Crystal schaut ihn weiterhin an, als würde sie auf eine Antwort warten, die aber nicht kommt. Darren ist über Crystals Hartnäckigkeit irritiert. Vielleicht ist seine Impulsivität nicht der Grund für ihre Auflehnung. Vielleicht steckt etwas anderes dahinter. Aber was könnte ihr Motiv sein?

»Du hast schon den ganzen Plan entwickelt und ihn auch durchgesetzt, obwohl Gemma dagegen war. Jetzt wird es auch Zeit, dass wir etwas bestimmen!«, sagt Darren etwas lauter und reibt dabei die Uhr fester an seinem Rücken.

»Ihr hattet keine Ahnung, was wir tun könnten. Ich war die Einzige, die eine Idee hatte. Deshalb haben wir uns dafür entschieden. Hättet ihr mehr mentale Arbeit geleistet, wäre das Ergebnis vielleicht anders ausgefallen, aber dafür kann ich doch nichts.«

»Okay, das macht einfach keinen Sinn. Wir verlieren dadurch nur Zeit. Ich schlage vor, wir losen aus, wer runtergeht«, sagt Gemma, die in den letzten Minuten nur geschwiegen hatte.

Luke nickt ihr zu, und auch Crystal willigt schließlich ein.

Darren zuckt nur mit den Achseln. »Wenn es sein muss«, sagt er und schaut auf seine Füße.

Gemma nimmt ein Blatt und schreibt alle Namen darauf, knüllt sie zusammen und schüttelt sie in ihrer Hand.

»Luke, zieh ein Blatt.«

Er tut, was sie sagt, und macht das Blatt auf. »Darren.«

Damit ist es entschieden. Er wird heute Abend einen Stock tiefer gehen und sein Glück versuchen. Crystal zeigt keine Reaktion, sie ist bestimmt verärgert, dass sich am Ende Darrens Wunsch erfüllt hat. Sie gehen noch mal den Plan durch, und jeder sagt genau, was er zu tun hat.

»Die Frage ist aber noch, wie wir Darren benachrichtigen, wenn jemand kommt«, meint Gemma. Crystal überlegt laut, ob vielleicht die Uhr eine Funktion hat, wodurch man Nachrichten schicken kann.

»Es könnte doch sein, dass dann der Imperator oder sogar seine Boten die Nachricht auch bekommen«, setzt Gemma ein.

»Wir müssen ja nicht schreiben, dass jemand kommt, wir können uns auf ein Zeichen einigen, das eben eine Warnung sein soll«, sagt Darren, und die anderen finden seine Idee gut.

»Aber erst müssen wir gucken, ob es überhaupt eine solche Funktion gibt«, meint Crystal. Sie schauen alle, ob es nicht irgendwo eine Taste gibt, oder ob in den Einstellungen etwas programmiert ist. Gemma zieht ihre Uhr aus und schaut unter der Oberfläche nach.

»Hier ist etwas, das man öffnen kann.«

Crystal greift nach Gemmas Hand, damit sie es nicht öffnet.

»Nein, ich habe etwas gefunden. Schaut mal hier.« Sie beugen sich alle zu Crystals Uhr. Dort ist eine kleine Tastatur abgebildet und eine Schreibfläche.

»Das Problem ist, dass die Nachricht wahrscheinlich jeder bekommen wird.«

»Dann müssen wir die Nachricht so allgemein verfassen, dass niemand etwas Verdächtiges dabei vermuten könnte«, schlägt Luke vor.

»Nein, nicht nur allgemein. Es muss etwas sein, was man ignorieren würde«, sagt Crystal.

»Wie wäre es mit der aktuellen Uhrzeit? Dann würde man allenfalls denken, dass es sich um einen Fehler handelt«, meint Gemma.

»Ja, die Idee finde ich gut«, äußert Darren.

Crystal und Luke sehen es erst etwas kritisch, stimmen dann doch auch zu.

»Gut. Dann hätten wir das auch geklärt. Gibt es noch etwas, was besprochen werden muss?«, will Crystal wissen. Luke schüttelt auf ihre Frage den Kopf, während Gemma und Darren schweigen.

Crystal holt tief Luft, bevor sie sagt: »Dann müssen wir den Plan nur noch ausführen.«

Darren isst nach der Schwimmstunde zu Abend und geht dann in sein Zimmer. Er weiß nicht, wieso, denn er hat für die nächsten Stunden nichts zu tun. Vermutlich muss er sich psychisch auf die kommende Situation einstellen. Sie werden lange warten müssen, bis auch wirklich jeder im Bett ist. Wer weiß, wie lange. Vielleicht wird nicht einmal jeder schlafen. Dann wäre der Plan gelaufen. Oder sie werden erwischt. Darren weiß nicht, was dann mit ihnen passieren würde. Würde man sie rauswerfen? Oder einsperren? Vielleicht um den anderen Schülern Angst zu machen. Um ihnen zu zeigen, was passiert, wenn man die Regeln bricht. Regeln. Eigentlich gibt es hier doch keine Regeln. Es wurde ihm nie gesagt, dass man nachts nicht rumschleichen darf. Obwohl es wahrscheinlich irgendwo auch von ihnen erwartet wird, dass sie nicht in die Schlafzimmer der anderen einbrechen und sich deren Eigentums bemächtigen. Dafür braucht man keine Regel, das versteht sich von selbst.

Als Gemma, Luke und John das Zimmer betreten, wird Darren aus seinen Gedanken gerissen. Er schaut Luke und Gemma ins Gesicht, versucht, irgendein Zeichen von Angst oder Unsicherheit zu erkennen. Lukes Gesicht ist blank, doch Gemma ist blasser als zuvor und ihre Haltung etwas zerstreut. So nervös hat er sie noch nie erlebt, da sie doch stets sehr ruhig und kühl erschien.

Sie haben ausgemacht, dass sie bei Gemmas Uhr einen Wecker einstellen, der aber nur vibriert, damit John nichts mitbekommt.

Darren legt sich schlafen.

»Darren, Darren, wach auf!«

Seine Augen öffnen sich langsam. Das Zimmer ist dunkel, das

Einzige, was er erkennen kann, sind Gemmas grünen Augen, die im Mondlicht hell leuchten.

Darren steht, ohne zu zögern, auf. Luke ist schon an der Tür und schenkt ihm ein Lächeln, das eher nervös als zuversichtlich wirkt. Wahrscheinlich wollte er ihn damit aufmuntern. Vergeblich. Sie gehen ganz langsam raus in den Eingangsbereich und warten vor der Tür auf dem Boden auf Crystal, die einige Minuten später auch endlich erscheint. In der Zeit geht Darren noch mal den Plan im Kopf durch. Er wird die Armbanduhr eines der Boten abnehmen, überprüfen, ob sie Gespräche anderer Uhren empfängt und diese dann mit seiner eigenen tauschen. So finden sie vielleicht heraus, ob sie bei Cillian den Wahrheitstrank einsetzen und was sie ihn fragen.

»Okay, seid ihr alle bereit?«, fragt sie in die Runde.

Ihre Stimme ist kein bisschen rau. Hat sie überhaupt geschlafen?

Sie nicken alle, auch Darren, doch Crystals Blick heftet weiterhin auf ihm.

»Wie sieht es bei dir aus? Bist du nervös?«, fragt sie. Ihre Augen sind warm und beruhigen Darren etwas.

»Alles okay«, versichert er ihr mit fester Stimme, obwohl dies nicht ganz der Wahrheit entspricht.

»Wie hast du jetzt eigentlich diese Tür aufbekommen?«, fragt Luke flüsternd.

»Ich habe Magneten in die Löcher getan, damit die Tür sich nicht ganz schließen kann. Wir müssen also nur die Tür zur Seite schieben, und dann sollte sie eigentlich aufgehen.«

Die Magneten hält Darren für eine clevere Idee. Er selbst hätte keine Ahnung, wie sie diese Tür öffnen könnten.

Crystal kniet sich hin und schiebt die Tür zur Seite.

»Gut. Jetzt musst du nur noch rein«, flüstert Gemma.

Doch bevor Darren gehen kann, sagt Crystal: »Warte. Also, wenn wir die aktuelle Uhrzeit schicken, dann heißt es, dass jemand kommt. Verstanden. Und für dich gilt das Gleiche. Wenn irgendetwas, nein, *falls* irgendetwas schiefläuft, sendest du uns die aktuelle Uhrzeit, okay?«

»Ja. Und was ist, wenn jemand kommt? Was soll ich dann machen?«, fragt er.

Crystal überlegt nicht lange, bevor sie antwortet: »Am besten, du suchst dir schon ein gutes Versteck für den Fall, dass du keine Zeit hast und dich sofort verstecken muss.«

»Gut. Und wenn sie das Armband tragen? Wie soll ich es ihnen dann wegnehmen?« Darren spürt mit jeder Frage, wie seine Verzweiflung immer größer wird.

»Dann kann ich dir nichts anderes raten, als das Armband ganz in Ruhe und ganz vorsichtig abzunehmen.«

Darren nickt ihr zu und macht sich bereit. Doch Crystal hält ihn am Arm fest und schaut ihm in die Augen: »Viel Glück. Du schaffst das, ja?«

Er atmet tief ein und nimmt ihr die Taschenlampe ab, die sie ihm hinhält. Dann steigt er leise und vorsichtig die Treppe hinunter. Es ist noch stockdunkel, doch dann leuchten die Lampen an den Wänden auf und blenden ihn mit ihren grellen Lichtern. Darren spürt, wie sein Herz immer schneller gegen seine Brust schlägt. Er fühlt sich, als wäre er wieder in der Höhle. Allein und voller Furcht. Doch damals hatte er nicht wirklich ein Ziel. Er ist nur vor dem Gewitter geflohen. Jetzt flieht er nicht. Doch dieser Gedanke beruhigt ihn nicht. Ihm wird heiß, und sein Atem kommt in kurzen, schnellen Zügen. Er muss zur Ruhe kommen. Sonst wird er einen Fehler machen. Er bleibt vor Nathanaels Tür stehen und versucht, seinen Atem zu regulieren. Jetzt kann er entweder rechts oder links abbiegen. Ohne lange zu überlegen, geht er nach links. Er steht vor der ersten Tür. Er legt seine Hand auf die Klinke, und nach einem langen Atemzug drückt er sie runter. Die Tür ist verschlossen. Darren ist einerseits verärgert, andererseits auch erleichtert. Doch jetzt muss er weiter zur nächsten Tür. Er muss nur Anian oder Audris auffinden und einem von ihnen das Armband abnehmen. Es ist ganz einfach. Darren geht zur nächsten Tür und versucht, sie zu öffnen. Vergeblich. Auch sie ist verschlossen. Wieso sind alle Türen verschlossen? Vielleicht hatten sie von ihrem Vorhaben etwas mitbekommen und haben zur Sicherheit alle Türen verschlossen. Nein, das kann nicht sein. Sie haben immer geflüstert und die Löcher in ihren Armbändern zugemacht, damit niemand etwas mitbekommen konnte. Falls sie wirklich etwas hören können. Darüber können sie sich ja nicht vollkommen gewiss sein. Aber sicher ist sicher. Immer vom Schlimmsten ausgehen. Dann begeht man weniger Fehler.

Als Darren vor der nächsten Tür steht, bekommt er ein komisches Gefühl. Das ist es. Diese Tür wird ihn zum Erfolg führen. Sein Herz schlägt jetzt so schnell, dass er glaubt, es würde ihm gleich aus seiner Brust springen. Ganz ruhig. Tief ein- und ausatmen. Darren drückt die Türklinke runter. Die Tür öffnet sich. Darren bleibt zuerst, wo er ist, und bewegt sich nicht. Hat er eben etwas gehört? Nein. Er hat jetzt keine Zeit mehr für Zweifel und Angst. Er hat nichts zu verlieren. Darren betritt lautlos das Zimmer und legt seine Hand vor die Taschenlampe, damit das Zimmer nicht ganz ausgeleuchtet wird. Er schaut sich etwas um, doch in dem Zimmer befinden sich nur ein Schreibtisch und eine Vitrine. Er könnte jetzt zurückgehen. Hier sind nämlich weder Anian noch Audris. Kein Armband zum Abnehmen. Doch aus irgendeinem Grund bleibt Darren stehen. Vielleicht findet er hier etwas anderes. Etwas Wichtigeres. Er schaltet das Licht ein. Wenn er schon allein ist, kann er sich wenigstens richtig umschauen.

Plötzlich hört er ein Knacken. Darrens Herz schlägt bis zum Hals. Hier ist jemand. Ganz sicher. Das Geräusch erklang hinter dem Tisch. Darren geht langsam hinüber und stellt sich daneben. Er muss nur noch einen Schritt machen, dann weiß er, wer es ist. Und er tut ihn. Aus irgendeinem Grund ist er nicht überrascht. Er hatte es im Gefühl. Cillian.

XV

Cillians Blick zeigt keine Emotion. Er schaut ihn mit einem leeren Gesichtsausdruck an. Darren reagiert unverzüglich. »Cillian? Was zum Teufel machst du hier?«, fragt er flüsternd.

Cillian steht langsam auf und blickt zu ihm, sein Gesicht immer noch neutral. »Das Gleiche könnte ich dich fragen.«

Stimmt, das könnte er. Was soll er jetzt darauf entgegnen? »Du hast recht. Aber ich habe dich zuerst gefragt. Also, sag mir, was du hier machst«, fordert er.

Cillian bricht kurz den Augenkontakt ab und schaut stattdessen auf den Boden. Als er antwortet, ist sein Blick wieder auf ihn geheftet.

»Ich hatte eine Aufgabe, die mir der Imperator erteilt hat. Nicht er persönlich natürlich; ein Bote hat mich beauftragt.«

Eine Lüge. Ganz bestimmt. Als würde der Imperator Cillian eine Aufgabe erteilen. Wieso Cillian? Und wieso überhaupt diese Geheimnistuerei? Er hatte irgendetwas anderes vor, aber Darren wird von ihm die Wahrheit nicht erfahren. Zumindest wird er sich nicht sicher sein können.

»Und was ist mit dir? Was tust du mitten in der Nacht hier unten?« Sein Ton ist leicht spöttisch, doch Darren lässt sich nicht provozieren.

»Das geht dich nichts an«, sagt er kurz angebunden und schaut ihm dabei fest in die Augen.

Cillian zieht die Augenbrauen zusammen, sichtlich verärgert. »Was meinst du damit, das geht mich nichts an? Ich habe dir geantwortet, jetzt wirst du meine Frage beantworten.«

»Du hast meine Frage nur beantwortet, um eine Antwort auf deine Frage zu bekommen. Dabei hast du mich wahrscheinlich sogar angelogen.«

Cillian verschränkt die Arme vor der Brust, er scheint kurz davor zu sein, ihn anzuschreien, doch er ist schlau genug, seine Wut zu kontrollieren. Mitten in der Nacht im Untergeschoss rumzubrüllen wäre wohl die dümmste Idee. Und Cillian ist alles andere als dumm.

»Ich habe dich nicht angelogen«, meint er, nachdem er sich wieder unter Kontrolle zu haben scheint.

Darren schnaubt darauf und erwidert: »Ach echt? Dann gehe ich morgen einfach zum Imperator und erzähle ihm von deiner nächtlichen Wanderung. Mal schauen, wie er darauf reagieren wird.«

Cillians Gesicht wird blass, und er spannt den Kiefer an. Damit hat er wohl nicht gerechnet. Doch plötzlich lächelt er selbstgefällig. »Das würde ich an deiner Stelle nicht tun. Denn wie kannst du von meiner nächtlichen Aktion wissen, wenn du nicht auch hier unten herumgeschlichen bist?«

Mist. Daran hat Darren nicht gedacht. Er würde sich natürlich damit selbst verraten. Das kann er nicht riskieren. Diese Runde geht an Cillian.

Gerade als Darren etwas sagen will, vibriert seine Uhr. Das ist nicht gut. Jemand kommt. Ohne zu zögern, zerrt Darren an Cillians Arm und presst ihn gegen die Wand neben der Tür.

Cillian befreit seinen Arm von seinem Griff. »Was zur Hölle soll das?«, fragt er, sein Ton ist gereizt.

»Jemand kommt«, antwortet Darren und schaltet die Lampe aus.

»Woher weißt du das?«, fragt Cillian weiter, doch Darren ignoriert ihn, denn er hört, wie sich Schritte nähern.

Die Tür öffnet sich. Darrens Herz schlägt so schnell, dass er Angst hat, es könnte ihn verraten. Die Person macht eine Taschenlampe an, und als sie diese über die Schulter hält, erkennt er am Profil, um wen es sich handelt – und an der blonden Strähne.

Darren macht das Licht an, und Crystal dreht sich ruckartig zu ihnen.

»O Gott, hast du mich erschreckt«, sagt sie atemlos.

Dann sieht Crystal Cillian zum ersten Mal.

»Cillian? Was tust du hier?« Ihre Stimme ist leise, doch Darren überhört den Schrecken nicht. Sie wusste also auch nichts von seiner Aktion. Aus irgendeinem Grund beruhigt das Darren.

Cillian erwidert ihren Blick mit einer plötzlichen Härte. »Was tust du hier?« Seine Stimme ist zwar leise, aber trotzdem penetrant.

Crystal sieht verunsichert aus und kann ihm keine Antwort geben, woraufhin Cillian auf sie zugeht und jetzt direkt vor ihr steht, sodass sie zu ihm hochgucken muss.

»Ihr steckt also zusammen unter einem Hut?« Sein Kiefer ist so angespannt, dass sich Darren wundert, wie er überhaupt diesen Satz rausbringen kann. Hinter seiner Aussage lauert eine merkwürdige Emotion. Als würde er sich verraten fühlen. Oder als wäre er … eifersüchtig. Nein, das kann es nicht sein.

»Ich kann es dir erklären. Aber nicht jetzt. Wir müssen weg. Sofort!«, sagt Crystal mit fester Stimme, doch sie wirkt weiterhin eingeschüchtert.

»Ich will jetzt eine Antwort.« Darren sollte jetzt besser eingreifen, sonst wird das Ganze noch eskalieren, und jeder wird sie hören. Er fasst Cillian am Arm und versucht, ihn zu sich zu drehen, doch er bleibt standhaft.

»Cillian, es ist meine Schuld. Crystal hatte bei mir etwas gutzumachen, deshalb ist sie mitgekommen.«

Cillian und Crystal scheinen ihn entweder zu ignorieren oder ihn nicht gehört zu haben, denn sie gehen auf seinen Einwand nicht ein.

Stattdessen nimmt Crystal Cillians Gesicht in ihre Hände. Darren fühlt plötzlich einen Stich in seiner Brust und schaut weg. Aus irgendeinem Grund ist er genervt. Von der ganzen Situation. Crystal wird mit ihrer vorsichtigen Vorgehensweise alles ruinieren. Die ganze Mission. Sie könnten Cillian auch einfach hier lassen und abhauen. Sie sind ihm keine Rechtfertigung schuldig. Doch Crystal lässt nicht nach.

»Ich verspreche dir, sobald wir wieder im Zimmer sind, erzähle ich dir alles. Okay?« Ihre Stimme ist sanft und ihre Augen so voller Liebe, dass Darren sich unwohl fühlt. Diese Seite kennt er gar nicht von ihr. Und er will auch nicht mehr davon sehen. Sie sollten auf der Stelle von hier verschwinden.

Cillians Mimik wird daraufhin weicher, doch er wirkt immer noch etwas genervt, denn er befreit sein Gesicht von ihren Händen und verlässt das Zimmer, ohne auf sie zu warten. Crystal folgt ihm, und Darren läuft ihr nach.

Als sie wieder oben angekommen sind, fällt Darren auf, dass Gemma und Luke fehlen. Doch er spricht Crystal nicht darauf an. Cillian soll nicht erfahren, dass sie auch involviert sind.

Aber Crystal meint zu Darren, dass sie zu Gemma und Luke gesagt hätte, sie sollen gehen, sie werde sich darum kümmern. Darren findet es merkwürdig, dass Crystal das erwähnt hat, obwohl er sie nicht danach gefragt hat. Bei ihrer vorsichtigen Art hätte er gedacht, sie würde versuchen, so wenig wie möglich preiszugeben. Vielleicht hat sie das auch für Cillian getan. Damit er nicht denkt, sie hätten nur zu zweit irgendwelche Pläne geschmiedet. Was es auch immer sein mag, es hat definitiv einen Grund, wieso Crystal es für wichtig hielt, Gemma und Lukes Beteiligung an dieser Sache zu erwähnen. Er findet es auch merkwürdig, dass Crystal nichts von Cillians Vorhaben wusste. Sie sind doch zusammen, dann müssten sie einander alles erzählen, oder nicht? Haben sie etwa Geheimnisse voreinander? Wenn dem so ist, dann kann das Vertrauen zwischen ihnen nicht so stark sein. Aber Darren ist unsicher. Wer weiß, vielleicht wusste sogar Crystal von Cillians Vorhaben und hat Darren nur etwas vorgespielt, damit er nicht erfährt, dass sie auch irgendetwas vorhaben. Dann würde sie ihm nicht ganz vertrauen, was natürlich mehr Sinn macht, denn sie kennt ihn erst seit ein paar Wochen. Trotzdem hat sie ihm gesagt, dass sie ihm vertraut. Vielleicht hat sie auch gelogen. Er weiß es nicht. Sie sind beide undurchschaubar.

Bevor Crystal mit Cillian hinter ihrer Schlafzimmertür verschwindet, schenkt sie ihm noch einen Blick. Dann ist er allein. Wie immer. Er könnte jetzt wieder in sein Zimmer gehen und schlafen, doch er ist kein bisschen müde. Und als er noch ein paar Minuten dasteht, kommt ihm eine Idee. Eine Idee, die vielleicht alles retten könnte. Eine Idee, die ihm die ganze Wahrheit offenbaren könnte. Warum ist er nicht vorher darauf gekommen? Doch Crystal ist weg. Und die Tür zum Untergeschoss ist womöglich auch verschlossen. Oder nicht? Vielleicht hat Crystal die Magneten vergessen.

Zur Sicherheit geht Darren vor besagte Tür, und sie lässt sich tatsächlich öffnen. Crystal hat die Magneten nicht aus dem Schloss entnommen. Darren kann sein Glück nicht fassen. Das wäre das einzige Hindernis gewesen. Doch Crystal hat zum ersten Mal nicht an alles gedacht. Wie leichtsinnig von ihr. Vielleicht wollte sie es nicht vor Cillian machen. Aber das glaubt er nicht. Sie hat sie dort vergessen, weil es Darrens Aufgabe ist, diesen Plan durchzuführen.

Er muss es durchziehen.

Darren zieht die Tür ganz auf und steigt wieder die Treppe hinunter.

Aus irgendeinem Grund hat er überhaupt keine Angst. Im Gegensatz zu vorher, als sein Herz wie verrückt geschlagen hat, ist es jetzt ruhig und beständig. Seine Hände zittern nicht, und sein Verstand ist fokussiert. Darren geht den Flur entlang und bleibt vor Doktor Martins Tür stehen. Er drückt die Türklinke hinunter. Es ist offen.

Darren betritt leise das Zimmer und überprüft mit der Taschenlampe, ob jemand da ist. Keiner da. Er ist allein. Er lässt zu Sicherheit nur die Taschenlampe an, falls sich irgendwo Kameras befinden. Wenn sie schon mit den Armbanduhren ihre Gespräche aufnehmen, dann spricht auch nichts gegen Kameras.

Darren läuft auf den Rollwagen zu und überspringt die oberen Schubladen. Der Wahrheitstrank hatte sich irgendwo in den unteren Schubladen befunden, das weiß er noch. Es dauert nicht lange, und da findet Darren ein Reagenzglas mit der Aufschrift *S18*. Das ist der Wahrheitstrank. Ohne weiter Zeit zu verlieren, nimmt er das Reagenzglas mit der blauen Flüssigkeit aus der Schublade und verstaut es in seiner Hosentasche. Jetzt nichts wie weg hier.

Dann geht er die Treppe wieder hoch und macht die Tür zu. Die Magneten lässt er da. Falls er irgendwann mal wieder eine geniale Idee hat.

Als er in seinem Zimmer ankommt, lässt er den Atem lautstark entweichen. Er hat es geschafft, und er kann es nicht glauben. Wenn das funktioniert, was er mit diesem Serum vorhat, dann könnte er die ganze Wahrheit erfahren. Wenn alles so läuft, wie er es sich vorstellt, dann … dann was? Dann weiß er die Wahrheit. Und dann?

Er ist immer noch hier gefangen. Er kann nirgendwo hin. Nein, daran kann er jetzt nicht denken. Eins nach dem anderen. Erst wird er alles herausbekommen, dann kann er sich überlegen, was er macht. Mit diesem Gedanken legt sich Darren schlafen, und als er die Augen schließt, schläft er sofort ein.

Am nächsten Tag frühstückt er mit Luke und Gemma.

»Ihr glaubt nicht, was ich gestern gemacht habe«, sagt er. Gemma und Luke tauschen einen Blick aus, bevor sie ihn fragend ansehen.

Darren redet ganz leise, damit sie auch nicht gehört werden können. »Ich habe den Wahrheitstrank mitgehen lassen … aus Doktor Martins Zimmer.«

Ihre Reaktionen sind wie erwartet. Gemmas grüne Augen sind ganz groß, und Luke hört auf zu kauen.

»Was? Wie hast du das geschafft?«, fragt sie und legt ihr Glas, das sie in der Hand hielt, auf den Tisch.

»Ich bin einfach wieder hinuntergegangen, als unsere Mission schiefgelaufen war, und habe dann nach einem Reagenzglas mit der Aufschrift *S18* gesucht. So hieß es nämlich.«

»O mein Gott. Und das ohne unsere Deckung? Du hast es ganz allein getan?«, fragt Luke, nachdem er den Bissen runtergeschluckt hat.

Darren nickt.

»Und was genau wirst du damit tun?«, fragt Gemma und schaut sich um. Aber niemand kann sie hören.

»Was kann ich damit wohl machen? Das nächste Mal, wenn ich ein Gespräch mit dem Imperator habe, werde ich es in sein Wasser schütten. Dann werden wir die Wahrheit erfahren. Könnt ihr das glauben?« Gemma und Luke strahlen ihn an, doch Gemmas Blick wird plötzlich ernst.

»Was ist?«, fragt Darren daraufhin.

»Wie willst du ihm den Trank in sein Wasser schütten? Du musst ihn davor doch irgendwie ablenken.« Sie ist mal wieder skeptisch. Vielleicht ist das auch gut. Es muss immer eine Person in einer Gruppe geben, die alles hinterfragt und ein bisschen pessimistisch gestimmt ist.

»Irgendwie werde ich das schon hinkriegen. Ich meine, wenn ich es geschafft habe, diesen Trank zu holen, dann werde ich ihn doch für ein paar Sekunden von mir abbringen können.«

Gemma nickt darauf lächelnd. Eine andere Möglichkeit gibt es auch nicht. Und er wird es schaffen. Da ist er sich sicher.

»Hast du es schon Crystal erzählt?«, fragt Luke.

Darren schüttelt den Kopf. Aber er wird es später tun, wenn sie ihn trainiert. Er freut sich schon auf ihre Reaktion. Er freut sich auf sie. Ohne noch weiter Zeit zu verlieren, steht er auf und macht sich auf den Weg zum Fechtraum.

Crystal ist noch nicht da, als er ankommt. Also nimmt er schon mal zwei Säbel aus dem Schrank und fängt an zu üben.

Crystal erscheint ein paar Minuten später. Darren hält in seiner Bewegung inne und schaut zu ihr. Sie hat ihren Rücken an die Wand gelehnt und ihr Bein angewinkelt. Ihr Kopf ist geneigt, und in ihren Augen glitzert es. Darren fällt auf, dass sie zum ersten Mal einen Zopf hat.

»Hey. Du hast ja schon angefangen. Konntest es wohl nicht abwarten, was?«, sagt sie.

Darren lächelt sie schief an. Sie scheint in guter Stimmung zu sein. Seine Neuigkeiten werden sie womöglich noch glücklicher machen.

»Als du gestern weg warst, ist mir etwas eingefallen«, sagt er und lehnt sich seitlich an die Wand.

Crystal zieht die Augenbrauen hoch, ihre Mundwinkel zucken leicht. Plötzlich verspürt er den Drang, sie anzufassen. Ohne nachzudenken, streckt er seine Hand aus und streicht ihr eine helle Strähne aus dem Gesicht. Seine Hand verweilt auf ihrer Wange. Crystal senkt den Blick und räuspert sich kurz.

»Also, was war die Idee?«, fragt sie – ihr Gesicht ist neutral, unmöglich zu erkennen, was sie denkt.

Darren erzählt ihr von der gestrigen Aktion. Crystal ist nicht so überrascht wie Luke und Gemma, was Darren verwundert.

»Ich habe mir schon gedacht, dass du die Mission nicht einfach so fallen lassen wirst. Deshalb habe ich auch die Magneten dort gelassen.«

Es war also nicht Vergesslichkeit oder Unachtsamkeit. Wie hätte er so etwas von Crystal auch erwarten können?

»Ernsthaft? Ich dachte schon, es war leichtsinnig von dir, die Magneten zu vergessen«, gibt Darren zu. »Und was ist mit Cillian? Hast du ihm alles erzählt?«

Crystals Lächeln verschwindet. Sie spielt mit ihrem Oberteil und sagt schließlich, sie hätte ihm alles erzählt. Darren ist etwas enttäuscht, obwohl er irgendwie auch damit gerechnet hat. Wieso hätte sie ihn auch anlügen sollen? Sie sind ein Paar, sie werden wohl nichts voreinander geheim halten.

Eine Weile sagt keiner etwas, bis Crystal ihren Säbel nimmt und ihn zum Kampf auffordert.

Es vergehen zwei Stunden, in denen sie gegeneinander kämpfen und Darren Einzelübungen bekommt. Bei dem Kampf gewinnt Crystal fast jede Runde, bis es Darren zu viel wird und er seinen Säbel fallen lässt.

»Na, gibst du etwas auf?«, fragt sie lachend und sticht ihm in den Bauch und dann noch mal in die Brust, bis Darren ihr den Säbel aus der Hand nimmt, seine Arme um ihre Taille legt und sie mit auf den Boden zerrt. Sie rollen auf der Matratze, und Crystal tritt ihm zwischen die Beine. Darren muss trotz der Schmerzen lachen und schafft es, Crystal am Arm zurück auf den Boden zu ziehen. Sie versucht, sich zu befreien, doch dann fängt Darren an, sie zu kitzeln, und Crystal kann nicht mehr aufhören zu lachen. Zwischen den Lachkrämpfen tritt sie Darren noch mal, und er fällt auf den Rücken. Als sie dann versucht aufzustehen, umfasst er wieder ihre Taille mit einem Arm und zieht sie runter, woraufhin sie anfängt, gegen seine Brust zu schlagen, bis Darren ihre Handgelenke umfasst und sie gegen den Boden drückt.

»Jetzt bist du fertig!«, bringt Darren gerade so verständlich heraus. Zwischen all dem Schweiß und Gekeuche ist ihm nicht aufgefallen, in welcher Position sie sich befinden. Crystals Atemzüge sind schnell und laut, ihre Wangen gerötet, ihre Pupillen riesig. Bevor Darren noch in Versuchung geraten kann, steht er auf und hält ihr seine Hand hin. Sie nimmt sie und lässt sich von ihm hochziehen.

Eine Weile schweigen sie, bis Darren das Wort ergreift: »Diese Runde habe jedenfalls ich gewonnen.«

Crystal lacht auf seine Bemerkung hin, was ihre Augen leuchten lässt. »Ausnahmsweise«, erwidert sie.

Ehe Darren gehen kann, hält Crystal ihn am Arm fest. Sie schaut zu ihm hoch, und Darren erkennt Wärme in ihren Augen. Sie sind nicht stechend, sondern mild, ein Ausdruck, den er nicht oft in ihnen sieht.

»Darren, ich wollte dir nur sagen … Es war wirklich mutig von dir. Noch mal runterzugehen … und überhaupt die Nerven zu behalten …«

Darren ist plötzlich wie gelähmt. Er hätte alles erwartet, aber nicht das. Er weiß nicht, was er darauf sagen soll. Crystal schaut ihm immer noch in die Augen, ihre Brust hebt und senkt sich langsam.

Darren räuspert sich, um seine Unsicherheit etwas zu überspielen. »Danke, Crystal. Aber ihr wart mir auch eine große Hilfe. Ohne euch hätte ich mich am Anfang gar nicht nach unten getraut«, gibt er zu.

Crystal blickt lächelnd auf den Boden.

»Das glaube ich nicht. Es war nicht das erste Mal, dass du Mut und Willensstärke bewiesen hast.«

Darrens Herz macht einen plötzlichen Sprung. Bei Crystal erkennt er eine leichte Röte an den Wangen, die durch ihre blasse Haut noch mehr zur Geltung kommt.

»Danke, Crystal, wirklich, aber ihr habt mir auch Deckung gegeben. Ich finde, du solltest euren Teil an der Sache nicht so unterschätzen.«

Daraufhin lacht Crystal und rollt mit den Augen. »Du kannst wirklich kein Kompliment annehmen, oder? Stell doch dein Licht nicht unter den Scheffel. Du warst der Mutigste von uns, und das, obwohl du gerade seit ein paar Wochen hier bist. Das ist schon beeindruckend.« Darren wird es auf der einen Seite immer unangenehmer, auf der anderen Seite ist er stolz, dass er Crystal beeindrucken konnte. Und dieses Gefühl überwiegt, weshalb er sich selbstbewusster fühlt.

»Also, dass ich gerade dich überzeugt habe, muss wohl bedeuten, dass ich tatsächlich mutig bin. Du bist kritisch und ehrlich, und das weiß ich zu schätzen.«

Crystal schenkt ihm ein schiefes Lächeln, was eher bescheiden als selbstgefällig aussieht.

»Gut, ich entlasse dich jetzt. Genug gelobt. Wir wollen ja nicht, dass du den Boden unter den Füßen verlierst.«

Darren verlässt daraufhin den Raum und grinst wie ein Idiot. Bevor er sich in sein Zimmer verziehen kann, kommt Audris und teilt ihm mit, dass der Imperator mit ihm sprechen wolle.

Das ist seine Chance. Jetzt kann er die Wahrheit erfahren. Doch dafür braucht er das Reagenzglas. Darren meint, dass er sich noch kurz waschen wollen würde. Audris schaut ihn leicht irritiert an, akzeptiert jedoch dann seine Bitte. Im Zimmer nimmt er das Reagenzglas und steckt es vorsichtig in seine Hosentasche. Er wartet noch fünf Minuten, damit Audris nicht misstrauisch wird. Schließlich kann man sich kaum in einer Sekunde gewaschen haben.

Auf dem Weg zu Nathanael reden sie kaum miteinander, doch Darren spürt Audris' Blick von der Seite. Weiß sie vielleicht von seiner Aktion? Wenn dem so ist, dann muss es Nathanael erst recht wissen. Wahrscheinlich möchte er deshalb mit ihm reden. Daran kann er jetzt nicht denken. Er hat eine Aufgabe zu erledigen. Eine Aufgabe, für die er seine Nerven im Griff haben muss. Schließlich könnte er bald die ganze Wahrheit erfahren.

Plötzlich hat er Angst. Was, wenn die Wahrheit nicht das ist, was er hören will? Was ist, wenn es gar keine Lügen gibt und alles, was er bisher erfahren hat, der Wahrheit entspricht? Was tut er dann? Einfach weitermachen? Weitertrainieren? Von Tag zu Tag? Wofür? Und wer weiß, für wie lange?

Er muss jetzt über Crystals Aussage, er sei mutig, lachen. Er ist alles andere als mutig. Nervös, aufgeregt, unkontrolliert. Das ist er. Aber jetzt muss er sich konzentrieren und seine unaufhörlichen Gedanken wenigstens für ein einziges Mal ausschalten.

Als sie im Raum des Imperators angekommen sind, schenkt dieser ihm ein Lächeln.

Jetzt ist es so weit. Das ist seine einzige Chance, zum ersten Mal die Kontrolle zu übernehmen. Zum ersten Mal die Fäden zu ziehen. Zum ersten Mal Fragen zu stellen. Zum ersten Mal die Sicherheit zu haben, dass alles, was er hört, der Wahrheit entspricht. Darrens Herz klopft immer schneller. Er muss sich beruhigen. Er darf sich nicht von Nathanael einschüchtern oder manipulieren lassen. Sein Zugang zur kompletten Wahrheit befindet sich in seiner Hosentasche, und das Gefäß ist genauso fragil wie seine Chance, Gewissheit zu erlangen.

XVI

»Audris, danke, dass du Darren herbegleitet hast. Du kannst jetzt gehen.«

Sie blickt Nathanael mit einem leicht gereizten Ausdruck an, doch als dieser sie abwartend betrachtet, verlässt sie den Raum, ohne Darren noch einen weiteren Blick zu schenken. Was ist denn mit ihr los? Es scheint so, als wollte sie unbedingt mitbekommen, was der Imperator mit ihm zu besprechen hat.

»Setz dich, Darren.« Nathanael deutet auf den Stuhl vor ihm. Darren nimmt Platz und schaut ihn stumm an.

»Wie geht es dir?«, fragt er. Darren zuckt mit den Schultern und meint, es gehe ihm gut. Was auch immer »gut« bedeuten mag.

»Wirklich? Du erweckst nicht den Anschein, dass du zufrieden bist. Was stört dich?« So ziemlich alles, denkt Darren, doch das behält er für sich.

»Den Eindruck, den ich auf Sie habe, kann ich leider nicht beeinflussen.« Nathanaels Mundwinkel zucken leicht, doch er behält seinen ernsten Ausdruck. »Das stimmt. Ich finde es sehr gut, dass du ehrlich mit mir bist und wirklich genau das sagst, was du denkst. Es stört mich nämlich besonders, wenn ich immer aufrichtig mit jemandem bin, doch diese Person diese Aufrichtigkeit nicht erwidert. Das schädigt das Vertrauensverhältnis«, erklärt Nathanael.

Darren ist von dieser Aussage etwas beunruhigt, zumal sie nicht wirklich stimmt. Vor allem hat er auch vor, ihm den Wahrheitstrank zu geben, was genau dem Vertrauensverhältnis widerspricht, wovon der Imperator gesprochen hat. Aber das wird ihn nicht davon abhalten.

»Alles in Ordnung? Du bist so in Gedanken versunken. Was beschäftigt dich?«, fragt Nathanael.

Darren schaut weiterhin auf den Boden. Er verspürt plötzlich das Bedürfnis aufzustehen und dieses Zimmer so schnell wie möglich zu verlassen. Ihm wird ganz warm, seine Hände fangen an zu schwitzen. Er trocknet sie an seiner Hose ab.

»Nein, alles in Ordnung, mir geht es bes...« Seine Stimme bricht am Ende, und Darren versucht, es mit einem Husten zu überspielen.

»Darren, dieses Gespräch hat natürlich einen Grund, ich bin mir sicher, das hast du dir schon gedacht. Und womöglich weißt du auch, worum es geht.«

Er kann nicht *davon* reden. Er kann nicht seine nächtliche Aktion meinen. Oder? Wie hätte er davon erfahren können? Durch Kameras vielleicht? Aber es war doch dunkel. Wahrscheinlich haben die Kameras eine Nachtsichtfunktion. Aber es kann sein, dass er von etwas anderem spricht. Wovon? Darren fällt nichts ein, er hat eine Art Blockade. Er kann an nichts denken. Am besten, er antwortet überhaupt nicht.

»Ich würde gern wissen, was du vorhattest.«

Er redet also doch *davon*. Etwas anderes kann es nicht sein. Dann weiß er womöglich auch von dem Trank. Und wenn er schlau ist – was er zweifellos ist – weiß er auch, was er damit vorhat. Das war's. Sein Plan ist aufgeflogen. Natürlich ist er das. Was bringt Mut, wenn der Gegner intelligenter ist? Aber Darren hat noch nicht ganz verloren. Er kann immer noch einen auf unwissend tun.

»Ich … ich weiß nicht, wovon Sie sprechen«, lügt er und versucht, einen verwirrten Eindruck zu machen.

Nathanael lächelt ihn gelassen an. »Du musst doch einen Grund gehabt haben, Doktor Martin einzusperren.«

Es ist, als würde ihm ein Stein vom Herzen fallen. Er spricht überhaupt nicht von der Aktion gestern. Die Geschichte mit Doktor Martin hat er komplett vergessen. Bei all den nervenaufreibenden Erlebnissen hat er gar nicht daran gedacht. Jetzt muss er natürlich dasselbe sagen, was er Noa erzählt hatte. Was hat er noch gleich gesagt? Darren kommt nach einigen Sekunden, die ihn noch weitere Nervenzellen kosten, darauf. »Ich wollte in meine Akte reinschauen, um zu sehen, ob Informationen von mir vorliegen, die mir verschwiegen werden.« Er muss dringend den Kloß in seinem Hals schlucken, doch er will seine Nervosität nicht preisgeben.

»Wie sollten wir Informationen über dich besitzen und diese dir dazu noch verschweigen?«

Das weiß Darren natürlich nicht, er hat nur eine Befürchtung, dass sie ihm nicht die ganze Wahrheit gesagt haben.

»Ich weiß nicht … ich wollte einfach sichergehen, weil dieser Gedanke mich nicht losgelassen hat.«

Nathanael nickt daraufhin, sein Blick ist verständnisvoll. »Hör zu, Darren. Ich möchte, dass du uns vertraust. Ich weiß, dass es schwierig für dich ist, und das kann ich komplett nachvollziehen. Du wachst eines Tages auf einem Felsen auf, ohne jegliche Erinnerung, ohne eine Ahnung zu haben, womit du es zu tun hast. Es ist ganz normal, dass du uns nicht vollkommen vertraust. Und um ehrlich zu sein, weiß ich auch nicht, was ich tun kann, um dein volles Vertrauen zu gewinnen. Es ist für dich wie auch für mich eine schwierige Situation. Der entscheidende Grund, weshalb ich dein Vertrauen gewinnen möchte, ist, die Stimmung im Internat im positiven Bereich zu halten, und dein offenes Misstrauen uns gegenüber verhindert das. Du hast dich uns angeschlossen, und jetzt musst du dich auch einfügen. Du bekommst hier Essen und einen Platz zum Schlafen. Dazu auch noch abwechslungsreiches Training in vielen Bereichen. Ich möchte nur, dass du auch schätzt, was wir dir geben. Es mag dir zwar nicht bei deiner Identitätsfindung helfen, aber wenigstens bist du nicht mehr draußen in der Wildnis ohne einen Zufluchtsort und ohne Versorgung. Bitte versprich mir, nicht noch einmal die Regeln zu brechen.«

Darren hat schon wieder ein schlechtes Gewissen, obwohl er stark dagegen gekämpft hat. Genau aus dem Grund kommt er auch nicht weiter. Aber irgendwo hat Nathanael auch recht. Er sollte ein wenig dankbarer sein. Auch wenn ihm das nicht viel hilft. Trotzdem wird er ihm den Wahrheitstrank verabreichen.

»Sie haben recht. Es tut mir leid. Vielleicht sollte ich mich etwas zurückhalten.«

»Gut. Das höre ich gern. Ich habe mitbekommen, dass du schon sehr weit mit deinem Training bist. Du bist auch schon fast einen Monat hier.«

»Ja, das stimmt.«

»Wenn du so weitermachst, könntest du in ein paar Wochen zur Elite gehören«, sagt er und schenkt ihm ein zuversichtliches Lächeln.

»Das wäre … unglaublich. Ich würde wirklich gern Mitglied der Elite sein.« Aber davor muss ich Ihnen noch diesen Trank verabreichen, denkt Darren. Er muss langsam etwas tun, bevor das Gespräch beendet ist.

»Was sind eigentlich diese Bücher in der Vitrine? Sie sehen sehr edel aus«, fragt Darren. Nathanael dreht kurz seinen Kopf. Darren nutzt diesen Moment der Ablenkung und schüttet den Trank in sein Glas. Das Wasser färbt sich blau, was Darrens Herz zum Aussetzen bringt. Doch nach nur einer Millisekunde verblasst die Farbe wieder, und das Wasser sieht wieder wie ursprünglich aus.

»Das sind antike Bücher. Manche sind auch Romane. Ich könnte dir eines ausleihen, wenn du möchtest. Du siehst interessiert aus.«

»Ja, ich hätte nichts dagegen, einen Roman zu le…«, sagt Darren und seine Stimme versagt schon wieder am Ende vor Aufregung.

Bald wird Nathanael noch alles herausfinden, weil Darren seine verdammte Stimme nicht unter Kontrolle hat. Bevor Nathanael noch mal das Wort ergreifen kann, fragt Darren, ob er etwas trinken kann. Nathanael deutet auf das Glas auf dem Tisch. Darren trinkt einen Schluck und macht dann ein angewidertes Gesicht.

»Irgendwie schmeckt das Wasser komisch. Haben Sie etwas reingetan?« Nathanael zieht die Augenbrauen zusammen und schüttelt den Kopf.

»Nein, das ist ganz gewöhnliches Wasser.« Daraufhin nimmt er sein eigenes Glas und trinkt daraus einen Schluck. Darrens Augen wenden sich keine Sekunde ab, sie sind komplett auf Nathanaels Lippen fokussiert, wie sie sich zusammenziehen. An der Bewegung seines Adamsapfels, merkt er, dass er wirklich einen Schluck zu sich genommen hat. Als er das Glas wieder auf den Tisch stellt, fällt Darren auf, dass sich etwas an dem Ausdruck des Imperators verändert hat. Seine Augen wirken leer, als würde er durch ihn hindurchschauen und ihn nicht wirklich wahrnehmen. Es hat funktioniert. Plötzlich fühlt sich Darren ganz schwer. Jetzt hätte er die Möglichkeit, alles zu erfahren. Aber er hat Angst. Angst vor der Wahrheit. Nein, er darf keine Angst haben. Er hat diese Chance nur ein einziges Mal, und er muss sie nutzen.

»Also gut. Wo bin ich? Was ist das Ziel dieser Institution?«

Nathanaels Blick ist weiterhin starr und als er anfängt zu sprechen, ist seine Stimme monoton: »Diese Institution ermöglicht Waisenkindern ein besseres und erfolgreiches Leben. Wir haben dieses Internat gegründet, um Waisenkinder vom Staat zu befreien, der sie vernachlässigt und ihnen kein Leben ermöglicht, das dem von Kindern mit Eltern gleicht. Wenn sie alle Aufgaben erfolgreich bewältigen, bekommen sie am Ende ein Zertifikat, welches sie für alles qualifiziert. So können sie sich Träume erfüllen, die sie sich sonst, mangels Unterstützung, nicht hätten erfüllen können.«

Seine Aussagen unterscheiden sich nicht von denen, die Nathanael bisher geäußert hat. Außer das mit dem Zertifikat, das ist neu. Da stimmt doch etwas nicht. Aber der Trank hat doch seine Wirkung entfalten können, oder nicht? Dann muss er die Wahrheit sagen. Vielleicht tut er das auch. Vielleicht ist Darren zu misstrauisch. Dem Anschein nach haben sie nur gute Absichten. Das müsste ihn eigentlich beruhigen, doch er kann seine Skepsis einfach nicht überwinden.

»Wer sind Sie?« Seine Frage wird mit derselben steifen, roboterartigen Haltung aufgenommen.

»Ich bin der Leiter dieses Instituts. Ich habe in Virginia Psychologie und Informatik studiert und habe dort auch doziert.«

Keine aufschlussreichen Fakten. Was soll er damit anfangen? Er kommt nicht voran. Welche Fragen könnte er noch stellen?

»Haben Sie mich je angelogen?«

»Nein.«

Darren seufzt. Das bringt doch alles nichts. Er muss weiter überlegen. Er muss diese Chance jetzt nutzen. Welche Information könnte er noch gebrauchen?

»Was wissen Sie über mich?«

»Nur so viel, wie du uns preisgegeben hast. Folglich nichts. Aber ich weiß, dass du ein aufmerksamer und neugieriger Junge bist. Ob das gut oder schlecht ist, sei mal dahingestellt.«

Wahrscheinlich findet er es eher schlecht. Aber das hat er nicht behauptet. Nur dass es gut oder schlecht sein kann. Augenblick mal, denkt Darren. Das können doch nicht seine wahren Gedanken sein. Man hat immer eine Meinung zu etwas. Das war kein natürlicher Gedanke, die Antwort war zu neutral, zu vage, zu … durchdacht. Er hat gedacht! Das bedeutet … der Trank hat nicht gewirkt. Oder wird er jetzt verrückt? Interpretiert er zu viel hinein? Wieso hätte der Trank nicht wirken sollen? Vielleicht hat er den falschen genommen. Nein, das kann nicht sein. Oder Nathanael hat von seiner Aktion etwas mitbekommen und sich darauf vorbereitet. Mit einem Gegenmittel. Könnte das sein? Aber wieso hat er, statt ein Gegenmittel zu nehmen, ihn nicht einfach damit konfrontiert? Er hätte ihn bestrafen können. Aber stattdessen spielt er mit? Was bringt ihm das? Theoretisch könnte Darren ihn jetzt auffliegen lassen, indem er ihm klarmacht, dass er seinen Bluff erkannt hat. Dann müsste Nathanael seine wahre Absicht preisgeben. Stattdessen könnte er auch so tun, als wäre er wirklich von ihm getäuscht worden. Darren entscheidet sich für Letzteres. Er weiß nicht genau, wieso, aber diese Wahl fühlt sich besser an. Und sie wird auch nicht umsonst sein. Denn er hat einen Plan. Er wird Nathanaels Strategie übernehmen und mitspielen. Denn ein Spiel ist nicht zu Ende, solange beide Parteien daran teilnehmen.

Er legt den Kopf in seine Hände und beginnt schwer zu seufzen. Dann murmelt er vor sich hin: »Ich glaube es nicht. Dann hat er die ganze Zeit über die Wahrheit gesagt. Gott, ich bin so … wie konnte ich nur so paranoid sein? Wenn er wüsste, was ich ihm angetan habe … nein, ich werde so etwas nie wieder tun. Ich werde nie wieder so eine listige Tat begehen. Und er wollte mich sogar noch in die Elite aufnehmen.« Darren blickt in die Ferne und blinzelt lange nicht, bis seine Augen feucht werden. »Und was tue ich? Ich, Ehrenloser, nutze sein Vertrauen aus. Wenn er mich doch nur in die Elite aufnehmen würde, jetzt bald, dann würde ich nie wieder irgendetwas infrage stellen. Denn ein Elitemitglied zu sein, würde

zeigen, dass sie mich akzeptieren und nur Gutes für mich wollen.«
Darren schüttelt den Kopf, um seine Verzweiflung und Reue zum
Ausdruck zu bringen. »Wie konnte ich nur so etwas tun …? Gott,
ich hasse mich. So etwas darf und wird nie mehr vorkommen. Und
wenn ich auch endlich Elitemitglied bin, dann werde ich nicht einmal daran denken, ich werde mich nur noch auf meine Aufgaben
konzentrieren. Genau. So wird es sein.«

Daraufhin steht Darren auf, und bevor er aus dem Zimmer geht,
schaut er Nathanael zerknirscht an und murmelt, dass es ihm leidtue.
Seine Stimme lässt er dabei durch ein Zittern gebrechlich wirken, um
den Eindruck zu machen, kurz vor einem Tränenausbruch zu sein.

Darren taucht tief unter, als er über seine Worte nachdenkt. Ob
Nathanael ihm seine Rede abgekauft oder vielleicht doch gemerkt
hat, dass er ihm nur etwas vorgespielt hat? Dann hätte Darren nichts
aus der Sache gewonnen. Wieder einmal zweifelt er an seiner Entscheidung. Möglicherweise wird sich das auch nie ändern. Egal, was
er tut, er wird immer an allem zweifeln. Er wünschte, er wäre selbst-
sicherer, entschlossener in seinen Entscheidungen. Er wünschte,
er wüsste, was er tut. Doch jedes Mal findet er sich in einem Loch
wieder, aus dem er nicht rauskommt. Und er hat das Gefühl, er gräbt
sich diese Löcher selbst.

Als er seinen Kopf hebt, sieht er eine Gestalt am Rand des Beckens.

Crystal.

Darren schwimmt hoch und schiebt sich die Haare aus dem Gesicht. Von seinen Wimpern tropft Wasser, doch er sieht, wie Crystal
ihn anlächelt.

»Hey.« Sie trägt einen weißen Badeanzug, und ihre Haare sind
zu einem Zopf gebunden. Darren kann nicht verhindern, dass seine
Augen von ihrer schmalen Taille zu ihren Brüsten wandern. »Hey.
Steigst du ins Becken?«

Crystal beantwortet seine Frage, in dem sie genau das tut. »Und,
was hast du nach dem Training gemacht? Ich habe dich nicht im
Essenssaal gesehen«, sagt sie.

Darren entgeht nicht, wie sie kurz auf seine Brust schaut, bevor sie ihm wieder in die Augen blickt.

»Ich habe mit dem Imperator geredet.«

Ihre Augen blitzen in Neugier auf. »Und? Hast du … Du weißt schon.«

Darren nickt. Crystal hebt darauf die Augenbrauen. Jetzt, wo sie sich so nahe sind, fällt ihm auf, dass sie neben ihrem linken Auge eine kleine Narbe hat. Darren streckt instinktiv seine Hand aus und berührt die Narbe mit seiner Fingerkuppe.

»Oh. Ist dir etwa meine Narbe aufgefallen?«, fragt sie und hebt amüsiert die Mundwinkel.

Als Darren nicht reagiert, sondern weiter mit seinem Finger über die Narbe streicht, führt sie fort: »Ich hatte als Baby Windpocken und habe die neben meinem Auge blutig gekratzt bis … diese Narbe übrig geblieben ist. Spannende Geschichte, ich weiß.«

Darren nimmt seine Hand wieder zurück, doch seine Augen heften weiterhin auf ihrer Narbe.

»Und? Du hast meine Frage nicht beantwortet«, hakt sie nach, als er nichts sagt.

»Nichts«, raunt er und senkt den Blick. Er hört nur, wie Crystal laut ausatmet.

Eine Weile stehen beide im Wasser, ohne etwas zu sagen oder sich anzuschauen. Crystal legt ihre Hand übers Wasser und bewegt sie hin und her. »Bring dich nicht runter, Darren. Du hast alles getan, was in deiner Hand liegt«, äußert sie.

Doch Darren sieht es anders. Er hätte mehr tun können. Man kann immer mehr tun. Wenn man Mut hat – Mut und auch ein wenig Skrupellosigkeit.

»Woran denkst du?«, fragt sie plötzlich nach einer langen Stille.

»An nichts. Einfach an das Leben«, antwortet Darren, ohne nachzudenken.

»Was meinst du damit?«

Als Darren nichts darauf entgegnet, spricht Crystal weiter: »Du weißt, dass deine Antworten ziemlich vage sind.«

Ihr Kommentar bringt ihn zum Schnauben. »Und du weißt, dass du ziemlich neugierig bist.«

»Ich bin nicht neugierig. Nur interessiert.«

»Interesse ist ein Euphemismus von Neugierde«, bringt Darren entgegen.

Crystal beißt sich auf die Lippe, um ein Lächeln zu unterdrücken. Sie erwidert eine Weile nichts, bis sie auf etwas anderes zu sprechen kommt. »Wieso bist du immer allein? Magst du es, allein zu sein?«

Darren nickt ihr zu.

»Wieso? Was tust du, wenn du allein bist?« Sie kann wirklich hartnäckig sein, aber aus irgendeinem Grund macht es Darren nichts aus. »Nichts.«

»Nichts? Also sitzt du nur da und wartest?«

»Das fasst es ganz gut zusammen, ja.«

»Und an was denkst du dann?«, hakt sie nach. Darren schaut sie mit einem neckischen Blick an. »Wieso willst du das wissen?« Daraufhin zieht sie sich wieder zurück und gibt ihm keine Antwort. »Weißt du … du hast das Potenzial, zu den Mastern zu gehören«, meint sie wie aus dem Nichts. Wie kommt sie jetzt darauf? Das war doch gar nicht das Thema. »Ich? Hattest du mir nicht gesagt, ich sei willensschwach?«

»Um genau zu sein, meinte ich, dass Schicksal was für willensschwache Menschen ist. Daran zu glauben nimmt einem die Last von der Schulter. Doch den eigenen Zustand, oder wie andere es nennen würden, das eigene Schicksal zu akzeptieren und weiterzumachen, das zeugt auch von Stärke.«

Darren nickt. »Und deswegen habe ich also das Zeug ein Master zu werden?«

»Nein, nicht deswegen. Du hast einfach etwas … Besonderes.«

»Ich schätze, mein Zustand ist hier etwas Besonderes.« Crystal lacht auf seine Äußerung hin. Darren wird bei dem Klang ganz warm ums Herz. Er sollte sie öfters zum Lachen bringen.

»Das ist es schon, aber was ich meinte, ist, du bist speziell, weil du … nicht leicht zu durchschauen bist. Normalerweise weiß ich sofort, wie die Leute ticken, wenn ich jemandem zum ersten Mal begegne. Ich kann Menschen wie offene Bücher lesen. Aber als ich dich traf, konnte ich das nicht. Das Buch war offen, aber es war nichts auf diesen Seiten geschrieben. Kein einziges Wort.«

Darren findet ihre Ausführung interessant und überraschend. Er hätte von sich selbst nicht gedacht, unergründlich zu sein. Sogar eher das Gegenteil.

»Na ja … wie hast du denn die anderen durchblickt?«, fragt er.

Ihre Augen nehmen einen konzentrierten Blick an. »Analysieren. Beobachten. Leise sein und zuhören. Die Körpersprache, die Haltung, der Ton, all das gibt mehr über jemanden preis, als das eigentlich Gesagte.«

»Wenn du mich nicht durchschauen kannst, dann vertrau deiner Intuition. Hör auf deine innere Stimme«, schlägt Darren vor, ohne seine Augen von ihr zu lassen.

Crystal hebt den Kopf und tut so, als würde sie versuchen, etwas wahrzunehmen. »Ich höre aber nichts.«

»Dann musst du wohl die Lautstärke reduziert haben. Oder dein Gehirn ist zu laut, um deine Intuition hören zu können. Oder du vertraust ihr nicht. Was die schlimmste aller Optionen ist. Es ist am schwierigsten, Vertrauen aufzubauen. Und wenn man einmal enttäuscht wurde, ist es nahezu unmöglich.« Ich kenne mich immerhin gut mit dem Thema Vertrauen aus, denkt Darren verbittert.

»Das ist wahr. Aber ich war nie von meiner Intuition enttäuscht. Weil ich ihr gar nicht vertraut habe.«

»Das glaube ich nicht. Schließlich hast du mir doch aus irgendeinem Grund vertraut, obwohl du selbst meinst, dass du mich nicht durchschauen konntest. Das heißt, du musst wohl auf dein Gefühl gehört haben«, entgegnet Darren.

Crystal scheint das Gesagte abzuwägen, denn sie schaut nachdenklich in die Ferne. »Du hast recht. Vielleicht bin ich doch nicht so kopfgesteuert, wie ich dachte. Du bist aber aufmerksam.«

Darren lächelt sie schief an. »Nur bei dir.« Es rutscht ihm so raus, und er verflucht sich in seinen Gedanken dafür.

Doch Crystal scheint der Kommentar nicht zu stören; sie erwidert sogar sein Lächeln, und ihre Augen nehmen einen intensiven

Ausdruck an. Sie sind nun dunkler als die schwärzeste Nacht. Plötzlich verspürt Darren den Drang, ihr so nah wie möglich zu sein. Bevor er es merkt, hat er seine Hand ausgestreckt. Er streicht ihr über die Wange und lehnt sich langsam nach vorn, während seine Hand noch auf ihrer Wange verweilt. Dabei lässt er ihr Gesicht nicht aus den Augen, damit ihm kein Zeichen von Desinteresse entgeht. Als Crystal dann plötzlich zusammenzuckt, zieht Darren sich sofort zurück. Mit diesem Moment scheint alles vorbei zu sein. Wie ein Glas, das einem durch eine einzige hastige Bewegung aus der Hand fällt und in tausend Scherben zerschellt. Das Wasser um ihn fühlt sich plötzlich dicht und erdrückend an, wie die Stille, die zwischen ihnen entstanden ist und sich im ganzen Raum verbreitet hat. Seine Atemzüge sind ihm zu laut; das Wasser rauscht zu sehr und schwankt zu schnell auf und ab. Und schon wieder verflucht er sich in seinen Gedanken für seine Unvorsichtigkeit. Hätte er ein bisschen länger gewartet, dann hätte er vielleicht erkannt, dass sie nicht interessiert ist. Oder hätte er ein bisschen nachgedacht, dann wäre ihm Cillian eingefallen. Wie konnte er nur so leichtsinnig sein?

Crystal unterbricht das Schweigen mit einem kaum hörbaren Räuspern.

»Darren, ich … ich mag dich. Aber du weißt … ich bin mit Cillian zusammen. Und ich will das nicht kaputt machen.«

Darren spürt ihren Blick von der Seite, aber er wagt es nicht, sie anzuschauen. Er hat Angst, er könnte sie anschreien oder zu sich ziehen.

»Also, wenn du dazu nichts zu sagen hast …« Ihre Stimme ist plötzlich ganz zerbrechlich, und sein Herz fühlt sich an, als hätte es jemand zugeschnürt.

Ich habe viel dazu zu sagen, denkt Darren. Wenn du mit Cillian zusammen bist, wieso bist du mir dann so nahe? Wieso verbringst du allein Zeit mit mir? Sind das keine Zeichen von … Interesse? Oder spielst du mit mir?

Er würde ihr das alles gern ins Gesicht sagen, aber er findet keinen Mut dazu. Vor allem weiß er, wenn er einmal den Mund aufmacht, wird er sich nicht mehr kontrollieren können und sie somit verletzen. Und genau das muss er verhindern. Außerdem kann Stille genauso viel aussagen wie Worte. Er hört Crystal laut ein- und wieder ausatmen. Wieso geht sie nicht einfach?

Als hätte sie seine Gedanken gehört, steigt sie aus dem Becken. Ihre Schritte werden dumpfer, bis um ihn Totenstille herrscht und er nur noch mit seinen Gedanken allein ist.

XVII

Es vergehen nur wenige Tage, bis Darren vor seiner Prüfung steht. Wenn er die kognitive und körperliche Aufgabe schafft, gehört er offiziell zur Elite.

Luke und Gemma scheint diese Neuigkeit nicht zu gefallen. Zumindest wirken ihre Glückwünsche nicht besonders echt. Und als Luke ihn fragt, wieso gerade er schon zur Elite gehören kann und sie immer noch Novizen sind, steht fest, dass sie es ihm nicht gönnen. Irgendwo kann er es auch nachvollziehen, schließlich sind sie viel länger als er hier. Aber Darren kennt den eigentlichen Grund, warum er bereits zur Elite gehören kann: damit Nathanael sein Vertrauen gewinnt. Doch dieser Mann weiß nicht, dass er es nicht wirklich gemeint hat. Er weiß nicht, dass es nur eine Strategie war. Doch das kann er Luke und Gemma nicht verraten. Zum einen kann er sich nicht sicher sein, durch welche Mittel Nathanael noch an Informationen gelangt; er könnte mehr als nur die Armbanduhren haben. Zum anderen könnten sie ein falsches Bild von ihm bekommen. Dass er alles tun würde, um aufzusteigen. Sogar Nathanael einen Wahrheitstrank verabreichen. Und da ist noch etwas anderes … Er will ab jetzt nicht mehr alles mit den anderen teilen. Im Endeffekt kennt er sie nicht wirklich. Sie könnten ihn verpfeifen. Er weiß nicht, was in ihren Köpfen vorgeht. Vor allem jetzt, wo sie doch ganz eindeutig neidisch auf ihn sind, wird er ihnen nicht all seine Pläne und Intentionen erzählen. Außerdem wird er, wenn er die Prüfung besteht, sowieso nicht mehr mit ihnen in einem Zimmer sein. Er wird zu den Elitemitgliedern ziehen. Darren weiß nicht, was er diesbezüglich empfinden soll. Er könnte mit Crystal in einem Zimmer wohnen. Und er weiß nicht, ob er das will. Vor allem, wenn Cillian mit ihnen zusammenwohnt. Er hat seit Tagen weder mit Crystal noch mit Cillian gesprochen, zumal er auch keine körperlichen Trainingsstunden mehr erhalten hat, sondern nur mentalen

Unterricht von Noa. Die psychologischen Aufgaben waren auch seltsam. In der ersten Stunde haben sie einen Wahrheitstest mithilfe eines Lügendetektors gemacht. Diesen hat er auch erfolgreich bestanden. Wozu das gut sein soll, weiß er nicht. Vielleicht wird er mehr erfahren, wenn er mit Elitemitgliedern zusammenwohnt.

Seine erste Prüfung wird das Fechten sein. Er weiß noch nicht, gegen wen er kämpfen wird. Er hofft auf Cillian, da er seinen Kampfstil gewohnt ist und somit eventuell bessere Chancen hätte.

Doch es ist nicht Cillian. Sondern Pyvris. Mit ihm hätte er nicht gerechnet, und er wäre auch der Letzte gewesen, den er als Gegner wollte. Jetzt steht er vor ihm. Sein Gesicht ist blank wie ein leeres Blatt. Doch die Darren bereits bekannte Impertinenz ist in seinen Augen zu sehen. Sie sind voller Konzentration. Darren erwidert seinen Blick mit der gleichen Härte.

Audris steht an der Seite und händigt beiden ihre Säbel aus. »Ihr werdet für fünfzehn Minuten gegeneinander kämpfen. In der Zeit muss du, Darren, mindestens halb so viele Stiche erzielen wie Pyvris. Wenn Pyvris also zum Beispiel sechs Mal auf dich eingestochen hat, musst du mindestens drei Mal auf ihn zustechen, damit du bestehst. Das liegt daran, dass Pyvris natürlich viel erfahrener ist also du, weshalb wir von dir nicht erwarten können, ihn sofort zu übertreffen.«

Darren schaut zu Pyvris, dessen Gesicht weiterhin keine Spur von Emotion zeigt. Er hätte vielleicht ein arrogantes Lächeln erwartet, doch er ist ernst und fokussiert.

»Gut, wenn ich los sage, könnt ihr anfangen. Wie gesagt, ihr habt fünfzehn Minuten Zeit. Ich gebe euch dann Bescheid, wenn zehn Minuten vergangen sind.«

Darren und Pyvris stellen sich in ihre Positionen und warten auf das Signal. Audris gibt ihnen das Startzeichen. Es dauert nicht lange, bis Pyvris sich den ersten Punkt holt. Darren ist nicht eingeschüchtert und holt sich nach ein paar Sekunden auch seinen ersten. Pyvris ist flink, seine Bewegungen sehr abgehackt, aber präzise. Trotzdem ist er nicht so gut, wie Darren es erwartet hätte. Oder Darren ist heute einfach in guter Form.

Nach zehn Minuten steht es acht zu drei für Pyvris. Darren braucht noch einen Punkt, wenn Pyvris keine weiteren mehr erzielt. Es ist die letzte Minute, und Darren gibt fast die Hoffnung auf, doch durch eine Unachtsamkeit von Pyvris schafft er es noch einmal, auf seine Brust zuzustechen. Und dann ist schon die Zeit um.

»Pyvris, du hast acht Punkte erzielt und Darren, du hast vier erzielt. Damit genau die Hälfte. Du hast bestanden. Morgen ist deine kognitive Prüfung«, sagt Audris.

Nachdem Audris den Raum verlassen hat, legen Pyvris und Darren die Säbel zurück in den Schrank.

»Du warst nicht schlecht«, gibt Pyvris mit seiner tiefen Stimme zu. Er schaut ihm dabei nicht direkt in die Augen.

Darren weiß nicht, was er davon halten soll. »Na ja, ich habe nun einen Monat …«

Plötzlich fasst ihn Pyvris so fest am Arm, dass ihn ein entsetzlicher Schmerz durchzuckt. Seine stechenden Augen durchbohren ihn.

»Hör mal, Noa hat mir erzählt, dass du sie angeschrien hast. Ich sag dir eines: Wage es noch einmal, sie in nur irgendeiner Weise zu verletzen, und du kriegst es mit mir zu tun, verstanden?«

Darren will ihn gerade niederkämpfen, doch dann hält er inne. Morgen könnte er in die Elite aufgenommen werden. Wenn er sich jetzt mit Pyvris anlegt, würde diese Möglichkeit ihm mit Sicherheit entzogen werden. Dazu darf es nicht kommen. Er muss schlau handeln.

Also nickt er nur. Pyvris schaut ihn noch weitere Sekunden in die Augen, bis er dann Darrens Arm loslässt und verschwindet.

Darren spürt noch seinen festen Griff, der eine Spur auf seinem Arm hinterlassen hat.

Darren sitzt am nächsten Tag schon im Prüfungsraum, in dem er den kognitiven Teil des Tests durchführen wird. Nach einigen Minuten betritt auch Audris den Raum. Sie hat keine Begleitung, was bedeutet, dass sie den Test mit ihm machen wird. Audris stellt eine Uhr auf den Tisch und legt einige Blätter vor ihn hin.

»So, Darren, du hast für diese Aufgaben insgesamt eine Dreiviertelstunde Zeit. Es sind drei Bereiche, für die du jeweils fünfzehn Minuten Bearbeitungszeit bekommst. Wenn du irgendwelche Fragen hast, kannst du sie mir jetzt stellen, nachdem du dir alle Aufgaben angeguckt hast. Du bestehst die Prüfung, wenn du 75 Prozent der Aufgaben richtig gelöst hast.«

Darren geht die Aufgaben durch. Es sind ähnliche Tests wie bei seinen Übungsstunden mit Noa. Da er keine Fragen dazu hat, darf er sofort anfangen. Die ersten Aufgaben hat er in knapp zehn Minuten gelöst. Für die nächsten zwei Aufgaben braucht er 35 Minuten. Er geht dann noch mal alle Aufgaben durch, um nach Fehlern zu gucken. Nach den letzten kleinen Korrekturen gibt er ab.

»Gut. Ich werde die Aufgaben jetzt korrigieren. Es wird höchstens eine Viertelstunde dauern. Du kannst so lange draußen warten«, sagt Audris.

Daraufhin steht Darren auf und verlässt den Raum. Es vergeht nicht viel Zeit, bis Audris ihn ruft.

»Du hast 80 Prozent der Aufgaben richtig gelöst, damit hast du bestanden und gehörst nun zur Elite. Schau dir die Aufgaben noch mal an, an den Rändern stehen die Korrekturen.«

Aus irgendeinem Grund freut er sich nicht so sehr über diese Neuigkeit, wie er es sich vorgestellt hat.

»Wo werde ich jetzt wohnen?«, fragt er.

»Du wirst ab sofort mit Cillian, Pyvris, Noa, Crystal und Ezekiel zusammenwohnen«, antwortet sie und händigt ihm seinen Test aus.

Von Ezekiel hört er zum ersten Mal. Aber den Rest kennt er bereits. Und mit allen hat er keine so einfache Beziehung. Besonders mit Crystal und Pyvris wird es ganz bestimmt alles andere als harmonisch. Noa und Cillian sind vom Typ her wenigstens gelassen und entspannt. Bei Pyvris muss er wirklich aufpassen. Er ist nicht nur stachelig, sondern scheint auch extrem misstrauisch zu sein. Von Crystal sollte er sich am besten ganz fernhalten. Sonst wird er auch noch Probleme mit Cillian bekommen. Er ist zwar locker, aber auch er scheint ein eher unangenehmes Temperament zu haben, wenn man zu weit geht. Jetzt weiß er erst

Gemma, Luke und John wirklich zu schätzen. Sie sind alle immer zuvorkommend und freundlich zu ihm gewesen, auch wenn es ab und an zu Konflikten kam. Auf der anderen Seite ist es für ihn auch besser, mit der Elite zu wohnen. Denn sie sind viel weiter als er, sie wissen mehr. Sie sind näher am Geschehen. Das könnte Darren helfen, einen besseren Überblick zu haben und mehr zu erfahren. Trotzdem nimmt es nichts von seinem Unbehagen weg. Schon heute wird er mit ihnen im selben Zimmer schlafen. Es ist ein komisches Gefühl, nach einem Monat nun andere Zimmergenossen zu haben.

»Morgen gehst du bitte in den Raum Washington«, informiert ihn Audris.

Washington? Hat er nicht Pyvris zum ersten Mal in diesem Raum getroffen? Das würde bedeuten, dass er morgen eine Spieleraufgabe macht. Darren hat es ganz vergessen. Er ist jetzt nicht nur ein Elitemitglied, sondern auch ein Spieler. Was er jetzt wohl für Aufgaben bekommen wird?

»Gut. Soll ich jetzt schon zu den anderen ziehen?«, will Darren wissen.

»Ja, natürlich«, sagt Audris und lächelt ihn an. Es ist das erste Mal, dass er sie lächeln sieht. Es ist eine merkwürdige Geste, aber er kann sich nicht beschweren.

Darren nimmt seine Klamotten und stopft sie in eine Tasche.

»Hast du die Prüfung bestanden?«, fragt Luke. Darren nickt ihm zu. Irgendwie fühlt er sich nicht wohl dabei. Es ist nicht gerecht. Luke, Gemma und John sind viel länger hier als Darren, trotzdem bekommt er zuerst die Chance, zur Elite zu gehören. Aber andererseits könnte dies auch bestätigen, dass seine Taktik funktioniert hat und er recht hatte. Der Wahrheitstrank hat tatsächlich nicht gewirkt, und Nathanael hat seinen Monolog mitbekommen und ihn schnellstmöglich zum Elitemitglied gemacht. Also hat Nathanael von seiner nächtlichen Aktion etwas mitbekommen, weshalb er sich vorbereiten konnte. Womöglich mit einem Gegenmittel. Oder Darren liegt ganz falsch und er hat es wirklich geschafft, zur Elite zu gehören. Schließlich meinten alle ständig, dass er sehr gut sei. Er weiß nicht, was er denken soll.

Als er mit dem Packen fertig ist, sagt er zu Luke: »Nur weil ich jetzt nicht mehr bei euch wohne, heißt es nicht, dass wir nichts mehr miteinander zu tun haben werden. Ich hätte gern noch weiter mit euch zusammengewohnt. Aber ich entscheide das nicht.«

Luke schenkt ihm ein Lächeln, das nicht gespielt oder spöttisch wirkt. Es ist ein aufrichtiges Lächeln.

»Ich weiß. Tut mir leid, wenn ich dich irgendwie verletzt habe. Ich muss zugeben, ich bin etwas neidisch … natürlich. Schließlich bin ich länger hier. Aber es ist nicht deine Schuld. Wie du schon gesagt hast, du entscheidest das ja nicht.«

Darren erwidert sein Lächeln, und gerade, als er gehen will, kommt Luke noch mal zu ihm und klopft ihm auf die Schulter.

»Ich hoffe nur, dass Pyvris dir keine Probleme bereiten wird. Wenn es doch so kommt, sag mir Bescheid, dann verprügeln wir ihn gemeinsam«, sagt er.

Darren lacht daraufhin. »In Ordnung«, erwidert er.

In seinem neuen Zimmer trifft er nur auf Pyvris und einen anderen Jungen, den er zum ersten Mal sieht. Womöglich handelt es sich bei ihm um Ezekiel. Pyvris begrüßt ihn nicht. Stattdessen bleibt er weiterhin auf seinem Bett sitzen. Er hält ein Buch in der Hand, das den Titel *Schach – ein Kriegsspiel* hat. Der andere Junge aber kommt auf ihn zu und streckt ihm seine Hand hin. »Hey, du musst wohl Darren sein. Ich bin Ezekiel. Kannst mich auch Zeke nennen.« Er schenkt ihm ein warmes Lächeln. Seine entblößten Zähne wirken durch die dunkle Haut noch heller.

»Freut mich«, entgegnet Darren und schaut sich um.

»Das Bett in der Ecke ist deines«, sagt Zeke. Darren nickt und legt seine Tasche auf sein neues »Zuhause«.

»Du hast also die Eliteprüfung bestanden? Nicht schlecht. Bei mir hat es etwas länger gedauert«, gibt Zeke zu und klopft ihm auf die Schulter.

»Ja, es überrascht mich auch. Aber ich hatte auch wirklich gute Trainer.«

»Ach ja, Crystal und Cillian, stimmt's? Die sind die Besten hier. Ein richtiges Power-Duo. Wer weiß, vielleicht werdet ihr noch zu einem Power-Trio.«

Darren muss über Zekes ulkige Art lachen.

»Hey, Pyvris, warum begrüßt du Darren denn nicht?«, fragt Zeke. Darren fühlt sich dabei etwas unwohl.

Pyvris schlägt als Antwort das Buch zu und verlässt das Zimmer. Zeke hebt die Augenbrauen und schüttelt den Kopf.

»Der hat richtig Probleme, ich mein's ernst«, bemerkt er.

Darren kann sich ein weiteres Lachen nicht verkneifen. Mit Zeke wird er wohl wenig Stress haben. Er scheint sehr gelassen und humorvoll zu sein.

»Und, wie gefällt es dir hier?«, fragt er, nachdem er sich auf sein Bett geworfen hat. Darren weiß wie immer nicht, was er darauf antworten soll. Aber bei Zeke hat er das Gefühl, dass er mit ihm ehrlich sein kann. Dass er ihm einfach seine wahren Gedanken verraten kann, auch wenn sie etwas irritierend sind. Doch bevor er anfangen kann, erinnert er sich an die Sprechfunktion an seiner Uhr. Er weiß nicht, ob dort tatsächlich so etwas angebracht ist, aber trotzdem sollte er achtgeben.

»Mir gefällt es hier ganz gut. Ich hatte meine Probleme am Anfang, aber jetzt habe ich das Gefühl, dass ich den Menschen um mich herum vertrauen kann.«

»Das freut mich. Ich hasse es nämlich, wenn es zu Konflikten kommt. Aber du machst mir nicht den Eindruck, nach Konflikten zu suchen. Es scheint eher, als würden sie zu dir kommen«, meint er. Seinen dunklen Augen sind warm und freundlich.

»Da hast du wohl recht«, bestätigt Darren. In dem Moment öffnet sich die Tür, und Cillian und Crystal betreten den Raum. Darren schaut sofort weg, um nicht mit Crystal in Augenkontakt zu geraten.

»Darren, du wohnst also ab jetzt hier?«, fragt Cillian, und Darren nickt ihm zu.

Obwohl er auf den Boden schaut, spürt er, wie Crystal an ihm vorbeiläuft. Sein Herz macht einen Sprung. Er muss sich beherrschen. Sie darf ihn nicht einfach so aus der Bahn werfen können. Cillian setzt sich ihm gegenüber.

»Das heißt, du wirst am nächsten Spiel teilnehmen. Dann kannst du endlich etwas Spannendes erleben.«

»Als wäre seine ganze Situation nicht schon überfordernd genug, redest du hier noch von Spannung«, entgegnet Zeke, doch lacht dabei.

»Vielleicht wird er dadurch etwas abgelenkt und sorgt für keinen Ärger mehr«, meint Cillian.

Darren fühlt sich unwohl bei seiner Aussage. Er sorgt doch nicht für Ärger. Er hinterfragt nur. Und er hat jedes Recht dazu, mehr zu erfahren. Cillian scheint seine Stimmungswandlung bemerkt zu haben, denn er fasst ihn an der Schulter.

»Ich nehme dich doch nur auf den Arm. Du hast eben ein bisschen Spaß in die ganze Sache hier reingebracht. Ist doch nichts Schlechtes.«

Darren lächelt kurz, doch so witzig findet er es nicht.

»Crystal, wieso sitzt du so abseits? Komm doch zu uns«, sagt Zeke.

Darrens Körper spannt sich daraufhin sofort an. Doch Crystal meint, dass sie sich etwas ausruhen möchte. Darren kann an ihrer Stimme nicht erkennen, ob sie die Wahrheit sagt. Womöglich aber nicht. Sie will ihn einfach nur meiden. Vielleicht hat sie auch Angst, dass Cillian etwas bemerken könnte. So scharfsinnig, wie Cillian ist, könnte Darren sich sogar vorstellen, dass er irgendwann dahinterkommen könnte. Hier zu wohnen wird wohl eine weitere Herausforderung werden.

Am nächsten Tag steht Darren im Zimmer Arizona mit Cillian, Crystal, Pyvris, Noa, Zeke, Viorell und noch sieben weiteren Leuten, die er zum ersten Mal sieht. Ein Mädchen mit schulterlangen aschblonden Haaren und einem Pony beäugt ihn von der Seite, was Darren jedoch nicht beunruhigt. Er ist es schon gewohnt, komisch angestarrt zu werden.

Nach einer Weile kommt Audris ins Zimmer und stellt sich hinter den Tisch, der zwischen ihr und den Schülern platziert ist. Nachdem sie den Bildschirm hinter sich angeschaltet hat, fängt sie an zu reden: »So, das nächste Spiel findet morgen statt. Und ihr werdet wieder fechten. Das Ziel ist es, die Flagge des Schwarzen Lagers zu nehmen und sich anzueignen. Die Mannschaft, die sich die Flagge des anderen aneignet, hat gewonnen.«

Gar nicht so kompliziert, wie es sich Darren vorgestellt hat. Aber wo genau werden sie das Spiel ausführen? Hier können sie schlecht gegen eine andere Mannschaft spielen.

»Ihr werdet aber nicht alle teilnehmen, wie immer. Ich zähle jetzt die auf, die morgen spielen werden: Crystal, Ezekiel, Fletcher, Idris, Pyvris, Cillian, Noa, Melanie, Jasmine, Viorell, Jacob, Gabriella und Avalon.«

Dann spielt er morgen nicht. Warum das? Weil er noch neu in der Elite ist? Womöglich. Außer ihm wurden keine weiteren ausgelassen. Das Mädchen, das ihn so komisch beäugt hat, heißt wohl Melanie. Das hat er daran erkannt, wie sie den Kopf geneigt und gegrinst hat, als Audris ihren Namen nannte. Sie schaut jetzt mit einem schelmischen Lächeln zu Darren. Sie freut sich bestimmt, dass er nicht spielt. Obwohl er das Mädchen nicht kennt, kann er sie jetzt schon nicht leiden.

»Darren, du spielst dann morgen noch nicht, da du noch neu in der Elite bist, also kannst du auch gehen«, sagt sie. Er hätte aber doch so gern bei dem nächsten Spiel teilgenommen. Steckt da vielleicht mehr dahinter? Ist der Grund für seine Nichtteilnahme mehr als nur seine Unerfahrenheit?

Darren kann nicht weiter überlegen, denn Cillian lehnt sich zu ihm und flüstert ihm ins Ohr: »Also ich durfte beim ersten Mal trotzdem bleiben, komisch, dass du rausgehen sollst.«

Das ist aber interessant. Wieso durfte Cillian denn bleiben, wenn er gehen muss? Hat es etwas mit ihm zu tun oder mit den Umständen?

»Dürfte ich trotzdem hierbleiben und zuhören? Dann weiß ich zumindest, wie es abläuft. Wenn ich schon nicht spiele«, sagt Darren.

Audris zögert einen Moment, lässt es jedoch zu. Dann fährt sie mit ihrem Vortrag fort.

»Ihr werdet morgen in einer Ruine sein.« Über dem Tisch erscheint eine blaue Konstruktion der Ruine in 3-D. »In der Mitte wird ein langer Metallbolzen liegen, der die Zonen der zwei Mannschaften trennt und auf den ihr euch stellen müsst, bevor ihr die gegnerische Zone betretet. Das heißt, wenn ihr die gegnerische Zone angreifen möchtet, stellt ihr euch zuerst auf die Stange und könnt dann, wann ihr wollt, angreifen. Wenn aber ein Gegenspieler ebenfalls auf die Stange springt, um unsere Zone anzugreifen, könnt ihr gegeneinander auf der Stange fechten. Deshalb solltet ihr nicht zu lange auf der Stange warten, denn es ist schwieriger, sich darauf zu verteidigen.«

Nach einer kurzen Pause fährt sie fort: »Die Fahne wird auf der linken Seite der Ruine sein.«

Audris zeigt mit einem Gerät, das einen roten Punkt auf der 3-D-Darstellung auslöst, auf eine Fläche in der Ruine. Dann fährt sie fort: »Die Fahne ist schwarz mit zwei weißen Schwertern, die überkreuzt sind. Unsere Fahne ist genau gleich, nur die Farben sind umgekehrt.« Sie zeigt auf dem Bildschirm ein Abbild der zwei Fahnen. »Dann gibt es noch ein Gefängnis. Das befindet sich auf der rechten Seite der Ruine, also genau parallel zur Fahne. Wenn jemand von einem gegnerischen Spieler berührt wird, kommen er oder sie ins Gefängnis und können erst befreit werden, sobald eine Person aus dem eigenen Team ihn oder sie befreit. Das geschieht, in dem man die gefangene Person kurz berührt, egal, wo. Habt ihr bisher Fragen?«

Viorell hebt daraufhin die Hand und wird direkt drangenommen. »Also die Ruine hat mehrere Stockwerke?«

»Ja, aber ihr werdet nur auf der ersten Etage spielen.«

Nachdem sich niemand mehr meldet, fragt Audris: »So und jetzt möchte ich gern von euch hören, wie wir so schnell wie möglich die Flagge ergattern können. Wer hat eine Idee?«

Es melden sich Viorell, Crystal und Melanie. Audris nimmt Viorell dran.

»Also ich würde sagen, wir teilen uns auf. Ein paar Leute beschützen die Fahne, und ein paar andere passen auf die Gefangenen des gegnerischen Teams auf, damit sie niemand befreien kann. Und der Rest versucht dann, die Fahne zu bekommen.«

»Okay, weitere Vorschläge? Oder Kritik?«

Crystal wird als Nächste drangenommen. »Ich würde sagen, wir versuchen, so schnell wie möglich in den Kampf zu kommen, damit die gegnerische Mannschaft abgelenkt ist. Während die anderen Spieler gegen uns kämpfen, wird einer oder eine von uns sofort die Fahne erobern.«

»Aber die gegnerische Mannschaft wird doch auch Leute haben, die die Fahne beschützen werden. Eine Person allein wird niemals die Fahne holen können«, entgegnet Melanie.

»Wie wär's, wenn wir dann die Spieler angreifen, die die Fahne beschützen? Wenn sie ins Gefängnis kommen, können wir uns die Fahne holen«, meint Crystal.

»Aber wir müssen die Fahne doch auch wieder zurück in unsere Zone bringen, oder nicht?«, sagt Viorell. »Dann sollte das am besten jemand machen, der schnell ist. Wer ist denn der oder die Schnellste unter uns?«

»Melanie ist schnell«, sagt Zeke, und Melanie zwinkert ihm zu. Zeke erwidert die Geste mit einem schalkhaften Lächeln.

»Also ich hätte eine andere Idee«, sagt Cillian. »Ich würde sagen, wir bleiben alle auf unserer Zone und warten, bis die Gegner angreifen. Dann bekämpfen wir sie alle. Und wenn sie schon einige Leute verloren haben, greifen wir an, und zwar alle zusammen, damit sie überrumpelt werden.«

Daraufhin meldet sich ein dunkelhäutiges Mädchen mit dicken schwarzen Haaren. »Ich weiß nicht, ob das schlau wäre. Denn wenn wir uns am Anfang zurückhalten, dann wird es am Ende ein Chaos, wenn wir plötzlich alle zusammen angreifen. Außerdem machen wir uns auch extrem verletzlich, wenn wir die anderen uns angreifen lassen.«

»Nein, das denke ich nicht. Wir müssen nur die Fahne nehmen und zurückkommen. Wir wissen, wo die Fahne ist, daran ist doch nichts kompliziert. Und wenn die Gegner genug Leute verloren haben, wird es für sie eine schwierigere Situation als für uns.«

Dann meldet sich ein schlaksiger Junge mit kurzen roten Haaren und Sommersprossen. »Also ich finde, dieser Plan würde schnell durchschaut werden. Ich meine, wenn wir da nur stehen und nichts tun, dann werden sie wahrscheinlich sofort erkennen, dass wir auf einen Angriff warten. Vielleicht werden sie dann ihrerseits auf einen Angriff warten, dann stehen beide Teams da und tun nichts. Und dann brauchen wir einen anderen Plan.«

»Also ich stimme Fletcher und Jasmine zu. Ich denke, wir könnten erst mal Cillians Plan verfolgen, und wenn er zu nichts führt, können wir das machen, was ich vorgeschlagen habe«, äußert Crystal.

Nach Crystals Vorschlag kommt wieder Viorell zu Wort: »Ich finde Cillians Plan gut. Wir sollten mehr Wert auf die Defensive legen, also in der Nähe unserer Fahne bleiben.«

»Ich würde Crystals Plan durchführen«, schlägt Pyvris vor. »Also wir suchen eine Person aus, die dafür zuständig ist, die Fahne zu holen, und diese Person beschützen wir dann auch. Wir bleiben immer in ihrer Nähe und sorgen dafür, dass sie an die Fahne gelangt.«

»In Ordnung, wenn keiner mehr etwas vorzuschlagen hat, würde ich sagen, stimmen wir ab, was wir uns vornehmen«, sagt Audris. Als niemand etwas anbringt, nimmt sie sich einen Stift und schreibt die Pläne auf den Monitor. Ihre Handschrift wird automatisch in die Computerschrift umgewandelt, sodass alles lesbar ist.

»So … Wer ist für den Plan von Viorell?«

Es melden sich zwei Leute, der rothaarige Junge, der Fletcher heißt, und ein Mädchen.

»Wer ist für den Plan von Crystal?«

Diesmal heben sechs Leute die Hand. Melanie, Zeke, Pyvris, das dunkelhäutige Mädchen, das anscheinend Jasmine ist, ein Junge und noch ein Mädchen.

»Und wer findet den Plan von Cillian gut?«

Da meldet sich der Rest, also insgesamt fünf Leute.

»Damit werden wir Crystals Plan übernehmen. Dann müsst ihr noch entscheiden, welche Person die Fahne holen soll.«

»Ich hatte schon zuvor gesagt, dass Melanie die Schnellste ist. Dann wäre es am besten, wir wählen sie aus, oder?«

»Aber Melanie ist auch sehr gut im Fechten. Wäre es dann nicht besser, wir wählen jemanden aus, der zu den Schwächeren gehört?«, meint Noa.

»Ich bin gut im Fechten, ich bin die Schnellste … Nicht schlecht!«, sagt Melanie und nickt anerkennend.

Die anderen fangen daraufhin an zu lachen. Auch Darren kann sich ein Grinsen nicht verkneifen.

»Wie wäre es mit Zeke? Du bist doch auch ziemlich schnell, oder?«, fragt Crystal und schaut ihn an.

»Ja … ich habe halt lange Beine«, sagt er und zappelt zur Betonung mit den Beinen.

Die anderen fangen dann wieder an zu lachen, und Zeke stimmt ein, dabei wackeln seine Schultern.

»Ja, aber du bist doch auch schnell, oder? Ich meine, ich habe ja auch lange Beine«, entgegnet Crystal amüsiert.

»Ja … ich denke schon. Wird schon hinhauen.«

Das bringt alle erneut zum Lachen, und auch diesmal stimmt Darren ein.

»Junge, du nimmst auch überhaupt nichts ernst, oder?«, fragt Cillian und schüttelt halb grinsend den Kopf.

»Leute, was reden wir denn auch darüber? Wir sind hier alle Athleten. Suchen wir doch einfach irgendjemanden aus«, meint Zeke dann.

»Also wer ist für Zeke?«, fragt Jasmine in die Runde, und es heben fast alle die Hand.

Dann übernimmt Audris wieder das Wort. »Nachdem wir das geklärt haben, müssen wir noch die Aufstellung planen. Wie viele überwachen das Gefängnis und wie viele beschützen die Fahne?«

»Also ich würde sagen, zwei Leute beschützen die Fahne und zwei weitere das Gefängnis«, schlägt Jasmine vor.

»Zwei Leute für die Fahne ist zu wenig. Ich finde, es sollten mindestens vier sein. Wenn unsere Strategie auf der Offensive beruht, dann brauchen wir auch mehrere, die die Fahne schützen, zumal die meisten in der gegnerischen Sphäre sein werden«, erwidert Noa.

Audris setzt silberne Kugeln auf die 3-D-Darstellung: zwei vor das Gefängnis und vier vor die Fahne.

»Andere Vorschläge?«, fragt sie in die Runde.

»Sind zwei Personen für das Gefängnis nicht zu wenig?«, meint Viorell.

»Wir haben schon insgesamt sechs Spieler, die für die Defensive zuständig sind. Die restlichen sieben brauchen wir für die Offensive, sonst wird es nichts mit unserem Plan«, repliziert Crystal.

»Und wer möchte das Gefängnis überwachen?«, fragt Audris.

»Ich würde sagen, die schwächeren Fechter«, sagt Pyvris, ohne jemanden direkt anzugucken.

»Ja, Idris. Sieht wohl so aus, als käme jetzt dein großer Moment«, sagt Zeke und sieht einen Jungen mit hellbrauner Haut und dunklen Haaren an, der daraufhin leicht errötend auf den Boden schaut.

Die anderen fangen an zu lachen.

»Halt doch einfach den Mund, Zeke«, erwidert Noa und schaut ihn mit einem angewiderten Blick an.

»Das war doch nur ein Witz.« Auf seine Verteidigung erntet er von Noa nur ein Augenrollen.

»Also bevor es hier eskaliert, würde ich einfach vorschlagen, dass Jacob und Gabriella das Gefängnis überwachen und dafür Avalon, Idris, Jasmine und Viorell die Fahne beschützen«, sagt Cillian.

»Irgendwelche Einwände?«, fragt Audris.

Nachdem keine Reaktion kommt, schreibt sie unter die Kugeln die Namen der Erwählten.

»Gut, dann machen wir weiter mit der Aufstellung der offensiven Spieler.«

Bevor irgendjemand etwas sagen kann, fängt Fletcher an zu sprechen: »Ich würde sagen, wir stellen uns alle einfach nebeneinander, um eine Art Mauer zu bilden. Und wir sollten auch nicht viel Freiraum zwischen uns haben, damit die Gegner nicht so leicht durchkommen können.«

Die anderen nicken.

»Gut, wer wird Zeke beschützen?«, hakt Audris noch nach.

»Vielleicht zwei Leute, die ihn in ihrer Mitte haben werden«, schlägt Crystal vor. »Ich könnte eine der Personen sein.«

»Ja, ich übernehme das auch«, sagt Noa.

Zeke prustet daraufhin los: »O Noa, was willst du mich plötzlich beschützen? Vor fünf Minuten hast du mich noch angegriffen. Mädchen ... wissen nicht, was sie wollen.«

Da bricht wieder Gelächter aus.

»Ich beschütze dich nur, weil ich weiß, wie hilflos du bist. Und ich will nicht, dass wir deswegen verlieren«, erwidert sie und erntet auch zustimmendes Lachen.

»Ruhig, ihr zwei. Sonst könnt ihr direkt weitere Stunden hier verbringen«, mahnt Audris und fährt dann fort: »Dann sind Cillian, Pyvris, Fletcher und Melanie für den Angriff zuständig.«

Nachdem keiner mehr etwas sagt, entlässt Audris sie.

Als Darren aus dem Raum ist, fasst ihn jemand am Arm. Er dreht sich um und steht vor Melanie.

»Na, hast du Lust, Schach zu spielen? Hast hier bisher nur Fechten und Boxen ausgeübt, richtig? Vielleicht hättest du mal Lust, auch dein Gehirn zu trainieren«, sagt sie mit einem schiefen Lächeln.

Darren weiß nicht, ob sie sich über ihn lustig macht oder nicht. Nichtsdestotrotz willigt er ein. Es schadet nicht, jemanden hier kennenzulernen.

»Also, es ist das erste Mal, dass ich mit dir rede. Aber ich habe schon ein paar Geschichten von dir gehört. Ich weiß nicht, ob sie wirklich stimmen. Erzähl mir doch mal ein bisschen was von dir.«

Darren ist überrascht von ihrer Offenheit. Er weiß nicht, wie er damit umgehen soll. Es gibt nicht viel über ihn zu wissen. »Na ja, du hast wahrscheinlich mitbekommen, dass ich so ziemlich nichts von meiner Vergangenheit weiß. Dementsprechend kann ich dir nicht viel von mir erzählen.«

»Ach, komm schon, irgendetwas gibt es bestimmt, das du mir verschweigst. Oder vertraust du mir nicht?«, fragt sie und hebt eine Augenbraue.

»Ich wünschte, es gäbe etwas, was ich verschweigen könnte«, gibt Darren zu. Er blickt auf den Boden.

»Du bist aber wirklich eine harte Nuss, was? Komm schon, ich will dich nur ein bisschen kennenlernen. Ich muss doch wissen, womit ich es zu tun habe.«

»Du hast es mit jemand Harmlosem zu tun. Das reicht dir doch, oder?« Darren lächelt sie herausfordernd an. Sie erwidert das Lächeln, lehnt sich zu ihm und sagt mit leiser Stimme in sein Ohr: »Allein mit dieser Antwort beweist du genau das Gegenteil.«

Darren muss daraufhin schnauben, doch er entgegnet nichts und folgt ihr ins Zimmer.

Sie holt ein Schachspiel raus und legt es auf ihr Bett. Sie setzen sich gegenüber voneinander und fangen an, die Figuren auf dem Feld zu verteilen.

»Ich spiele weiß«, bestimmt Melanie.

Darren wollte so oder so schwarz spielen. Es ist eher seine Farbe.

Die erste Partie kommt ganz schnell zum Ende. Melanie besiegt ihn ohne Mühe, doch Darren schlägt vor, noch eine Runde zu spielen. Melanie willigt ein.

Auch diesmal geht der Sieg an sie.

»Mach dir nichts draus. Ich spiele schon viel länger als du«, sagt sie zu ihm.

»Das stimmt. Ich will aber noch eine Runde spielen«, erwidert Darren und legt die Figuren wieder auf ihre zugehörigen Plätze.

Melanie grinst ihn verschmitzt an. »Ich hoffe, du willst weiterspielen, um dich zu verbessern, nicht nur, um zu gewinnen.«

»Wenn ich gewinne, heißt es, dass ich mich verbessert habe«, entgegnet Darren.

»Muss nicht sein. Vielleicht habe ich bei einer Runde nicht aufgepasst, und du gewinnst durch meinen Rückschlag. Das heißt nicht, dass du dich verbessert hast, sondern dass ich nicht in meiner üblichen Verfassung war.«

Darren schaut in ihre stechenden Augen. »Lass uns doch weniger reden und mehr spielen.«

Und das tun sie. Doch Darren verliert ein weiteres Mal.

»Wie gewinnst du?«, fragt Darren, als sie das Spiel abbauen.

Melanie feixt und meint: »Das Schachspielen lernst du noch. Du bist gar nicht so schlecht für einen Anfänger. Aber weißt du, jeder hat seine eigene Strategie. Die entwickelst du mit der Zeit. Es ist immer von Vorteil gegen sehr viele verschiedene Menschen zu spielen. Ist auch logisch. Wenn du ständig gegen mich spielst, kriegst du irgendwann meine Spielweise heraus und passt dich daran an. Du entwickelst keine eigene Spielweise, sondern lernst, wie du mich besiegst, nur mich. Deshalb ist es wichtig, dass du gegen viele Leute spielst. Ich weiß, dieser Spruch wird wirklich zu oft benutzt, aber er stimmt. Übung macht den Meister. Sogar ein weniger intelligenter Mensch kann gegen einen Hochintelligenten gewinnen, wenn er genug übt. Viele denken, Schach ist für intelligente Menschen geschaffen. Aber ich finde, das stimmt nicht ganz. Klar ist Intelligenz immer von Vorteil, egal, um was es sich handelt. Aber ich denke, das Schachspiel kann nur die Person gewinnen, die Gerissenheit besitzt.«

»Gerissenheit? Aber intelligente Menschen sind doch auch gerissen. Das geht miteinander einher.«

Melanie schüttelt leicht den Kopf und grinst schief.

»Nein, ganz und gar nicht. Weißt du, was der entscheidende Unterschied zwischen Intelligenz und Gerissenheit ist? Der intelligente Mensch hat eine Idee, er entwickelt einen Plan, der ganz allein für sich funktioniert. Sein Plan hängt nicht von der anderen Seite ab. Er steht für sich. Und der gerissene Mensch? Der passt sich an. Je nachdem, mit wem er es zu tun hat. Er analysiert seinen Gegner. Er arbeitet mit seinen Sinnen. Er nimmt Informationen von außen auf und verarbeitet sie. Er überlegt, wie er von seinen Gegnern profitieren kann. Sein Plan entwickelt sich durch die Umstände, durch die Personen, von denen er umgeben ist. Sein Plan kann nicht ohne sie existieren. Er baut nämlich darauf auf. Der gerissene Mensch lebt von anderen, er nimmt andere aus und bereichert sich an ihnen. Der intelligente Mensch aber, er braucht andere nicht, er kommt von allein an seine Ziele. Doch wenn alle Voraussetzungen für den gerissenen Menschen erfüllt sind, dann kann er nicht verlieren.

Nicht mal gegen den Intelligenten. Und weißt du auch, wieso? Weil ein gerissener Mensch dreckig arbeitet. Er hat keine Moral. Er nutzt andere aus, um an seine Ziele zu kommen. Verstehst du jetzt, wieso beim Schachspiel Gerissenheit entscheidender ist?«

Darren muss erst all das Gesagte verstehen und verwerten, bis er zu einer schlüssigen Antwort kommt. »Weil ein Schachspiel zwischen zwei Personen stattfindet. Und damit liegen die Voraussetzungen vor. Man hat eine Person, die man analysiert und deren Schwächen man zu seinem Vorteil nutzt.«

»Man denkt für sich selbst, und man denkt für den Gegner. Man weiß nicht nur seine eigene Motivation, sondern auch die des Gegners. Man schaut nicht nach innen. Man schaut nach außen, und erst wenn man alle relevanten Informationen eingesammelt hat, verwertet man sie. Beim Schachspiel kannst du nicht gewinnen, ohne zu wissen, was dein Gegner vorhat, wie er denkt, wer er ist. Denn du kannst nur richtige Schritte durchführen, wenn du den Überblick hast. Wenn du genau weißt, wie dein Schritt von deinem Gegner aufgenommen werden könnte. Du musst alles aus der olympischen Perspektive betrachten.«

Darren schaut sie skeptisch an. Sie erwidert seinen Blick mit einem kühlen Lächeln.

»Wieso erzählst du mir das alles?«

Daraufhin hebt sie die Augenbrauen und setzt einen amüsierten Blick auf. »Du wolltest doch wissen, wie ich gewinne.«

Das stimmt. Aber sie hat ihm irgendwie sehr viel verraten. Und wie er sie nun erlebt hat, nach ihrer langen Rede, vermutet er nur, dass auch dahinter eine Bedeutung steckt, dass sie nach einer Strategie handelt.

»Das Schachspiel stellt eigentlich das wahre Leben dar. Zwei Menschen mit einer eigenen Motivation, die sich gegenüberstehen. Solange du nicht die Motivation des anderen kennst, erfolgen deine Taten auf unsicherem Grunde. Doch sobald du dein Gegenüber durchschaust, kannst du Angriffe und Hindernisse vermeiden. Und so kommst du auch schneller an dein Ziel. Ich bin mir sicher, deine Entscheidung, mir das alles zu erzählen, hatte auch einen Sinn. Du hast diese Entscheidung mit einer Intention getroffen. Du hattest eine Motivation.«

Melanies Lächeln verfliegt nicht aus ihrem Gesicht, wie es sich Darren erhofft hatte.

»Da hast du recht. Aber vielleicht war meine Intention einfach, dir zu helfen.«

Darren entgegnet nichts und steht stattdessen auf. »Ich gehe dann besser. Ich habe heute schon viel gelernt. Danke für das Spiel.«

Melanie nickt ihm lächelnd zu, und Darren verlässt das Zimmer. Da er nicht weiß, was er machen soll, geht er ins Fechtzimmer, um ein bisschen zu trainieren. Dort findet er Cillian, der allein übt. Er hat seine Maske aufgesetzt, weshalb er ihn nicht sieht.

»Hey, Cillian.«

Cillian nimmt seine Maske ab und schaut ihn an.

»Darren, was suchst du denn hier?«

»Ich wollte ein bisschen üben. Jetzt, wo ich Teil der Elite bin, muss ich mit euch allen mithalten können.«

»Ich mag deine Einstellung. Du bist wirklich ehrgeizig. Obwohl du hier noch neu bist.«

Darren nickt langsam, aber bekommt dabei ein komisches Gefühl. Er weiß nicht, woher dieses Gefühl gekommen ist, aber es verweilt noch ein bisschen, bis sich Darren umgezogen hat und jetzt mit seinem Säbel vor Cillian steht.

»Bereit?«, fragt Cillian.

»Werden wir sehen«, erwidert Darren, macht schon einen Schritt nach vorn und sticht ihm in die Brust.

Cillian blickt ihn erstaunt an. Er hat mit einem so schnellen Angriff nicht gerechnet. Das bringt Darren zum Grinsen.

»Du hast es aber eilig«, meint Cillian und macht zwei Schritte nach vorn, doch Darren blockt seinen Angriff ab. Er weiß nicht, woher er plötzlich diese Selbstsicherheit und Stärke hat, aber es gefällt ihm.

Sie kämpfen noch eine Weile, bis Darren eine Idee kommt. Cillians linkes Bein ist immer etwas vorn. Ohne zu überlegen, sticht er ihm genau in sein linkes Knie.

Cillian hält in seiner Bewegung inne und hebt langsam den Kopf. Seine Mundwinkel heben sich leicht. »Du cleverer Bursche. Man sollte dich nicht unterschätzen. Aber dazu muss ich sagen, dass das Bein eigentlich nicht zur Trefferfläche beim Säbelfechten gehört.« Er kommt zu ihm und zerzaust Darrens Haare.

Plötzlich bekommt Darren ein warmes Gefühl in der Brust. Ein Gefühl, das ihm vertraut ist. Cillian scheint etwas gespürt zu haben, denn er schaut ihn mit einem Blick an, den er noch nie bei ihm gesehen hat. Seine Augen sind voller Emotion, und Darren erkennt sogar eine Art Verletzlichkeit darin und noch etwas anderes … Sehnsucht? Ist es das? Er kann nicht weiter in den Augen forschen, denn Cillian wendet sofort den Blick ab und legt seinen Säbel zurück.

»Gut, das war's für heute. Ich brauche noch meine ganze Kraft für morgen.« Ohne mehr zu sagen, geht er aus dem Raum.

Darren steht die nächsten Minuten bewegungslos dar und starrt ins Nichts. Cillian ist weg und hat dieses Gefühl mitgenommen. Diese Wärme, diese vertraute Nähe ist weg. Stattdessen ist da wieder diese Leere. Diese Leere, die sich in ihm immer weiter vergrößert und seinen ganzen Körper einnimmt.

Die Leere geht erst, als er eine Stimme vor der Tür hört. Es handelt sich um Audris. Darren versteckt sich schnell in dem Schrank, wo alle Säbel und Degen sind.

»Die Strategie genügt. Schließlich handelt es sich nicht um ein großes Land«, hört er Audris sagen.

Großes Land? Was meint sie damit?

Er kann nicht die Stimme der Person hören, mit der sie spricht.

»Darren spielt natürlich nicht. Aber er wollte trotzdem bei der Besprechung dabei sein«, sagt sie, und Darren glaubt, einen leicht skeptischen Unterton zu hören.

»Gut. Wie sieht es bei Emarayas Lager aus? Haben sie gewonnen?« Eine Weile spricht Audris nicht, und Darren hört nur ein Rascheln.

»War doch klar. Beim Schach sind die Russen unbesiegbar.«

Russen? Wieso redet sie von Russen? Was hat das zu bedeuten? Und was ist Emarayas Lager? Gibt es weitere Lager? Darren spürt plötzlich ein Jucken. Er wird gleich niesen. *Nein, nein, nein.* Er muss es unterdrücken. Doch als es hochkommt und er es unterdrückt, berührt seine Stirn kurz die Schrankwand.

»Ja, gut ich …«

Sie hat es gehört.

Mist. Die Stille macht alles nur unangenehmer.

»Warte kurz«, sagt sie. Er hört, wie sich Schritte ihm nähern. Sein Herz schlägt so fest gegen die Brust, dass es jede Minute rausspringen könnte. Wenn er jetzt entdeckt wird, ist alles vorbei. Sie werden ihm nie wieder vertrauen. Er wird aus der Elite geschmissen oder vielleicht sogar vom Internat.

Sie ist ihm schon so nahe, dass er ihre Präsenz durch den Schrank hindurch spürt. Die Spalte zwischen den Schranktüren verdunkelt sich. Darren hält seine Augen so fest zu, dass er schon Muster sieht. Genau im nächsten Moment geht die Tür auf.

»Audris. Ich wollte noch etwas bezüglich des Spiels morgen fragen.«

Darren kann sein Glück nicht fassen. Obwohl er erleichtert ist, pocht sein Herz immer noch wie eine Trommel. Auch seine Hände zittern weiterhin, und er traut sich noch nicht auszuatmen.

»Ja, Jasmine. Besprechen wir es draußen«, entgegnet Audris.

Darren hätte schwören können, dass sie noch einmal zum Schrank geschaut hat, bevor sie gegangen ist.

XVIII

Darren weiß wieder mal nicht, was das alles zu bedeuten hat. Wieso hat sie die Russen erwähnt? Was haben sie damit zu tun? Was ist Emarayas Lager? Mit wem hat Audris überhaupt gesprochen? Es kommen immer mehr Fragen und keine Antworten. Was soll er bloß tun? Mit Nathanael kann er nicht darüber reden, er wird ihm seine Fragen sowieso nicht beantworten. Und wenn er ihm droht? Wenn er sich irgendwo ein Messer beschafft und ihn damit erpresst? Töten würde er ihn natürlich nicht. Aber Nathanael würde es denken, und das würde ausreichen, um ihm Angst einzujagen. Er könnte es versuchen. Doch wenn es schiefläuft, dann wird es Konsequenzen tragen, die er sich nicht einmal vorstellen kann. Ist es das wert? Vielleicht sollte er zuerst mit anderen darüber reden. Crystal ist keine Option. Cillian? Kann er ihm diese Information anvertrauen? Aber Cillian weiß nicht von seinem Misstrauen gegenüber dieser Institution. Gemma und Luke schon. Ihnen könnte er es sagen. Genau, das wird er tun. Ohne noch weiter Zeit zu verschwenden, geht er ins Zimmer von Luke und Gemma. Aber zu seinem Pech findet er sie dort nicht. Wo könnten sie denn stecken? In einem der Trainingsräume? Doch als er in allen Räumen nachschaut, hat er kein Glück. Auch in der Mensa nicht. Dann bleibt nur noch das Schwimmbecken übrig. Luke schwimmt und Gemma wippt ihre Beine im Wasser hin und her und schaut ihm zu.

»Luke, Gemma, wir müssen reden«, sagt er ganz leise.

Gemma blickt neugierig zu ihm hoch und Luke stützt seine Arme am Beckenrand auf.

»Was ist denn?«, fragt er. Darren flüstert, damit nichts von der Digitaluhr an seinem Handgelenk aufgenommen werden kann. »Eben habe ich Audris mit jemandem reden hören. Ich weiß nicht, wer die Person war, aber Audris hat irgendetwas von Emarayas Lager erzählt und von Russen gesprochen.«

Luke und Gemma tauschen einen irritierten Blick aus.

»Also von Emarayas Lager höre ich zum ersten Mal, aber es handelt sich bestimmt nur um ein weiteres Lager wie unseres. Es gibt ja mehrere. Was die Russen angeht … habe ich keine Ahnung, warum sie die erwähnt hat«, meint Gemma und schaut jetzt etwas beunruhigt aus.

Luke sagt, dass er auch nichts mit ihrer Aussage bezüglich der Russen anfangen kann.

»Habt ihr denn eine Theorie, was das alles bedeuten könnte?«, fragt Darren. Er braucht unbedingt Antworten oder wenigstens irgendwelche Ansätze oder Theorien.

Die beiden antworten eine Weile nicht und grübeln vor sich hin.

»Ich habe wirklich keine Ahnung, Darren. Aber ich würde jetzt nicht daran denken. Du wirst doch morgen spielen, oder nicht?«, fragt Gemma.

»Nein, morgen noch nicht.«

Lukes Blick ist konfus. »Was? Wieso nicht? Du gehörst doch jetzt zur Elite.«

»Ich schätze, weil ich noch mehr Übung brauche.«

Luke und Gemma sind mit der Antwort nicht zufrieden, doch sie sagen nichts weiter dazu.

»Na dann hast du morgen genug Zeit, um dich für den nächsten Wettbewerb vorzubereiten. Ich hätte auch so gern bei einem Spiel mitgemacht«, gibt Gemma zu.

»Wirst du bestimmt auch bald. Werdet ihr beide«, sagt Darren.

Gemma und Luke lächeln ihn an, und Darren wünscht sich in dem Moment, wieder ein Zimmer mit ihnen zu teilen. Er hat das Gefühl, es wird sich jetzt alles ändern.

Als Darren am nächsten Tag aufwacht, sind schon alle seine Mitbewohner aufgestanden. Crystal, Noa und Pyvris haben bereits ihre Fechtanzüge an, und als Darren fragt, wo der Rest ist, sagt Noa, dass sie sich im Badezimmer umziehen. Cillian kommt in dem Moment leicht hinkend angelaufen.

»Cillian, was ist mit deinem Bein los?«, fragt Darren. Cillian setzt sich neben Crystal aufs Bett. »Ich habe Schmerzen am Knie. Ich denke, es kommt davon, dass wir gestern gefochten haben und du mir ins Knie gestochen hast.«

Darren ist verwundert von der Tatsache, dass solch ein leichter Stich schon Schmerzen verursacht.

»Aber du wirst doch spielen können, oder?«, fragt Noa.

»Ich hoffe. Aber die Schmerzen sind nicht milder geworden«, entgegnet Cillian. Crystal schaut ihn besorgt an. »Wenn du Schmerzen hast, dann wäre es am besten, du spielst nicht. Es ist für dich besser und auch für uns«, sagt sie.

»Aber dann seid ihr nur zwölf Spieler«, erwidert Cillian.

Darren greift sofort ein. »Ich könnte doch für dich einspringen.«

Crystal schaut ihm jetzt direkt in die Augen; er kann nicht ganz erkennen, was sie denkt und fühlt, ihr Ausdruck ist blank.

»Das wäre gar nicht mal so eine schlechte Idee. Wir haben gestern gegeneinander gespielt, und Darren war ziemlich gut«, meint Cillian und schaut dabei Crystal an.

»Na gut, wenn du bis dahin immer noch Schmerzen hast, würde ich sagen, springt Darren für dich ein«, meint Crystal, ohne ihn anzuschauen.

»Wir müssen das aber zuerst mit Audris besprechen«, sagt Noa.

Das stimmt wohl. Darren bezweifelt, dass sie das einfach so zu entscheiden haben. Was haben sie hier denn überhaupt zu entscheiden?

»Darren, du solltest dich dann auch fertig machen, wenn du spielst«, sagt Cillian.

Darren geht ins Badezimmer, nimmt eine kurze erfrischende Dusche und zieht seinen Fechtanzug an.

Als Nächstes treffen sie sich mit Anian und Audris in einem Raum. Bevor Darren seine Anwesenheit erklären kann, informiert Crystal sie darüber, dass Cillian verletzt ist und nicht spielen kann.

»Was hat er denn?«, will Anian wissen.

»Wir haben gestern gegeneinander gefochten, und er hat sich dabei eine Verletzung am Knie zugezogen«, schreitet Darren ein.

Audris zieht die Augenbrauen zusammen und betrachtet ihn eine Spur zu gründlich: »Und wie ist es genau dazu gekommen?«

»Na ja, ich habe wahrscheinlich etwas zu fest gegen sein Knie gestochen. Aber ich habe es nicht kommen sehen. Wir wollten einfach ein bisschen üben.«

Audris und Anian tauschen einen Blick aus, den Darren nicht deuten kann.

»In Ordnung. Darren ist der Einzige, der für ihn einspringen kann, und mit einem Spieler weniger zu spielen kommt natürlich nicht infrage«, meint Anian, während Audris Darren weiterhin beäugt.

Darren fühlt sich unwohl und senkt den Blick. Er kann sich nicht erklären, wieso sie ihn so komisch anschaut. Egal, er darf sich jetzt nicht ablenken lassen. Sonst wird er bei dem Spiel versagen.

»Wird er denn auch Cillians Position übernehmen? Er sollte vielleicht eine einfachere Stellung bekleiden, da er nicht zu den Besten zählt«, behauptet Pyvris.

Darren kann seine Argumentation verstehen, trotzdem ist er sich sicher, dass Pyvris das auch gesagt hat, um ihn zu erniedrigen. Das kann er gut.

»Also angesichts der Tatsache, dass er es geschafft hat, Cillian zu verletzen, würde ich meinen, er gehört schon zu den Besseren«, sagt Crystal.

»Zu den Besseren. Nicht aber zu den Besten«, kontert Pyvris.

»Pyvris hat recht. Darren sollte eine andere Position übernehmen. Ich schlage vor, er bewacht die Gefangenen im Gefängnis mit Jacob. Was sagen Sie, Anian?«, meint Cillian.

»Wenn er die Gefangenen überwacht, nimmt er Gabriellas Position ein, die dann wiederum an Cillians Position rückt. Ich würde sagen, Darren beschützt die Fahne mit Idris, Viorell und Avalon. Dann kann Jasmine bei der Offensive spielen. Sie hat sich schließlich ziemlich verbessert.«

»Stimmt, das habe ich nicht bedacht«, gibt Cillian zu. »Also, das heißt: Darren, du beschützt die Fahne, und Jasmine, du spielst in der Offensive. Alles andere bleibt so, wie wir es besprochen haben«, erklärt Audris.

»Kann ich trotzdem mitkommen?« fragt Cillian. »Einfach als Begleitung. Ich werde mich sonst im Internat langweilen.«

»Aber du solltest dein Knie ausruhen«, sagt Audris.

»Ich kann auch einfach im Flugzeug sitzen. Und dann ein bisschen zuschauen. Bitte, ich kann sowieso im Internat nichts machen … wegen meines Knies. Dann könnte ich doch ein wenig zugucken.«

Audris denkt darüber nach, erlaubt es ihm dann. »Gut, dann gehen wir los.«

Darren ist seit Wochen zum ersten Mal wieder draußen. Es ist ein wundervolles Gefühl, die frische Luft einzuatmen, die Natur zu erblicken und zu hören. Vor ihnen steht ein silbernes Flugobjekt, das eine sehr abstrakte und moderne Form hat, mit vielen Ecken und Kanten. Sie steigen alle nacheinander die Treppe hoch. Innen sind genau zwanzig schwarze Ledersitze, zehn auf jeder Seite, angebracht. Sie setzen sich alle hin und schnallen sich an.

Darren sitzt neben Melanie und Cillian.

»Und, aufgeregt?«, fragt ihn Melanie.

»Nicht so sehr, wie ich befürchtet habe«, antwortet Darren. Und es ist die Wahrheit. Noch ist sein Körper ruhig und sein Kopf klar.

»Die Aufregung kommt meist direkt vor dem Spiel«, sagt Cillian. »Aber keine Sorge, jeder ist aufgeregt vor seinem ersten Spiel.«

»Also ich war nicht aufgeregt«, meint Zeke, der gegenüber von Melanie sitzt.

»Ach ja, du hast nur einen auf cool getan, aber innerlich hast du bestimmt gezittert wie ein Hühnchen«, sagt Fletcher, der sich nach vorn beugt, um Zeke anschauen zu können.

»Gezittert wie ein Hühnchen? Was ist denn das für ein bescheuerter Vergleich. Junge, rede mal wie ein normaler Mensch«, sagt Zeke und fängt an zu lachen. Melanie stimmt in sein Lachen mit ein. Fletcher lehnt sich mit leicht geröteten Wangen wieder zurück.

»Du bist nicht witzig, Zeke, ganz ehrlich. Du bist nur peinlich«, erwidert Noa.

»Also, Melanie findet mich witzig«, entgegnet er mit einem verschmitzten Lächeln. Daraufhin stirbt Melanies Lachen abrupt ab, und stattdessen blickt sie ihn ernst an.

»Ne, ich finde dich überhaupt nicht witzig.«

»Wieso hast du dann eben gelacht?«

»Weil du einfach nur peinlich bist?!«, meint Melanie mit einem Ton, der klingt, als wäre es offensichtlich.

»Typisch Zwilling.« Zeke verengt die Augen, doch seine Mundwinkel zucken leicht.

Plötzlich ist Darren ganz angespannt, nach außen versucht er aber kein Anzeichen von Aufregung zu zeigen und Ruhe zu bewahren.

»Alles in Ordnung?«, raunt Cillian in sein Ohr.

Cillian hat, wie es scheint, seine Anspannung trotzdem bemerkt. Darren schaut zu ihm; Cillians Gesicht ist voller Sorge. Er nickt ihm zu, doch bricht den Augenkontakt nicht ab. Aus irgendeinem Grund geht es ihm dadurch besser. Seine braunen Augen lassen das Eis um sein Herz mehr und mehr schmelzen, bis es zu Wasser wird, das ihn zu ertränken droht. Er schaut wieder weg. Zu langer Augenkontakt scheint ihm auch nicht gutzutun. Als er an Cillian vorbeiguckt, trifft sein Blick auf Crystal. Ihr Blick ist zuerst ernst, dann formt sich ein zaghaftes Lächeln um ihre Lippen. Ganz zögerlich und subtil. Aber Darren entgeht es nicht. Er lächelt zurück. Dann schaut sie weg und beißt sich auf die Lippe, doch Darren schaut sie weiterhin an. Sie scheint nervös zu sein, denn sie fummelt ununterbrochen an ihrem Ärmel oder richtet ihren Kragen.

Cillian hebt Crystals Hand zu seinem Mund und küsst ihre Handinnenfläche. Sie erwidert die Geste mit einem leicht verträumten Lächeln und legt ihren Kopf auf seine Schulter. Darren fühlt so etwas wie einen Stich in der Brust, doch er ignoriert ihn und schließt die Augen. Am besten, er schaltet seine Umgebung einfach aus.

Er spürt eine Kraft, die gegen seinen Arm drückt, und Darren öffnet die Augen. Cillian schaut ihn von der Seite an. »Hey, wir sind da«, sagt er in belegtem Ton.

Darren sieht sich um und bemerkt, dass sie nicht mehr fliegen. Dann müssen sie wohl gelandet sein. Er steht auf, und in dem Moment öffnet sich die Tür und eine Treppe erscheint. Sie steigen alle nacheinander hinunter. Darren wird sofort vom eisigen Wind getroffen und muss seinen Kopf senken, um sich zu schützen. Seine Körpertemperatur ist um gefühlt zwanzig Grad gesunken. Jetzt versteht er auch, wieso ihnen noch eine weiße Daunenjacke gegeben wurde. Darren hebt die Kapuze über seinen Kopf und presst das Fell an seine Ohren.

Vor ihnen steht eine Ruine. Eine graue seelenfreie, grässliche Ruine vor einem wolkigen Himmel. Darren erkennt weiter weg ein paar Personen mit schwarzer Kleidung. Das sind dann wohl ihre Gegner. Weiß gegen Schwarz. Das Weiße gegen das Schwarze Lager.

»Warum konnten wir denn nicht in die Karibik, Mensch«, ruft Zeke gegen den Wind.

»Bitte nicht so laut«, sagt Audris zu ihm.

»Als ob jemand mich hören würde. Wer kommt denn freiwillig hier hin?«

»Das kannst du wohl laut sagen«, erwidert Melanie, und die beiden brechen in Gelächter aus.

»Was ist denn daran jetzt so komisch?«, fragt Fletcher.

»Fletcher, ich schwöre, mir ist immer noch nicht klar, wie du diese Eignungsprüfung bestanden hast«, entgegnet Zeke.

Fletcher blickt daraufhin errötend weg.

Darren spürt eine Hand auf seiner Schulter und dreht den Kopf. Neben ihm steht Crystal, die ihn jetzt etwas nach hinten zieht, sodass sie nebeneinanderstehen.

»Du kennst deine Position und wie du dich zu verteidigen hast, oder?«, fragt sie leise.

Er schaut zu ihr hinunter und nickt. Mit der weißen Kapuze um den Kopf und dem Fell, das ihr Gesicht umrahmt, sieht sie aus wie eine skandinavische Prinzessin. Die graublauen Augen heben sich so extrem von ihrer blassen Haut ab, dass sie das Einzige sind, was ihrem Gesicht Farbe verleiht. Aber sie ist trotzdem atemberaubend schön, gerade wegen der Blässe und der Kälte.

Sie lächelt ihn an und schaut in die Ferne. Ihre Atemzüge bilden Rauchwolken in der Luft.

»Ist Cillian im Flugzeug geblieben?«, fragt er, um weiter im Gespräch zu bleiben. Crystal nickt.

Darren weiß nicht, wie er die Konversation weiterführen soll, doch es ist auch nicht mehr nötig, denn Audris ruft sie alle zusammen.

Sie bilden einen Kreis, bevor Audris noch mal den ganzen Plan durchgeht. Wer welche Position hat, was sie zu tun haben, wie sie sich am besten verteidigen können und so weiter.

»Noch Fragen?«

Als sie merkt, dass niemand etwas zu melden hat, befiehlt sie, dass sie sich jetzt in die Ruine begeben und ihre Positionen einnehmen sollen.

Das schlanke, schwarzhaarige Mädchen, bei dem es sich vermutlich um Avalon handelt, stellt die Fahne in eine Ecke der Ruine. Die Restlichen nehmen ihre Stellung ein. In der Mitte der Ruine befindet sich, wie Audris schon angekündigt hat, ein langer Metallbolzen, der sie von der gegnerischen Mannschaft trennt.

Darren muss also die Fahne beschützen, mit Idris, Viorell und Avalon. Er ist froh, dass er nicht bei der Offensive spielt, da er noch nicht so gut ist wie die anderen. Er würde ungern wollen, dass sie am Ende wegen ihm verlieren. Oder dass ihm die anderen die Schuld dafür geben. Das könnten sie natürlich auch tun, ohne dass er Offensivspieler ist. Wenn man jemandem die Schuld geben will, braucht man keine triftige Begründung.

Als jeder von beiden Teams seine Position eingenommen hat, ruft Audris, die an der Seite der Ruine steht: »Ihr kennt alle die Regeln. Beim Pfiff beginnt das Spiel. Drei, zwei, eins.« Und der Pfiff ertönt.

Plötzlich ist Darren von der Situation überfordert. Worauf soll er jetzt achten? Auf wen? In welche Richtung soll er schauen? Von hinten kann niemand kommen.

Ruhig, ganz ruhig. Es ist noch nichts passiert. Nur Pyvris, Melanie und ein Junge vom anderen Team sind auf dem Bolzen. Darren schaut eine Weile nur um sich herum. Melanie schafft es, den Jungen zu besiegen, indem sie ihm in die Brust sticht. Der Junge läuft auf das Gefängnis zu. Sein Gesicht ist von der Fechtmaske bedeckt. Darren hätte gern sein Gesicht gesehen. Als er seine Aufmerksamkeit wieder auf das Hauptgeschehen schenkt, kämpfen schon einige gegeneinander. Crystal, Zeke und Noa sind auf der gegnerischen Seite. Sie fechten gegen einige Personen. Komischerweise haben Crystal und Noa vielmehr zu kämpfen als die anderen Offensivspieler. Als würde …

Plötzlich kommt einer auf ihn zugerannt. Darren kann in der letzten Sekunde noch abblocken, doch das hält ihn nicht davon ab, nach hinten zu taumeln. Der Junge ist unfassbar schnell in seinen Bewegungen, Darren kann gerade so seine Angriffe mit dem Säbel abwehren. Sein Arm schmerzt höllisch, aber er darf jetzt nicht nachgeben. Die Klingen klirren unaufhörlich aufeinander, sein Handgelenk wackelt von links nach rechts, um die flinken Hiebe des Jungen abzuwehren. Die Klinge seines Gegners gleitet an seiner Klinge starr entlang, bis sie Darren beinahe am Kopf trifft. Es breitet sich ein langsamer, brennender Schmerz in seinem Handgelenk aus, der sich durch seinen ganzen Arm zieht und mit jeder Sekunde an Intensität gewinnt. Gleich wird ihm der Säbel aus der Hand fallen.

Doch dem kommt Viorell entgegen, als hätte er seine Not gespürt. Oder er hat ihm nur angesehen, dass er jede Sekunde umfallen könnte. Er sticht dem Jungen in den Rücken, sodass er sich von Darren abwendet und jetzt gegen Viorell ficht. Darren atmet erleichtert aus. Aufgrund seiner schweißnassen Hände muss er seinen Säbel umso fester halten, bis seine Knöchel die Farbe von Papier annehmen. Das Seitenstechen tritt jetzt auch noch ein. Das hat ihm gerade noch gefehlt. Eine Weile hört Darren nur dem Klirren zu, den klimpernden Säbeln, die die Ruine mit einer hektischen Melodie erfüllen.

Als er seine Atmung wieder einigermaßen im Griff hat, schaut er sich um. Avalon, Idris und Viorell fechten alle gegen jemanden. Darren eilt Idris zur Hilfe, als seine Gegnerin ihn zu besiegen scheint. Nun fechten beide gegen das Mädchen, das jetzt leicht nach hinten schwankt und dann fällt. Darren sticht ihr in die Brust. Wenigstens hat er eine Gefangene gemacht. Idris schenkt ihm ein Nicken, das Darren als ein Dankeschön deutet.

Nach dem Angriff passiert erst mal nicht viel. Außer dass Zeke ins Gefängnis kommt sowie Crystal und Noa.

Zeke sollte doch die Fahne holen. Crystal und Noa sollten ihm dabei Deckung geben. Alles läuft außer Plan. Doch er kann dagegen nicht viel tun. Schließlich ist er nur dafür zuständig, die eigene Fahne zu beschützen.

Wie um seine Aussage zu unterstützen, kommt wieder ein Gegner auf ihn zu. Er versucht, an ihm vorbeizugehen, doch Darren kommt dem in die Quere, indem er sich vor ihn stellt und mit seinem Säbel versucht ihn gegen die Brust zu stechen. Doch er wehrt seinen Angriff mühelos ab. Als sein Gegner gerade versucht, seine Brust zu treffen, pariert Darren. Doch dabei sticht sein Gegner ihm in seinen Arm. Der Junge nutzt Darrens Ablenkung aus und greift ihn mit zahlreichen aufeinanderfolgenden Hieben an, sodass Darren immer weiter nach hinten stolpert, bis er den rauen Boden unter seinem Rücken spürt. Er kann nicht sehen, was um ihn herum passiert. Der Schmerz, der durch seinen Rücken zuckt, ist entsetzlich; Darren stößt ein lautes Stöhnen aus. Nach wenigen Sekunden hat er sich jedoch wieder im Griff und erhebt sich.

Als er um sich blickt, merkt er, dass das gegnerische Team sich auf der eigenen Sphäre gesammelt hat und einer von ihnen lachend die Fahne hochhält.

Avalon erscheint vor seinem Blickfeld.

»Haben wir verloren?«, fragt Darren.

Sie nickt ihm nur zu, er kann ihren Ausdruck wegen der Maske nicht sehen.

Er ist also einfach hingefallen, und schon haben die anderen sie übermannt. So schnell geht das also. Darren kann das schlechte Gewissen, das in ihm aufkommt, nicht verhindern. Hätte er sich nicht von dem einen Gegner schlagen lassen, wäre es definitiv anders ausgefallen. Er hofft nur, dass die anderen in seinem Team ihn nicht zum Sündenbock machen.

Darren geht gerade in sein Schlafzimmer zu, als er Stimmen hinter der Tür hört.

»Und ich dachte, du hättest gute Menschenkenntnisse, Crystal«, hört er Pyvris mit seiner tiefen Stimme sagen.

»Das habe ich auch«, entgegnet Crystal.

Ihre Stimmen bilden einen unangenehmen Kontrast, wie zwei Säbel, die aneinanderklirren. In Crystals Ton hängt eine Verletzlichkeit, die Darren daran erkennt, dass ihre Stimme höher klingt.

»Ja klar«, zischt Pyvris.

Dann geht die Tür auf, und vor ihm erscheint ein wütend dreinblickender Pyvris. Er knallt die Tür hinter sich zu. Als er Darren erblickt, zieht er seine Augenbrauen noch enger zusammen, sodass zwei tiefe Falten zwischen ihnen entstehen. Er funkelt ihn an, seine Nasenlöcher beben vor Wut, auf seiner Schläfe ist eine Ader angeschwollen. Dann huscht er an ihm vorbei. Darren fühlt seine Präsenz noch in seinem kochenden Blut und seinem rasenden Puls.

»Pyvris! Warte doch!«, ruft Crystal und taucht vor der Tür auf. Bei Darrens Anblick kommt sie abrupt zum Stehen. »Darren«, stößt sie hervor. Ihre Wangen sind gerötet, und ihre Brust hebt und senkt sich in schnellem Tempo.

»Ist etwas passiert?«, erkundigt sich Darren. Ihre aufgewühlte Art bereitet ihm Sorgen.

Crystal seufzt; ihre Augen weichen ihm ab und zu aus, der Blickkontakt ist nicht konstant. Mit ihrer Hand fummelt sie an ihrem Ärmel. Als sie wieder hochschaut, erkennt Darren, dass ihre Unterlippe in tiefroter Farbe glänzt.

»Deine Lippe …«, haucht Darren und betastet ihren Mund. Es ist eine federartige Berührung, dennoch zuckt sie zusammen, sodass Darren seine Hand schnell wieder zurücknimmt. An seinem Finger klebt Blut.

»Hat er dich etwa …?«, ruft Darren entgeistert. Sofort ist es um seine Fassung geschehen. Er macht am Absatz kehrt, um Pyvris mal richtig dranzunehmen. Doch Crystal greift nach seinem Arm.

»Nein, ich habe nur auf meiner Unterlippe herumgekaut. Und … na ja … so lange, bis sie eben geblutet hat.«

Eine Weile schweigen sie, bis Darren sie nochmals fragt, was passiert ist. Crystal geht zurück ins Zimmer, und Darren folgt ihr. Er schließt die Tür hinter sich.

Sie sind allein. Crystal hat ihm immer noch den Rücken zugedreht. Ihre Haare sind geflochten und glänzen unter dem Sonnenlicht. Darren geht zögernd ein paar Schritte auf sie zu. Sie ändert nichts an ihrer Position, weshalb Darren ganz zaghaft seine Hand auf ihre Schulter legt. Er spürt unter der Berührung seiner Finger ihr Schlüsselbein und streicht mit seinen Fingerkuppen darüber.

Auf die Bewegung dreht sie sich endlich zu ihm. Ihre Augen haben einen komischen Ausdruck. Als würde sie ihn bemitleiden. Sie fängt wieder an, auf ihrer Lippe herumzubeißen, bis Darren ihre Unterlippe sanft von dem Griff ihrer Zähne löst.

»Hör auf«, flüstert er.

Crystal atmet tief ein und aus und schaut wieder auf den Boden.

»Crystal, was ist denn los? Bitte, sprich mit mir«, sagt Darren in einem fast schon flehenden Ton. Crystal streicht sich eine Strähne aus ihrem blassen Gesicht und schaut ihm wieder in die Augen. »Pyvris … er denkt … also eigentlich nicht nur er …«, setzt sie an.

Darren versteht nicht, was sie ihm mitteilen will. Auf jeden Fall kann es nichts Positives sein. Er hat das Gefühl, dass es um ihn geht. Pyvris und negative Gedanken können nur Darren als Ergebnis haben.

»Was? Was denkt er?« Darren versucht, sie nicht zu sehr zu bedrängen, denn es scheint sie wirklich zu belasten, doch er muss wissen, was los ist. Wenigstens ein paar Fragen muss er aus seinem Kopf bekommen.

»Er … also er denkt … und da stimmen ihm viele zu … Er glaubt, dass wir wegen dir verloren haben.«

Aha. Das ist also das große Problem. Nur dass es nicht groß ist. Schließlich hat Darren damit gerechnet, von allen zum Sündenbock gemacht zu werden.

Er seufzt, doch lächelt sie dann an. »Ach, das macht mir nichts aus. Genau genommen habe ich sogar damit gerechnet. Und ich verstehe ihn auch, ich war nicht gerade der Beste …«

»Was? Nein, nein, Darren. So ist es nicht«, fällt sie ihm ins Wort. Darren schaut sie fragend an.

»Sie denken … also sie vermuten, dass du dem Schwarzen Lager unseren Plan … verraten hast.«

Verraten … Er soll sie verraten haben? Darren läuft es eiskalt den Rücken hinunter. Er muss erst den Kloß in seinem Hals schlucken, um weitersprechen zu können.

»Wie meinst du das?«, bringt er heraus. Seine Augen entfliehen ihrer keine Sekunde.

»Sie glauben, dass du … uns … ausspionierst.«

XIX

Jetzt hat Darrens Gehirn ganz abgeschaltet. Wie kann das sein? Wie können sie so etwas denken? Wie können sie zu diesem Schluss kommen?

»Darren? Alles in Ordnung? Du bist ganz blass geworden.«

Darrens Herz fängt erneut an, in hektischen Sprüngen gegen seine Brust zu hämmern.

»Ich … ich verstehe nicht …«, röchelt er. Er ist sich nicht einmal sicher, ob Crystal ihn gehört hat. Doch sie presst die Lippen zusammen und entweicht abermals seinem Blick.

Als sie spricht, hat ihre Stimme etwas an Stabilität gewonnen. »Hör zu, es ist ganz einfach: Das Schwarze Lager wusste aus irgendeinem Grund, dass Zeke damit beauftragt wurde, die Fahne zu ergattern, weshalb sie sofort auf ihn zugegangen sind. Besser gesagt auf Noa und mich.« Sie hält kurz inne, bevor sie weiterspricht: »Und Pyvris … Pyvris glaubt, dass du absichtlich schlecht gespielt hast, damit die Gegner an die Fahne gelangen. Er glaubt, du hättest … dich vorsätzlich auf den Boden fallen lassen und …«

»Und wieso glaubt er das?«, fragt er. Seine Stimme ist hart.

»Weil viele aus dem gegnerischen Team aus irgendeinem Grund häufig *dich* angegriffen haben. Er glaubt, sie wussten, dass du …«

»Dass ich sie durchlassen würde, weil ich deren Spion bin und natürlich das Ziel habe, sie gewinnen zu lassen«, beendet er ihren Gedankengang. Bevor Crystal etwas erwidern kann, fügt Darren noch hinzu: »Oder sollte ich besser sagen, *uns* gewinnen zu lassen.«

»Darren …«

»Was? Crystal? Ist das nicht das, was ihr denkt?«

»Was die anderen denken. Ich habe nie gesagt, dass ich das auch denke«, verbessert sie ihn, und jetzt scheint sie wieder ihre Selbstsicherheit zurückerlangt zu haben, denn sie steht aufrecht und schaut ihm direkt in die Augen.

»Also glaubst du nicht, dass ich ein Spion bin?« Bei der Frage muss Darren lachen, denn es ist so absurd. So widersinnig. So … ungerecht.

»Ich glaube … Ach, ich weiß nicht, was ich glaube. Es ist so … Es ist alles so verwirrend und ineinander verstrickt, dass ich finde, dass keiner von uns dieses Muster so richtig erfassen kann. Wenn man überhaupt von einem Muster sprechen kann. Es ergibt einfach keinen Sinn.«

»Was ergibt keinen Sinn?« Irgendwie hat er das Gefühl, dass sie ihm mit ihren Wortspielchen ausweichen will. Sie redet um den heißen Brei herum.

»Alles. Diese Theorie ist natürlich vollkommen an den Haaren herbeigezogen. Aber so gar nichts kann auch nicht dahinterstecken.« Ihre Augen entweichen seinen wieder, doch diesmal schaut sie nicht auf den Boden, sondern irgendwo rechts neben ihn.

»Weißt du, was? Ich glaube, du teilst deren Ansicht, willst es aber nicht zugeben, weil du … weil du Mitleid mit mir hast. Das ist es, stimmt’s? Du hast Mitleid mit mir. Weil du …« Dann verstummt er. Nein, davon wird er jetzt garantiert nicht anfangen.

Crystal schüttelt langsam den Kopf. »Weil ich, was?«

Darren blickt zu ihr hinunter, allerdings ist er unfähig zu sprechen. Was ausnahmsweise gut ist, denn er sollte diesen Satz auf jeden Fall nicht zu Ende bringen. Weil du … *von meinen Gefühlen weißt.*

Die Stille zwischen ihnen zieht sich so lange, bis Crystal an ihm vorbeiläuft. Als ihre Schulter seinen Arm streift, fasst er sie am Oberarm und zieht sie wieder zurück, sodass sie ganz nah vor ihm steht.

»Darren …«, bringt sie leise hervor.

»Bitte, sag mir, dass du das nicht glaubst.« Sie sind sich so nahe, dass seine Lippen über ihre Wange streichen.

Crystal schaut zu ihm hoch, ihre Augen sind feucht und ehrlich. »Natürlich nicht.« Ihre Stimme ist kaum mehr als ein Flüstern. Darren lockert langsam seinen Griff; ein Zeichen, dass sie gehen kann. Doch sie bleibt weiterhin vor ihm stehen.

Dann, wie aus dem Nichts, schlingt sie ihre Arme um seinen Nacken und presst ihren Körper an seinen. Darren legt instinktiv seine Arme um ihre Taille und drückt sie fester an sich. In seiner Brust breitet sich eine Wärme aus, die seinen ganzen Körper durchströmt. Seine Hände wandern ihren Rücken hoch, und er vergräbt sein Gesicht in ihrem Nacken, bis seine Lippen sich ganz sanft auf ihre Haut legen. Er hört Crystals fieberhafte Atemzüge an seinem Ohr, und die Wärme in seinem Körper wird ganz schnell zu einer erschlagenden Hitze.

Als Crystal sich etwas von ihm löst, um ihm ins Gesicht zu schauen, beugt er sich hinunter und lehnt seine Stirn auf ihre.

Genau in dem Moment geht die Tür auf, und sie lösen sich hastig voneinander. Es ist Noa. Ihre Augen hinter der Brille sind weit aufgerissen. »Oh, tut … tut mir leid«, stammelt sie. Ohne etwas Weiteres zu sagen, verlässt sie wieder das Zimmer und schließt die Tür hinter sich.

»Crystal, alles okay? Du bist so blass«, fragt Darren. Ihr ernstes Gesicht wird weicher, und ein Lächeln zeichnet sich auf ihren Lippen ab.

Darren lacht, und sein Herz verliert etwas an Schwere.

Eine Weile verfallen sie wieder in eine Stille, bis Crystal sagt: »Ich sollte jetzt besser gehen. Ich muss noch Fechtunterricht geben.« Dann fügt sie hinzu: »Ach ja, heute Abend besprechen wir das Spiel mit Audris. Also nur, dass du es nicht vergisst.«

Darren nickt ihr zu und schenkt ihr noch ein kurzes Lächeln, bevor sie den Raum verlässt. Ihre Abwesenheit löst in Darren eine kolossale Leere aus. So, als hätte sein Körper an Wärme verloren und dort eine eisige Kälte hinterlassen. Er setzt sich auf die Bettkante und starrt in die Ferne. Erst denkt er an nichts und schaut weiterhin geradeaus. Dann fangen seine lästigen Gedanken wieder an, ihn zu durchströmen. Wenn die anderen wirklich denken, dass er ein Spion ist, dann … Was dann? Was wird mit ihm passieren? Wieso wäre es denn so schlimm, ein Spion des Schwarzen Lagers zu sein? Wissen sie etwas, was er nicht weiß? Oder stört sie bloß der Gedanke, dass jemand des gegnerischen Teams sie beobachten könnte? Was würde es für sie bedeuten, wenn sie die Spiele immer verloren? Welche Konsequenzen würden sie tragen?

Darren blickt einfach nicht durch. Er hat in den letzten Wochen keine Klarheit bekommen. Im Gegenteil, von Tag zu Tag wird seine Sicht immer verworrener. Er weiß überhaupt nicht, welche Fragen noch relevant sind. Nicht, dass es eine Rolle spielt. Er erhält sowieso keine Antworten. Könnte er vielleicht ein weiteres Mal mit Nathanael sprechen? Würde es denn einen Unterschied machen? Womöglich nicht. Sein Kopf fühlt sich an, als könnte er jede Sekunde platzen. Kann er eigentlich noch jemandem vertrauen? Anscheinend vertraut ihm niemand mehr hier … außer Crystal. Dann sollte er auch von den anderen Abstand nehmen. Aber das könnte sie in ihren Vermutungen noch mehr bestärken, wenn er sich plötzlich zurückzöge. Sie könnten denken, er würde etwas verschweigen, und ihn deswegen erst recht verdächtigen. Was soll er nur tun? Er kann auch nicht fliehen. Wohin soll er denn gehen? Sein einziges Asyl könnte sein Ende bedeuten. Würde es also ein Unterschied machen, die Flucht zu ergreifen? Darren fasst sich an den Kopf und beginnt, mit den Fingern seine Schläfen zu massieren. Am Ende werden seine Gedanken ihn noch umbringen.

Auf einmal geht die Tür auf. Es ist Zeke. Er gibt ihm ein bedrücktes Lächeln. Ganz anders, als er von ihm gewohnt ist.

»Hey. Was machst du?«, fragt er. Seine Stimme ist im Gegensatz zu seinem restlichen Auftreten sicher und leger.

»Nichts«, meint Darren und hofft, dass er ihn wegen der kurzen, inhaltslosen Antwort nicht als argwöhnisch empfindet.

Er setzt sich neben ihn auf die Bettkante und schaut ihn von der Seite an.

»Also … ich wollte nur sagen … mach dir keine Sorgen wegen all dem. Ich weiß, ich habe leicht reden, aber ich weiß auch nicht, wie ich dich noch aufmuntern kann. Auf diesem Gebiet bin ist nicht gerade der Beste.«

»Das finde ich nicht. Zumindest bist du der Letzte hier, der mich beunruhigt«, gibt Darren zu und schaut in dunkle Augen, die ihn anlächeln.

»Ich glaube, dass ich manchmal unbewusst die Gefühle anderer Menschen verletzen kann. Aber hey, jeder hat seine Schwächen, nicht wahr?«

Darren nickt und heftet den Blick wieder auf den Fußboden. In den Momenten, in denen sie schweigen, genießt Darren nur Zekes Anwesenheit. Irgendwie wirkt seine Gegenwart tröstlich auf ihn. Die Stille verunsichert ihn nicht oder löst in ihm Nervosität oder Verlegenheit aus, was normalerweise bei ihm der Fall ist. Es ist eine angenehme Stille – wie eine sanfte, leichte Brise, die lautlos an einem vorbeiweht.

»Zeke, wie ist es … Erinnerungen zu haben?«, fragt Darren.

Zeke antwortet ihm eine Weile nicht und grübelt vor sich hin. Sein Gesicht nimmt einen konzentrierten Ausdruck an, als würde er die restliche Welt ausblenden und nur noch in sich existieren.

»Es ist schwierig zu beschreiben. Negative Erinnerungen ziehen dich runter. Positive dagegen … positive geben dir Hoffnung. An sie zu denken kann eine Art Ekstase sein. Es kann aber auch Eskapismus sein. Vor allem, wenn es einem besonders schlecht geht. Was soll ich sagen … Erinnerungen können auch befremdend sein. Sobald du anfängst, an Situationen zu denken, die ganz weit in der Vergangenheit liegen, kommt es einem vor, als wären sie nur Träume. Irgendwie surreal. Manchmal kann ich mir nicht vorstellen, in einer bestimmten Situation gewesen zu sein. Als wäre das nicht ich gewesen. Ich kann mich damit nicht mehr identifizieren.«

Eine Ekstase. Die Erinnerungen, die er in der Zeit, seit er aufgewacht ist, gesammelt hat, werden bestimmt keine Ekstase für ihn sein. Und schon gar nicht in Eskapismus enden.

»Du bekommst bestimmt irgendwann deine Erinnerungen zurück. Vielleicht hattest du eine Gehirnerschütterung und kriegst von Zeit und Zeit ein Stück deines Gedächtnisses wieder«, vermutet Zeke.

»Ja, vielleicht«, murmelt Darren. Das glaubt er kaum, aber er schätzt es trotzdem, dass Zeke ihn aufmuntern will.

»Manchmal ist es so, wenn man zu intensiv über etwas nachdenkt, etwas, was man vergessen hat oder so, dann kommt man nicht drauf. Dann muss man einfach loslassen. Erst so kommt es zu einem zurück. Wie mit einer Beute. Wenn du anfängst, sie zu jagen, rennt sie natürlich weg. Du musst sie loslassen, um sie dann in einem stillen Moment, in dem sie nichts erahnt, fangen zu können.«

Darren bezweifelt, dass es mit seinen Erinnerungen wie mit einem fliehenden Kaninchen ist. Zumindest kann er sich nicht vorstellen, dass sie irgendwann von allein zu ihm finden.

Zeke klopft ihm auf die Schulter und lächelt ihn an. »Lass nicht die Schultern hängen. Und den Kopf. Generell deinen gesamten Körper. Du willst doch nicht vor den anderen wie ein Sack auftreten.«

Darren stößt ein Lachen hervor und stellt sich aufrechter hin. »Zeke … wie alt warst du eigentlich, als du vom Weißen Lager aufgenommen wurdest?«, fragt er nach einer Weile.

»Siebzehn. Genau genommen siebzehneinhalb.«

»Und wie alt bist du jetzt?«

»Ich werde im Dezember zwanzig. Wieso?«

»Und die anderen? Sind sie auch in deinem Alter?«

»Die meisten waren auch sechzehn oder siebzehn, als sie hierhergekommen sind. Warum fragst du das?«

»Einfach so.« Darren findet es seltsam, dass das Weiße Lager die Waisenkinder aufnimmt, wenn sie fast volljährig sind. Würde es nicht vielmehr Sinn ergeben, sie in jüngerem Alter aus den Waisenhäusern zu befreien? Schließlich geht es ihnen um ihre Sicherheit, oder nicht? Wenn die Waisenkinder die Volljährigkeit erreichen, würden sie sowieso das Waisenhaus verlassen und sich eine eigene Wohnung suchen. Warum sucht sich das Weiße Lager also genau die aus, die es am wenigsten nötig haben in Schutz genommen zu werden? Vielleicht weil es ihnen nicht darum geht, sondern um etwas anderes. Um diese Spiele gewinnen zu können, bräuchten sie Spieler, deren kognitiven Fähigkeiten weit entwickelt sind. Und das ist bei Kindern nicht der Fall. Ist das der Grund? Geht es ihnen nur um die Spiele? Wenn dem so ist, dann muss hinter diesen Spielen etwas viel Größeres stecken, als ihnen aufgetischt wird.

»Erde an Darren!«, hört er plötzlich Zeke rufen. Darren sieht ihn irritiert an. »Bist du noch da?«

»Tut mir leid, ich war gerade so in Gedanken versunken.«

»Ja, das habe ich gemerkt. Das passiert dir oft. Man sagt etwas, und du fängst an, vor dich hin zu grübeln, als würdest du ein Rätsel lösen. Ist manchmal etwas abartig.«

Darren ignoriert seinen Kommentar. »Was ist eigentlich mit deinen Eltern passiert? Du kommst doch auch aus einem Waisenhaus.«

Zekes Blick verliert die Leichtigkeit. Er sieht auf den Boden. »Mein Vater hatte meine Mutter und mich geschlagen. Dann … als ich sieben war, hat meine Mutter meinen Vater mit einem Messer erstochen. Sie landete im Gefängnis und ich … im Waisenhaus.«

Darren hat zwar mit einer traurigen Geschichte gerechnet, doch eine Tragik dieser Größe hat er nicht erwartet.

»Das ist … schrecklich«, haucht er. »Und ist deine Mutter immer noch im Gefängnis?«

»Nein. Sie hat sich dort irgendwann das Leben genommen.«

Darren schüttelt den Kopf. »Das tut mir leid. Ich kann mir gar nicht vorstellen, wie es für dich gewesen sein muss.«

Zeke nickt. »Ja, es gibt Tage, da wünsche ich mir, mich nicht erinnern zu können. Doch wenn ich dich sehe, bin ich dankbar dafür, noch heil im Kopf zu sein.«

Das bringt Darren erneut zum Lachen. »Deine Art ist wirklich bewundernswert. Wie du es schaffst, das Leben trotz der Umstände so positiv zu sehen.«

»Was soll ich sonst tun? Ich kann nicht ständig rumsitzen und heulen, oder?«

Darren nickt ihm zu. »Das würde dir auch so gar nicht stehen.«

»Außerdem denke ich immer, dass man aus allem etwas Positives ziehen sollte. Nach dem Motto: Wenn dir das Leben Zitronen gibt, mach daraus Limonade. Wäre das alles nicht passiert, hätte ich nicht die Möglichkeit für ein Zertifikat bekommen, womit ich mich für alles bewerben kann. Stell dir vor, wenn ich dieses Zertifikat habe, könnte ich Medizin studieren.« Das mit dem Zertifikat hat Darren ganz vergessen. Er findet es immer noch seltsam, doch hier läuft alles nicht ganz rund.

»Willst du denn Medizin studieren?«

»Um Gottes willen, nein!«, ruft er, was Darren auflachen lässt.

»Und warum freust du dich dann darüber?«

»Es geht darum, dass ich es *könnte*, wenn ich *wollte*. Das ist alles, was zählt.«

Darren blickt auf den Fußboden. »Alles, was zählt«, flüstert er mehr zu sich als zu Zeke.

Am Abend sammeln sich alle im Raum Arizona und warten auf Audris, um das gestrige Spiel zu besprechen. Darren steht etwas abseits von den anderen. Alle unterhalten sich aufgeregt. Als Darren hochblickt, trifft er auf Pyvris' Augen, die ihn, wie üblich, misstrauisch betrachten. Darren wendet den Blick wieder ab, und in dem Moment kommt Cillian zu ihm rüber.

»Hey, wieso stehst du denn so abseits? Komm doch zu uns rüber.«

Darren bringt einen langen Seufzer hervor und sagt: »Ist schon gut, ich habe kein Problem damit.«

Cillian nickt nur und fragt: »Hättest du denn ein Problem damit, wenn ich dir Gesellschaft leiste?«

Daraufhin schüttelt Darren den Kopf. Cillian macht dann eine Kopfbewegung in Richtung Crystal, die sich ihnen anschließt. Er legt seinen Arm um ihre Taille und zieht sie näher an sich. Sofort fühlt sich Darren unwohl. Er schaut stur geradeaus.

»Du hast mich wahrscheinlich nicht beim Spiel gesehen, aber ich habe zugeguckt. Ich muss sagen, ich war schon etwas überrascht, weil du dich bei dem Fechtkampf gegen mich gut geschlagen hast. Ich hätte gedacht, dass du bei dem Spiel auch abliefern würdest, aber du warst leider nicht sehr gut.«

Darren schaut Cillian in die Augen, die ihm reumütig entgegenblicken.

»Vielleicht lag es auch an der Aufregung. Schließlich war es dein erstes Spiel. Das kann ich verstehen. Ich frage mich nur, wieso du dann unbedingt mitmachen wolltest.«

»Ich wollte nicht …«

»Ach, komm schon«, fällt ihm Cillian ins Wort. »Du wolltest schon spielen, oder? Das habe ich gemerkt, als du gegen mich gefochten hast. Du warst so voller Willenskraft, du wolltest unbedingt gewinnen. Und vielleicht … habe ich die Verletzung sogar vorgetäuscht, damit du spielen kannst.«

Darren kann seinen Ohren nicht trauen. Hat er im Ernst …

»Schau mich nicht so an, du wusstest es doch auch«, meint Cillian. Seine Mundwinkel ziehen sich zu einem schelmischen Lächeln hoch.

Auch Crystal schaut jetzt mit weit aufgerissenen Augen zu ihrem Freund. »Cillian«, bringt sie nur mit leiser Stimme hervor.

»Was denn? Ich wollte ihm eben einen Gefallen tun. Ich war wahrscheinlich doch etwas naiv. Ich hätte damit rechnen müssen, dass du noch nicht ganz bereit bist. Aber was hätte ich tun sollen? Ich wollte dir eben diesen Wunsch erfüllen. Als du erfahren hast, dass du nicht spielen würdest, hast du so enttäuscht ausgesehen, fast schon wütend. Und na ja, da dachte ich eben, ich mache es dir möglich.«

Darren weiß nicht, was er davon halten soll. Er sollte glücklich darüber sein, dass er an ihn gedacht hat, dass er ihn anscheinend wirklich gernhat. Aber andererseits ist es auch so … eigenartig. Er kann nicht genau erklären, wieso, dennoch hat er ein komisches Gefühl.

»Ich kann das nicht glauben. Du bist wirklich leichtsinnig«, sagt Crystal, strahlt ihn jedoch an. Ihre glühenden Augen bestätigen ihre Ehrlichkeit. Sie stellt sich auf die Zehenspitzen und küsst Cillian auf den Mund. Darren kann das alles gar nicht richtig einordnen, denn er steht immer noch unter Schock.

Die Szene an dem Tag vor dem Wettkampf, spielt sich in seinem Kopf ab. Cillians aalglatte Lüge. *Ich habe Schmerzen am Knie. Ich denke, es kommt davon, dass wir gestern gefochten haben und du mir ins Knie gestochen hast.*

Seine eigenen Worte fallen ihm ein. *Ich könnte doch für dich einspringen.* Und Cillians Antwort. *Das wäre gar nicht mal so eine schlechte Idee. Wir haben gestern gegeneinander gespielt, und Darren war ziemlich gut.*

Und er hat ihm aufs Wort geglaubt. Nicht nur er, alle anderen auch. Sogar Anian und Audris hat er mit seiner Lüge überzeugt.

Irgendwie wird Darren alles zu viel. Dieses Gefühl von Unbehagen überwältigt ihn. Diese Furcht, die sich in ihm bildet. Dieses Gefühl von Unwissenheit, Unklarheit. Als wäre er irrtümlicherweise in den falschen Zug eingestiegen und erkennt jetzt an den Haltestellen, dass er sich vertan hat … und jetzt irgendwo ganz anders landen wird, weit weg von seinem eigentlichen Ziel.

»Darren, was ist los? Du siehst so beunruhigt aus. Wolltest du etwa nicht, dass ich es vor den anderen sage? Keine Sorge, sie haben nichts mitbekommen«, beschwichtigt ihn Cillian, doch Darren ist immer noch woanders.

»Darren, Cillian hat dir etwas Tolles ermöglicht. Ich muss zugeben, mir ist an dem Tag auch aufgefallen, dass du so enttäuscht warst darüber, dass du nicht spielen durftest. Aber Cillian hatte da eine super Idee«, sagt Crystal.

Ihre Worte reißen ihn wieder aus seinen Gedanken.

»Ja, das war … wirklich nett von dir. Ich war tatsächlich etwas enttäuscht«, hört er sich sagen. Irgendwie ist sein Gehirn gerade in einer Blockade. Darren merkt überhaupt nicht, dass Audris das Zimmer betreten hat, bis Cillian kurz an seinen Arm stößt.

»So, heute reden wir, wie besprochen, über das Spiel.«

Darren schaltet wieder ab und starrt gedankenverloren vor sich hin.

Ich habe Schmerzen am Knie. Ich denke, es kommt davon, dass wir gestern gefochten haben und du mir ins Knie gestochen hast. Und vielleicht, habe ich die Verletzung sogar vorgetäuscht, damit du spielen kannst.

Was heißt das? Wieso hat er das getan? Hat er ihn einfach nur gern oder steckt etwas anderes dahinter? Crystal fand es auch toll, dass er das getan hat. Wieso? Es war doch nicht notwendig. Schließlich hätte er womöglich am nächsten Spiel teilhaben dürfen. Bis dahin wäre er fit genug gewesen. Er kann es einfach nicht verstehen. Cillian war nie gemein oder misstrauisch ihm gegenüber. Auch jetzt nicht, wo die meisten denken, dass er irgendein Spion sei. Vielleicht hat er ihn wirklich nur gern und wollte ihm diesen Gefallen tun. Vielleicht ist alles auch viel simpler, als er glaubt. Er denkt immer so kompliziert, interpretiert Dinge hinein, die vielleicht nicht da sind. Er muss einfach lockerlassen. Loslassen. Ganz nach Zekes Prinzip.

»Darren? Hörst du zu?« Audris schaut ihn mit hochgezogenen Augenbrauen an.

Darren blickt hoch. »Ja«, lügt er, doch seine Stimme stockt.

»Was habe ich eben gesagt?«, fragt sie jetzt und verschränkt die Arme vor der Brust. Als Darren nicht antwortet, seufzt sie und meint: »Gerade du hast es nötig, hier aufzupassen. Hier siehst du, was dein Gegner gemacht hat?«

Sie zeigt mit seinem Stab auf eine Szene am Monitor. Anscheinend wurde das ganze Spiel aufgenommen. Wo waren denn die Kameras? An den Säulen?

»Dein Gegner hat die Finte angewendet. Die Finte ist ein Scheinangriff, der dich dazu führen soll zu parieren, damit er eine Stelle trifft, die frei wird. Du bist darauf eingegangen, und so konnte er dich am Arm treffen, wo du dachtest, dass er dich an der Brust treffen wollte. Diese Bewegung war für deren Sieg entscheidend, denn dein Gegner hat deine Ablenkung genutzt, um dich mit weiteren Hieben zum Fallen zu bringen. Dann war es sowieso leicht für ihn, die Fahne zu holen.«

Darren schaut sich die Szene an und fühlt sich unwohl dabei, sich selbst auf dem Bildschirm zu sehen. Vor allem, weil alle anderen das Geschehen auch mit eigenen Augen sehen können. Was denken sie jetzt von ihm? Dass er das auch absichtlich getan hat?

»Avalon, du bist auch nicht eingesprungen, um Darren zu helfen. Ihr seid ein Team, dann müsst ihr euch auch gegenseitig verteidigen. Das andere Team hat das die ganze Zeit über getan«, sagt Audris.

»Wir haben nicht verloren, weil wir schlecht waren«, greift Pyvris ein. »Die anderen wussten aus irgendeinem Grund, wie wir vorgehen würden, und haben sich direkt auf Crystal, Noa und Zeke gestürzt. Sie hatten auch viel mehr Defensivspieler auf dem Feld als wir, weil sie wussten, dass wir offensiv spielen würden. Darren haben sie auch öfter angegriffen, obwohl er ziemlich in der Ecke stand. Sie wussten, dass er schlechter ist als die anderen.«

Darren spürt alle Blicke auf ihm haften und kann nicht verhindern, dass das Blut in seine Wangen steigt.

»Pyvris, wir haben verloren, weil ihr euch nicht gegenseitig geholfen habt. Wo warst du, als vier Leute Crystal und Noa in die Enge getrieben haben?«, entgegnet Audris in strengem Ton.

Pyvris wird daraufhin auch etwas rot und ballt die Hände zu Fäusten.

»Mir ist aber auch aufgefallen, dass Darren viel häufiger angegriffen wurde als der Rest. War schon komisch«, wendet Melanie ein.

»Wenn dir das so sehr aufgefallen ist, hast du dich wohl nicht auf deine eigene Aufgabe konzentriert, was auch von Ungeschick zeugt. Statt andere zu beobachten, solltest du deine eigenen Pflichten erfüllen.«

Darren ist erleichtert, dass Audris sich für ihn einsetzt und die Einwände gegen ihn nicht einfach so hinnimmt. Vielleicht wird ihnen das klarmachen, dass ihre Verdächtigung grundlos ist. Er hat genug um die Ohren; er kann sich nicht noch irgendwelche bodenlosen Beschuldigungen anhören, geschweige denn sich mit ihnen auseinandersetzen müssen.

»Wie dem auch sei. Ich finde es merkwürdig, aber wenn Sie meinen, dass es nichts zu bedeuten hat, dann können wir wohl nichts dagegen tun«, meint Viorell.

Verdächtigt er ihn etwa auch? Das ist doch unfassbar.

»Gut, dann hätten wir das auch geklärt. Wenn ihr keine weiteren Fragen mehr habt, könnt ihr gehen«, sagt Audris.

Niemand meldet sich, sodass Audris sie entlässt.

Darren hält weiterhin etwas Abstand von den anderen, als er den Raum verlässt. Doch lange kann er sich nicht vor ihnen und ihren Anschuldigungen bewahren. Spätestens wenn sie schlafen gehen, wird er sich Pyvris' Vorwürfe anhören müssen. Und damit hat er auch recht.

Als sie am Abend im Zimmer sind, schaut Pyvris ihn von seinem Bett aus an, ohne ihn auch nur ein einziges Mal aus den Augen zu lassen.

»Also wenn Darren das nächste Mal wieder mitspielt, können wir uns einen Sieg knicken. Aber wenn er so schlau ist, wird er natürlich diesmal über die Pläne schweigen, sonst wird es nämlich sehr offensichtlich.« Als niemand antwortet, sagt er mit erhobener Stimme: »Sagt mal, bin ich der Einzige, der das total komisch findet?«

»War das eine rhetorische Frage?«, will Crystal wissen.

»Ich weiß nicht, entscheide du doch«, giftet Pyvris sie an. Seine Stimme ist triefend vor Spott.

»Gut, dann überlasse ich die Antwort dir«, kontert Crystal amüsiert.

Pyvris schaut sie mit starren, aber feindseligen Augen an.

»Ich glaube, du übertreibst etwas, Pyvris«, meint Zeke, der sich gerade sein T-Shirt über den Kopf streift, weshalb seine Stimme etwas gedämpft klingt.

»Du kannst das wohl am wenigsten beurteilen, Zeke. Von einem gesunden Maß an Misstrauen kann man bei dir nämlich wohl kaum sprechen. Hier könnte einer nach dem anderen verschwinden, und du würdest immer noch nichts infrage stellen.«

»Was ist mit Crystal? Sie stimmt dir auch nicht zu, und sie ist definitiv unter den Misstrauischsten hier«, gibt Zeke zurück.

»Sie ist aber auch ein wenig voreingenommen, wenn es um Darren geht.«

Crystal sendet ihm daraufhin einen verstörten Blick, dem Pyvris nur mit ernster Miene begegnet.

»Wie meinst du das?«, fragt Cillian.

Darren wird ganz heiß, seine Hände fangen an zu schwitzen, und er muss sie an seiner Bettdecke trocknen.

»Die beiden scheinen sich ganz gut zu verstehen. Ich bin überrascht, dass du nichts davon weißt, Cillian.«

Cillians Blick ist neutral – unmöglich zu entziffern, was er darüber denkt.

»Nur weil wir Freunde sind, heißt es noch lange nicht, dass ich die ganze Sache nicht aus einer objektiven Perspektive bewerten kann. Abgesehen davon ist deine Ansicht auch nicht ganz frei von subjektiven Tendenzen. Schließlich hasst du Darren schon, seitdem er hier ist. Und das auch noch grundlos. Ich habe mir wenigstens die Zeit genommen, ihn kennenzulernen. Du stattdessen hast mit ihm nicht mal eine anständige Konversation geführt, um mit solchen Anschuldigungen kommen zu dürfen«, kontert Crystal mit steinernem Gesichtsausdruck.

»Du findest das alles also ganz normal? Irgendein Fremder, der behauptet, keine Erinnerungen zu haben, meint, er wäre dazu berechtigt, einfach hier zu wohnen. Und dann noch die Novizen zu überholen. Und für unseren Verlust verantwortlich zu sein. Siehst du bei der Sache keinen Haken?«

»Ich behaupte nicht, keine Erinnerungen zu haben, und ich sehe mich auch nicht dazu berechtigt, hier einfach so zu wohnen«, wendet Darren zum ersten Mal ein. »Ich habe wirklich keine Erinnerungen. Und ich bin hier gelandet, weil ich keine andere Wahl hatte. Vielleicht würdest du dich dazu entscheiden, auf einer einsamen Insel auf dem offenen Meer zu bleiben. Aber ich denke, jeder mit gesundem Menschenverstand würde in das einzige Gebäude weit und breit gehen.«

Pyvris spannt seinen Kiefer an und verengt seine ohnehin schmalen Augen.

»Du sagst, du hättest keine Erinnerungen, aber wissen können wir es nicht. Du könntest uns genauso gut anlügen. Außerdem ist es doch ziemlich absonderlich, dass du auf irgendeinem Felsen aufwachst und dann diesen Ort findest. Klingt für mich alles sehr inszeniert.«

Darren weiß nicht, was er darauf erwidern soll. Natürlich klingt das alles aus seinem Mund geplant, aber wie kann er ihm klarmachen, dass alles genau so abgelaufen ist? Dass es sich nicht um einen mutwilligen Akt handelt.

»Also … ich kann deinen Gedankengang schon nachvollziehen, aber was sollte Darren denn geplant haben? Was ich meine, ist, was würde ihm das alles bringen?«, wirft Zeke ein.

»Das können wir nicht wissen. Außer wir zwingen ihn, und wenn er mit der Wahrheit immer noch nicht rausrückt, werfen wir ihn raus. Draußen wird er wohl kaum mehr als ein paar Tage überleben.«

Die ganze Zeit über, in der Pyvris spricht, lässt er Darren nicht aus den Augen. Seine dunklen Augen sind blank wie zwei scharfe Messer.

»Das … das kannst du doch nicht machen«, flüstert Zeke.

»Dessen ungeachtet hat er sowieso nicht die Befugnis dafür«, meint Crystal; ihr Blick hält dem von Pyvris stand. Sie zuckt nicht einmal mit der Wimper. Also wenn es um den beeindruckendsten Augenkontakt ginge, würden Pyvris und Crystal auf jeden Fall um den ersten Platz kämpfen.

»Ist auch nicht nötig. Beim nächsten Spiel werden sie Darren rausschmeißen. Wenn nicht beim nächsten, dann beim übernächsten. Ihr werdet schon sehen.«

»Das glaube ich kaum. Du hast doch gesehen, wie Audris ihn heute verteidigt hat«, erwidert Zeke und schaut Pyvris jetzt auch direkt in die Augen.

»Und Audris ist hier der Boss, oder was? Außerdem tut sie das alles nur, um nicht für Unruhe zu sorgen.«

»Genau, und wie es so aussieht, bist du hier der Unruhestifter, nicht Darren«, schießt Zeke zurück. Sein Ton ist jetzt hart; seine Haltung unbeugsam.

Darren ist froh darüber, wie unnachgiebig Zeke und Crystal sind. Er weiß nicht, wieso sie ihn so sehr verteidigen, aber er schätzt es sehr.

»Stille Wasser sind tief. Und die ruhigsten Menschen, verbergen am meisten«, meint Pyvris, diesmal in einem wesentlich leiseren, aber umso härteren Ton.

Eine Weile herrscht Stille. *Stille Wasser sind tief. Und die ruhigsten Menschen, verbergen am meisten.* Darren schaudert es bei dem Gedanken an dieser Aussage. Irgendwie trifft es ihn mehr als alles andere, was ihm heute an den Kopf gehauen wurde.

»Können wir vielleicht über etwas anderes reden? Ich glaube, das Spiel hat uns einfach sehr zu schaffen gemacht. Wir sollten es vergessen«, schlägt Noa vor. Sie setzt sich auf Pyvris' Bett und streicht ihm mit der Hand über den Hinterkopf.

Sofort wird Pyvris' Ausdruck weicher, und er zieht sie näher zu sich heran. Er küsst sie ganz sanft und behutsam zwischen den Augenbrauen. Es ist seltsam, ihn so zärtlich zu erleben. Als wäre er eine andere Person.

Nachdem sich alle schlafen gelegt haben, legt sich auch Darren hin und starrt auf die Decke. Pyvris' Worte nagen noch an ihm. Würden sie ihn wirklich rausschmeißen? Aber aus welchem Grund? Weil er ein Spion ist? Wäre es denn so gefährlich? Es handelt sich doch nur um irgendwelche Wettkämpfe. Warum soll Darren denn eine Gefahr darstellen? Es sei denn, es steckt mehr hinter diesen Wettkämpfen. Aber was könnte das sein? Was könnte ihnen so wichtig sein, dass sie alles daransetzen, diese Spiele zu gewinnen? Darren überlegt und überlegt und überlegt. Doch am Ende bleiben seine Gedanken so blank wie die Decke. Das Einzige, was er weiß, ist, dass er nächstes Mal sein Bestes geben muss, denn er hat das Gefühl, dass Pyvris mit seiner Aussage recht hat. Ein weiterer falscher Schritt, und es ist aus.

XX

Die Zeit fliegt förmlich an ihm vorbei. Nach den unzähligen Fecht-stunden, den Schwimm- und Boxstunden fühlt er sich fit wie noch nie. Auch die kognitiven Aufgaben haben an Schwierigkeitsgrad gewonnen, doch diese meistert er ebenfalls, wenn auch mit ein wenig mehr Mühe.

Jetzt versucht er, eine Fahne von allein zu ergattern – durch eine Virtual-Reality-Brille. Die Aufgabe soll seine Ausdauer stärken und seine Konzentration fördern. Er befindet sich in einem hellen Raum, der sich nicht wirklich wie ein Raum anfühlt. Es sind keine Ecken und Kanten vorhanden, auch keine Decke. So, als würde es in alle Richtungen unendlich weitergehen. In der Luft hängt auch eine Art Nebel, der aber nicht wirklich die Sicht verschlechtert. Er wirkt eher wie der Dunst, der sich an eisigkalten Orten bildet. Nur dass es hier nicht kalt ist. Auch nicht warm. Irgendwie hat Darren das Gefühl, dass überhaupt keine Temperatur herrscht. Die Gegend hat zudem die Farbe von elektrischem Blau, und überall befinden sich eckige Konstrukte, hinter denen er sich vor den fliegenden Metallkugeln abschirmen kann. Ab und zu muss er durch vertikale Laserstrahlen, die vereinzelt in eine Art Wand hineingehen. Die Fahne hat Darren schon entdeckt. Sie liegt nicht mehr weit weg und hat eine grelle weiße Farbe.

Darren rennt an zahlreichen Konstrukten vorbei, bis eine Metall-kugel in seine Richtung geflogen kommt. Schnell zieht er sich hinter einer Konstruktion zurück. Die Fahne ist jetzt noch ein paar Meter von ihm entfernt. Als er sichergeht, dass keine Gefahr besteht, rennt er wieder los und greift direkt nach der Fahne.

Alles wird dunkel. Er nimmt die Brille ab.

»Gut gemacht. Wesentlich schneller als letztes Mal. Und auch deutlich weniger Verletzungen«, bemerkt Audris.

»Super. Bin ich durch für heute?«, fragt Darren.

»Ja, du bist frei.« Sie nimmt ihm die Brille ab und schenkt ihm zum Abschied ein flüchtiges Lächeln.

Nachdem er eine kurze, erfrischende Dusche genommen hat, geht er zum Essenssaal, wo er mit Cillian und Zeke zu Abend isst. Sein Herz scheint in den letzten Wochen zehn Kilo verloren haben. Zum ersten Mal seit Wochen fühlt er sich wieder wohl und fast schon … glücklich. Er kann sich sogar vorstellen, irgendwann seine Vergangenheit und seinen Zustand einfach abzuhaken und zu vergessen. Er ist an einem sicheren Ort und hat endlich einen Freundeskreis. Sogar Pyvris' Anfeindungen stören ihn nicht mehr. Obwohl diese auch weniger geworden sind.

»Und, wie war dein Training?« Zeke strahlt ihn an, als er ihn erblickt.

»Super. Ich habe mich sehr verbessert.«

»Freut mich richtig. Du bist aber jetzt wirklich glücklich, oder?« Darren lächelt ihn an. »Sieht man es mir etwa so sehr an?«

»Es liegt daran, dass du in den ersten Wochen immer sehr trüb gestimmt warst. Deshalb fällt deine Gemütsänderung umso mehr auf«, sagt Crystal und setzt sich zu ihnen.

Sie trägt ihre Haare offen, sodass die scharfen Konturen ihres Gesichts verdeckt werden. Darren kann seine Augen nicht von ihr abwenden, vor allem jetzt, wo sie ihn mit ihren graublauen Augen bewundernd ansieht. Er spürt, wie sein Herz schneller gegen seine Brust schlägt. »O Mann, das ist mir ja schon fast peinlich«, gibt Darren kleinlaut zu.

Zeke, Crystal und Cillian brechen in Gelächter aus.

»Wieso ist es dir denn peinlich?«, fragt Cillian zwischen Lachanfällen.

»Keine Ahnung. Ich weiß auch nicht. Mann, hört schon auf!«

Doch sein Einwand bringt sie nur noch mehr zum Lachen, bis Zeke sogar mit den Füßen gegen den Boden stampft und den Kopf nach hinten lehnt.

»Zeke, du bist aber wieder mal äußerst elegant«, bemerkt Crystal.

»Männer müssen nicht elegant sein«, meint er mit einem arroganten Grinsen.

»Das würde ich gelten lassen, wenn du ein Mann wärst.«

»Ach ja, wenn ich kein Mann bin, was bin ich denn dann?«

»Du bist ein Junge. Ein Bub«, sagt Crystal mit einem unschuldigen Blick.

»Ha! Ich bin der Männlichste, hier. Außerdem sind dunkelhäutige Männer die virilsten!«

»Ich dachte, das würde man über rothaarige Männer sagen?«, sagt Cillian.

»Der einzige rothaarige Kerl hier ist Fletcher. Ich denke, damit habe ich meinen Standpunkt klar genug ausgedrückt«, entgegnet Zeke.

Crystal rollt darauf mit den Augen. »Nur weil er nicht dem männlichen Ideal entspricht, das von der Gesellschaft konstruiert wurde, heißt es nicht, dass er nicht männlich ist.«

»Gehen wir nicht nach gesellschaftlichen Konstruktionen?«, will Darren wissen.

»Wir können nur danach gehen«, behauptet Zeke, während er mit seinem Stuhl hin- und herschaukelt.

»Das gesellschaftliche Ideal des Mannes sorgt dafür, dass Männer ihre Gefühle verschweigen und unterdrücken. Und wie wir wissen, ist das ein Grund für die erhöhte Suizidrate bei Männern. Also: Ich würde sagen, was die Gesellschaft uns einschärft, ist nicht immer förderlich«, erwidert Crystal und steckt sich eine Traube in den Mund.

Ihre Blicke treffen sich kurz, und Darren glaubt, ein Lächeln in ihren Augen zu erkennen. Doch sie schaut zu schnell weg, um sie weiter zu erforschen.

»Du und deine Statistiken, Crystal. Was willst du denn studieren, Mathe oder was?«, fragt Zeke.

»Wie kommst du darauf?«

»Stochastik?«

»Stochastik ist doch nur ein Teilgebiet der Mathematik. Außerdem interessiere ich mich nicht für Statistiken oder Stochastik, sondern für Medizin. Psychologie finde ich auch spannend.« Crystal schaut in die Ferne – mit einer Sehnsucht, die er zum ersten Mal bei ihr sieht. Sie wirkt viel jünger dadurch. Jung und voller Neugier und Hoffnung.

»Was würdest du gern studieren, Darren?«, fragt Cillian ihn, und in seinen Augen findet Darren aufrichtiges Interesse und Aufmerksamkeit.

»Hm … ich weiß nicht. Ich habe mir nie darüber Gedanken gemacht«, gibt er zu. Nach einer Weile sagt er: »Vielleicht Geschichte. Aber auch Philosophie.«

Cillian lächelt ihn an. »Schöne Träume hast du. Ich liebe auch Geschichte und Philosophie.«

»Komm mir ja nicht mit Philosophie. Da muss ich nur an diese ganze Freud-Scheiße denken«, sagt Zeke.

»Freud war auch eher in der Psychologie und Neurologie tätig und weniger in der Philosophie. Außerdem waren nicht mal alle seine Theorien so schlimm«, gibt Cillian zurück.

»Ich finde nur sein Prinzip von Es, Ich und Über-Ich etwas aufschlussreich, aber der Rest … Na ja zu den Traumdeutungen, sag ich besser nichts«, sagt Crystal und macht einen angewiderten Gesichtsausdruck.

»Was sagt er denn über Träume?«, will Darren wissen.

Crystal antwortet ihm, wenn auch etwas widerwillig: »Von wegen Träume seien sexuell oder infantil motiviert und würden unterdrückte Triebe verbergen und so weiter. Starker Tobak.«

»Richtiges Tohuwabohu!«, ruft Zeke und schüttelt den Kopf.

»Ich glaube, Träume spiegeln das Unterbewusstsein wider. Was uns so durch den Kopf geht, unsere Befürchtungen, unsere Wünsche …«, sagt Darren.

Crystals Mundwinkel heben sich leicht. »Das glaube ich auch. Deshalb würde ich auch niemals jemandem etwas über meine Träume erzählen. Das ist so, als würde man seine tiefsten Geheimnisse verraten.«

»Als würde man sein Innerstes offenbaren«, ergänzt Darren.

»Genau.« Crystals Augen glänzen leicht, als sie ihm in die Augen guckt. Doch diesmal rast sein Herz nicht und seine Hände fangen nicht zu schwitzen oder zu zittern an. Stattdessen fühlt er eine innere Ruhe und einen inneren Frieden.

»Ist nicht heute wieder Sprechstunde wegen des Spiels morgen?«, fragt Zeke und reißt ihn aus seiner Starre.

Die Realität holt ihn wieder ein und das Gefühl von Ruhe und Frieden verfliegt so schnell, wie es gekommen ist.

»Ja, ich bin schon gespannt, wer dieses Mal mitspielt«, sagt Cillian und pustet zwischendrin auf sein Essen.

»Ich hoffe, ich werde mitspielen dürfen. Ich habe mich in den letzten Wochen so angestrengt, dass es sich auch lohnen sollte«, äußert Darren.

Crystal nickt ihm zu. »Ich finde auch, dass du es dir verdient hast. Du hast es nicht umsonst so schnell in die Elite geschafft.«

Nachdem sie mit dem Essen fertig sind, begeben sie sich gemeinsam in den Raum Alaska.

Audris ist schon anwesend, genauso wie die restlichen Schüler.

»Gut, jetzt, wo wir vollständig sind, können wir auch direkt anfangen. Vorneweg, diesmal werden nur vier von euch spielen.«

Darren ist der Einzige, den die Nachricht schockiert. Wahrscheinlich ist es kein Sonderfall, dass nur wenige spielen.

»Deshalb zähle ich jetzt die auf, die spielen werden. Der Rest kann gehen.« Audris zückt ein Blatt aus einem Ordner und liest die Namen vor: »Es werden spielen: Crystal, Pyvris, Melanie und Darren.«

Er wird auch spielen? Damit hätte er nicht gerechnet. Aber er freut sich. Vor allem kann das Spiel nicht so schwierig sein, wenn nur vier ins Rennen gehen.

»Das Spiel ist euch bekannt: *Escape Room*. Darren, ich nehme an, du weißt nicht, um was es in dem Spiel geht, deshalb erkläre ich es noch mal kurz.«

Die anderen sind schon raus, sodass nur noch die Spieler und Audris anwesend sind.

»So, wie der Name schon sagt, seid ihr in einem Raum eingesperrt und müsst einen Ausweg finden. Und das innerhalb von einer Stunde. Das gegnerische Team wird in einem anderen Raum sein, und welches Team zuerst aus dem Raum ist, hat gewonnen.«

Hört sich eigentlich ganz einfach an. Darren kann sich aber

vorstellen, dass es bei der Ausführung nicht so leicht sein wird. Vor allem, weil es diesmal nicht um körperliche Stärke und Geschicklichkeit geht, sondern um Intelligenz und analytische Fähigkeiten.

»Diesmal können wir keinen ausführlichen Plan erstellen, denn wir wissen natürlich nicht genau, was uns erwarten wird. Die einzige Information, die wir haben, ist, dass ihr euch in einem kleinen Zimmer befinden werdet, aus dem ihr ausbrechen müsst. Und das schafft ihr, indem ihr die Hinweise findet und entschlüsselt. Die Hinweise deuten alle darauf hin, wo sich der Schlüssel befindet.«

Audris legt kurz eine Pause ein und schaut jeden Einzelnen an, bevor sie weiterspricht: »Das gegnerische Team wird unseren Raum und unsere Hinweise bestimmen, und wir werden das Gleiche für sie machen. Noch Fragen?«

»Können wir anhand unseres Spiels für die Gegner sehen, wie das Spiel genau aussehen wird?«, fragt Darren. »Die Größe des Raums, die Struktur und alles. Damit wir wissen, was uns erwartet. Ich habe das schließlich noch nie gespielt.«

Audris schenkt ihm einen seltsamen Blick, irgendwie eine Mischung aus Verwunderung und Unbehagen. Sie zögert, bevor sie antwortet: »Nein, das geht nicht.«

Darren nickt nur und schaut auf den Boden. Er spürt Crystals Blick von der Seite und schaut zu ihr rüber. Sie hat die Augenbrauen zusammengezogen, und ihre Augen haben die Farbe von Stahl. Sie schaut ihn gefühlte Stunden mit unverändertem Ausdruck an, der in ihm ein unwohles Gefühl auslöst.

Was ist los?, will er sie fragen. *Habe ich etwas Falsches gesagt?*

Als hätte sie seine Gedanken gehört, verschränkt sie die Arme vor der Brust und schüttelt ganz leicht den Kopf. Unbemerkbar. Aber ihm es nicht entgangen.

»Weitere Fragen?« Audris schaut streng in die Runde, wobei ihre Augen ab und zu flüchtig zu Darren blicken.

Ich habe einen Fehler gemacht, denkt er dann, ich hätte diese Frage nicht stellen sollen.

Er spürt, wie sich Schweiß an seinem Nacken bildet und wie das

Blut in seinen Kopf schießt. Nein, er muss sich jetzt beruhigen. Ein Fehler wird ihn wohl nicht das Leben kosten.

»Gut, dann seid ihr entlassen.« Audris schaut wieder kurz zu Darren, sodass er schnell den Blick abwendet, damit sie seine Nervosität nicht sieht.

Er war noch nie schneller aus einem Raum. Pyvris geht an ihm vorbei und dreht sich zu ihm.

»Darren, bist du etwa so dumm, dass du irgendwelche verdammten Abbildungen brauchst, um das Spiel zu verstehen? Wenn du das Spiel nicht mal begreifst, dann wirst du bei der Ausführung erst recht versagen.«

Darren starrt ihn nur an, er hat Angst, etwas Falsches zu sagen. Plötzlich erscheint Melanie an Pyvris' Seite. Ihr Lächeln trägt einen Dünkel mit sich.

»Darren ist nicht dumm. Er stellt sich nur dumm. Was ziemlich raffiniert ist. Aber nicht raffiniert genug, um seine wahre Intention zu verstecken.«

»Was meinst du damit?«, rutscht es Darren heraus.

Statt ihm eine Antwort zu geben, fängt sie an zu lachen und schnalzt dabei mit der Zunge.

»Du denkst wohl, du kannst uns zum Narren halten, was?«, meint Pyvris und funkelt ihn an.

»Wovon redest du?« Darren weiß selbst nicht genau, ob er wirklich verwirrt ist oder sich schützen will.

»Du wolltest unsere Auflagen sehen, um wieder mal das Spiel zu sabotieren. Besser gesagt, um deinem Team den Gewinn zu ermöglichen.«

»Meinem Team?«, ruft Darren entgeistert. »Wovon redest du? Ihr seid mein Team. Wieso sollte ich … Ich meine…«

»Ach, hört doch auf!«, greift Crystal ein. »Das ist doch jetzt wirklich lächerlich. Als würde Darren so etwas tun. Mit welchen Mitteln auch?«

»Wer weiß, vielleicht trägt er irgendwo eine Kamera bei sich.«

Pyvris kommt auf einmal auf ihn zu, doch Darren schubst ihn so fest zurück, dass er nach hinten taumelt.

Pyvris' Gesicht ist knallrot, seine Fäuste geballt. Es passiert alles so schnell, dass Darren nur einen heftigen Schmerz an seiner Wange fühlt und den eiskalten, harten Boden unter sich. Seine Wange fängt an zu pochen, seine Umgebung ist verwackelt.

»Was soll das? Hast du sie noch alle?«, hört er Crystal schreien. Jemand hält ihm seine Hand hin, doch Darren ignoriert sie und erhebt sich.

»Alles okay?« Fletcher schaut ihn mit weit aufgerissenen Augen an. Darren kann sich nicht konzentrieren. Seine Wange schmerzt noch immer, und die Sicht seines linken Auges ist etwas verdeckt. Ohne zu zögern, stürmt er auf Pyvris zu, doch Crystal wirft sich dazwischen und hält ihn zurück.

»Darren, beruhige dich«, flüstert sie ihm zu. Er drückt seine Fingernägel in die Handinnenfläche, bis sie anfängt zu brennen.

»Komm, lass uns gehen«, fügt Crystal hinzu.

Sie schaut zu ihm hoch, ihre Augen sind voller Sorge. Doch da ist ein weiteres Gefühl. Beunruhigung? Angst? Darren kann es nicht entziffern.

Dann wendet sich Darren wieder an Pyvris, die Wut ist verflogen und wurde durch Gleichgültigkeit ersetzt. »Weißt du, was? Es ist mir scheißegal, was du von mir denkst. Du kannst mir alles vorwerfen, was dir einfällt. Ich weiß, dass es nicht der Wahrheit entspricht, und ich habe auch keine Lust, dich davon zu überzeugen, denn du hast eindeutig ein Problem mit mir. Deshalb kann ich deine Anschuldigungen auch nicht ernst nehmen, denn so, wie du Crystal bezichtigt hast, voreingenommen zu sein, so bist es auch du.«

Die Röte ist aus Pyvris' Gesicht entwichen, auch seine Hände sind nicht mehr zu Fäusten geballt. Dafür ist er ganz bleich, und sein Mund zuckt leicht. Doch Darren ist im Reinen mit sich selbst. Er hat keine Angst vor ihm. Und Hass empfindet er auch nicht. Er findet ihn einfach nur armselig.

Er zieht Crystal mit sich und führt sie in den Aufzug.

Als sie endlich allein sind, atmet er tief ein und aus. Crystal streicht ihm über den Arm, und eine Weile geht es nur so weiter, ohne dass einer von ihnen spricht. Bis Crystal ihn schließlich zu sich runterzieht und die Arme um seinen Nacken schlingt. Darrens Arme umfassen automatisch ihre Taille und er drückt sie fester an sich.

Crystal fängt an, sein Haar zu streicheln. Er will nicht, dass sie mit dem Streicheln aufhört, und das tut sie auch nicht. Sie macht so lange weiter, bis sie sich voneinander lösen.

Crystal umfasst sein Gesicht mit ihren Händen.

»Das war wirklich gut, was du eben getan hast, Darren. Du brauchst dir deswegen keine Sorgen zu machen«, sagt sie. Ihre Stimme ist so sanft wie Wellen, die seinen Körper umschmeicheln.

»Ich habe einfach keine Lust mehr. Von jeder Seite werde ich angegriffen. Mittlerweile denke ich mir, ich hätte nie hierherkommen sollen«, gibt er zu. Und als er das zum ersten Mal ausspricht, merkt er, wie schlecht es ihm eigentlich geht. Er kann sich nicht länger anlügen und gute Miene zum bösen Spiel machen.

Irgendwann steigt es ihm zu Kopf.

»Ich verstehe dich. Wirklich. Weißt du … Pyvris ist eigentlich an sich kein schlechter Mensch. Ich glaube, er hat einfach … Angst. Ich weiß nicht, wovor, aber … es ist schon eine seltsame Situation. Versteh mich nicht falsch, Darren. Ich gebe nicht dir die Schuld. Aber … ich kann auch Pyvris' Anschuldigung … na ja … nachvollziehen.«

Er kann es nicht fassen. Sie ist tatsächlich auf Pyvris' Seite? Bei all dem, was er ihm angetan hat, findet sie es auch noch gerechtfertigt? Darren reißt ihre Hände von seinem Gesicht.

»Wenn dem so ist, wieso bist du dann hier? Wieso bist du bei mir? Geh doch zu Pyvris und gib ihm die Bestätigung, die er braucht. Du denkst wohl, ich bin auf dich angewiesen. Ich sag dir mal was: Ich brauche weder dich noch irgendjemand anderen.«

Crystal wird mit jeder seiner Aussagen immer blasser. »Was redet du denn da? Ich habe nur gemeint, dass ich euch beide verstehen kann. Pyvris hat überreagiert und nicht richtig gehandelt, aber … du warst irgendwie auch komisch heute. Mit deiner Aussage bei der Besprechung.«

»Wovon sprichst du?« Darren weiß, wovon sie spricht, stellt sich jedoch dumm, um nicht weiter von ihr verdächtigt zu werden.

»Als du meintest, du würdest dir gern die Pläne anschauen …
Was sollte das? Wieso hast du das gesagt?«

Darren schnaubt laut. »Ich glaub es nicht. Verdächtigst du mich
jetzt etwa auch?«

»Nein, nein, nein. Ich will einfach nur Antworten. Wieso kannst
du das denn nicht verstehen?« Ihre Stimme hat einiges an Lautstärke gewonnen, doch Darren verunsichert das nicht. Im Gegenteil, er fühlt sich noch stärker.

»Du bräuchtest keine Antworten, wenn du mir vertrauen würdest!«

»Wie bitte? Willst du etwa, dass ich dir blind vertraue, oder was?
Wenn dem so ist, dann tut es mir leid, aber so ein Mensch bin ich
nicht. Wenn ich Zweifel habe, dann spreche ich sie an und will eine
Erklärung. Ich bin niemand, der alles annimmt und nichts infrage
stellt. Ich …«

»Ach ja? Du bist also ein misstrauischer Mensch, hm? Wieso
stellst du dann das Ganze hier nicht infrage? Wieso zweifelst du
nicht an der Glaubwürdigkeit dieses … Instituts, oder was es auch
immer ist? Wieso zweifelst du nicht an den Geschichten, die dir
aufgetischt werden? Wieso, Crystal?«

Sie schaut ihn für einen kurzen Moment mit weit aufgerissenen
Augen an. Er kann ihren fieberhaften Atem hören und spüren, ihr
Brustkorb hebt und senkt sich so schnell, als kriege sie nicht genug Luft.

Und plötzlich schaut sie runter und verdeckt ihr Gesicht mit
ihren Händen. Darren meint zuerst, dass sie einfach mit der Situation überfordert ist oder intensiv nachdenkt. Doch nachdem sie
kurz schluchzt, merkt er, dass sie weint.

Plötzlich überkommt ihn ein schlechtes Gewissen. Ihr Weinen hört auch nicht auf, und jeder Schluchzer löst bei ihm einen
Schmerz aus. Er kann es nicht ertragen, sie so zu sehen. Und das
wegen ihm.

Darren geht auf sie zu und legt seine Hand auf ihren Rücken. Er
beginnt, sie zu streicheln, und zieht sie dann zu sich. Ihr Gesicht
ist immer noch in ihren Händen, auch als sie ihren Kopf an seine
Brust lehnt.

Er streichelt immer weiter ihren Rücken, bis die Schluchzer aufhören und sie sich von seiner Umklammerung befreit.

Bevor Darren ihre Tränen wegwischen kann, tut sie es, mit hastigen, groben Bewegungen. Sie verschränkt die Arme vor der Brust und schaut stur auf den Boden.

»Es tut mir leid«, flüstert Darren. Er traut sich nicht, sie noch einmal zu berühren. Sie macht einen sehr verschlossenen, fast schon wütenden Eindruck. Doch als sie spricht, ist ihre Stimme sanft.

»Pyvris und ich … wir haben Ähnliches in unserer Kindheit erlebt. Deshalb kann ich seine Ängste verstehen.«

Darren streicht ihr vorsichtig eine Strähne aus dem Gesicht, er hat durch ihre Offenheit etwas an Mut gewonnen.

»Was habt ihr erlebt?«, flüstert er und hebt ihr Kinn, damit sie ihm in die Augen schaut.

»Wir wurden im Waisenhaus…« Sie atmet tief ein und wieder aus. »Wir wurden beide häufig schlecht behandelt.«

Darren hat plötzlich einen Kloß im Hals. Aus irgendeinem Grund schämt er sich. Dafür, dass er sich selbst bemitleidet, wenn andere ihre eigenen Sorgen und Traumata haben.

Er würde sie jetzt so gern in den Arm nehmen, doch sein bisschen Mut ist schon verflogen.

»Das tut mir leid, Crystal. Wirklich. Aber Pyvris' Kindheit rechtfertigt auch seine aggressive Art mir gegenüber nicht. Du kannst damit seine Handgreiflichkeit nicht entschuldigen.«

»Das tue ich auch nicht. Ich erzähle die Geschichte nicht, damit du Pyvris die Aktion nicht übel nimmst oder uns bemitleidest. Glaub mir, Pyvris würde dich noch mehr hassen, wenn du das tun würdest. Aber … ich will auch gar nicht so sehr ins Detail gehen, und ich will auch nicht, dass du Pyvris davon erzählst. Ich dachte nur, es wäre für dich besser, wenn du es weißt, damit du dich nicht so schnell provozieren lässt. Denn wenn du das immer im Hinterkopf behältst, dann kannst du vielleicht durch deine widerstrebenden Emotionen deine Handlungen viel besser kontrollieren, verstehst du? Ich erzähle dir das alles zu deinem eigenen Schutz.«

Es scheint, als hätte sie sich wieder im Griff, denn sie lässt die

Arme fallen und weicht seinem Blick nicht aus. Ihre Stimme hat auch einen sachlicheren Ton angenommen. Er ist immer wieder davon fasziniert, wie schnell sie sich sammeln kann.

»Aber … von wem wurdet ihr misshandelt?«, will Darren wissen.

»Von den Leuten, die auf uns aufgepasst haben. Pyvris, ich und auch andere Kinder wurden oft geschlagen. Es gab sogar einige schlimmere Situationen, die darüber hinausgingen. Vielleicht ist auch das einer der Gründe, warum wir nicht viel hinterfragen. Weil wir hier ein Zuhause gefunden haben. Ein Zuhause, in dem wir uns geborgen und behütet fühlen.«

Darren nickt, er kann nun verstehen, warum es ihr und den anderen bisher egal war, worum es sich bei dem Weißen Lager wirklich handelt, wenn sie sich zum ersten Mal sicher und wohl gefühlt haben. War es ihm anfangs nicht auch egal? Als er nur Nahrung und ein Dach über dem Kopf wollte, hat er doch auch nicht tiefer über diesen Ort nachgedacht, oder nicht?

»Hör auf, mich so anzugucken! Ehrlich, das macht mich ganz nervös«, sagt sie mit einem Lächeln.

»Oh, tut mir leid. Das habe ich gar nicht gemerkt«, sagt Darren. Seine Wangen fühlen sich warm an. Er räuspert sich kurz, bevor er fragt: »Und … wie bist du … also … geht es dir jetzt besser?«

Crystal stößt ein Lachen aus, und ihre Augen funkeln wieder. »Ja, natürlich geht es mir besser. Wirklich, manchmal stellst du so komische Fragen. Aber das ist auch irgendwie wieder süß von dir.«

Seine Wangen sind jetzt noch wärmer, doch ihm macht es nichts aus. Er ist froh darüber, sie wieder mit flimmernden Augen zu sehen.

Als sie aus dem Aufzug steigen, greift Darren nach ihrem Arm und zieht sie sanft näher zu sich.

»Ich wollte nur, dass du weißt, dass ich deine … also dass ich dich sehr zu schätzen weiß. Ich meine, deine … Freundschaft«, bringt Darren stotternd heraus.

Crystals Mundwinkel zucken leicht. Ihr Blick ist inkonsistent, doch als sie ihm wieder direkt in die Augen sieht, lächelt sie ihn an, was Darren beruhigt.

»Ja … das freut mich …« Irgendwie ist ihre Miene etwas starr, doch Darren denkt sich nichts dabei.

Mit einem letzten, kurzen Lächeln geht sie. Er fixiert so lange den Boden, dass alles ineinander verschmilzt, eine große Leere entsteht.

»Darren.« Die Stimme durchbricht seine Starre wie ein Messer, das Glas zerschmettert.

Darren dreht sich um. Vor ihm steht Cillian, die Hände hinter dem Rücken und der Blick unleserlich. Doch in seinen Augen erkennt er einen Ausdruck, der schon fast schmerzlich aussieht. Als würde sein Anblick ihm Qualen bereiten. Die Leere in Darrens Herz ist verflogen, stattdessen fühlt er jetzt einen immensen Druck.

Als Cillian sich ihm nähert, spürt Darren, wie sein Herz sich zusammenschnürt. Plötzlich wird Cillians Gesicht weicher, als hätte er sein Unbehagen gespürt.

»Ich wollte nur sagen, dass ich … an deiner Seite bin.« Seine Stimme ist leise, und er spricht so langsam, als würde er sichergehen wollen, dass Darren auch alles aufnehmen kann.

Er weiß nicht, was er erwidern soll. Er hat nicht wirklich an ihm gezweifelt. Doch ihm vertraut hat er doch auch nicht wirklich, oder?

»Darren.« Er bringt ihn wieder raus aus seinen Gedanken. Als er ihn erneut anguckt, erkennt er, dass seine Augen glasig sind.

»Du … hast das nicht verdient!« Er verschluckt sich fast am letzten Wort, doch sein Blick ist plötzlich wütend, seine Nasenlöcher beben. Darren ist verwirrt von seiner emotionalen Reaktion, wo er doch sonst immer so nüchtern und kühl ist.

»Wovon redest du?«, fragt Darren. Er ist wie benommen.

Cillian spannt seinen Kiefer an, seine Augen sind stechend. Im nächsten Moment weicht die Härte wieder von seinem Gesicht. Er zieht die Augenbrauen zusammen und legt seine Hände auf Darrens Schultern.

Darren spürt, wie sie zittern. Er öffnet seinen Mund und schließt ihn wieder.

Was ist nur los mit ihm?

Cillian starrt ihn weiterhin an, ohne etwas zu sagen.

Als er schließlich spricht, ist er plötzlich wieder ganz normal, seine Stimme fest und sachlich.

»Wie du behandelt wirst. Du hast das nicht verdient. Ich würde mit Pyvris darüber reden, aber ich weiß aus Erfahrung, dass ich nicht an ihn herankommen kann. Wenn er sich etwas in den Kopf gesetzt hat, ist es nahezu unmöglich, ihn umzustimmen oder vom Gegenteil zu überzeugen.«

Darren nickt und schaut auf den Boden. Irgendwie macht ihn seine plötzliche Stimmungsschwankung unsicher. Doch er darf es sich nicht anmerken lassen. Also schaut er wieder hoch und lächelt ihn an.

»Danke, Cillian. Ich schätze deine Bemühungen sehr. Du bist wahrscheinlich einer der wenigen hier, der wirklich zu mir steht.«

Cillian erwidert sein Lächeln, doch es wirkt etwas verkrampft. »Ich hoffe, wir gewinnen das nächste Spiel.«

Darren nickt, irritiert von dem Themawechsel.

Cillian klopft ihm auf die Schulter und geht an ihm vorbei. Als Crystal gegangen ist, hat er sich leer gefühlt. Jetzt fühlt er sich verunsichert. Er weiß nicht, welches Gefühl er bevorzugt. Er würde am liebsten nichts fühlen. Darren atmet tief ein und aus.

Ja, er hofft, dass sie das nächste Spiel gewinnen. Denn sonst könnte es das Ende für ihn sein.

XXI

Sie stehen vor dem Raum und warten, bis sie endlich hinein-
können. Darrens Herz hämmert wie wild gegen seine Brust; nicht,
weil er aufgeregt ist, sondern vielmehr wegen der Angst zu verlieren. Denn wenn sie verlieren, wird jeder wieder ihm die Schuld
geben.

»Und … nervös?«, flüstert Crystal neben ihm. Er schaut zu ihr
hinunter und neigt den Kopf hin und her.

»Etwas.« Crystal umfasst plötzlich seine Hand, was Darren ein
wenig zur Ruhe bringt.

»Es wird schon«, versichert sie ihm.

»Es ist nicht das Spiel, das mich nervös macht«, erwidert er mit
gedämpfter Stimme, damit Pyvris und Melanie sie nicht hören.

Crystal schaut ihn fragend an, doch als Darren nichts sagt, sondern nur kurz zu Pyvris schaut und dann wieder zu ihr, scheint sie
zu verstehen.

»Ist schon gut. Wir werden gewinnen. Ich bin ziemlich gut in
diesem Spiel«, gibt sie lächelnd von sich.

»Gut. Dann weiß ich schon, wem ich die Schuld gebe, wenn wir
verlieren«, sagt er und erntet ein Lachen von ihr.

In dem Moment kommt Anian und stellt sich vor die Tür.

»So, ihr kennt bereits die Regeln. Welches Team zuerst aus dem
Zimmer rauskommt, gewinnt. Es sind kleine Hinweise versteckt,
die euch helfen werden, den Schlüssel zu finden.« Er legt kurz eine
Pause ein und schaut jeden an.

Darren hat das Gefühl, dass sein Blick etwas länger auf ihm hängen bleibt. Doch er unterdrückt diesen Gedanken. Er hat es sich
wahrscheinlich durch die ganze Nervosität nur eingebildet.

»So, dann kann das Spiel beginnen.« Er schließt die Tür auf, und
nachdem alle drin sind, schließt er sie wieder hinter ihnen ab.

Es ist ein Hotelzimmer. Die Wand ist purpurrot und mit goldenen

Verzierungen. Die Möbel sind größtenteils aus Holz. In der Mitte befindet sich eine weinrote Chaiselongue.

»Okay, Leute, ich würde sagen, jeder durchsucht eine Ecke und …«

»Schaut mal«, unterbricht Melanie Crystal und zeigt auf die Decke. Alle schauen hoch. Von der Decke hängt ein riesiger Kronleuchter.

»Was ist damit?«, fragt Pyvris.

»Seht ihr denn nicht? Das sind alles Schlüssel«, ruft Melanie enthusiastisch. Als Darren und die anderen noch mal hochblicken, erkennt er es. Der Kronleuchter besteht tatsächlich aus unzähligen transparenten Schlüsseln.

»Aber … das ist doch …«, setzt Crystal an und kommt wieder ins Schweigen.

»Heißt das … einer dieser Schlüssel ist der richtige?«, fragt Darren. Wieder Stille.

Dann spricht Melanie: »Wahrscheinlich. Ich meine, unter so vielen Schlüsseln muss doch einer durch das Schloss passen.«

»Muss nicht sein. Vielleicht wollen sie auch einfach nur, dass wir unsere Zeit daran verschwenden«, bringt Crystal entgegen.

»Wir können doch damit anfangen. Es wird sehr lange dauern, bis wir die Schlüssel alle ausprobiert haben«, meint Pyvris.

»Und was ist, wenn keiner der Schlüssel passt? Dann haben wir unsere ganze Zeit daran verschwendet«, erwidert Crystal.

»Ich stimme Crystal zu«, greift Darren ein. »Ich denke, wir können uns aufteilen. Drei von uns suchen nach Hinweisen und einer oder eine übernimmt den Kronleuchter.«

Crystal nickt ihm zu. »Genau, das ist ein guter Plan.«

Melanie willigt ein und Pyvris sagt nichts, diskutiert aber auch nicht weiter.

Jeder übernimmt eine Ecke, und Melanie stellt sich auf einen Stuhl, um die Schlüssel an dem Kronleuchter zu erreichen.

Darren öffnet die Schubladen eines Schreibtischs und wühlt dort herum, bis er einen Zettel in einer kleinen Kiste findet.

Ich bin nur einer von vielen.

»Leute seht mal, hier steht: Ich bin nur einer von vielen.«

Crystal, Pyvris und Melanie schauen ihn mit verwirrtem Gesichtsausdruck an.

»Ich bin nur einer von vielen! Seht ihr! Das heißt, es ist auf jeden Fall ein Schlüssel an dem Kronleuchter. Warum würde da sonst *einer von vielen* stehen? Ihr helft mir jetzt alle mit dem Suchen!«, ruft Melanie.

»*Einer von vielen* kann auch heißen, dass der Schlüssel hier irgendwo im Raum versteckt ist. Dann wäre der Schlüssel theoretisch immer noch einer von vielen, weil ja schon am Kronleuchter so viele hängen«, kontert Crystal.

»Ich glaube, der Hinweis war eindeutig genug. Der Schlüssel hängt am Kronleuchter. Ich helfe dir, Melanie«, sagt Darren und geht zu ihr rüber.

Crystal scheint nicht so zufrieden zu sein, doch sie greift nicht weiter ein.

Melanie macht einen Schlüssel nach dem anderen ab und gibt sie Darren, der sie an der Tür ausprobiert. Keiner passt.

Und irgendwie …

»Es wird dunkler, oder kommt es mir nur so vor?«, fragt Crystal.

Genau den gleichen Gedanken hatte er gerade auch.

»Nein, dir kommt es nicht so vor«, sagt Pyvris und schaut misstrauisch zu Melanie hoch, die noch an dem Kronleuchter arbeitet.

»Melanie, stopp!«, ruft Pyvris.

»Wie viele Schlüssel habt ihr bisher ausprobiert?«, fragt Crystal.

»Fünfzehn«, antwortet Darren.

Crystal zieht die Augenbrauen zusammen und schaut wieder nach oben zum Kronleuchter.

»Okay, Melanie, zieh jetzt ganz langsam einen Schlüssel raus, und wir achten alle darauf, ob es dunkler wird.« Melanie tut, was ihr gesagt wurde, und es wird tatsächlich etwas dunkler im Zimmer.

»Leute, das ist ein verdammter Trick. Jedes Mal, wenn wir einen Schlüssel rausziehen, wird es dunkler, das heißt, am Ende, wenn wir den letzten Schlüssel rausziehen, wird es stockdunkel.«

»Na und? Dann bleibt jemand an der Tür und legt seine Hand auf das Schloss, damit wir noch wissen, wo er ist!«, erwidert Melanie. Sie klingt schon fast wütend.

»Nein, eben nicht! Keiner dieser Schlüssel passt rein. Sie wollen nur, dass wir das denken, damit wir alle Schlüssel abnehmen und dann am Ende im Dunkeln herumtappen müssen, um den richtigen Schlüssel zu finden. Das werden wir aber nicht tun, denn wir sehen dann nichts mehr!«, ruft Crystal, die jetzt auch aufgebracht ist.

»Vielleicht wird es auch nicht ganz dunkel«, entgegnet Darren.

»Crystal hat recht. Wir vergeuden hier nur Zeit«, sagt Pyvris und sucht weiter.

»Nein. Ich werde weiter am Kronleuchter arbeiten!«, sagt Melanie und fängt wieder an, einen Schlüssel rauszuziehen.

Crystal läuft auf sie zu und zieht sie am Bein.

»Hey!«, ruft Melanie und befreit ihr Bein von Crystals Griff.

»Hör auf damit! Es ist ein Trick, versteh es doch! Wenn du alle Schlüssel abnimmst, werden wir hier nie rauskommen.«

»Vielleicht ist der richtige Schlüssel irgendwo in der Menge versteckt, damit wir den nicht so schnell finden und es immer dunkler wird«, schlägt Darren vor.

»Nein, garantiert nicht!«

»Ich stimme Darren zu. Wir sollten mit den inneren Schlüsseln weitermachen«, sagt Melanie und erntet nur ein Seufzen von Crystal.

Sie schaut dann zu Darren, mit einem genervten Blick. »Wenn wir verlieren, wird es aber nicht meine Schuld sein.«

Das trifft Darren. Und jetzt bereut er es, so parteiisch gewesen zu sein. Was ist, wenn er nicht recht hat und sie am Ende verlieren? Dann wird jeder ihm die Schuld geben, ganz sicher. Er hätte sich zurückhalten sollen.

Es wird immer dunkler und dunkler im Raum, bis Pyvris ruft: »Leute, hört auf! Ich kann die Zettel kaum noch lesen.«

»Super gemacht! Wirklich toll!«, giftet Crystal sie an. Sie hat die Arme vor ihrer Brust verschränkt und zappelt mit ihrem Bein.

»Alles wegen eurer Sturheit! Wir werden wegen euch verlieren!«, schreit Pyvris. Sein Gesicht ist rot vor Wut.

Bevor Melanie und Darren sich verteidigen können, wird die Tür von außen geöffnet. Es ist Anian. Sie haben verloren.

Im Flugzeug herrscht Stille. Darren sitzt neben Melanie und gegenüber von ihm haben sich Crystal und Pyvris angeschnallt. Es ist wie eine Barriere zwischen ihnen. Als wären Melanie und Darren eine Partei und Crystal und Pyvris die gegnerische. Nach einer Weile bricht Melanie die Stille.

»Es war aber schon ein genialer Plan, das muss man ihnen lassen.«

Crystal schaut zum ersten Mal vom Boden auf und zu Melanie. Ihr Blick ist schon fast feindselig. »Es war kein genialer Plan, sonst hätte ich ihn wohl kaum so schnell durchschaut. Ihr seid einfach nur dumm.«

Ihr Ton ist genauso giftig wie ihr Blick, und Darren fühlt zum ersten Mal seit Langem wieder Unmut ihr gegenüber.

»Wir hatten einfach andere Ansichten, das ist alles«, entgegnet Darren und erwidert ihren Blick mit der gleichen Festigkeit. Er wird sich ihr nicht beugen.

Pyvris lacht daraufhin. »Andere Ansichten. Pfft.« Er hat die Arme verschränkt und die Beine weit auseinandergestellt.

»Was ist dein Problem?«, ruft Darren und lehnt sich vor.

»Was mein Problem ist? Ich glaube, du weißt ganz genau, was mein Problem ist. Wir haben heute wieder einmal verloren. Wegen dir!«

»Wegen mir?« Darren ist irritiert.

»Es war nicht nur wegen ihm. Melanie war von Anfang an der festen Überzeugung, dass der richtige Schlüssel am Kronleuchter hängt«, entgegnet Crystal leise und schaut dabei aber keinen an.

»Und Darren hat ihr zugestimmt«, erwidert Pyvris.

»Zu Beginn war er noch dafür, dass wir uns aufteilen und nicht am Kronleuchter hängen bleiben.«

Darren versteht nicht, wieso Crystal ihn wieder einmal verteidigt, wenn sie ihn doch vor fünf Minuten noch »dumm« genannt hat. Dieses Mädchen weiß auch nicht, was es will.

»Ja, natürlich. Er will doch nicht zu sehr auffallen. Ein bisschen gerissen muss er schon sein. Schließlich ist er ein Spion.«

Darren springt fast von seinem Sitz, doch der Gurt hält ihn zurück. »Ich bin kein Spion! Wie oft soll ich das noch sagen?«

»Woher willst du das denn wissen? Du weißt doch gar nichts!«, schreit Pyvris ihn an. Seine schwarzen Augen durchbohren seine, doch Darren hält dem stand.

Allerdings kann er nichts entgegenbringen. Denn Pyvris hat recht. Im Grunde genommen kann er gar nicht wissen, was er nun wirklich ist. *Wer* er nun wirklich ist.

»Was du sagst, ergibt aber keinen Sinn«, meint Crystal. »Ein Spion muss sich darüber bewusst sein, dass er ein Spion ist. Sonst kann er doch seine Mission nicht erfüllen. Wie soll er etwas herausfinden, wenn er nicht weiß, was.«

Plötzlich wird Crystals Blick düster. Sie schaut wieder auf den Boden, die Augenbrauen zusammengezogen, der Körper angespannt. Sie sieht aus, als würde sie intensiv über etwas nachdenken. Darren versucht, ihren Blick zu fangen, doch sie reagiert nicht auf ihn. Sie ist unerreichbar, als wäre eine Wand zwischen ihnen. Den ganzen Flug über schaut sie düster drein. Darren bekommt ein schlechtes Gefühl.

Die anderen sind natürlich enttäuscht, als sie erfahren, dass sie verloren haben. Noa stößt einen Seufzer aus; Cillians Blick ist neutral.

»Wir haben noch so viele Spiele vor uns, die wir gewinnen können, Leute«, muntert er die anderen auf.

»Nicht, solange Darren noch hier ist«, zischt Pyvris.

Keiner entgegnet etwas. Nicht mal Zeke. Er schaut nur unbeholfen von Pyvris zu Darren und dann wieder weg.

»Da kannst du lange warten. Ich habe nämlich nicht vor zu gehen«, sagt Darren und schaut ihm direkt in die Augen.

Pyvris' Oberlippe zuckt, doch der Rest seines Gesichts ist komplett starr.

»Wieso habt ihr denn verloren?«, will Noa wissen.

»Das solltest du Darren fragen.« Pyvris wendet den Blick nicht von ihm ab.

Melanie erklärt Noa, wie alles abgelaufen ist, und Noa schaut dann zu Pyvris. »Aber, Pyvris, das ist doch nicht nur Darrens Schuld. Melanie lag schließlich auch falsch.«

»Wir werden sehen«, entgegnet er nur, »wir werden sehen.«

Am nächsten Morgen ist die Stimmung immer noch kippelig. Niemand interagiert miteinander, und es herrscht nur Stille, bis Cillian fragt, ob jemand seine Brille gesehen hat. Er bräuchte sie, um zu lesen, da er weitsichtig sei. Doch niemand hat sie gesehen. Cillian schaut bei den anderen nach, in ihren Schubladen und Schränken. Darren zieht gerade sein Shirt über seinen Kopf, als Cillian in seiner Nachttischschublade nachguckt. Als Darren sich auf den Weg zur Tür macht, hält Cillian ihn auf.

»Warte mal, Darren.« Darren dreht sich daraufhin zu ihm.

Cillian hat ein Blatt in der Hand und schaut mit einem ernsten Blick darauf. »Was ist das?«, fragt er und guckt ihm jetzt direkt in die Augen.

Darren nimmt das Blatt aus seiner Hand. Nach ein paar Sekunden versteht er. Sein Herz rutscht ihm in die Hose.

»Wieso hast du das in deiner Schublade?«, fragt er.

Darren kann seine Augen nicht von dem Blatt abwenden. Es ist der Plan ihres Lagers. Der Plan vom gestrigen Spiel. Darrens Augen wandern von den Hinweisen zu den Illustrationen, zur Lösung. Seine Hände fangen an zu zittern.

Plötzlich sieht er den Fußboden vor sich, und als er aufschaut, inspiziert Pyvris den Zettel. Darrens Herz schlägt so fest und schnell gegen seine Brust, dass alle es womöglich hören können. Das kann nicht sein. Das ist doch nicht möglich. Wieso ist er in seiner Schublade? Wie ist er dort hingelangt? Wie kann das sein? Was zur Hölle geht hier vor?

»Du verdammter Wichser«, zischt Pyvris und schaut zu ihm auf. Seine Augen könnten ihn genau jetzt, genau hier, töten, so hasserfüllt sind sie.

»Du hast uns verraten!« Seine Stimme ist nicht laut, aber so scharf wie nie zuvor.

Darren kann nichts erwidern. Es ist, als wären seine Stimmbänder gerissen. Er öffnet den Mund, doch die Wörter kommen nicht raus.

»Ich dachte … ich dachte, du würdest die Wahrheit sagen«, spricht Zeke.

Sein Blick ist nicht wirklich wütend. Eher enttäuscht.

Noa schaut ihn nur mit ungläubigen Augen an.

»Ich …«, bringt Darren nur raus. »Ich schwöre, ich …«

»Halt deinen verdammten Mund! Du verlogener Dreckskerl! Du hast uns von Anfang an betrogen!«, ruft Pyvris.

»Aber, ich …«, setzt er wieder an, doch wieder wird er unterbrochen.

»Das reicht mir jetzt. Ich gehe zu Anian und sage ihm alles. Dann wirst du hier endlich rausgeschmissen!«

Pyvris eilt an ihm vorbei. Noa und Zeke folgen ihm, wobei Zeke ihm einen verunsicherten Blick zuwirft. Auch Cillian geht ihnen nach. Darren lässt sich wie benommen auf sein Bett fallen. Er stützt den Kopf mit seinen Händen. Das Einzige, was er hört, ist sein wild hämmernder Herzschlag. Sein Gehirn ist wie gelähmt. Er kann keinen einzigen Gedanken formen. Er kann nur noch fühlen. Angst. Furcht. Verzweiflung. Als wäre er die ganze Zeit gerannt, nur um jetzt vor einer Klippe zu stehen. Es gab nie einen Ausweg. Alles hat zu seinem Tod geführt. Dieses finale Gefühl, das er in der Brust spürt, weckt ihn auf. Er schaut auf und sieht Crystal, die noch im Raum steht. Sie schaut ihn mit einem leeren Gesichtsausdruck an. Sie hatte nichts gesagt. Sie war die Einzige, die geschwiegen hatte. Sie sieht nicht schockiert aus. Und plötzlich kommt Darren eine Erkenntnis. Was ist … was ist, wenn *sie* hinter all dem steckt? Vielleicht hat sie deshalb gestern im Flugzeug so düster dreingeblickt. Vielleicht hatte sie den Plan gehabt, das Blatt in seine Schublade zu stecken, um ihn endlich loszuwerden. Sie war so wütend. Sie hat ihn beleidigt. Sie hat ihn misstrauisch beäugt. Vielleicht hatte sie sogar diesen Plan von

Anfang an. Vielleicht hat sie sich ihm deshalb genähert, um sein Vertrauen zu gewinnen, um am Ende nicht von ihm verdächtigt zu werden. Es ist, als würde statt Blut eiskaltes Wasser durch seine Adern fließen.

Darren steht langsam auf und geht zu ihr hinüber. Er muss irgendwie die Wahrheit aus ihr herausbekommen. Sie hat das Blatt ganz bestimmt heute Nacht in die Schublade gesteckt, damit er es nicht mitkriegt. Aber er hat keinen Beweis. Doch er kann so tun, als hätte er einen.

»Wo warst du gestern Nacht, Crystal?«, fragt Darren.

Crystal schaut zu ihm hoch, die Pupillen geweitet. Sie räuspert sich. »Wovon redest du?« Ihre Stimme ist stabil, kein Anzeichen von Nervosität.

»Du warst nicht da, als ich aufgewacht bin.«

»Ich …«, setzt sie an. Ihr Blick ist erst unentschlossen, doch dann hebt sie ihr Kinn: »Wann bist du aufgewacht, Darren?«

O Mist. Darren versucht, so sicher wie möglich zu wirken, und bricht den Augenkontakt nicht ab. »Ich weiß nicht, was daran so relevant ist.«

»Es ist relevant für mich. Jetzt beantworte meine Frage.«

Darren schluckt den Kloß in seinem Hals hinunter. »Ich … ich weiß nicht. Ich kann mich nicht erinnern. So gegen … eins?«

»Gegen eins? Na, das ist aber seltsam. Denn zu der Uhrzeit war ich noch in meinem Bett. Eigentlich war ich die ganze Nacht in meinem Bett. Also hast du entweder halluziniert oder … du wolltest mir eine Falle stellen.«

Darrens Hände fangen wieder an zu schwitzen. »Ich … ich habe nicht …«

»Du bist nicht aufgewacht, Darren. Du meinst einfach nur, dass ich diesen Zettel in deine Schublade gelegt habe. Und du hast versucht, so zu tun, als wüsstest du es, doch du wusstest es nicht. Clever. Aber ich bin cleverer.« Ihre Augen sind wie Stahl. Grau und hart.

»Ich wollte nicht …«

»Verschwende keinen weiteren Atemzug, Darren. Wie gesagt, es war schlau von dir. Aber so etwas kannst du nicht bei mir bringen.

Mittlerweile kenne ich dich gut. Deine Augen sprechen deutlich genug, um zu wissen, was in deinem Kopf vorgeht.«

»Ich … das war nicht meine Intention. Ich wurde einfach nur misstrauisch und …«

»Es ist nicht schlimm, misstrauisch zu sein. Genau das Gegenteil eigentlich. Aber mir zu misstrauen, nach allem, was ich für dich getan habe, das ist … einfach nur falsch. Wie kannst du überhaupt so etwas denken?«

»Crystal, es tut mir leid … aber du kannst es mir doch nicht übel nehmen? Ich meine, klar weiß ich, dass du bis jetzt immer auf meiner Seite warst. Aber gestern warst du auch plötzlich so komisch zu mir und … ich weiß auch nicht … da dachte ich eben …«

»Da dachtest du eben, ich hätte geplant, dir ein Bein zu stellen. Damit wir dich los sind. Ist es das?«

Darren seufzt und blickt auf den Boden. Ja, genau das hatte er gedacht.

»Weißt du, was? Ich bin fertig mit dir«, sagt sie und verlässt das Zimmer.

XXII

»Ich denke, du weißt, worüber ich mit dir sprechen möchte«, sagt Nathanael. Darren nickt und senkt den Blick. »Anian hat mir erzählt, dass Pyvris den Spielplan in deiner Schublade gefunden hat. Stimmt das?«

»Ja … also genau genommen war es Cillian, aber …«

»Das spielt keine Rolle«, unterbricht er ihn und macht mit der Hand eine wegwerfende Bewegung. »Hast du den Spielplan genommen?«

»Nein«, antwortet er hastig, wie aus der Pistole geschossen.

»Wie ist der Plan dann dort gelandet?«, will er wissen. Darren seufzt leise und schaut auf seine Hände. Dann zuckt er mit den Schultern.

»Ich weiß es nicht.« Seine Stimme ist kaum mehr als ein Flüstern.

»Du *weißt* es nicht?« Nathanaels Stimme verrät, dass er ihm nicht glaubt. Dass er es womöglich sogar lächerlich findet.

»Vielleicht … hat jemand ihn reingesteckt.«

»Wer hätte es tun können? Und wieso?«

»Ich weiß es nicht.«

»Was weißt du nicht? Wer es hätte sein können oder wieso hätte die Person es tun können?«, fragt er und fixiert ihn weiterhin.

Darren schluckt schwer. »Beides.«

»Beim ersten Spiel wurde dir auch vorgeworfen, absichtlich schlecht gespielt zu haben, damit unser Lager verliert. Das habe ich damals nicht geglaubt. Aber jetzt bin ich mir nicht mehr so sicher«, gibt er zu.

»Ich schwöre, ich habe nichts getan!«, ruft Darren jetzt. Er ist nicht wütend, sondern verzweifelt. Seine Stimme hat einen flehenden Ton angenommen. »Bitte! Ich meine, ich bitte Sie! Ich hatte nie die Intention, unserer Gruppe in den Spielen zu schaden. Ich wollte genauso gewinnen wie die anderen und habe mein Bestes gegeben!«

»Du hattest mein Vertrauen, Darren. Aber du musst verstehen, dass mir das nicht leicht fällt, wenn deine Kameraden dich verdächtigen und jetzt auch noch mit Beweisen zu mir kommen.«

»Ich weiß, ich weiß. Ich will auch nicht … Ich kann auch weggehen von hier. Sie könnten doch einen Ort für mich aufsuchen. Sie haben Flugzeuge. Lassen Sie mich einfach wegbringen! Mir ist bewusst, dass seit meiner Präsenz hier nur Unruhe herrscht. Mir ist auch klar, dass ich hier nicht erwünscht bin. Also schicken Sie mich einfach weg! Dann haben weder Sie Probleme noch ich.«

Nathanael schaut ihn eine Weile an, ohne etwas zu sagen. Er spitzt die Lippen und spricht dann weiter: »Nein. Du bleibst noch für eine Zeit hier.«

»Aber …«, setzt Darren an.

»Du bleibst hier, und in der Zeit suche ich einen neuen Aufenthaltsort für dich. Sobald ich einen gefunden habe, wirst du mit einem unserer Flugzeuge zu deiner neuen Bleibe geschickt.«

Darren atmet erleichtert aus. »Gut. Ich danke Ihnen.« Damit steht er auf und verlässt den Raum.

In den nächsten Wochen trainiert Darren mit Zeke und Noa. Sie sind die Einzigen, die sich bereit erklären, mit ihm zu üben. Noa ist etwas distanzierter, aber sie ist nicht gemein. Außerdem war sie sowieso nie besonders aufgeschlossen gewesen, daher erkennt Darren keinen großen Unterschied. Auch Zeke hat seine Freundlichkeit weiterhin beibehalten. Seine restlichen Kameraden haben sich komplett von ihm abgewendet. In der Mensa sitzt er fast immer allein. Manchmal gesellt sich Luke zu ihm. Oder Zeke. Heute isst er allein. Bis er hochblickt und Zeke vor sich sieht.

»Du starrst schon seit einer Stunde auf deinen Teller. Schmeckt dir kalte Suppe etwa besser?«, fragt er und hebt eine Augenbraue.

»Ich habe keinen Appetit.«

»Hm. Kann ich dann deine Suppe essen?«

Darren nickt und schiebt seinen Teller zu ihm. Zeke setzt sich gegenüber von ihm hin und nimmt einen Löffel Suppe in den Mund. Dann verzieht er das Gesicht.

»Boah. Die muss man ja schon kauen«, murmelt er und schiebt den Teller weg. Darren kann sich ein Lächeln nicht verkneifen.

»Also. Du weißt, dass bald das nächste Spiel ansteht, richtig?«, fragt er und blickt ihn mit neugierigen Augen an. Darren nickt als Antwort.

»An deiner Stelle würde ich wirklich alles tun, um unserem Team den Sieg zu sichern. Sonst kannst du dir denken, was passiert.«

Ja, das kann er. So langsam hat er sich daran gewöhnt, für alles die Schuld zu bekommen.

»Wieso bist du eigentlich noch so nett zu mir? Glaubst du etwa nicht, dass ich ein Verräter bin? Oder ein Spion? Oder was auch immer sich die anderen einbilden.«

Zeke steckt sich eine Traube in den Mund und schüttelt den Kopf. Er schluckt und spricht weiter: »Siehst du, ich finde deren Begründung etwas unlogisch.«

Darren schaut ihn abwartend an.

»Sie denken, dass du uns verraten hast, weil unser Spielplan in deiner Schublade war«, führt er fort, »aber wenn dem so wäre, hättest du doch versucht, Cillian aufzuhalten, bevor er in deine Schublade reinblicken konnte. Außerdem ist eine Schublade ein sehr einfacher Ort, um etwas zu verstecken. Von einem Spion würde ich mehr Vorsicht erwarten. Und Kreativität. Die hast du aber nicht.«

Darren lacht daraufhin. Zeke kann manchmal sehr unverblümt sein in seiner Ausdrucksweise. Doch Darren findet es besser als falsche Freundlichkeit.

»Schade, dass die anderen nicht dieselbe analytische Intelligenz aufweisen wie du«, erwidert Darren bitter.

»Tja, nicht jeder hat diesen gigantischen Schädel«, sagt er und zeigt auf seinen durchschnittlich großen Kopf, was Darren wieder zum Lachen bringt. Dann fällt ihm etwas ein, worüber er schon lange nachgedacht hat.

»Was ist, wenn … jemand den Spielplan absichtlich in meine Schublade gesteckt hat, damit die anderen mich für einen Verräter halten?«

Zeke neigt den Kopf. »Ich denke nicht, dass jemand so etwas tun würde … Andererseits … irgendwie muss er dahingelangt sein. Und ich wüsste nicht, wie noch. Wie gesagt, ich bezweifle, dass du den Plan genommen hast. Also … müsste tatsächlich irgendjemand mit in die Sache verwickelt sein.«

»Pyvris vielleicht? Er kann mich schon seit unserer ersten Begegnung nicht leiden.« Zeke denkt darüber nach, schüttelt aber dann den Kopf. »Ich denke nicht. Das ist nicht sein Stil. Er ist zwar oft sehr knallhart, aber er ist nicht hinterhältig. Zumindest war er noch nie so.«

Darren hätte es sich gewünscht, wäre Pyvris der Übeltäter gewesen. Das würde ihm alles leichter machen. Schließlich hat er seine Antipathie gegenüber ihm nie versteckt.

»Was ist mit … Crystal?« Darren kann die Nervosität, die in ihm aufkommt, nicht verhindern.

»Hm … ich weiß nicht. Crystal hat dich öfter verteidigt, wenn dich Pyvris mal erniedrigt oder wegen irgendetwas beschuldigt hat. Aber das könnte natürlich auch Teil ihres Plans sein, wer weiß? Crystal scheint mir jemand, die auf so einen genialen Plan kommen könnte. Sie ist definitiv ein kluges Köpfchen.«

Ja, das ist sie, denkt Darren. Mittlerweile bereut er es, ihr vertraut zu haben. Darren würde jetzt am liebsten seinen Kopf gegen den Tisch hauen.

»Aber das muss natürlich nichts heißen!«, versichert ihm Zeke, als hätte er seine Verzweiflung gespürt. »Viele hier sind klug. Es könnte wirklich jeder sein.«

»Der letzte Satz macht es wirklich besser, der hat alles aufgehellt«, meint Darren sarkastisch. Zeke scheint erst nicht zu verstehen, doch dann lacht er auf.

»Wie kann ich denn etwas aufhellen? Schau mich an!«, sagt er und deutet auf seine dunkle Haut.

»Das hast du jetzt gesagt.« Zeke stimmt in sein Lachen ein.

Nachdem sie fertig gegessen haben, gehen sie in den Fechtraum und üben etwas. Am Abend lädt Melanie ihn zu ihrem Zimmer ein, damit sie Schach spielen. Sie spielen vier Runden, und einmal gewinnt sogar Darren. Melanie teilt ihr Zimmer mit Jasmine, Viorell und Fletcher. Obwohl auch sie ihm gegenüber distanziert sind, macht es Darren nicht viel aus, da er auch davor nicht viel mit ihnen zu tun hatte.

Doch dann fragt Jasmine: »Warum bist du eigentlich noch hier?«

Darren schluckt und schaut hoch. Sie sitzt im Schneidersitz auf ihrem Bett. Ihr Blick ist ernst. »Das kannst du den Imperator fragen«, antwortet er und hilft Melanie, die Schachfiguren auf dem Brett auszubreiten. Er hat keine Geduld mehr für irgendjemanden.

»Würde ich gern. Aber nicht alle hier haben das Privileg, ihn zu treffen«, sagt sie mit einem bissigen Unterton, was ihm klarmacht, dass sie über seine Gespräche mit Nathanael Bescheid weiß. Mittlerweile hat sich bestimmt schon alles rumgesprochen.

»Ja, da hast du recht«, erwidert er, ohne weiter darauf einzugehen.

»Was redest du eigentlich mit ihm? Wenn du da bist?«, fragt sie und setzt sich neben ihn auf die Bettkante.

»Jas«, sagt Fletcher leise, mit einem flehenden Unterton.

»Geht dich nichts an«, entgegnet Darren.

»Ich würde es aber trotzdem gern wissen«, sagt sie. Darren hebt den Kopf und schaut sie eine Weile nur an. »Wieso?«

Jasmine zuckt mit den Achseln. »Wieso nicht?«

»Er hat mir meistens nur erklärt, wie es hier abläuft. Die Regeln, das Training, die Wettkämpfe. All das eben.«

Jasmine nickt langsam und beäugt ihn dabei. »Hat er dir auch verraten, wieso wir ihn nicht treffen dürfen?«

»Nein.« Darren fühlt sich jetzt etwas wohler. Ihre Fragen sind schließlich berechtigt. Er sieht alles immer als Akt des Verdachts, sodass er vergisst, dass die anderen genauso im Dunklen tappen wie er.

»Du bist doch auf einem Felsen aufgewacht, oder?«, fragt diesmal Melanie. Darren nickt ihr zu. »Wie bist du denn dort gelandet?«, fragt sie. Darren schüttelt den Kopf. »Wenn ich das wüsste.«

»Vielleicht hat dich jemand dort abgesetzt. Wie sonst sollst du mitten im Meer genau auf dem einzigen Felsen gelandet sein? Das ist doch kein Zufall.«

Daran hatte er noch nie gedacht. Es macht auf jeden Fall Sinn. Aber wer hätte ihn dort absetzen sollen? Und wieso?

»Mel hat recht«, sagt Jasmine und jetzt gesellt sich auch Fletcher zu ihnen.

»Hast du mal mit Doktor Martin darüber gesprochen? Vielleicht hat er ein Heilmittel für dein Vergessen«, schlägt Fletcher mit seiner sanften Stimme vor.

Darren schüttelt instinktiv den Kopf. Er ist mit den Gedanken irgendwo anders. Im Wasser. Wieso hat er Angst vor Wasser? Wie ist diese Phobie entstanden? Es muss doch irgendeine Ursache haben. Aber wie kann das sein, wenn er keine Erinnerungen hat?

»Was denkst du?«, fragte Melanie ihn.

»Nichts … zumindest nichts, was weiterführt.«

Melanie starrt ihn weiterhin an, als würde sie versuchen, einen Blick in seinen Kopf zu werfen. »Du kannst uns all deine Gedanken mitteilen, das weißt du, oder? Ich meine, das würde dich auch weiterbringen, wenn wir mit dir theoretisieren können. Wir sitzen schließlich alle im selben Boot«, meint Melanie, ohne den Blickkontakt abzubrechen.

Darren nickt ihr nur zu. Ihm ist natürlich bewusst, dass es nützlich sein könnte, seine Ideen und Gedanken mit den anderen zu teilen. Aber es könnte ihn auch wieder in Gefahr bringen und ihnen eine Möglichkeit geben, ihn anzugreifen und zu verdächtigen. Am besten, er gibt nichts mehr von sich preis. Er wird sowieso bald von hier verschwinden, bis dahin muss er einfach nur schweigen und unauffällig bleiben.

»Ich geh dann mal wieder in mein Zimmer«, sagt er und steht auf.

»Aber ich dachte, wir wollten noch eine Runde Schach spielen?«, sagt Melanie enttäuscht.

»Tut mir leid, ich bin echt müde«, lügt Darren. Er hat in Wahrheit keine Lust auf weitere Fragen von ihnen.

Als er in seinem Zimmer ist, legt er sich auf sein Bett und schließt die Augen.

Wasser. Um ihn herum ist nur Wasser. Er befindet sich in einer riesigen Glasbox. Er schlägt gegen die Glasfront, doch er kann nicht raus. Außerhalb der Box ist alles schwarz. Als wäre er in einem schwarzen Nichts. Das Wasser drückt ihn an die Decke der Glasbox. Er schlägt noch fester gegen die Glasscheibe, doch es hilft nichts. Das Wasser wird mehr und mehr, bis sein Kopf die Decke erreicht und … Er nimmt den letzten Atemzug, bevor er ganz unter Wasser ist. Sein Herz hämmert gegen die Brust, so fest und stark, dass er Angst hat, es könnte jede Sekunde rausspringen. Er schlägt wieder auf die Glasfront, bis seine Fäuste anfangen zu bluten. Doch es hilft nicht. Nichts hilft. Darren schreit. Es kommt kein Ton raus. Das Wasser verschluckt alles. Sein Herzschlag verlangsamt sich, seine Sicht verliert an Schärfe, seine Sinne verlieren an Klarheit. Dann wird alles um ihn herum schwarz …

Darren schreckt aus dem Schlaf hoch. Er ist schweißnass, seine Glieder sind wie gelähmt, sein Atem geht laut und unregelmäßig. Er konzentriert sich nur darauf, seine Atmung zu regulieren. Plötzlich wird er von grellem Licht geblendet, und er wendet seine Augen instinktiv ab.

»Darren, alles in Ordnung?« Die Stimme ist nur ein Flüstern, doch Darren weiß, dass es sich um Cillian handelt.

Er stützt sich auf seine Ellenbogen und schaut ihn wieder an, als Cillian das Licht von der Taschenlampe mit seiner Hand verdeckt.

»Ja … ich hatte nur einen Albtraum«, antwortet er mit kratziger Stimme.

»Die hast du öfters, oder? Ich wache manchmal durch deinen unruhigen Schlaf auf.« Er setzt sich auf seine Bettkante.

»Ja … aber das ist ehrlich gesagt das erste Mal, dass ich wieder schlecht schlafe seit langer Zeit«, gibt er zu. Cillians Gesicht wirkt im Mondlicht fast schon kränklich blass. Seine Augen sind gerötet, als hätte er geweint.

»Alles in Ordnung?«, fragt ihn Darren.

»Das sollte ich wohl eher dich fragen«, entgegnet Cillian in einem sanften Ton. »Wovon hast du geträumt?«

Darren holt tief Luft. Er weiß nicht, ob er ihm davon erzählen soll. Es ist zwar nur ein Traum, aber er hat aus irgendeinem Grund Angst. Doch er handelt gegen sein Gefühl, denn sein Mitteilungsbedürfnis gewinnt die Oberhand.

»Ich war in einer riesigen Glasbox. Umgeben von Wasser. Und ich habe um mich geschlagen, gegen die Scheiben, und alles in meiner Macht Stehende getan, um mich zu befreien. Aber nichts hat geholfen«, flüstert er und schluckt, bevor er sagt: »Und ich bin ertrunken.«

Dieses Gefühl des Ertrinkens kommt wieder in ihm hoch, und plötzlich fühlt er sich wieder wie in der Glasbox. Er ringt unbewusst um Atem, wie um sich aus dem Wasser zu kämpfen.

»Das ist schrecklich«, stimmt ihm Cillian zu.

Darren hat schon fast vergessen, dass der andere da war. Seine Augen spiegeln Darrens eigene Angst wider.

»Aber wieso Wasser?«, fragt er.

Darren zuckt mit den Schultern. Plötzlich hat er einen Kloß im Hals und schluckt ihn nur schwer runter. Cillian legt die Hand auf seine Schulter und schenkt ihm einen verständnisvollen Blick. Daraufhin nimmt er ihn in den Arm. Darren spürt, wie seine Glieder sich entspannen, wie es um ihn herum warm wird. Es ist das erste Mal, dass er sich sicher und geborgen fühlt. Er fühlt sich schon fast wie … zu Hause. Cillians Nähe hat etwas Familiäres, sein Geruch, die Art, wie sein Körper sich bewegt, sich an ihn schmiegt, als wäre er ein Teil von ihm.

»Ich bin bei dir. Ich passe auf dich auf«, flüstert Cillian und streichelt sein Haar.

Und in dem Moment glaubt er ihm das. Seine Anwesenheit verjagt all seine Ängste und Befürchtungen, und er weiß, dass er jemanden hat, bei dem er sich anlehnen kann, im wahrsten Sinne des Wortes. Er hat eine Zuflucht.

Am nächsten Abend versammeln sich alle wieder im Zimmer Arizona und machen einen Sitzkreis. Vor ihnen steht ein Tisch mit einer großen Glasschale. Diesmal sind auch Luke, Gemma und John dabei. Pyvris will wissen, wieso sie auch da sind, da es um das nächste Spiel geht, welches schon übermorgen stattfindet.

»Uns wurde nur gesagt, dass wir uns in den Raum begeben sollen«, meint Gemma. Die anderen beäugen sie seltsam. »Aber ihr gehört zu den Novizen«, sagt Melanie.

»Das ist uns bewusst. Wie gesagt, wir wissen auch nicht mehr«, erwidert Luke genervt.

Zeke, der neben Darren sitzt und mit seinem Stuhl kippelt, flüstert: »Ist ja komisch.« Darren weiß nicht, was er davon halten soll. Ihn überrascht hier nichts mehr.

Nach ein paar Minuten betreten Anian und Audris den Raum. Ihre Gesichter sind etwas angespannter als sonst. Darren bekommt plötzlich ein merkwürdiges Gefühl.

Sie stellen sich vor den Tisch mit der Glasschale. »Heute geht es um die Besprechung des nächsten Spiels. Diesmal werden wir Schach spielen«, sagt Audris. Dann übernimmt Anian das Wort. »Diesmal sind die Regeln aber etwas andere.«

Das Gefühl in Darrens Brust wird größer und intensiver. Er richtet sich auf seinem Sitz auf.

»Es gibt einen Grund, warum die Novizen diesmal mitspielen werden«, sagt er und schaut Gemma, Luke und John an. »Einer oder eine von euch wird der Spieler sein. Die Restlichen sind die Schachfiguren.«

Im Raum breitet sich eine positive Aufregung aus. Den meisten scheint die Idee zu gefallen. Zeke stupst Darren an und grinst breit. »Richtig cool, findest du nicht auch?«

Darren nickt ihm zu, doch innerlich ist er immer noch verkrampft. Cillian schaut Darren von gegenüber an. Er zeigt einen neutralen Ausdruck, doch in seinen Augen erkennt er eine latente Angst. Crystal neben ihm scheint wie alle anderen über diese Neuheiten erfreut zu sein.

»Das ist aber nicht die einzige neue Regel«, führt Audris fort. Sie legt eine Pause ein, bis sich alle wieder beruhigt haben. Als sie weiterspricht, hält Darren die Luft an.

»Das Spiel kann man nur gewinnen, wenn man den König vernichtet.«

»Ist doch keine neue Regel«, murmelt Zeke von der Seite, doch seine Stimme hat einen Anflug von Unbehagen.

»Das ist aber nicht, wie ihr alle womöglich denkt, metaphorisch gemeint.«

Es ist, als hätte sich ein kalter Wind in den Raum geschlichen. Es dämmert ihm ganz langsam. Aber es dämmert.

»Das Spiel ist erst gewonnen, wenn der König stirbt.«

Stille. Der kalte Wind scheint jedem den Atem verschlagen zu haben. Außer Darren. Er ist die Ruhe selbst. Denn er weiß es. Sein Gefühl hat ihn nicht getrogen.

Zeke neben ihm lehnt sich nach vorn. »Das ist ein Witz, oder?« Weder Anian noch Audris reagieren darauf. »Sie können keinen von uns sterben lassen!«, brüllt er und springt von seinem Stuhl auf.

»Ezekiel, setz dich«, befiehlt Anian.

»Nein!«

»Ich sagte *Setz dich*!«, warnt er ihn erneut. Seine Stimme hat einen gefährlichen Unterton angenommen und seine Augen hinter der Brille sind komplett starr und eiskalt.

Zeke setzt sich wieder, doch Darren spürt, wie sein ganzer Körper zittert. Darren legt die Hand auf seine Schulter. »Beruhige dich«, sagt er, »du wirst nicht sterben.«

Zeke schaut ihn schockiert an.

»Das dürfen Sie nicht tun. Das können Sie nicht tun! Das ist gegen alle Regeln!«, ruft jetzt Crystal. »Dazu haben Sie nicht das Recht!«

»Es liegt bei uns, was wir tun und lassen. Ihr könnt da nicht einschreiten«, erwidert Audris überraschend ruhig.

Daraufhin schreit Noa: »Doch können wir! Wir werden nicht zulassen, dass einer von uns stirbt. Wir wurden nicht aufgenommen, um wie Schafe geopfert zu werden! Diese Institution soll uns … schützen!« Ihre Unterlippe fängt an zu beben.

»Das tut sie auch. Diese Institution beschützt euch in einer Art und Weise, die ihr nicht verstehen könnt.«

»Wovon zum Teufel reden Sie?«, fragt Pyvris. Seine Stimme ist gedämpft, aber bedrohlich. »Ich glaube, es gibt grundlegende Unterschiede zwischen eurem Verständnis von Schutz und dem anderer.«

»Ich will mit dem Imperator sprechen«, sagt Cillian.

Alle schauen ihn an. Sein Gesicht ist ernst und hart.

»Das ist dir nicht erlaubt, das weißt du, Cillian«, erwidert Audris.

»Aber Ihnen ist es erlaubt, einen von uns zu töten?«, entgegnet Pyvris.

Audris holt tief Luft. »Wir werden keinen von euch töten. Das wird ein Spieler des Schwarzen Lagers tun, wenn sie gewinnen.«

Cillian schnaubt. »Das spielt doch keine Rolle. Fakt ist, Sie lassen zu, dass einer von uns stirbt. Wie kann es uns dann untersagt werden, mit dem Imperator zu sprechen?«

»Wir führen nur aus, was uns befohlen wird«, sagt Audris.

»Und was passiert, wenn Sie sich weigern, die Befehle auszuführen? Werden Sie dann auch getötet?«, fragt Crystal.

»Es reicht!«, ruft Anian. »Wir losen jetzt aus, wer welche Figur bekommt.«

Darrens Augen heften sich auf Fletcher, der leise vor sich hin weint. Auch Noa scheint kurz vor einem Tränenausbruch zu sein.

»Ach, wir losen es auch noch aus? Wie soll uns das bitte schützen? Und wovor?«, ruft Gemma empört.

»Das ist doch ein Witz«, bringt Jasmine heraus.

»Wäre es euch lieber, wenn wir aussuchen, wer welche Rolle bekommt?«, fragt Anian.

»Und damit entscheiden, wer stirbt? Vielleicht wäre das sogar besser. Dann wüssten wir wenigstens, wen Sie hier loswerden wollen«, sagt Darren. Er schaut Anian unerschrocken in die Augen. Jeder gerät wieder ins Schweigen. Er spürt alle Blicke auf sich, schaut jedoch nicht von Anian weg.

»Wir losen«, wiederholt Anian mit einem festen Ton, ohne den Blick abzuwenden.

Audris stellt sich direkt vor die Schale. »Wir fangen bei Avalon vorn an.« Sie nimmt einen Zettel aus der Schale raus und öffnet ihn. »Bauer.«

So geht es weiter. Entlang des Sitzkreises. Darren sitzt am anderen Ende des Kreises, das heißt, er kommt als Letzter dran.

»Cillian«, führt Audris fort. Er richtet sich in seinem Stuhl auf. »Läufer.«

Crystal ist Dame. Darrens Herz fängt an, schneller zu schlagen. Viorell ist Pferd. Sein Herz schlägt schneller. Jacob ist Bauer. Genauso wie Luke, Gemma, Noa, Idris und Gabriella. Alles, was er spürt, ist sein hämmerndes Herz. Pyvris und Jasmine sind die zwei Türme. Sie sind fast am Ende. Sein Herz macht zwei Sprünge. Fletcher ist das zweite Pferd. Sein Herz schlägt ihm jetzt bis zum Hals. John ist der Spieler.

»Aber das ist doch sinnlos! Ich bin die Beste im Schach! Ich sollte spielen!«, ruft Melanie rein.

»Die Positionen werden ausgelost, nicht bestimmt. John ist Spieler. Melanie, du wirst«, Audris holt einen Zettel aus der Schale raus, »Läuferin sein.«

Jetzt sind nur noch Zeke und Darren übrig. Einer von ihnen ist Bauer. Der andere ist König. Alles, was Darren hört, alles, was er spürt, ist sein immer schneller schlagendes Herz.

»Zeke.«

Audris Hand greift in die Schale.

Bitte, bitte, bitte.

Sie nimmt den vorletzten Zettel raus.

Bitte, bitte, bitte.

Sie öffnet den Zettel.

Bitte, bitte, bitte, bitte.

Ihr Mund öffnet sich.

Bitte.

»Bauer.«

Darrens Herz hält inne. Es ist vorbei. Er ist der König.

Er wird sterben.

XXIII

Das war's. Das nächste Spiel wird sein Tod sein. Sein Ende. Seinen letzten Atemzug wird er morgen nehmen. Plötzlich ist er wieder in der Höhle.

Renn!

Er hätte rennen sollen. Er hätte *vor* seiner Rettung wegrennen sollen. Er hätte einen anderen Fluchtweg aus der Insel suchen sollen. Er hätte, er hätte, er hätte. Doch dafür ist es jetzt zu spät.

»Darren.« Audris nimmt den letzten Zettel raus. Was bringt das denn noch? Es ist doch klar, was er ist. »König.«

Keiner gibt einen Laut von sich. Manche schauen ihn an. Andere blicken auf den Boden. Darrens Augen haften auf seinen Händen. Auf seinen blassen, langen Fingern. Seinen hervorstehenden Adern.

»Ihr könnt jetzt alle gehen. Außer John. Mit dir werden wir das Spiel noch besprechen.«

Darrens Beine tragen ihn raus. Er geht in Richtung Aufzug. Er sieht, wie Crystal auf ihn zurennt, und drückt sofort auf den Knopf, damit sich die Aufzugtür automatisch schließt. Doch zu seinem Pech schafft sie es noch rein. Sie wechseln kein Wort, bis sie im Schwimmsaal ankommen. Darren verlässt schnell den Aufzug. Draußen ist es stockdunkel. Das Schwimmbecken ist der einzig helle Fleck.

»Darren«, ruft Crystal ihm nach, »Darren, warte!«

Er läuft weiter, ohne nach hinten zu blicken. Crystal hält ihn am Arm fest, doch er befreit sich grob aus ihrem Griff und dreht sich zu ihr. »Was?«, schreit er ihr ins Gesicht.

Crystal schaut ihn eine Weile atemlos an. »Es tut mir leid«, bringt sie schließlich hervor. Darren lacht nur. Crystals Blick bleibt ernst.

»Klar tut es dir leid. Jetzt, wo ich zum Tode verurteilt wurde.«

Crystal wird ganz blass. »Nein, nein, das ist es nicht.«

»Ach so? Dir tut es also nicht leid, dass ich sterbe?«, fragt Darren.

»Doch, natürlich. Ich meine nur …« Sie hält inne und holt tief Luft. »Es tut mir für alles leid.«

Darren inspiziert ihr Gesicht, um irgendwelche Zeichen von Unehrlichkeit zu finden. Doch ihre Augen drücken nur Reue aus.

»Schön. Fertig?« Crystal schaut ihn weiterhin demütig an.

»Das war alles beabsichtigt. Diese ganze Aktion«, flüstert sie.

»Ach was?«, erwidert Darren ironisch. »Das ist wieder mal typisch. Du denkst wohl, du wärst die Einzige, die schlau genug ist, um zu erkennen, dass das alles inszeniert ist.« Er stößt ein amüsiertes Lachen heraus.

»Nein, das denke ich ganz und gar nicht. Aber ich habe es mit eigenen Augen gesehen. Als Audris …«

»Da ist sie ja wieder. Crystal, das Adlerauge.«

»Hör mir doch bitte zu!«, ruft Crystal.

Nachdem Darren sie nur anschweigt, führt sie mit leiserer Stimme fort: »Ich habe gesehen, dass der Zettel des Königs auf einer Seite einen Knick hatte. Das heißt, sie haben bewusst dich zum König auserwählt. Und ich weiß auch, wieso.«

»Ach ja? Und wieso?«

»Denk doch mal nach. Was muss das Schwarze Lager tun, um zu gewinnen?«

»Mich töten«, erwidert Darren ganz sachlich.

»Genau. Und würden sie das tun, wenn du deren Spion wärst?«

So langsam versteht er, worauf sie hinauswill. »Nein.«

»Genau. Siehst du? Sie wollen so herausfinden, ob du der Spion bist.«

Darren verengt die Augen. »Und woher weißt du das?« Bevor Crystal antworten kann, hebt er die Hand, damit sie verstummt. »Hast du etwa den Spielplan gesehen? So, wie du den letzten inspiziert und dann in meine Schublade gesteckt hast?«

Crystal schaut ihn mit weit aufgerissenen Augen an. »Ich habe den Spielplan nicht in deine Schublade gesteckt! Wie oft soll ich das denn noch sagen?«

»Klar, es war bestimmt Pyvris. Ist ja nicht so, als hätte er nicht oft genug seinen Hass mir gegenüber zum Ausdruck gebracht. Wenn er nicht der Übeltäter ist, wer dann?«

Crystal zieht die Augenbrauen zusammen. »Ich habe keine Ahnung, wovon du da sprichst, und ehrlich gesagt ist es mir auch mittlerweile egal. Ich will nur, dass du weißt, dass sie auf jeden Fall einen Plan haben.«

Darren schnaubt. »Nicht so schlau der Plan, wie es aussieht. Das Schwarze Lager kann schließlich auch aus Zufall verlieren. Es muss nicht heißen, dass ich deren Spion bin.«

»Nein, das Schwarze Lager gewinnt immer im Schach. Das bedeutet, wenn sie diesmal verlieren …«

»Bin ich der Spion«, beendet Darren. »Und wenn sie gewinnen, bin ich unschuldig und tot.«

Crystal öffnet den Mund und schließt ihn wieder. Sie macht einen schmerzlichen Ausdruck.

»Was würdest du eher wollen?«, fragt Darren leise, ohne zu überlegen. »Dass ich sterbe? Oder dass sich herausstellt, dass ich der Spion bin?«

Crystal schweigt für einige Augenblicke. Ihre Lippen sind leicht geöffnet und ihre Augen voller Emotion.

Wie sich diese Lippen wohl auf meinen anfühlen würden? Warm und weich, womöglich.

»Ich weiß es nicht«, antwortet sie schließlich.

»Ich weiß es aber. Du würdest Letzteres wollen, weil du dich nicht gern irrst.«

Crystal verstummt wieder. Ihr Gesichtsausdruck ist hart, als sie wieder das Wort ergreift: »Das stimmt. Ich irre mich nicht gern. Aber wenn sich herausstellen würde, dass du ein Spion bist, hätte ich mich geirrt.«

»Ach, wirklich? Du glaubst also nicht, dass ich ein Spion bin?«

Crystal atmet laut aus. »Natürlich nicht.«

»Wieso hast du mich dann wochenlang ignoriert?«

»Ich …«

»Weil du eine Mitläuferin bist? Ist es das? Weil jeder mich ausgeschlossen hat und du dich nicht mit mir sehen lassen wolltest, um zu verhindern, dass du auch ausgegrenzt wirst? Weil du doch so eine gute und loyale Freundin bist? Du bist so armselig, Crystal. So armselig.«

»Was redest du da? Ich habe mich von dir ferngehalten, weil du mich verletzt hast!«

Jetzt ist Darren irritiert. »Verletzt? *Ich* habe dich verletzt?«

»Ganz genau! Du hast mir vorgeworfen, den Spielplan in deine Schublade gesteckt zu haben. Genau so, wie du es auch vor fünf Minuten getan hast.«

»Also warst du es nicht?«

Crystal fasst sich an den Kopf und schreit: »Nein, war ich nicht! Wieso sollte ich denn so etwas tun? Ich war eine der wenigen, die immer auf deiner Seite war und dich verteidigt hat!«

»Vielleicht hast du das auch nur getan, um mein Vertrauen zu gewinnen. Von dir könnte ich alles erwarten. So gerissen, wie du bist.«

Das scheint ihr komplett die Sprache verschlagen zu haben, denn sie blickt ihn nur stumm und mit großen, entsetzten Augen an. »Wie kannst du …?«, bringt sie schließlich hervor. »Weißt du, was? Das beweist doch nur, dass du der Gerissene von uns bist. Wer solche Gedanken führt, ist garantiert nicht unschuldig.«

Darren lacht auf diese Aussage hin. »Dann kannst du dich ja über die neuesten Vorkommnisse freuen. Wenn ich morgen sterbe, dann habe ich es in deinen Augen wohl verdient!«

»Nur weil ich denke, dass du nicht unschuldig bist, heißt es noch lange nicht, dass ich dir den Tod wünsche. Gott, was denkst du eigentlich von mir?«

»Das weiß ich selbst nicht, um ehrlich zu sein. Du hast mir noch nicht die Möglichkeit gegeben, dich richtig zu beurteilen, durch die unzähligen Masken, die du trägst.«

Crystal beißt auf ihre Unterlippe. Ihre Augen sind glasig. Das war vielleicht zu hart, denkt Darren. Und auch nicht wahr. Er hat überreagiert. Er ist wütend. Aber nicht auf sie. Nicht auf Crystal. Diese atmet hörbar ein und hält dann inne. Als sie weiterspricht, schaut sie auf den Boden: »Ich schiebe deine gemeine Art auf die Angst, die du fühlst, und die Ungerechtigkeit, die du jetzt vermutlich erfährst.

Aber ich hoffe, das denkst du nicht wirklich von mir.« Ihre Stimme ist leise und zerbrechlich.

Darren spürt einen Stich in seiner Brust. Er ist zu weit gegangen. »Es tut mir leid. Ich … hab das nicht so gemeint.« Er nähert sich ihr, und sie blickt zu ihm hoch. Seine Hand landet auf ihrer Wange, und er beginnt, sie zu streicheln. »Ich denke das nicht wirklich von dir«, flüstert er und verringert den Abstand zwischen ihnen. Plötzlich macht auch Crystal einen Schritt auf ihn zu und noch einen und noch einen, bis sie sich so nahe gegenüberstehen, dass er ihren Atem auf seiner Haut spüren kann. Sein Herz hat nie schneller geschlagen. Alles, was er sieht, sind ihre Augen. Er fühlt sich, als würde er in den Tiefen des Ozeans versinken. Sein Blick wandert von ihren Augen zu ihrer Nase und schließlich zu ihren Lippen. Er ist jetzt nur noch Herz. Nur noch Lust. Und Verlangen. Er nimmt ihr Gesicht in seine Hände und beugt sich zu ihr hinunter. Er küsst sie sanft auf den Mund. Er weiß nicht genau, was er tut. Doch seine Unsicherheit wird von einer erschlagenden Wärme verdrängt. Er zieht sie näher zu sich und spürt, wie sie ihre Arme um seinen Nacken schlingt. Seine Gedanken verlassen seinen Körper. Alles, was er fühlt, ist sie. Er weiß nicht, wie lange sie sich küssen, es könnten Minuten oder Stunden vergangen sein, als sie sich voneinander lösen. Sie lehnen die Stirne gegeneinander, und er öffnet langsam die Augen. Crystals Iriden sind dunkel, noch dunkler als zuvor, und ihre Haut wirkt im Mondlicht fast schon transparent.

»Darren …«, flüstert sie, »du wirst leben.«

Er lehnt sich etwas zurück, um ihr Gesicht wieder sehen zu können. Er lächelt sie traurig an. »Das glaub ich kaum«, flüstert er zurück.

»Doch. Ich werde einen Weg finden, um dich zu retten. Ich werde …«

Darren legt einen Finger auf ihre Lippen und schaut ihr tief in die Augen. »Wenn ich kein Spion bin, wird mich das Schwarze Lager töten.« Er legt eine Pause ein, bevor er weiterspricht. »Doch wenn ich ein Spion bin … dann werdet ihr mich töten.«

Crystals Augen füllen sich mit Tränen, doch sie schüttelt den

Kopf: »Nein! Nein, das wird nicht passieren. Wir würden dich nicht töten, Darren!«

»Du hast es doch eben selbst gesagt, Crystal: Sie haben diesen ganzen Plan, der mein Tod bedeuten könnte, aufgestellt, um herauszufinden, ob ich ein Spion bin. Dann sollte dir auch langsam klar werden, dass es sich hier um etwas viel Größeres handeln muss, als du denkst.

»Darren …«

»Es spielt keine Rolle, Crystal. Ich werde sterben. Ich habe es sogar geträumt.«

»Ich habe mal gehört, wenn man im Traum stirbt, heißt es, man wird lange leben«, sagt sie lachend, doch ihre Augen sind immer noch tieftraurig.

»Seit wann glaubst du denn an so einen Unsinn?«, fragt er grinsend.

»Tu ich nicht. Ich bin nur ein Opportunist.«

Jetzt kullern ihr die Tränen runter. Darren wischt sie sanft mit seinem Daumen weg.

»Ist schon okay. Wer weiß, vielleicht ist das alles auch nur ein Traum und …« Seine Stimme bricht. Doch er unterdrückt die aufkommende Angst und sammelt sich sofort wieder. »Wenn ich sterbe, wache ich endlich auf.« Der Gedanke tröstet ihn etwas. Er wird sich einfach bis zu seinem Tod daran klammern, dann wird er vielleicht keine Schmerzen spüren.

»Du wirst nicht sterben«, flüstert sie. »Ich werde …«

»Es nicht zulassen«, beendet er ihren Satz mit einem Lächeln.

»Ich weiß.«

»Genau.« Sie scheint sich wieder unter Kontrolle zu haben, denn sie löst sich von ihm, und ihre Augen haben wieder den ernsten Ausdruck, den er nur zu gut kennt.

»Lass uns wieder zurückgehen«, sagt sie.

Sie betreten das Schlafzimmer, wo sie auf überraschend viele Leute treffen. Pyvris und Noa sitzen auf ihrem Bett. Melanie, Zeke und Viorell stehen daneben. Cillian liegt auf seinem Bett. Gemma und Luke sind auch da.

Als Luke ihn sieht, kommt er auf ihn zu und umarmt ihn. Darren erwidert die Geste.

»Es tut mir so leid, Darren«, flüstert er ihm ins Ohr. »Ich verstehe das nicht«, sagt er, nachdem er sich von ihm gelöst hat.

»Ich auch nicht«, bringt Darren hervor.

Daraufhin kommt Gemma und streicht Darren über den Arm. Ihre grünen Augen drücken echte Trauer aus.

»Das können sie doch nicht wirklich machen«, äußert Viorell. »Sie können keinen von uns töten.«

»Sie würden es ja nicht tun«, sagt Gemma sarkastisch. Sie imitiert Audris' Stimme: *»Das wird ein Spieler des Schwarzen Lagers tun.«* Sie verdreht die Augen, setzt jedoch gleich darauf wieder eine ernste Miene auf.

»Ich verstehe aber nicht, wieso sie das tun«, meint Noa, »Ich meine, was hätten sie denn davon?«

»Das weiß wohl keiner«, sagt Luke.

Darren schaut zu Crystal, die stur geradeaus blickt. Sie wird ihnen also nicht ihre Vermutung erzählen. Darren hätte gern ihre Reaktionen gesehen. Aber irgendwo ist er auch erleichtert.

»Aber Leute, wir können es doch nicht dabei belassen«, sagt Zeke.

»Was meinst du damit?«, fragt Cillian und richtet sich auf.

»Wir müssen etwas dagegen tun! Sie können doch nicht einfach zulassen, dass einer von uns in irgendeinem dummen Wettkampf stirbt. Das ist gegen die Menschenrechte!«

»Was willst du denn machen?«, will Cillian wissen.

Sein Blick ist unlesbar.

»Ich weiß es nicht. Wir müssen uns etwas überlegen. Können wir von hier aus nicht jemanden anrufen, oder so? Keine Ahnung, den Staat? Wir können doch nicht hier rumsitzen und so etwas passieren lassen.«

»Ich wusste nicht, dass der Staat eine Telefonnummer hat«, scherzt Gemma.

Zeke seufzt und verdreht die Augen. »Ich weiß, dass der Staat keine Telefonnummer hat – nicht als Ganzes. Aber irgendwie muss man doch die mächtigen Menschen erreichen können.«

»Was sagst du dazu, Darren? Sollen wir das versuchen?«, fragt ihn Viorell.

Darren weiß nicht recht, was er sagen soll. Einerseits will er, dass sie ihm helfen. Andererseits hat er Angst vor den Konsequenzen. Wer weiß, vielleicht handelt es sich bei dem Weißen Lager um den Staat oder eine Einrichtung davon …

»Ich denke, das ist eine gute Idee. Vielleicht kann ich zum Imperator runter und versuchen, jemanden zu erreichen …«

Er kann den Satz nicht beenden, denn Cillian unterbricht ihn: »Ich glaube kaum, dass das funktionieren wird. Wie sollen wir denn bitte dort hinkommen, ohne erwischt zu werden?«

Darren hebt die Augenbrauen. Das ist doch nicht sein Ernst? Er hatte ihn doch vor ein paar Wochen unten gesehen, mitten in der Nacht. Das kann er aber natürlich nicht vor den anderen sagen. Was er wohl noch alles geheim hält, fragt er sich.

Als er ihn weiterhin mit zusammengekniffenen Augen anstarrt, scheint es Cillian zu beunruhigen, denn er stellt sich neben Crystal und umfasst ihre Taille. Crystal lehnt ihren Kopf gegen seine Brust. Darren blickt irgendwo anders hin.

»Also was schlagt ihr sonst vor?«, fragt Zeke in die Runde.

Nach langem kollektivem Schweigen sagt Pyvris: »Wir könnten Darren auch einfach beschützen.«

Darren ist über seinen Vorschlag irritiert. Wieso setzt er sich plötzlich für ihn ein? Er hasst ihn doch.

»Das ist klar. Die Frage ist, wie«, wirft Crystal ein.

Ihre Stimme hat einen ungeduldigen Ton bekommen, und sie befreit sich aus Cillians Umarmung.

»Das sagte ich doch gerade. Wir werden ihn beschützen. Im Spiel. Wenn sie ihn zu töten versuchen, werden wir das nicht zulassen. Wir werden gegen sie kämpfen.«

»In Ordnung, aber …«, setzt Zeke wieder an, er wird jedoch von Pyvris angehalten.

»Was *aber*? Du wolltest doch einen Plan! Jetzt hast du einen! Hör endlich auf, ständig Fragen zu stellen! Wir können doch auch nichts weiter tun!«

»Ich wollte nur sagen, dass am Ende wahrscheinlich nicht mehr viele auf dem Spielfeld stehen werden. Und wenn das andere Team mehr Spieler hat, dann können wir wohl schlecht gegen sie kämpfen.«

»Ja, dann haben wir wohl Pech gehabt!«, meint Pyvris mit einem finalen Ton.

Zeke setzt sich mit einem niedergeschlagenen Blick auf sein Bett.

Nachdem Luke, Gemma und Viorell das Zimmer verlassen haben, legt sich auch Darren auf sein Bett und schließt die Augen, doch der Schlaf kommt nicht. Was bringt es denn auch zu schlafen? Er könnte morgen sterben. Sein Leben könnte zu Ende sein. Darren atmet tief ein und aus, sein Herz hämmert gegen seine Brust. Er versucht, seine Hände an der Bettdecke zu trocknen, doch sie sind gleich danach wieder pitschnass.

»Darren?«, flüstert Cillian neben ihm. Darren richtet sich erschrocken auf.

»Alles in Ordnung?«, fragt er, immer noch leise. Darren schluckt nur schwer und schaut weg. Was erwartet er denn zu hören?

»Dir wird nichts passieren. Du wirst nicht sterben. Okay?« Darren schaut wieder zu ihm. Ein Lichtstrahl des Mondes durchstreift einen Teil von Cillians braunen Augen und verleiht ihnen einen goldenen Ton.

»Wie kannst du dir da so sicher sein?«, fragt er. Cillian schaut ihn eine Weile nur an, dann sagt er: »Ich bin mir sicher. Jetzt leg dich wieder hin und schließ die Augen. Versuch einfach, an nichts zu denken und einzuschlafen. Du wirst den Schlaf brauchen.«

Er weiß nicht, wieso Cillians Stimme – seine Worte – durch ihn hindurch in sein Innerstes dringen. Vielleicht weil er es mit so einer Festigkeit gesagt hat, dass es nur die Wahrheit sein kann.

Darren nickt und legt sich wieder hin. Als er die Augen schließt, sieht er sich selbst. Er erschrickt bei seiner geisterartigen Erscheinung. Darren nähert sich seinem blassen Gesicht, stößt jedoch gegen etwas Hartes. Es ist ein Spiegel. Darren legt seine Hand auf die kalte Oberfläche. Sein Spiegelbild tut dasselbe. Nachdem er die Hand wieder hinuntergenommen hat, erkennt er den Abdruck, den seine Hand hinterlassen hat. Er schaut geradeaus in seine eigenen Augen, die ihn furchtsam anstarren. Sein Atem lässt sein Gesicht für einige Sekunden verschwinden, dann taucht es wieder auf; immer noch blass, doch mit einem Leuchten in den Augen. Er tritt vom Spiegel zurück, doch sein Spiegelbild bleibt wie verwurzelt auf derselben Stelle stehen, der Blick immer noch klar und aufgeweckt. Verwirrt und beunruhigt von der Situation, zerschlägt er den Spiegel mit der Faust, und sein Spiegelbild verschwindet. Seine Hand ist voller Blut.

Plötzlich hört er eine Stimme: *Darren, du wirst schon bald die Erleuchtung finden.*

Es ist seine eigene Stimme. Wie ein Echo durchdringt sie seine Ohren.

Achte auf das Feuer, Darren.

»Was? Wieso?«, schreit er ins Nichts.

Das Feuer wird dich aufklären.

»Aber wieso?« Keine Antwort. »Hallo?«

Plötzlich dröhnt etwas in seinen Ohren, und alles wird schwarz.

Darren wacht schweißgebadet auf. Es ist immer noch dunkel. Sein Kopf fühlt sich unglaublich schwer an. Was hat er noch gleich geträumt? Er war vor einem Spiegel. Irgendjemand hat etwas von Feuer gesagt. Nein, nicht irgendjemand. Das war er selbst. Wieso hat er noch mal von Feuer geredet? Ist auch nicht wichtig.

Darren steht langsam auf, um die anderen nicht zu wecken. Er schaut aus dem Fenster. Der Nachthimmel ist voller Sterne, der Mond leuchtet besonders stark. Darren wünschte, er könnte die Zeit stillstehen lassen und im Moment leben. Allein mit den Sternen und dem Mond. Sorglos. Furchtlos. Frei.

»Alles okay?«, fragt ihn Zeke.

Darren nickt nur, ohne ihn anzuschauen. Ihm geht es gut. Es kommt so, wie es kommt. Es war sowieso von Anfang an klar, dass das kein gutes Ende nehmen würde. Wer weiß, vielleicht ist das alles immer noch ein Traum, und wenn er stirbt, wacht er endlich auf. Es macht keinen Sinn, sich das einzureden. Er weiß, dass es

kein Traum ist. Wenn er sein Herz pochen hört, Blut an seiner auf-
gekauten Lippe schmeckt, Schweiß seinen Nacken hinunterrinnt,
sich Hitze in ihm aufballt, sein eigenes Atmen ihm zu laut ist, alle
Farben zu grell sind, dann kann er nicht weiter so tun, als wäre das
alles nur ein Traum. So echt fühlt sich nicht mal die Realität an. So
fühlt es sich nur an, wenn man kurz vor dem Tod steht.

»Hey, du hast die wichtigste Stellung. Wir werden dich alle beschützen. Die Wahrscheinlichkeit, dass du stirbst, liegt bei null«,
flüstert ihm Zeke zu.

»Ja, und die Wahrscheinlichkeit, dass ich von allen Seiten angegriffen werde, liegt bei hundert. Ziemlich fairer Ausgleich, findest
du nicht auch?«

Zeke seufzt daraufhin nur und schaut wieder weg. Anscheinend
hat er gemerkt, dass es nichts bringt, ihn jetzt noch aufzumuntern.

Das Flugzeug scheint auf festem Boden zu stehen. Sie stellen sich
vor die Tür, die nach ein paar Minuten aufgeht.

Sofort trifft ihn kalter Wind. Der dünne weiße Fechtanzug wird
ihn wohl nicht warmhalten. Ihnen wurde auch ein Degen gegeben,
den aber nur der Spieler benutzt, der auch den König umbringen
wird. Bei dem Gedanken bekommt Darren eine Gänsehaut. Er stellt
sich vor, wie sein eigenes Blut auf dem Spielbrett klebt, sein lebloser
Körper dort hinterlassen wird.

»Darren?« Er dreht sich in die Richtung, aus der die Stimme kam.

»Gehst du bitte weiter?«, fragt Melanie.

Er hat gar nicht gemerkt, dass er wie angewurzelt dastand. Er
steigt die Treppe hinunter und kann erst mal seinen Augen nicht
trauen. Vor ihm ist ein riesiges Schachbrett aus glattem, dunklem
Eis. Der Eisblock steht mitten im Ozean. Es sind keine Sterne am
Himmel, nur der Vollmond. Sein Atem bildet Rauchwolken in der
Luft, und Darren erinnert sich an seinen Traum. Er weiß nicht, ob
sich die Haare an seinen Armen wegen der klirrenden Kälte oder
der Angst aufstellen.

Das gegnerische Team ist schon da. Sie stehen auf der anderen
Seite des Schachbretts in schwarzen Fechtanzügen. Masken haben
beide Gruppen keine an.

Sie stellen sich alle auf ihre jeweilige Position. Jeder hat einen Chip im Kopfhörer, um die Spielschritte mitzubekommen.

Der König aus dem anderen Team ist ein Junge mit schulterlangen dunklen Haaren, dunklen Stoppeln an den Wangen und olivfarbener Haut. Sein Blick ist stoisch, seine Haltung ist die eines Königs – aufrecht und stabil.

Eine Weile stehen alle nur da und warten auf ein Signal. Der eisige Wind ist das Einzige, was die Stille durchbricht. Darren versucht, sich nur auf die Rauchwolken zu konzentrieren, die sich bei jedem Atemzug bilden. Er reibt seine Hände aneinander, um sie zu wärmen.

Plötzlich ist Johns Stimme in seinem Ohr. »Bauer d2 auf d4.« Darrens Herz schlägt wieder schneller. Gemma geht zwei Schritte nach vorn. Er sieht, wie ihre Hand, die den Degen hält, zittert. Er schaut weg. Er muss sich auf etwas konzentrieren. Sein Blick bleibt auf dem Boden haften.

Ein Bauer des anderen Teams macht zwei Schritte nach vorn. Er hört Crystal neben sich schlucken und dreht den Kopf zu ihr. Da sie die Dame ist, steht sie direkt neben ihm. Ihre Augen sehen von der Seite glasig aus, womöglich wegen des eisigen Winds, der ihnen ins Gesicht pustet. Ihre Haut ist unnatürlich grell unter dem Mondlicht, als wäre sie krank. Darren verfolgt die kleine Rauchwolke, die von ihrem Mund aus wegweht und eins mit der Dunkelheit wird.

Der erste Bauer, Luke, wird von einem anderen Bauer rausgeschmissen. Er steigt in ein kleines Boot, das aus dem Wasser rausspringt. Ihnen wurde gesagt, dass die Boote automatisch fahren und sie irgendwohin zurückbringen werden. Wohin genau weiß keiner. Darren glaubt, Lukes Augen zum letzten Mal auf sich gespürt zu haben, bevor er in der Dunkelheit verschwindet und nichts als das Plätschern des Wassers gegen das Schachbrett zurücklässt.

»Turm d1 zu d4.« Pyvris macht drei Schritte nach vorn. Darren atmet tief aus.

Plötzlich spürt er etwas Weiches an seiner Hand. Er schaut runter. Crystal hat seine Hand umfasst. Bevor er etwas tun kann, hat sie ihre Hand wieder zurückgezogen. Als sie ihn anguckt, sind ihre Augen riesig und dunkel und verängstigt. Darren schaut wieder weg. Ihre blasse Haut, die sich vom dunklen Himmel abhebt, die blauen Adern unter ihren dunklen Augen, die Furcht in ihnen – irgendwie ist das alles zu viel für ihn. Er konzentriert sich wieder auf das Spiel.

Der Nächste, der aus ihrem Team geht, ist Idris. Dann Noa. Dann Gabriella. Doch sie sind weiterhin dem gegnerischen Team voraus. Obwohl sie schlecht spielen. Sehr schlecht. John scheint überhaupt keine Strategie zu haben und seine Schritte absolut willkürlich zu wählen.

Darren ist der Einzige, der immer noch auf der gleichen Stelle steht. Natürlich, er ist ja der König.

Fletcher ist der Nächste, den sie verlieren. Er scheint erleichtert zu sein. Wieso auch nicht. Niemand würde gern als Letzter hier mit ihm stehen, um zu sehen, wie er umgebracht wird.

Eine Weile passiert nicht viel. Irgendwie scheinen beide Gruppen ihre Figuren einfach hin und her zu bewegen, ohne etwas zu bewirken.

Darren schaut hoch in den Himmel. Der Vollmond wird von Wolken bedeckt, kein einziger Stern ist aufgetaucht. Das Rauschen des Wassers und der Wind sind das Einzige, was zu hören ist. Das Wasser sieht unheimlich aus, dunkel und tief und gewaltig. Jedes Mal, wenn es an das Schachbrett stößt, schlägt Darrens Herz schneller. Plötzlich ist er wieder auf dem Felsen, allein und fremd. Hat er sich in der vergangenen Zeit kennengelernt? Nein, irgendwie nicht. Wieso hat er dann solche Angst vor dem Tod? Wie kann jemand, der keine Erinnerungen hat, so sehr an seinem Leben hängen?

Alles, was ich will, ist, mich zu erinnern. Und wenn es nur eine Erinnerung ist. Das reicht mir aus.

Es sind nur noch wenige auf dem Schachbrett. Pyvris, Cillian, Crystal, Melanie, Zeke, der letzte Bauer, und Darren. Das gegnerische Team hat eine Figur weniger. Sie haben noch die Dame, einen Turm, eine Läuferin, einen Bauern und den König natürlich.

Die Chancen für einen Sieg stehen gut. Aber das Blatt kann sich noch wenden. Bis zur letzten Sekunde.

Das erste »Schach« kommt von Crystal.

Es ist das erste Mal, dass die Fassade des Königs bricht; Darren erkennt Furcht in seinen Augen. Doch es kommt zu keinem Erfolg, denn der Turm stellt sich vor den König.

Darren spürt von der Seite Zekes Blick auf ihm ruhen. Er dreht seinen Kopf zu ihm. Seine dunklen Augen sind fast schwarz, als hätten sie all das Licht um ihn herum absorbiert. Sein Kiefer ist angespannt, seine Haltung so starr, als wäre er ein Roboter. Einen Moment ist sein Mund geöffnet, als würde er ihm etwas sagen wollen, doch dann schließt er ihn wieder und schluckt schwer. Darren blickt wieder geradeaus.

Das nächste »Schach« kommt vom gegnerischen Team.

Darrens Herz klopft immer schneller und schneller gegen seine Brust. Er hört nur noch seinen eigenen Atem, der in seinen Ohren dröhnt. Er hört auf zu atmen und spannt die Muskeln an. Vielleicht wird er so nichts spüren, wenn der Degen ihn durchbohrt. Die Läuferin wird von Pyvris rausgeworfen.

Ist er noch in Gefahr? Schachmatt? Die Dame bewegt sich auf ihn zu. Sie wird ihn töten. Jetzt wird er sterben. Er schließt die Augen so fest, dass er Muster sieht. Er ist allein in der Dunkelheit, allein mit seinem Herzklopfen und dem fiebrigen Atem. Doch es geschieht nichts. Kein Schachmatt.

Es werden immer weniger Spieler. Zeke, der letzte Bauer, geht als Nächster. Der letzte Bauer vom anderen Team wird erledigt. Dann geht Melanie. Ihr aschblondes Haar wirkt grau im Mondlicht, ihre Haut fahl wie die einer Leiche. Ihr Blick ist leer.

Es sind nur noch Pyvris, Crystal, Cillian, Darren und der König und der Turm vom anderen Team da. Sie könnten gewinnen. Sie sind ihrem Gegner ganz klar überlegen. Doch wenn das, was Crystal vermutet, stimmt, macht es keinen Unterschied. Dann wird er hier nicht lebend rauskommen.

Die nächsten Minuten sind ein Hin und Her. Kein Team scheint sich etwas zu trauen. Kein Schach, obwohl sie nur noch so wenige Figuren sind. Warum spielt John so schlecht? Er wünschte, er könnte ihm sagen, was er tun soll. Wie er vorgehen soll. Sie könnten so leicht gewinnen. Den Turm loswerden und dann den König in die Ecke drängen. Doch Johns Schritte sind wahllos. Wirkungslos. Inkonsequent.

Plötzlich wird es Darren klar. Natürlich, wie ist er nicht früher darauf gekommen? Sie spielen schlecht, damit das Schwarze Lager nur gewinnen kann. Damit sie sich sicher sein können, dass er der Spion ist, wenn das Schwarze Lager verliert. Denn sie lassen ihnen keine andere Wahl, als zu gewinnen. Crystal meinte, das Schwarze Lager würde immer im Schach gewinnen. Sie hätten bisher mühelos den Sieg holen können. Doch das haben sie nicht. Das bedeutet … sie versuchen zu verlieren. Sie versuchen zu verlieren, weil …

Nein. Nein, nein, nein. Das ist unmöglich. Ausgeschlossen. Ganz und gar ausgeschlossen. Er hatte wahrscheinlich einen Denkfehler. Er muss sich wieder auf das Spiel konzentrieren. Doch Crystal schaut ihn mit einem verzweifelten Blick an. So, als würde sie über etwas intensiv nachdenken. Sie weiß es. Sie hat die Schlüsse auch gezogen. Natürlich hat sie das.

Darren schüttelt den Kopf. *Ich bin es nicht. Ich bin kein Spion,* versucht er ihr zu sagen.

Doch ihre Pupillen sind riesig, und an der Hebung und Senkung ihrer Brust erkennt er, wie schnell sie atmet. Sie schaut weg.

Doch woher kann er es denn wissen? Woher kann er wissen, dass er kein Spion ist? Crystal hat allen Grund, ihn zu verdächtigen. Wenn er der Spion ist, wird das Schwarze Lager ihn nicht töten. Dann wird er sich den anderen stellen müssen. Nathanael. Anian. Audris. Sie werden ihn alle für den Spion halten. Sie werden ihn töten müssen. Die ganze Aufregung ist also umsonst. Wenn er so oder so stirbt, dann lieber jetzt als später.

Der Turm des gegnerischen Teams schafft es, Pyvris rauszuwerfen. Bevor Pyvris geht, schaut er Darren noch mal in die Augen. Es ist das erste Mal, dass ihnen die Härte fehlt. Stattdesseen wirkt sein Blick entschuldigend, beinahe beschämt. Darren nickt ihm kurz zu. Pyvris tut es ihm nach und verschwindet schließlich in der Dunkelheit.

Die Leere in Darren wird immer größer.

Jetzt sind es nur noch Cillian, Crystal und Darren. Darren schaut zu Cillian hinüber, der nach einer Weile seinen Kopf auch zu ihm dreht. Sein Blick ist trüb und sein Körper starr wie eine Statue.

Plötzlich stellt sich der Turm des anderen Teams Crystal gegenüber. Sie müsste nur ein paar Schritte nach links oder rechts, um nicht rauszufliegen. Doch John macht nichts mit ihr. Stattdessen fordert er Cillian auf, ein paar Schritte vorzugehen. Darren, Cillian und Crystal tauschen verwirrte Blicke aus. Was tut John? Wieso versucht er nicht, Crystal zu retten? Dann fällt ihm der Grund wieder ein. Doch John kann doch nicht absichtlich schlecht spielen. Er kann aber auch niemals wirklich so schlecht sein.

Darren nimmt einen langen, tiefen Atemzug.

Als Crystal aus dem Spiel raus ist, ist der Mond fast nicht mehr zu sehen. Ihre Augen waren noch nie dunkler, ihre Haut nie blasser, ihr Ausdruck nie ängstlicher. In dem Moment, in dem sie sich ins Boot setzt und gleich danach von der tiefen Nacht verschluckt wird, bekommt Darren ein seltsames Gefühl, als würden sie sich nie wiedersehen. Wessen Gesicht wird wohl das letzte sein, das er sehen wird; wessen Augen werden die letzten sein, in die er blicken wird, bevor er stirbt?

Auf jeden Fall nicht die des Turms, denn er fliegt als Nächster; besiegt von Cillian.

Da waren es nur noch drei: Cillian, Darren und der andere König. Cillian ruft nach seinem nächsten Schritt: »Schach!« Seine Stimme erzeugt bei Darren eine Gänsehaut.

Der König geht einen Schritt nach links. Cillian kündigt ein weiteres Mal »Schach« an. Und ein weiteres Mal. Bis auch Darren näher an den König gebracht wird. Sie sind jetzt alle in der Mitte.

Die Augen des Königs drücken pure Furcht aus. Seine Pupillen sind geweitet, seine Haut aschfahl. Darren kann ihm nicht weiter ins Gesicht blicken. Es sollte ihn erleichtern, doch er fühlt sich schlecht. Es wäre nicht seine Schuld, wenn er stirbt. Trotzdem kann er seinen verzweifelten Blick nicht ertragen.

»Schach!«, kündigt Cillian erneut an.

Der König bewegt sich für einige Augenblicke nicht. Seine Augen wandern von Cillian zu Darren, zu Cillian und wieder zu Darren. Und bevor Darren reagieren kann, stürzt er sich auf ihn. Cillian steht plötzlich zwischen ihnen und blockt den Degen des Königs ab. Wollte er ihn etwa töten?

Cillian und der König kämpfen weiter.

Plötzlich wird es hell. So hell, dass Darren die Augen zusammenkneifen muss. Ein Feuer hat sich in der Mitte des Schachbretts entfacht. Feuer, das ihn umzingelt, ohne ihn anzurühren. Trotzdem fühlt er sich, als würde sein Körper in Brand stecken. Und plötzlich ist er wie gelähmt. Seine Sicht ist reines helles Chaos, sein Gehör ein Fackeln und Rascheln, und dann sind da noch diese Schreie …

Menschen schreien, rennen, keuchen, weinen. Er ist mittendrin. Mitten im Pandämonium.

Der Rauch dringt durch seine Nase, seinen Mund, in seine Lunge. Er stirbt. Alles, was er atmet, ist der Tod. Und in dem Moment kommt alles hoch. All die Erinnerungen, die ihm geraubt wurden.

Die Bombe, die gesprengt wurde. Der Brand. Er selbst – Roman – inmitten des Feuers, auf der Suche nach seinem Bruder Cillian. Nein, nicht Cillian. Sascha. Sein Vater. Adrian. Das Schwarze Lager, das ihn gerettet, ihn zurück nach Russland gebracht hat, nur um ihm dort sein Gedächtnis zu stehlen.

Auf einmal wird er geschubst, und alles wird kalt. Sein Körper wird schwer. Seine Sicht ist verschwommen, alles drückt gegen ihn. Eine kalte Dichte hat nach ihm gegriffen. Alles Helle ist erloschen. Die Dunkelheit ist zurückgekehrt. Er macht den Mund auf und schluckt Wasser.

Wasser.

Er ist im Wasser. Er versucht hochzuschwimmen, doch er kann nicht. Und so gleitet er weiter in die dunkle, dichte Tiefe des Meeres, das helle Licht des Feuers noch ganz leicht sichtbar an seiner Oberfläche. Die Quelle seiner Erkenntnis außer Reichweite und sein Dasein eins mit dem Wasser …

EPILOG

»Das Einzige, was mir wichtig ist, ist, dass meine Söhne da lebend rauskommen. Können Sie mir das versichern?«, fragt Adrian.

Dmitrij schiebt Adrians Hände von seinen Schultern und schaut wieder zu ihm hoch. »Ich kann Ihnen gar nichts versichern. Aber wenn alles nach unserem Plan läuft, wird Roman wieder bei uns sein.«

»Und wie wollt ihr das bitte schaffen?«

»Wie schon gesagt, wir haben einen Plan. Roman wird nach dem Schachspiel wieder bei uns sein. Die Details kann ich Ihnen nicht erzählen.«

Er will gerade gehen, doch Adrian greift nach seinem Arm und zieht ihn zurück.

»Wie kann ich wissen, dass Sie mich nicht anlügen? Sie können kaum um das Leben meines Sohnes besorgt sein.«

Dmitrij befreit seinen Arm von Adrians Griff. Sein Mund formt sich zu einem schiefen Lächeln. »Wir sind uns natürlich darüber bewusst, dass das Weiße Lager Roman für einen Spion hält. Und das Schachspiel soll diese Vermutung bestätigen. Schließlich können sie mit einem einfachen Wahrheitsserum nicht viel aus ihm herausbekommen. Das bedeutet aber, wenn wir das Schachspiel verlieren, um ihn zu retten, ist er immer noch in den Händen des Weißen Lagers, das dann Roman endgültig für den Spion halten wird. Also werden sie ihn selbstverständlich ausfragen.« Dmitrij legt eine kurze Pause ein, bevor er weiterspricht: »Allerdings wissen wir nicht, welche Mittel sie noch bei ihm einsetzen könnten, um eine Erinnerung hervorzurufen. Wir wollen damit kein Risiko eingehen. Uns bleibt also keine andere Option, als ihn rauszuholen.«

Adrian nimmt einen tiefen Atemzug. »Es gäbe eine weitere Option. Sie könnten ihn töten. Dadurch würden Sie nicht nur Roman als mögliche Informationsquelle für das Weiße Lager ausschalten,

Sie würden auch das Spiel gewinnen und damit Iran ergattern. Iran. Kein so unwichtiger Preis, finden Sie nicht?«

»Wenn wir Roman töten, dann ist Sascha wieder schutzlos. Das müssten Sie doch langsam verstehen. Außerdem meinte Sascha, dass der Imperator über Romans Erinnerung von ihm weiß, ergo sein nächster Verdacht natürlich Ihr älterer Sohn wäre. Und im Gegensatz zu Roman können sie aus ihm ganz einfach die Wahrheit herausbekommen. Wenn nicht durch ein Wahrheitsserum, dann durch einen Lügendetektor oder Folter. Und nur darauf zu vertrauen, dass seine Nerven stark genug sind, um nichts preiszugeben, wäre mehr als naiv. Wenn er also nur *eine* Information verrät, ist der Plan gescheitert. Und Iran scheint dann kein so wichtiger Preis mehr zu sein.«

Das macht keinen Sinn, findet Adrian. »Ihnen ist schon bewusst, dass die Folgen Ihres Planes Sascha ebenfalls schutzlos machen werden. Wenn Sie Roman wieder zurückbringen, dann gibt es keinen mehr, der Sascha decken kann. Er wird also auch bei Ihrem Plan auffliegen können.«

»Ja, aber wenn wir das Spiel verlieren, dann wird das Weiße Lager ganz sicher Roman für den Spion halten. Romans Abwesenheit wird also nicht direkt Sascha gefährden. Seine Deckung wird für einige Zeit weiterwirken. Sie könnten denken, dass Roman einen Chip oder eine Kamera dort eingebracht hat. Diese Wirkung kann Sascha ausnutzen, um für ein paar weitere Siege zu sorgen. Ungeachtet dessen geht es bei der Spionage sowieso nicht darum, die Spiele zu gewinnen. Das ist zweitrangig. Aber das wissen Sie ja bereits.«

Dem kann Adrian nichts entgegenbringen. Doch er ist noch lange nicht fertig. »Sie haben also vor, das Spiel zu verlieren, um Roman zu retten. Aber dafür müssen Sie auch einen Ihrer Schüler aufopfern. Das ist Ihnen wohl klar, oder?«

Dmitrijs Nasenlöcher beben. Er spitzt kurz die Lippen, bevor er sagt: »Wir werden einen Weg finden, um ihn zu retten.«

»Und was ist, wenn es nicht funktioniert? Und ihr den Schüler oder die Schülerin doch sterben lassen müsst?«

»Deshalb werden wir auch einen Schüler aussuchen, der entbehrlich ist. Oder sogar gefährlich.«

Adrian nickt langsam. »Und wie lange wird Sascha noch im Weißen Lager bleiben? Irgendwann müsst ihr ihn da auch rausholen.«

So langsam verliert Dmitrij die Geduld. Er hat schon genug Fragen beantwortet. Adrians penetrante, unnachgiebige Art hat ihn zu viele Nerven gekostet.

»Ist das Ihr Ernst? Sascha wird so lange wie nötig im Weißen Lager bleiben. Er wird noch weiter für uns spionieren müssen.«

Adrian lässt einen langen Seufzer raus und schaut ihn mit geweiteten Pupillen an. »Das können Sie nicht zulassen. Je länger er dortbleibt, desto prekärer wird die Lage. Früher oder später werden sie es herausfinden. Und dann werden sie ihn töten.«

Dmitrij lächelt ihn süffisant an. »Das glaube ich nicht. Im Vertrag wird Spionage nicht mit dem Tod bestraft. Und auch, wenn sie sich für eine Todesstrafe entscheiden, werden sie ihn wohl nicht direkt töten. Zuerst werden sie ihn ausfragen und dann …«

Adrian packt seinen Arm: »Jetzt halten Sie Ihren verdammten Mund! Sie wissen ganz genau, was ich meine. Sie werden ihn bestrafen. Solange Sascha bei ihnen ist, schwebt er in Gefahr!«

»Aber das haben Sie doch zugelassen. Jetzt tun Sie nicht so, als hätten Sie dem Plan nicht zugestimmt. Sie waren damit einverstanden, dass wir Ihren Sohn als Spion benutzen, obwohl Sie wussten, dass er damit sein Leben aufs Spiel setzen würde. Verdammt, Ihr Sohn wollte es sogar selbst. Also sparen Sie sich dieses Pseudogetue! Wenn Ihrem Sohn etwas passiert, dann ist das auch Ihre Schuld.«

Es ist womöglich das erste Mal, dass er Dmitrij so wütend erlebt. Seine dünnen, geschwungenen Augenbrauen sehen in dem Moment aus wie die eines Teufels. Seine eisblauen Augen starren ihn mit einer Malice an, die in ihm eine neu entflammte Wut auslöst.

»Sie verdammtes Schwein! Nur weil ich damals eingewilligt habe, heißt es noch lange nicht, dass ich dabei keine Angst oder Zweifel hatte. Außerdem spielte es auch keine Rolle, was ich zu sagen hatte. Ihr hättet auch ohne meine Zustimmung die Tat ausgeführt. Sie haben ihm versprochen, dass seine Sicherheit Ihre Priorität sei, doch eigentlich ist Ihnen sein Leben egal. Ihr würdet sogar so weit gehen und ihn opfern, um den Erfolg herbeizuführen. Ungeachtet dessen hat Sascha seine Hauptaufgabe sowieso schon erledigt. Er hat herausgefunden, dass das Weiße Lager die Spiele nicht durch Spionage oder durch andere verbotene Methoden gewinnt.«

Dmitrij lässt sich von Adrians Rage nicht abschrecken. Stattdessen grinst er ihn an und entgegnet: »Da haben Sie wohl recht. Aber was haben Sie denn bitte erwartet? Es geht hier um die Zukunft unseres Landes, um etwas viel Größeres als das Leben eines Jungen. Da steht einem so etwas wie Moral nur im Weg. Und Sie auch, was das angeht.«

Adrian ist nicht überrascht von den Worten. Er hatte schließlich genau die gleiche Einstellung. Doch seitdem seine Söhne in all das verwickelt sind, denkt er anders. Natürlich, der Mensch ist egoistisch. Leben für eine Ideologie zu opfern ist keine Schande. Ganz im Gegenteil, es ist eine ehrenvolle Tat. Doch sobald man selbst oder die Liebenden in Gefahr sind, gelten andere Regeln.

»Es scheint, als hätte ich meinen Standpunkt klar genug ausgedrückt«, sagt Dmitrij und lächelt ihn triumphierend an, bevor er geht. Diesen Kampf mag er gewonnen haben. Aber den Krieg wird er nicht so leicht gewinnen.

DANKSAGUNG

Ich bedanke mich bei meiner Familie: bei meiner Mutter Müzeyyen (von der ich zweifellos meine Liebe zum Schreiben bekommen habe), meinem Vater Şahin und bei meiner Schwester Şeyda, für die stetige Unterstützung und für ihren Glauben an mich und an mein Werk. Und bei meiner Schwester Dilara, die als Erste meinen Roman gelesen hat, mir kluge Ratschläge gegeben und logische Fragen zur Verbesserung der Handlung gestellt hat.

Ich bedanke mich bei meiner Lektorin Julia Feldbaum, die meinen Roman gewissenhaft korrigiert und all meine Fragen beantwortet hat.

Die Idee für diese Geschichte bekam ich vor sieben Jahren, als ich auf ein Foto stieß, auf dem eine riesige von Feuer und Wasser umgebene Felswand abgebildet war. Sofort schoss mir eine Szene in den Kopf, in der ein Junge auf einem Felsen aufwacht, mitten im Meer, ohne Erinnerungen, ohne Identität. Dieser Junge bekam von mir den Namen Darren und wurde mein Protagonist.

Eigentlich dachte ich immer, mein erster Roman würde Fantasy werden, da ich, als ich mit dem Schreiben begann, nur Fantasy schrieb. Außerdem hatte ich stets eine weibliche Protagonistin im Sinn. Es war für mich daher etwas Neues und somit eine Herausforderung, einen Thriller mit einem männlichen Protagonisten zu schreiben.

Unzählige Fragen gingen mir durch den Kopf: Wie schreibt man eigentlich aus einer männlichen Perspektive? Worauf muss man achten? Was sollte man vermeiden? Und nicht nur das: Wie denkt ein Mensch, der seine Erinnerungen verloren hat, keine Identität, keine Herkunft besitzt? Was bedeutet es überhaupt, eine Identität zu haben? Was macht die Identität, das Ich, aus?

Das Schreiben dieses Romans war aber nicht nur eine

Herausforderung. Meine Charaktere vertreten unterschiedliche Meinungen, haben diametrale Ansichten und Überzeugungen. Diese musste ich begründen und dafür oder dagegen argumentieren, und ich habe somit meinen eigenen Horizont erweitert und meine Anschauungen infrage gestellt. Insofern war das Schreiben dieses Romans auch eine Bereicherung für mich, und ich hoffe, denselben Effekt habe ich auch bei euch, meinen Leserinnen und Lesern, erzeugt.

Darrens Reise hat mit *Beyond Fire* begonnen. Ob es für ihn weitergeht, steht noch in den Sternen. Ich hoffe, ihr, meine Leserinnen und Leser, werdet das Mysterium um das Weiße Lager weiterverfolgen und freut euch auf die nächsten Bücher, denn diese Geschichte ist – unabhängig von Darrens Schicksal – noch lange nicht zu Ende.

DIE AUTORIN

Rumeysa Soydaş, 1998 in Langen geboren, ist Studentin der Rechtswissenschaften.

Seit ihrer Kindheit ist das Schreiben ihre größte Leidenschaft.

Ihren Traum, Autorin zu werden, hat sie sich nun mit ihrem Debütroman *Beyond Fire* erfüllt. Der Mysterythriller bildet den ersten Band einer Trilogie. In ihrem Werk behandelt sie gesellschaftskritische und sozial-politische Themen und nimmt dabei Bezug auf aktuelle sowie historische Geschehnisse.